Brigitte Reimann

Die Frau am Pranger
Das Geständnis
Die Geschwister

Brigitte Reimann

Die Frau am Pranger
Das Geständnis
Die Geschwister

Drei Erzählungen

Verlag
Neues Leben
Berlin

ISBN 3-355-00302-6

© Verlag Neues Leben, Berlin 1969
4. Auflage, 1986
Lizenz Nr. 303 (305/358/86)
LSV 7001
Schutzumschlag und Einband: André Kahane
Typografie: Walter Leipold
Schrift: 10p Garamond
Gesamtherstellung: Karl-Marx-Werk Pößneck V 15/30
Bestell-Nr. 643 972 1

Die Frau am Pranger

I

Wenn sie über die Dorfstraße ging, schien es, als liefe sie unter dünnfädig-kaltem Herbstregen: den Kopf gesenkt, mit gewölbtem Rücken, fröstelnd und schmal. Sie war Ende der Zwanzig und verheiratet seit mehr als fünf Jahren; Fremde hätten sie für ein neunzehnjähriges Mädchen gehalten.

Sie stand unter dem Tor und starrte auf das Telegramm: „... drei Tage Heimaturlaub ..." Drei Tage. Sie fröstelte stärker, wurde noch schmaler, noch geduckter. Sie ging ins Haus, mit ihren klebenden Schritten, und legte das Telegramm auf den Küchentisch. „Heinrich kommt."

Die Schwägerin saß, Ellbogen aufgestemmt, vor dem Teller mit Pellkartoffeln. Sie blickte auf und sagte mit tiefem Atemzug: „Zeit wird's. Er kann nach dem Rechten sehen, gerade jetzt. Wir kommen mit der Frühjahrsbestellung nicht zurecht ohne Mann."

„Drei Tage nur", sagte die junge Frau. Drei Tage, dachte sie angstvoll, drei unendlich lange Tage und Nächte ...

Die Ältere am Tisch schob sich eine Kartoffel in den Mund. „So." Sie erhob sich, ein strammes Weibsbild mit breiten Hüften und festen Armen. Sie war fast einen Kopf größer als die Frau ihres Bruders. Sie wischte die Hände an der Schürze ab. „Er wird schon helfen, der Heinrich. Irgendwie. Er bestimmt." Sie hob die vollen Milchkannen von der Bank, so leicht, als sei es ein Kinderspiel. Im Hinausgehen sagte sie noch: „Schaff, daß was Gutes auf dem Tisch steht heute abend. Wenn der Heinrich kommt —"

Er kam. Er stand auf der Schwelle, und er schien den Türrahmen zu sprengen, der riesige, schwere Mann. Feldgraue Uniform, Gefreitenwinkel.

Die Schwester hing ihm am Halse. „Gefreiter bist du geworden!" Sie strich über den silbernen Winkel. „Stolz kann man auf dich sein ..."

6

Er sah über ihre Schulter hinweg in die Küche.

„Kathrin!"

Die junge Frau stand am Tisch, mit hängenden Schultern. Sie weinte, als er sie umarmte.

„Nun, nun..." Er tätschelte ihr den Rücken. „Schon gut..."

Die Frau schluchzte. Er brummte begütigend, dann ungeduldig, schob sie zurück. Seine Feldbluse war feucht von ihren Tränen.

„Warum heulst du? Ist was passiert? Freust du dich nicht?"

Die Frau wischte mit dem Ärmel über das Gesicht, sie schluckte. „Doch, Heinrich..."

Der Mann saß am Tisch, die Beine gespreizt, und hieb ein wie ein Verhungernder.

„Zu Hause schmeckt's doch am besten."

Kleine Schweißtropfen standen auf seiner Stirn.

Kathrin hockte zwischen Bruder und Schwester, erdrückt vom warmen, massigen, schwitzenden Fleisch der beiden, von lauter Rede und Gegenrede, vom polternden Lachen des Mannes.

Ihre Blicke hingen an seinem Gesicht. Es war gut geschnitten, breit, mit vollem Mund und fleischiger Nase, mit braunen Augen unter dem dunklen Haar. Im Dorf nannten sie ihn den schönen Heinrich; die Frauen hatten Kathrin Laws scheel angesehen, damals, als Marten ihr auf Schritt und Tritt nachgelaufen war. Keiner begriff, was er an ihr fand, sie selbst am wenigsten. Ein farbloses, lächerlich dünnes Ding war sie, und hellblond alles an ihr: die Haare und das Gesicht und sogar die Augen. Nichts war in ihr an Saft und Kraft wie in den anderen Mädchen seines Dorfes. Dennoch hatte er sie genommen und dazu die Ackerbreiten vom alten Laws, die seinen Grund um mehr als ein Drittel vergrößerten.

Jetzt saß er am Tisch, in feldgrauer Uniform, und sein Mund kaute und schmatzte und lachte und sprach.

„Ein lausiges Pack, die Russen", sagte er, „heimtückisch und gefährlich. Da marschieren wir neulich in ein Dorf ein..."

Wie hatte sie sich einbilden können, er sei anders geworden in den sechs, sieben Monaten seit seinem letzten Urlaub? Hatte sie erwartet, er werde weniger laut sein, weniger groß, weniger stark?

„... da knallt es aus einem Bauernhaus", erzählte der Mann. „Und — peng! unser Leutnant ist hin. Partisanen natürlich."

„Mein Gott, die sind ja wie die Tiere", sagte Frieda. „Die sind ja gar nicht wie richtige Menschen. Aufhängen müßte man die ganze Bande."

„Haben wir auch", sagte der Mann. „Aber zäh sind sie, stur — die geben keinen Mucks von sich. Die spucken dir noch ins Gesicht, wenn sie die Schlinge schon um den Hals haben."

Die junge Frau hörte zu, die Augen weit aufgerissen, sie war noch bleicher als sonst.

Gutmütig klopfte er ihre Hand.

„Das ist nun mal nicht anders im Krieg. Man muß hart durchgreifen. Und die Russen sind eben anders als wir, bloß halbe Menschen, verstehst du?"

Kathrin schwieg, wie sie seit Jahren geschwiegen hatte zu allem, was die beiden, Bruder und Schwester, dachten und sprachen.

In der Nacht, endlich erlöst aus seiner gewalttätigen Umarmung, weinte sie vor Scham und Furcht. Er lag auf dem Rücken, mit halboffenem Mund, schnarchend, satt und gesund. Sie sah ihn an, und zum ersten Male in den fünf Jahren geduckten Gehorsams glomm neben Widerwillen und Demut ein winziges Fünkchen Haß.

Am nächsten Tag ging sie ihm aus dem Weg. Es wäre nicht nötig gewesen; er sah und sprach über sie hinweg wie in all den Jahren, bevor er Soldat geworden war. Seine derben Späße erfüllten Haus und Hof, umspült vom beifälligen Gelächter der Schwester. Durch Stall und Scheune gingen die Geschwister. Er schlug ihr klatschend auf den Hintern: Eine tüchtige Frau, sie hat die Wirtschaft zusammengehalten, wie es sich gehört.

Frieda, obgleich glücklich über sein Lob, lamentierte: Ein Mann müsse her, sie schaffe die Frühjahrsbestellung nicht. Sie sei nicht mehr die Jüngste — „. . . ich mache mich kaputt hinterm Pflug, und die Kathrin kann man ja kaum rechnen, diese Handvoll."

Heinrich nahm die Frau in Schutz. „Sie ist nicht kräftig. Sie kann nichts dafür. Ein Mann muß her, da hast du schon recht." Er überlegte. „Vielleicht kann ich euch einen Kriegsgefangenen besorgen."

Frieda hob die Hände. „Bloß keinen Russen auf den Hof!"

„Du wirst doch keine Angst haben?" fragte er lachend. „Er kommt nicht ins Haus rein, schläft in der Scheune, und das Essen kostet nicht die Welt. Aber ein Mann muß her, Frieda." Er ging, ungeachtet ihrer Abwehr, zum Ortsbauernführer; er kam wieder mit zufriedenem Gesicht. „Nächste Woche kriegt ihr einen Russen zugeteilt."

Die beiden Frauen saßen schweigend: die junge mit gewölbtem Rücken, Hände im Schoß; die ältere, mit massigen Hüften, Hilflosigkeit über den derben Zügen.

Der Mann redete ihnen zu: „Was ist schon so ein Iwan? Mit dem werdet ihr alle Tage fertig. Kostet nichts, und die Arbeit wird geschafft. Das ist doch die Hauptsache."

„Daß man so was ins Haus nehmen muß", jammerte Frieda. „Der verfluchte Krieg!"

Sie erschrak vor den Augen des Bruders.

„Das sagst du, eine deutsche Frau?" Er stand vor ihr, die Beine gespreizt. „Wir wissen, wofür wir unseren Krieg führen, und du jammerst wegen einem dreckigen Russen! Mach dich nicht lächerlich, Frieda! So ein Mordsweib wie du — und hat Angst vor einem Iwan. Mir dreht es das Herz um, wenn ich sehe, wie meine schönen Felder verludern . . ."

Sie war ganz Reue, ganz Zerknirschung, schnupfte und versprach, ihm keine Schande zu machen. Sie versuchte sich selbst zu trösten: „Das sind doch bloß halbe Menschen, nicht wahr, Heinrich? Und wir könnten dann endlich mit dem Feld am Hornberg anfangen . . ." Sie schwatzte, hastig und betulich, um den Bruder zu versöhnen: Drei, vier andere im Dorf hätten auch schon Kriegsgefangene. Man könne mit ihnen auskommen, sie seien ruhig und verstünden zu arbeiten. „Aufgemuckt hat noch keiner, und wenn man sie fest anpackt, sind sie schon zu gebrauchen."

So war es beschlossene Sache.

Am dritten Tage fuhr Heinrich Marten zurück an die Front. Die Frauen begleiteten ihn bis in die Kreisstadt, zum Bahnhof. Als der Zug einlief, hing die Schwester ihm am Halse, schnupfend und schluchzend. Seine Frau stand fröstelnd unter dem grauen Märzhimmel und starrte zum Abteilfenster hinauf. Sie hob die Hand, zögernd und wie gezwungen, während Frieda neben ihr mit einem mächtigen weißen Taschentuch wedelte.

So blieben sie dem Mann in Erinnerung: die junge Frau, noch schmaler und blasser neben seiner breiten, rotgesichtigen Schwester; die eine mit halb erhobener Hand, die andere mit wedelndem Tuch.

Die beiden gingen, während der Zug gegen Osten fuhr, die wenigen Kilometer ins Dorf zurück; sie sprachen kein Wort miteinander.

2

Der Ortsbauernführer brachte ihnen wenige Tage später den Kriegsgefangenen. Während Frieda Marten mit Lange in der Küche verhandelte, stand der Gefangene auf dem Hof, reglos, sein Bündel in der Hand, mit stumpfem Blick zur Erde schauend.

Kathrin preßte das Gesicht an die Fensterscheibe und beobachtete ihn, furchtsam und neugierig.

Der Russe war groß und breitschultrig, er hatte ein einfaches, kräftiges Bauerngesicht mit vorspringenden Backenknochen und flachen dunklen Brauenbögen. Kathrin hatte hier und da Russen gesehen. Einer war darunter mit Schlitzaugen und gelbem Mongolengesicht, und sie fürchtete sich vor ihm. Als sie neulich bei Meinhardts gewesen war, hatte sie an ihm vorübergehen müssen. Er lud Mist, und er blickte auf, als sie mit klappernden Holzpantoffeln an ihm vorbeilief, und er sah sie an mit seinen schrägen schwarzen Augen, einen Moment nur. Aber sie war tief erschrocken, und tagelang war eine unverständliche, quälende Unruhe in ihr geblieben. Sie dachte, der mit dem gelben Gesicht sei gewiß einer von denen, die Frauen schändeten und Kinder umbrachten und aus dem Hinterhalt auf deutsche Soldaten schossen.

Der Gefangene im Hofe hob den Kopf, als fühlte er den Blick der Frau. Sie fuhr zurück vom Fenster, aber für Sekunden hatte sie die Augen in seinem Gesicht gesehen, das, mit Bartstoppeln bedeckt, unsauber und wüst genug war. Seine Augen, von einem fast schwärzlichen Blau, standen weit auseinander in dem grauen Gesicht, und die Frau am Fenster merkte, daß der Fremde, den sie auf vierzig geschätzt hatte, noch keine fünfundzwanzig Jahre alt war.

Frieda hatte sich indes mit dem Ortsbauernführer geeinigt. „Heil Hitler!" Er ging, und die Marten führte den Gefangenen zur Scheune, wo sie ihm seinen Platz auf dem Heuboden anwies, durch dessen winzige Luke er nicht würde entweichen können. Sie solle die Scheune abends gut verschließen, hatte der Ortsbauernführer gesagt. Freilich würde der Russe, wollte er wirklich entfliehen, nicht weit kommen: Er spreche keine drei Worte Deutsch.

Kathrin war in der Küche geblieben, sie hantierte am Herd, schob Töpfe und Kessel, als Frieda hereinkam. Sie wandte sich nicht um, als die Schwägerin sagte: „Er heißt Alexej, er spricht keine drei Worte Deutsch." Sie zeigte auf den Schein, den der Ortsbauernführer ihr gegeben hatte, und buchstabierte: „Alexej Iwanowitsch Lunjew . . . Komisch, alle Russen heißen Iwan."

„Wo schläft er?" fragte Kathrin.

„Nu, auf dem Heuboden."

Sie aßen schweigend.

Unvermittelt sagte die Junge: „Es ist nachts noch so kalt. Vielleicht sollten wir ihm eine Decke geben."

Die Ältere blickte auf und prüfte verwundert das Gesicht der anderen. „Bist du verrückt geworden?"

„Ich dachte bloß — ich meine, er wird frieren", murmelte Kathrin.

„Dann soll er sich ins Heu einwühlen." Und plötzlich sehr laut und scharf, sagte sie: „Das sind doch unsere Feinde. Denen kann man doch nicht unsere Decken und wer weiß was alles nachschmeißen. Die haben auf deinen Mann geschossen! Wenn du unbedingt noch eine Wolldecke loswerden willst, dann schick sie unseren Soldaten an die Front, aber gib sie nicht einem Russen. Manchmal kann man denken, du bist nicht ganz bei Trost!"

Kathrin hatte den Kopf geduckt und ließ widerspruchslos Schelte und Vorwürfe über sich ergehen.

„Na so was!" Friedas Hand fiel schwer auf den Tisch. „Du scheinst nicht zu wissen, was du dir als deutsche Frau schuldig bist!"

Kein Wort wagte Kathrin gegen die andere, wagte nicht zu erinnern, daß man dem Gefangenen Abendessen bringen müsse.

Sie aßen, rasch und stumm, während der Russe im Heu lag, frierend und hungrig, und auf den Abendwind lauschte, der um das Gebälk strich. Er war nicht traurig und nicht zornig, er nahm gleichgültig diesen Hof als eine der vielen Stationen auf dem Weg zum endlichen Ziel, das Rußland hieß und Sieg und Heimkehr.

So hielt im März des Jahres 1943 der Kriegsgefangene Alexej Iwanowitsch Lunjew seinen Einzug auf dem Hofe der Martens, gleichmütig, schmutzig, unrasiert, mit armseligem Bündel — nicht ahnend, wann und wie er zum letzten Male aus dem Tor gehen würde.

3

„Das flutscht", sagte Frieda, „dem geht's von der Hand." Sie spähte durchs Küchenfenster hinaus in den Hof, wo der Gefangene Mist lud: Eins, zwei — die Forke in den Misthaufen gestoßen; eins, zwei — die Gabelvoll auf den Wagen geworfen; eins, zwei — im Takt mit federnden Knien, und die Muskeln sprangen an Arm und Nacken.

Der Russe ließ die Forke sinken, nahm die Mütze ab und wischte sich mit der flachen Hand über Stirn und Schädel.

Ein Schreckenslaut entfuhr der jungen Frau am Fenster: Über den kahlgeschorenen Schädel lief eine fingerlange blutrote Narbe.

„Ein Streifschuß, denke ich", erläuterte sachlich die Schwägerin und schrie in den Hof hinaus: „He, du — pascholl!" Aus einer Lesebuchgeschichte kannte sie das Wort, und zehnmal am Tag rief sie es dem Russen zu: „Vorwärts, du — ran, pascholl!"

Zum ersten Male arbeitete auf dem Martenhofe ein Knecht, ein Russe zudem, den man fest anpacken mußte und zehnmal am Tage anstacheln: „Vorwärts, du — pascholl!", daß er arbeitete — hopp, hopp! — und Mist lud und den Pflug führte und die Kühe molk und die Schweine fütterte und hier sein mußte und dort und an zehn anderen Stellen zugleich.

Der Mann stülpte die Mütze auf den geschorenen Schädel, griff zur Forke und belud den Ackerwagen, den er morgen früh aufs Feld fahren sollte.

„Ein fleißiger Bursche", sagte Frieda. „Und geschickt und anstellig, das muß man ihm lassen."

„Vielleicht ist er Bauer", sagte Kathrin.

„Kann schon sein." Schwerfällig erhob sich die Schwägerin und krempelte die Ärmel auf. „Die sollen ja hausen wie das Vieh, mit Hühnern und Schweinen in einem Raum. Und keine Dielen wie bei uns, bloß festgestampfter Lehm." Sie nahm die Melkeimer von der Bank. „Und auf dem Ofen schlafen sie — stell dir vor: auf dem Ofen!" Sie schlurfte in ihren Holzpantinen aus der Küche und über den Hof, hinüber zum Stall, und schrie, schon in der Tür, zurück: „Weich die Wäsche noch ein, hörst du, Kathrin?"

„Ja, ja!" rief die Junge und rückte, Blick auf den Gefangenen, den Waschzuber aus der Ecke unter dem Fensterbrett.

Gleichmütig gabelte der Russe.

Eine Woche schon war er bei den Martens, und sie hatte noch kein Wort mit ihm gesprochen, hatte ihn nur von ferne, heimlich aus dem Fenster spähend, auf dem Hof arbeiten sehen. Das Regiment im Hause führte ohnehin die Schwägerin, und die kommandierte den Russen genauso wie die Frau, glücklich, herrschen zu können für den Bruder an der Front, der bei seiner Heimkehr alles ordentlich finden sollte: Haus und Stall und Felder und Frau und Schwester dazu.

Kathrin Marten war froh darüber. Sie hätte es nicht über sich gebracht, den fremden Menschen zu scheuchen, wie die Schwägerin es tat, und um alles in der Welt hätte sie es nicht vermocht, „pascholl!" zu rufen und „he, du — vorwärts!" Sie schlug einen weiten Bogen um den Fremden.

Kathrin nahm den Waschzuber und schleppte ihn unter die Pumpe im Hof. Das Wasser schoß in den Bottich. Sie bückte sich, um ihn aufzuheben und ins Haus zu tragen.

Der Zuber rührte sich nicht. Hilflos stand sie da, gebückt, und mühte sich vergeblich. Sie richtete sich auf, rot und erhitzt. Auf einmal war der Russe neben ihr, schob sie zur Seite, hob ohne Mühe den schweren Bottich und trug ihn ins Haus.

Die junge Frau folgte ihm, sie stand am Türpfosten, während der Mann den Waschzuber niedersetzte, und sagte, als er sich umwandte, leise: „Vielen Dank, Alexej."

Er sah sie an, und für einen Augenblick waren Stumpfheit und Gleichmut von seinem Gesicht gelöscht. Er lächelte.

Die Frau, verwirrt, erschreckt, wußte nicht, wohin schauen, und wandte hastig den Kopf ab. Er ging. Sie hörte seine Schritte auf den Steinfliesen im Flur, und ihr Herz klopfte.

Ihre Schultern fielen nach vorn.

Sie lehnte am Türpfosten und horchte in den Abend. Der Russe sang. Kathrin hatte lange nicht mehr gesungen; als Kind wohl, als Mädchen noch, aber seitdem sie in diesem Hause lebte, war sie verstummt.

Im Hof sang der Fremde; es war eine dunkle, schwermütige Melodie, die der lauschenden Frau fremd und dabei vertraut erschien.

Wie er gelächelt hatte . . . Für wenige Augenblicke war sein Gesicht ganz jung geworden . . . „Vielen Dank, Alexej." Was hatte sie denn Großes gesagt? Worte, die man fünfmal, zehnmal am Tage sprach, gleichgültig hingeworfen für eine Handreichung, eine gefällige Geste. Was hatte sie denn Gutes gesagt? Ein belangloses Wort, das er nur ungefähr dem Sinne nach verstanden haben konnte, und seinen Namen.

„Vielen Dank, Alexej." Jetzt erst fiel ihr ein, daß in all den sieben Tagen der Woche, seit der Gefangene auf dem Hofe war, die Schwägerin niemals anders von ihm gesprochen hatte als von dem „Iwan", dem „Russen" bestenfalls. Nie nannte sie ihn beim Namen, sprach nur mit Gebärden zu ihm — und mit ihrem „pascholl", als riefe sie einem Pferd „hü!" zu und „hott!"

Plötzlich zerriß die Melodie. Holzschuhe klapperten über die Steine, und nichts blieb im abendlichen Dämmer als das Brummen der Kühe und das Rasseln ihrer Ketten.

Hastig strich die Frau eine Haarsträhne unter das dunkle Kopftuch, bückte sich und stopfte die bereitliegenden Wäschestücke in den Zuber. Der prüfende Blick der Schwägerin fand sie still und geschäftig.

Frieda häufte Kartoffeln auf einen Teller und goß sparsam Speckstippe darüber.

Kathrin sagte, ohne aufzublicken: „Er hat tüchtig geschafft heute."

„No, no", brummte Frieda; sie wollte den Teller hinausbringen.

Noch immer mit gesenktem Kopf beharrte Kathrin: „Er ist

15

doch sehr fleißig. Der Mensch muß doch auch anständig essen, wenn er arbeiten soll."

„No, no", brummte Frieda, etwas lauter, blieb aber in der Tür stehen.

Kathrin, mit ungewohnter Zähigkeit, sagte: „Ein Schmalzbrot macht uns auch nicht ärmer. Wir können's uns doch leisten."

Mochten die letzten Worte nun den Ausschlag gegeben haben — „der Martenhof kann es sich leisten, seinen Knechten satt zu essen zu geben, ja, das kann er noch immer!' —, mochte Friedas Gutmütigkeit im Grunde doch stärker sein als ihre zur Schau getragene Strenge — „nu, freilich, verdient hat er es schon" —, kurz, sie ließ sich noch ein Schmalzbrot abpressen. Und die junge Frau, die nicht ernsthaft an einen solchen Erfolg geglaubt hatte, war, als die Schwägerin zur Scheune ging, stolz auf dieses Schmalzbrot wie auf einen großen Sieg.

4

Zwei Tage später brachte Kathrin, als Frieda auf ein Stündchen zu den Weckerlings gegangen war, dem Russen eine Wolldecke. Sie hatte die Dämmerung abgewartet, und sie ging, eng an die Mauer gepreßt, mit klopfendem Herzen zur Scheune. Die Schwägerin hatte heute das Tor früher als gewöhnlich abgeschlossen.

Alexej richtete sich auf, als er den Schlüssel im Schloß drehen hörte. Zaghaft wurde das Tor geöffnet, einen Spalt nur, gerade breit genug, daß die Frau hindurchschlüpfen konnte. Nun stand sie in der Scheune, die nur schwach erhellt war vom scheidenden Tageslicht, das durch die Ritzen im Gebälk sickerte und durch die winzige Luke im Dach. Zögernd sah sie sich um, erschreckt vom eigenen Mut.

In der Ecke raschelte Heu; Alexej hatte sich erhoben und trat zu ihr. Er klopfte Heuhalme von seiner Feldbluse.

Die Frau wich zurück, sie streckte ihm die Decke entgegen und sagte: „Bitte!"

Groß und dunkel stand der Russe im Raum, er sah sie an, aber sein Gesicht blieb ausdruckslos; er schien nicht zu begreifen.

„Kalt", sagte Kathrin, und lauter, als könne er sie dann besser verstehen, „frieren", und sie schlug die Arme um den Leib, um Kälte und Frieren anzudeuten.

Da nahm er die Decke. „Spassibo", sagte er, „spassibo." Und die Frau, die die weichen Laute seiner Heimatsprache zum ersten Male hörte, verstand und war seltsam berührt von dem Klang seiner Stimme; sie glaubte jetzt in seinen Zügen einen Anflug von Freude und gleichzeitig von Bedauern zu finden. Sie blickte verlegen zu Boden.

Die Hoftür fiel krachend ins Schloß. Kathrin fuhr zusammen, sie stand erstarrt, mit weißem Gesicht.

In ihren aufgerissenen Augen las der Mann mehr, als sie ihm mit tausend Worten zu sagen vermocht hätte: ihre Demut, ihre Ratlosigkeit und grenzenlose Angst.

Und sie, Kathrin, ahnte in diesen Sekunden, als sie in die weit auseinanderstehenden Augen des Fremden sah, daß er all dies wußte.

Sie errötete. Sie wandte sich um, schlug die Tür zu, schloß ab, hetzte zurück ins Haus, hetzte, vorüber an Blick und Frage der Schwägerin, in ihr Zimmer, kleidete sich mit fliegenden Händen aus, zog die Bettdecke über den Kopf. Sie lag, die Knie angezogen, fröstelnd und bang, und nichts mehr war in ihr von Mut und heimlicher Freude, nichts war da als Angst, Angst und quälende Vorwürfe.

Was hast du getan? dachte sie. Ein Feind deines Volkes, einer von jenen Männern, die auf deutsche Soldaten schießen, die auf deinen Mann schießen... Rede dich nicht heraus. Mitleid? Eine deutsche Frau kennt kein Mitleid für ihre Feinde. Das sind doch gar keine richtigen Menschen... Ein Schmalzbrot? Eine Wolldecke? Denen geht es in Rußland auch nicht besser, die hausen doch wie die Tiere.

Aber: Er ist hilfsbereit ... Weil er dir mal einen Waschzuber ins Haus getragen hat? Mach dich nicht lächerlich, Kathrin! — Aber: Heinrich hat so etwas nie getan; wenn wirklich, dann mit einem groben Scherz, der schlimmer zu ertragen war als Mühe und Schwäche.

Und das gäbe dir das Recht, deine Ehre, die Ehre einer deutschen Frau, zu verletzen? Wenn Heinrich das wüßte ...

Was für eine Welt! dachte sie. Ich verstehe nichts mehr ... Wenn der Mensch friert, braucht er was zum Zudecken. Und was ist das schon für eine Ehre, die verletzt wird dadurch, daß man einem anderen ein Stück Brot gibt?

So lag sie, die Knie angezogen, fröstelnd und bang, und quälte sich und verteidigte sich und wußte doch, daß sie niemals „pascholl!" rufen könnte und „he, du!" und daß sie das gleiche wie heute auch morgen wieder tun würde.

Die Szene am nächsten Morgen war noch schlimmer, als Kathrin gefürchtet hatte. Frieda tobte, beschimpfte sie, lamentierte und drohte, dem Bruder zu berichten. Die junge Frau weinte und brachte nichts zu ihrer Verteidigung vor als Tränen und wirres Gestammel von Mitleid und demütige Bitten um Verzeihung.

Alexej spannte das Pferd ein, und er hörte das Gezeter im Hause und das Schluchzen der jungen Frau. Die Augen dunkel vor Zorn, schob er mit zitternden Händen dem Tier die Trense ins Maul und schwang sich auf den Wagen, den Blick auf das Haus gerichtet; er schrie auf das Pferd ein und klatschte ihm die Zügel über den Rücken, daß es mit einem scharfen Ruck anzog und mit dem Gefährt rasselnd aus dem Tor jagte.

Zur Mittagszeit kam Frieda auf das Feld. Er hatte geschuftet für drei. Das besänftigte die Aufgebrachte, und so ließ sie dem Russen die Decke, brummend und unzufrieden, aber mit dem Gefühl, daß sie sich hier großmütig gezeigt habe.

Kathrin schwieg, als die Schwägerin ihr gnädig Verzeihung gewährte, und schwieg zu allen daran geknüpften Vorwürfen und Ermahnungen. Aber als sie auf der Bank vor dem Hause saß und Kartoffeln schälte, summte sie eine Melodie vor sich hin, einen törichten kleinen Abzählvers, den sie als Kind oft gesungen und dessen Worte sie längst vergessen hatte.

5

Die junge Frau lehnte am Fensterkreuz, das Kinn auf den gefalteten Händen, und ihr blasses Gesicht wurde überhaucht vom steigenden Rot des Himmels. Über dem violetten Saum des Waldes ging die Sonne auf.

Kathrin legte die Fingerspitzen über die Augen, und sie fühlte ihr Blut unter der Haut. Hier war sie, für Minuten, im Frieden mit sich und fürchtete nichts: an dem kühlen Morgen, hinter ihrem Fenster, durch das sie ein Stück der schlammigen Dorfstraße sehen konnte und das braune gekreuzte Gebälk der Kirche und darüber den rosig verfärbten Himmel.

Das harte Pochen an der Kammertür war wie ein schmerzender Schlag auf den Hinterkopf.

„Kathrin, he, Kathrin! Wird's bald? Schläft das Mensch bis in den Tag hinein . . .“

Hastig knöpfte Kathrin die Bluse zu. Die Sonne stand still, schon erblassend über dem Wald, der blau und kühl zurücksank in Schatten und Schweigen.

Unter der Pumpe im Hof wusch sich der Russe. Der eisblaue, kalte Wasserstrahl schoß über Nacken und Rücken, die sich krebsrot färbten. Kathrin, mit abgewandtem Kopf, wollte vorüber. Alexej richtete sich auf. Frisch und tropfnaß glänzten auch sein Gesicht und die weit auseinanderstehenden schwarzblauen Augen. Er nickte ihr zu. Verstohlen nickte sie zurück und fuhr im selben Moment, wie auf einer bösen Tat ertappt, zusammen, warf einen scheuen Blick über die Schulter zum Haus und ging vorüber, überfröstelt bei dem Gedanken, die Schwägerin könnte den Gruß zwischen ihr und dem Fremden beobachtet haben.

Sie kauerte auf dem Melkschemel, den Kopf an die Flanke der Kuh gepreßt. Ein Schatten fiel über sie. Sie sah den Russen in der Stalltür stehen. Ein einzelner magerer Sonnenstrahl huschte über seinen geschorenen Schädel, auf dem die Haare, kurz wie Vogelflaum, aufleuchteten.

Sein Haar wächst wieder nach, dachte sie und wunderte sich über die Spur von Erleichterung, die sie deshalb empfand. Er sah jetzt, rasiert, frisch gewaschen, ganz anders aus als damals, als er zum ersten Male im Hof gestanden hatte. Wie viele Tage waren seitdem verflossen? Laß sehen: zwanzig Tage, fast drei Wochen. Drei Wochen erst? dachte sie erstaunt.

Der Russe warf den drei Kühen und dem Kalb Heu vor.

Kathrin hatte zwei randvolle Milcheimer zur Stalltür geschleppt und niedergesetzt.

Sie zögerte.

Der Russe umschloß mit seiner breiten Hand das Maul des Jungtieres.

Er wandte sich um.

Er war schon neben ihr und hatte die Eimer ergriffen.

Kathrin ging voran. Alexej folgte, die Eimer mit der schaumweißen Milch balancierend; sein Blick streifte den gewölbten Rücken der Frau und den tief gesenkten Kopf, dessen Haar verhüllt war von einem häßlichen baumwollenen Tuch. Kathrin, dachte er, Katja.

Die junge Frau ging schneller, als spüre sie den Blick des Mannes, und unwillkürlich straffte sie den Rücken. Auf einmal schämte sie sich ihrer fleckigen Schürze und des dunklen Kopftuches, das nonnenhaft streng ihr Gesicht abschloß noch unter dem Haaransatz.

Die letzten Schritte bis zur Haustür lief sie, daß ihr der schwere schwarze Wollrock um die Beine schlug.

Kathrin war immer nachlässig gewesen in ihrer Kleidung. Sie hatte nie Freude daran gehabt, sich gefällig anzuziehen.

Für wen auch? dachte sie noch, als sie in ihrer Kammer vor dem Spiegel stand, der im braunen Nußbaumrahmen ihre dünne Gestalt knapp unter der Hüfte zerschnitt.

Für wen auch? fragte sie sich, als sie schon den Rock abstreifte und die Bluse, die unter den Achseln von Schweißflecken verschossen war. Sie vermied es, in den Spiegel zu sehen, bevor sie sich umgekleidet hatte.

Sie zog sich einen leichten grauen Tuchrock an und wählte sehr sorgfältig und ernsthaft unter den drei, vier Blusen, die sie besaß. Ganz unten in der Kommode fand sie einen bunten Sweater, den sie sich vor zwei Jahren aus Wollresten gestrickt hatte: rote, grüne, blaue, gelbe, braune Streifen. Sie hatte ihn einmal getragen und dann nie wieder, weil er ihr zu bunt und zu auffällig erschienen war.

Jetzt, als sie vor dem Spiegel stand, gefiel er ihr, obgleich er, eng anliegend, ihre Brust stärker hervortreten ließ als die losen Blusen und Jacken, die sie sonst trug.

Kathrin war nach fünf Jahren Ehe noch schamhaft wie ein junges Mädchen. Jetzt, vor dem Spiegel, freute sie sich zum erstenmal ihrer Brust, der Hüften und der Handgelenke, die zu lang und zu zart waren für ihre groben Hände mit den abgestoßenen Nägeln.

Sie sprang die Treppe hinab und lief wie ein Mädchen über den Hof, wobei der graue Rock in schönem Bogen um ihre Beine schwang.

Alexej führte eben das Pferd aus dem Stall.

Kathrin klopfte dem Tier den Hals, der sich warm und seidig braun unter ihrer Hand wölbte. Sie blies ihm in die Nüstern und lachte. Der Russe stand neben ihr und sah sie an, überrascht von ihrer anmutigen Verwandlung. Ihre Augen glänzten.

Das Pferd schnaubte und fuhr der Frau mit dem Maul über die Schulter. Sie wich zurück. Alexej lachte, faßte dem Tier in die Mähne und kraulte es sanft. Kathrin sah ihn an, und als er ihr zunickte, lächelte sie zaghaft.

„Herrgott, wo trödelst du schon wieder rum?" schrie Frieda. Da lief Kathrin, rasch und mit gesenktem Kopfe, und hinter ihr blieb Hufgeklapper auf den Steinen und der stumme Zorn des Russen.

Frieda, die festen Arme auf die Hüften gestemmt, empfing die junge Frau mit Schelte und Vorwürfen. Wo sie so lange gesteckt habe? Ob sie glaube, die Arbeit im Hause machten die Heinzelmännchen? „Und am frühen Morgen den guten Rock angezogen! Manieren wie eine Prinzessin . . ."

Kathrin verteidigte sich: Sie müsse ins Dorf, einkaufen gehen. „Und", der Gedanke war ihr eben erst gekommen, „und zu Meinhardts wollte ich noch rumgehen. Trude hat ein gutes Rezept für Dampfnudeln."

Auf dem Hofe der Meinhardts arbeitete ein Kriegsgefangener, ein Mongole mit schwarzen Augen. Aber Frieda Marten kannte den Mongolen nicht, und sie hatte seine schwarzen beunruhigenden Augen nicht gesehen. Sie begriff, daß man sich um ein Küchenrezept kümmern könne, aber sie hätte nie begriffen, daß man sich um einen gelbgesichtigen Fremden kümmern könne.

Erleichtert schlüpfte Kathrin hinter dem Rücken der Schwägerin ins Haus. Sie hatte noch nicht das Einkaufsnetz gefunden, als schon die grobe Stimme über den Hof schallte und dem Russen — „pascholl, du!" befahl, das Pferd anzuschirren.

Erst als sie den Wagen aus dem Tor rasseln hörte, ging auch Kathrin. Sie schämte sich ihrer Schwäche, die sie vor dem Fremden gezeigt hatte, sie schämte sich ihres Gehorsams und ihrer Furcht, und sie hätte es nicht über sich gebracht, neben der Schwägerin zu stehen und dem Russen beim Anschirren zuzusehen, als gehöre sie zu dieser da, der Lauten, Starken, Strengen, die sich zur Herrin über Hof und Tiere und Menschen aufwarf.

Kathrin ging über die Straße; sie setzte die Füße unsicher zwischen den schlammbraunen Pfützen, in denen trübes Regenwasser blinkte. Sie bewegte sich auf der Dorfstraße immer mit dieser schüchternen Vorsicht, sobald sie sich unter den Augen der Leute wußte.

Sie grüßte: ein paar Buben mit Schulranzen. Sie grüßte: eine Bäuerin, Kuchenbleche unter dem Arm. Sie grüßte: ein alter Bauer, der breit auf dem Kutschbock saß und zum Gegengruß mit dem Peitschenstiel an den Mützenrand tippte. Sie grüßte nach rechts und nach links und ging vorüber, den Kopf gesenkt. Sie blieb bei keinem stehen.

Die Frauen im Dorf waren es gewohnt. Die Marten ist eine Stille, so eine Heimliche. Sie hat es wohl auch nicht leicht bei der Frieda — ein Weib mit einer Schandschnauze, aber tüchtig.

Kathrin wußte, wie sie von ihr sprachen. Als sie zwei Frauen vor dem Krug stehen sah, die die Köpfe zusammensteckten bei ihrem Nahen, ging sie noch geduckter, wurde noch schmaler, als fürchte sie, die beiden würden ihr gleich ins Gesicht lachen, weil sie, Kathrin, anders war als diese beiden, die die Zügel fest in der Hand hielten und die wie alle im Dorf wußten, daß sie auf ihrem Hofe nicht mehr war als eine Magd, daß sie von der Schwägerin kommandiert wurde und nichts, aber auch gar nichts zu bestellen hatte. Und sie war doch die Frau im Hause! Sie hatte ihrem Mann ein Erbteil zugebracht wie so leicht keine andere. Ogottogott, was war die kleine Marten dumm!

Und dann war auf einmal neben der alten, der gewohnten Furcht eine neue, scharfe: Da hatten die Martens doch einen Knecht auf dem Hof, einen Kriegsgefangenen ... Warum trägt Kathrin denn ihren neuen Rock? Warum hat Kathrin einen so bunten Pullover an? Warum steht Kathrin morgens auf dem Hof und klopft dem Pferd den Hals — und daneben steht der Fremde? Warum lacht denn Kathrin — und daneben steht der Fremde? Warum singt denn Kathrin — und im Hof arbeitet der Fremde?

Sie floh vor den Blicken der Frauen. Sie lief am Krug vorüber und die Straße hinab, dorthin, wo hart am Ausgang des Dorfes der Hof der Meinhardts lag, an der Stelle, wo die holprige Dorfstraße überging in die asphaltierte Chaussee und die ersten Kirschbäume zu beiden Seiten des Weges standen.

Kathrin wurde ruhiger, sobald das Hoftor hinter ihr zugefallen war. Es war gut und sauber bei den Meinhardts, alles war gut und sauber, die Menschen und das Haus und der kleine Garten davor, der im Sommer versank in Ringelblumen und Rittersporn.

Es fiel kein lautes und kein grobes Wort in diesem Haus. Die Frau hatte viel Unglück gehabt, und das hatte sich über den Hof und seine Bewohner gesenkt.

Trudes Verlobter war im ersten Weltkrieg geblieben. Den Mann, den sie später genommen, hatte beim Scheunenbrand ein stürzender Balken erschlagen, und der älteste Sohn war an der Westfront gefallen, vor drei Jahren.

So waren auf dem Hofe nur Trudes alter Vater geblieben und ihr zweiter Sohn, ein Bürschchen von dreizehn Jahren. Die Meinhardt selbst war — neben ihrer Arbeit als Bäuerin — Gemeindeschwester seit dem Tode ihres Ältesten, und vielleicht hatte sie deshalb als eine der ersten im Dorfe einen Kriegsgefangenen zur Hilfe bekommen.

Kathrin fand die Frau in ihrem Schwesternzimmer, einem kleinen Raum, in dem es nur ein mit Wachstuch bezogenes Sofa und ein Schränkchen gab, hinter dessen Glasscheiben Arzneiflaschen und weißes Verbandzeug schimmerten.

Eben stellte die Meinhardt ihren Jungen wieder auf die Füße, der auf dem Wachstuchsofa gesessen und sich das Knie hatte verbinden lassen. Der kleine Kerl, drahtig und schwarzhaarig, wippte ein wenig in den Knien, um die Festigkeit des Verbandes zu prüfen, gab dann Kathrin die Hand und sagte ernsthaft: „Guten Tag, Tante Marten." Er ging.

Trude richtete sich auf. Sie war eine große, stattliche Frau mit voller Brust, das Gesicht schmal, streng, sehr weiß im Rahmen des ebenholzschwarzen Haares.

Kathrin sagte sofort: „Darf der Russe bei euch mit am Tisch essen?"

Die Frau richtete ohne eine Spur von Überraschung ihre dunklen Augen auf Kathrins Gesicht.

Kathrin senkte nicht die Lider. Sie wartete.

„Natürlich ißt er bei uns. Er arbeitet doch auch bei uns. Er ist doch ein Mensch wie wir."

Kathrin setzte sich auf das Sofa, die Knie zusammenge-preßt wie ein Mädchen, die Hände im Schoß gefaltet. Sie sagte: „Frieda würde es nie erlauben."

„Nein, Frieda nicht."

Kathrin stand auf. Sie sagte schnell und hoch:

„Er ist gut zu mir. Er hilft mir, wo er nur kann. Man muß doch etwas für ihn tun. Man kann doch nicht ‚pascholl!' schreien und ihm das Essen in die Scheune bringen. Das kann man doch nicht."

Die Meinhardt legte ihr den Arm um die Schultern. Sie sagte über Kathrins Kopf hinweg: „Nein, das kann man nicht, Kathrin."

Unvermittelt schob sie die junge Frau zurück. Sie lächelte. „Du hast schönes Haar, Kathrin." Sie sagte, als sei die andere nur deshalb zu ihr gekommen. „Du müßtest es ein bißchen pflegen. Abends mit Kamille waschen, weißt du? Dann be-kommt es mehr Glanz."

Kathrin errötete. „Glaubst du wirklich?" fragte sie zaghaft. Trude nickte. Die beiden Frauen verließen den Raum. In der Tür blieben sie stehen, gleichzeitig, und sahen sich an.

Kathrin lehnte am Türpfosten, den Kopf im Nacken, kraft-los: Sie ahnt, sie weiß alles . . . Die Furcht legte sich über ihre Brust wie ein kalter Eisenreifen, unter dem ihr der Atem ver-ging.

„Kathrin", sagte die Frau vor ihr, „es hilft dir niemand, du mußt dir selbst helfen, hörst du? Du darfst keine Angst haben. Tu, was dein Herz dir befiehlt. Wir sind doch Menschen. Die-ser Krieg . . . Man muß das bißchen Wärme festhalten, das noch geblieben ist. Man erfriert sonst."

Beim Tor kauerte der Gefangene und hämmerte am Pfo-sten.

„Guten Tag", sagte Kathrin.

„Guten Tag", sagte er, jede Silbe scharf von der anderen ge-trennt.

„Das ist Muchtar", sagte Trude. „Wenn ich ihn nicht auf dem Hof hätte . . . die Felder wär'n mir verkommen." Sie wandte sich an Muchtar, der jetzt vor ihr stand, mit gesenktem Blick, aber nicht demütig. „Hast du die Kartoffeln verlesen?"

„Ja, Frau."

Kathrin spürte den Druck von Trudes Hand auf ihrer Schulter; sie starrte unverwandt in das schrägäugige Gesicht des Gefangenen. Zwischen ihren Brauen stand eine steile Falte. Sie fragte streng, als prüfe sie sich selbst: „Sie sprechen Deutsch?"

Der Fremde nickte.

„Sprechen alle Russen Deutsch?" fragte Kathrin.

„Viele", sagte er. „Die meisten. Wir lernen es in der Schule." Sein Deutsch war mühsam, aber deutlich. Er lächelte, ohne die Lippen zu verziehen. Das Lächeln saß in den Augenwinkeln, es verging wie Windhauch über einem dunklen See.

Kathrin drehte befangen den Kopf weg. Sie sagte, als sie draußen auf der Straße der Meinhardt die Hand gab: „Heinrich sagt, die Asiaten sind die schlimmsten."

Trude lachte. „Muchtar ist Viehzüchter", sagte sie. „Sie haben ihre Herden zusammengetan. Den Sommer über wohnen sie im Zelt. Man kann sich das nicht recht vorstellen, ein ganz fremdes Leben . . . Er erzählt auch nicht viel."

Sie nickte Kathrin zu. „Du brauchst keine Ausrede, wenn du zu mir kommen willst; das weißt du ja."

Kathrin lief die Dorfstraße hinauf nach Hause, sie hielt sich gerade, die Schultern zurückgedrückt. Die Sonne glitzerte in den Wasserlachen.

„Nu, und wo ist das Rezept für die Dampfnudeln?" fragte die Schwägerin.

„Herrgott, ich hab's vergessen", sagte Kathrin kleinlaut.

„Was, du bist bei der Meinhardt gewesen und hast das Rezept vergessen?" Das gesunde Rot auf Friedas Wangen vertiefte sich.

Jetzt fängt's wieder an, dachte Kathrin, und wirklich begann die Schwägerin zu lamentieren, wo denn Kathrin um Gottes willen nur ihre Gedanken habe. „Da rennt das Mensch den ganzen Morgen im Dorf herum, und die Arbeit bleibt liegen und —" Sie verstummte. Die junge Frau war aufgefahren, mit gerecktem Hals: Sie hörte Hufgeklapper im Hof.

Kathrin schloß die Augen, ihr war, als dröhnten die Hufschläge bis in den Kopf hinein. Du darfst keine Angst haben, Kathrin.

Sie öffnete die Augen und sagte kalt und ruhig: „Man kann ja auch mal etwas vergessen. Du brauchst mich nicht gleich auszuschimpfen."

Friedas runde braune Augen wurden noch runder vor Erstaunen. Kathrin sagte: „Gib das Essen für Alexej. Ich bring's ihm, er wird Hunger haben."

Frieda verschlug es die Sprache. Sie sah in den Augenwinkeln Kathrins ein Blinken, das neu war und gefährlich.

So füllte die Schwägerin schweigend die Suppe ein. Ihr Gesicht glänzte dumm und rund und rot vor Verblüffung und Ärger.

Kathrin trug die Schüssel auf beiden Händen vor sich her. Sie brachte dem Gefangenen zum ersten Male das Essen.

Alexej saß auf dem umgestürzten Trog neben der Pumpe. Er nahm die Schüssel entgegen, ihre Fingerspitzen berührten sich; hastig zog Kathrin die Hand zurück. Der Russe senkte den Kopf, er aß rasch und achtlos.

Kathrin hätte jetzt gehen müssen. Sie setzte sich auf das Pumpenrohr. Er spricht keine drei Worte Deutsch, hatte der Ortsbauernführer gesagt. Kathrin wußte es besser. Sie dachte, halb mutlos, halb schon entschlossen: Ich sollte ihn fragen. Daß eine Frage einem so schwerfallen kann ...

Die Aprilsonne wärmte schon. In der Dachrinne lärmten die Spatzen, und aus den Ritzen zwischen den Steinen winkte das junge Gras mit hundert grünen Seidenfähnchen.

Kathrin sah hinab auf die Hand des Russen, die den Löffel führte: eine breite Hand mit schön geformten Nägeln, langgliedrige Finger, die richtigen, Jungtiere zu holen. Er hätte damals bei dem Bullenkälbchen helfen können, das so schwer kam, dachte die Bäuerin.

Fest umschlossen ihre Finger das glatte, kühle Eisen des Wasserrohres.

„Alexej", sagte sie.

Er hob so rasch den Kopf, als habe er nur darauf gewartet, daß sie seinen Namen sagte oder ein Wort, irgendein Wort. Sonnenfünkchen tanzten in seinen Augen, und Kathrin blickte ihn an, wie gebannt von einem blendenden Lichtstrahl, der einen plötzlich aus dem Dunkel trifft.

„Sprichst du Deutsch, Alexej?" fragte sie, und ihre Stimme war unnatürlich hoch vor Erregung, als müsse sich jetzt gleich etwas unerhört Bedeutungsvolles entscheiden.

In Sekundenschnelle erloschen die Lichtfünkchen: Der Mann hatte die Lider gesenkt, sein Gesicht war verschlossen und stumpf wie an jenem ersten Tage, als er auf dem Hof gestanden hatte, den Blick zur Erde gerichtet, sein armseliges Bündel in der Hand.

Er hob die Schultern und murmelte:

„Ich — nix verstehen."

Kathrin wußte, daß er log. Sie sprang auf und lief ins Haus, bis zur Treppe. Sie warf den Kopf auf den Geländerpfosten und schluchzte.

Frieda war neben ihr, ehe sie die Treppe hinauf fliehen konnte. Die massige Frau faßte Kathrin mit ungewohnter Sanftheit um die Hüften und fragte erschrocken, was ihr denn fehle. „Ist der Iwan etwa frech geworden?" Kathrin schüttelte heftig den Kopf. „Hast du Angst um den Heinrich, weil er so lange nicht geschrieben hat?"

Kathrin blickte auf, so verblüfft und verständnislos, daß es der anderen hätte auffallen müssen, wären deren Gedanken nicht, kaum hatte sie seinen Namen ausgesprochen, nur noch bei dem Bruder gewesen. Die junge Frau hatte der Name des Mannes getroffen wie ein Schlag ins Gesicht. O Gott, es gab auch noch einen anderen Menschen auf der Welt! O Gott, es gab noch einen Mann, den eigenen Mann, auf der Welt! Und er war an der Front, er hatte seit Wochen nicht mehr geschrieben; sie hatte seine Briefe nicht vermißt.

Kathrin heulte wieder los, so wild und verzweifelt, daß Frieda, für die es keinen besseren, braveren, tüchtigeren Menschen gab als den Bruder, die Tränen der jungen Frau der Angst um ihn zuschrieb. Sanft zog sie die Weinende auf die erste Treppenstufe hinab und setzte sich schwerfällig neben sie.

„Nu, du mußt nicht weinen, Kathrinchen. Wird schon nichts passiert sein ... die Post ist jetzt oft so lange unterwegs", sagte sie und hatte dabei, während sie ungeschickt zu trösten versuchte, selbst Tränen in den Augen.

Kathrin, als sie die Wärme der Frau dicht neben sich spürte, deren fester Arm um ihrer Hüfte lag, schlug das Gewissen. Das hatte sie nicht verdient, weiß der Himmel, das nicht! Hatte sie nicht den Heinrich vergessen — und der lag derweil vielleicht verwundet, vielleicht tot in dem Lande, aus dem der andere auf ihren Hof gekommen war. Da trug sie einen bunten Pullover, und vielleicht war der Brief schon geschrieben — „... auf dem Felde der Ehre gefallen" —, der sie in das schwarze Witwenkleid zwang.

Und nun begann Kathrin die Schwägerin zu trösten, mit denselben Worten fast wie sie, sanft und ungeschickt, und nahm sich vor, nie wieder „Alexej" zu sagen, nie wieder zu fragen: „Sprichst du Deutsch?"

Frieda wischte sich mit dem blaugewürfelten Taschentuch über die Augen und sagte: „Der verfluchte Krieg! Und dann diesen Iwan auf dem Hof! Da denkt man bei Tag und bei Nacht an den Heinrich und macht sich Sorgen und kann nicht schlafen — und dann läuft einem der Iwan über den Weg, und man möchte ihn am liebsten zum Teufel jagen. Die haben doch bloß schuld an dem Krieg und an allem! Lieber heute als morgen möchte ich wieder allein sein; lieber alles selber machen, lieber mich abrackern —"

Kathrin richtete sich auf, sie sagte schnell: „Wir brauchen ihn. Er muß auf dem Hof bleiben, bis —", sie stockte und setzte dann leiser hinzu: „bis Heinrich wieder da ist."

Heinrich Marten geht wieder über den Hof, groß, stark

und gesund, sein Lachen schallt durch das Haus, seine laute Stimme, und seine starken Arme umfassen sie.

Alexej ist nur noch Name, eine Erinnerung, die einen plötzlich aus dem Dunkel anspringt wie ein blendender Lichtstrahl, ist nur noch Geflirr von Sonnenfünkchen in einem Wassertropfen, der so rasch vergeht wie das winzige Stückchen Leben, das an jenem Märztage begonnen hat, als der Fremde zum ersten Male im Hof stand. Jetzt ist alles grau und kalt wie zuvor, dünnfädiger Herbstregen, unter dem sie geht, fröstelnd, mit gewölbtem Rücken — bis ans Ende.

An den folgenden Tagen schlich Kathrin finster und wortkarg durch das Haus und wich dem Gefangenen in weitem Bogen aus wie in der ersten Woche. Manchmal morgens, wenn die Sonne über den Waldsaum klomm, stand sie am Fensterkreuz und weinte und wußte nicht, warum.

6

Der Russe Alexej Lunjew war erfüllt von einer inneren Unruhe, die er nicht zu deuten wußte. Wenn Frieda Marten ihn morgens aus der Scheune ließ — sie schloß ihn noch immer ein wie ein Tier, das unversehens entlaufen könnte —, schaute er sich um wie einer, der Verlorenes zu finden hofft. Aber niemals gestand er sich ein, daß er die Frau suchte, daß er Ausschau hielt nach ihrem blassen Gesicht hinter den Fenstern des Hauses. Er spürte, daß Kathrin ihm auswich mit der gleichen zaghaften Beharrlichkeit, mit der sie ihn bisher gesucht hatte.

Eines Morgens — der April neigte sich schon seinem Ende zu — kam er in den Stall, um die Kühe zu tränken. Kathrin hockte auf dem Melkschemel, die Hände im Schoß, mit leerem Gesicht. Ihre Augen, dunkel umschattet, waren traurig und unnatürlich groß.

Kathrin erblickte ihn. Sie war nicht erschrocken; es war, als habe sie auf ihn gewartet. Sie sagte: „Ach, Alexej", in einem

Ton, daß er mit einem Male alles wußte und daß die tausend Worte, die in ihrem Herzen brannten, ungesprochen bleiben konnten. Nun mußte er doch die wenigen Schritte tun, die ihn von ihr trennten. Er berührte sanft ihre Hand. „Kathrin", sagte er, „Katja".

Aber die Schritte über alles Trennende hinweg waren doch noch nicht getan. Ein Name allein konnte nicht Brücke werden.

Kathrin sprang auf; sie ergriff die Milcheimer an der Tür und lief über den Hof, schief geneigt unter der Last.

Alexej machte unwillkürlich eine Bewegung, als wollte er ihr nachlaufen. Er bezwang sich aber; er blieb stehen, mit der Schulter gegen den Türpfosten gelehnt.

Seine Erkenntnis kam rascher als die der Frau, und sie schmerzte weniger, weil er nicht wie sie die Ketten des Dorfes und der Vergangenheit schleppte. Jetzt, als er in der Stalltür des Martenhofes stand und der Fliehenden nachsah, begriff er, daß sie einander nicht mehr ausweichen konnten.

Erst jetzt fühlte er, wie tief sich das Bild Kathrins in sein Herz gesenkt hatte, mit all ihrer Furcht und Güte, ihrer Hilflosigkeit und Scheu, mit ihrem Ringen um Standhaftigkeit und Mut.

Wie hatte er glauben können — damals, als er unter wolkenverhangenem Märzhimmel zum ersten Male hier gestanden hatte —, daß dieser Hof nur eine Station sei auf dem Wege zu seinem endlichen Ziel?

Alexej Lunjew war so verwurzelt im Glauben an sein Land, daß es ihm keinen Augenblick zweifelhaft schien, wie dieser Krieg, der ihn hierhergeführt hatte, enden mußte. Wann aber würde das Ende dasein? Und was würde dann aus Kathrin?

Als ich gekämpft habe, dachte er, als ich mein verbranntes Dorf sah, als die Verfluchten mich durch ihre höllischen Lager schleppten — immer habe ich an meine Ukraine gedacht, an unseren Sieg und an die Heimkehr nach dem Kriege ...

Jetzt denke ich: Katja. Wenn dieser Krieg zu Ende ist ... was wird aus Katjuscha?

31

Kathrin war ins Haus gelaufen, und nur durch äußerste Beherrschung war es ihr gelungen, ihre Erregung vor Frieda zu verbergen.

Dann kam der Brief von Heinrich Marten. Frieda, die um die elfte Stunde vor dem Tor zu stehen und nach dem Briefträger auszuschauen pflegte, riß dem alten Mann, kaum hatte der seine Posttasche wieder geschlossen, den Brief im grauen Umschlag aus der Hand und stürzte in die Küche. „Heinrich hat geschrieben!" Hochrot glänzten ihre Wangen, ihre Brust wogte. „Endlich!" Tränen liefen ihr übers Gesicht.

Kathrin griff nach dem Brief. Sie riß den Umschlag auf und las mit halboffenem Mund. Ihre Blicke fuhren über die Zeilen, verzweifelt suchte sie nach einem Trost, einem guten Wort.

Steil liefen die Buchstaben über das rauhe Papier, die Wörter waren breit auseinandergezogen. Heinrich meldete, er sei gesund, es gehe ihm gut. Er habe lange nicht schreiben können wegen der angespannten Lage an der Front; sie seien ständig in Kampfhandlungen verwickelt gewesen, seien auch manchmal zurückgeworfen worden — „aber das hat nichts zu sagen, ihr werdet sehen, wir gehen wieder vorwärts!" Kathrins Blicke hetzten über die Zeilen. Frieda starrte über ihre Schulter, sie sog begierig jedes Wort des Bruders in sich hinein: Ach, er lebt, der Heinrich, er ist gesund, sie gehen vorwärts ...

Und dann, wie nebenbei mitgeteilt: Sie haben in einem Dorf Partisanen aufgestöbert, sie haben das ganze Nest ausgeräuchert und die Einwohner an die Wand gestellt. — „Liquidieren" nannte man das in diesem Kriege.

Kathrin ließ das Blatt sinken, sie mußte sich setzen, ihr Gesicht war weiß wie die Wand. Sie schloß die Augen. Da bellten Maschinengewehre, zerfetzten die Leiber von Frauen und Kindern ...

Erschrocken umfaßte Frieda die Schultern der jungen Frau. „Um Gottes willen, was ist dir, Kathrin? Ist dir übel geworden?"

Kathrin öffnete die Augen. Sie saß in der Küche eines deutschen Bauernhauses, draußen schien die Sonne, im Hof lärmten die Hühner. Unter dem Wasserkessel prasselte das Herdfeuer. Dicht vor ihr schwamm das Gesicht der Schwägerin, aber wie aus weiter Ferne hörte sie die Stimme.

„Wie du dir auch alles zu Herzen nimmst! Das ist nun mal nicht anders im Kriege. Ich verstehe dich gar nicht. Denk bloß mal, was die machen, die Russen! Diese Heckenschützen —"

Kathrin starrte mit einem Ausdruck von Entsetzen in das runde, gesunde Gesicht. Sie sprang auf, lief aus der Küche, die Treppe hinauf, in ihr Zimmer und verschloß die Tür. Sie warf sich über das Bett und schluchzte, sie biß in die Kissen. Mörder, verfluchte Mörder!

Plötzlich richtete sie sich auf und glättete den Brief. Weiterlesen, alles lesen, bis zum Ende!

Sie las: Eine Frau mit einem Kind auf den Armen war auf die Soldaten zugelaufen, so eine blasse, blonde. Gott, sie hatte ihm ja leid getan, aber Befehl ist Befehl.

Gott, sie hatte ihm ja leid getan ...

Aus dem Fünkchen Haß, das in jener ersten Nacht seines Heimaturlaubs aufgeglommen war neben Demut und Angst, schoß eine Flamme, die alles verbrannte, was sie noch mit diesem Mann verbunden hatte: fünf Jahre Ehe und der gemeinsame Besitz von ein paar Hektar Ackerland.

Aber es gab einen Menschen, an dem man einen kleinen Teil dessen gutmachen konnte, was die anderen an seinem Volke taten. Nicht eine Sekunde dachte sie daran, daß der Russe in ihr eine von — jenen sehen könnte; er mußte wissen, daß sie nicht zu den Wölfen gehörte, daß keine Gemeinsamkeit mehr war zwischen ihr und dem Mann, dessen Namen sie trug.

Kathrin ging zurück in die Küche und warf den Brief ins Herdfeuer. Als die Schwägerin auf sie losfuhr, ob sie verrückt geworden sei — sie, Frieda, habe den Brief doch noch gar nicht zu Ende gelesen —, wandte Kathrin sich um, sah sie von oben bis unten an und sagte kalt: „Es lohnte auch nicht. Der

Rest war nur für mich bestimmt." Und ohne Übergang: „Von heute ab ißt Alexej bei uns mit am Tisch."

Minutenlang war die Schwägerin starr, sie verstand nicht; ihr Gesicht wechselte die Farbe.

Kathrin lehnte sich an den Tisch, sie dachte: Du darfst keine Angst haben. Die Schwägerin stemmte die Arme auf die massigen Hüften, sie schrie, den Hals gereckt, der anderen ins Gesicht: „Dir geht's wohl nicht gut, was? Du bist wohl ganz und gar verrückt geworden?! Der Iwan soll mit an unserem Tisch essen? Nie, sage ich dir, nie! nie! In meinem Haus nicht! Der kommt nicht in mein Haus, verstanden? Das wirst du nicht erleben! Was meinst du denn, was Heinrich —"

Mit herrischer Handbewegung schnitt Kathrin der Schwägerin die Rede ab. „Was Heinrich dazu sagt, ist mir gleichgültig."

Frieda verschlug es den Atem.

„Nie!" keuchte sie, außer sich vor Wut. „Nie, nie!"

Kathrin sagte: „Ich bin die Herrin im Hause, nicht du! Du wirst hier nur geduldet, verstehst du mich? Lange genug hast du mich herumkommandiert — jetzt ist Schluß, endgültig Schluß! Ich habe hier zu bestimmen, und ich sage, daß der Russe mit uns am Tisch ißt. Wenn es dir nicht paßt, kannst du ja gehen."

Die junge Frau stand straff aufgerichtet, den Kopf erhoben, und die Schwägerin erkannte: Eine neue, eine verwandelte Kathrin hatte sie vor sich, die Herrin des Hauses. Ihre Stimmung schlug um von Wut in Wehleidigkeit; sie begann zu heulen, sie saß zusammengekauert am Tisch und schluchzte: „So wird einem alles gedankt, was man für den Hof getan hat ... Da hat man sich abgerackert — und dann das! Tag und Nacht hat man sich Sorgen gemacht, und dann wird man einfach vor die Tür gesetzt."

Kathrin betrachtete sie ohne Mitleid. „Niemand setzt dich vor die Tür, Frieda. Ich will nur nicht, daß du mir befiehlst, was ich zu tun und zu lassen habe. Das weiß ich selbst. Ich bin kein kleines Kind, ich brauche deine Befehle nicht."

Frieda hob den Kopf, ihr Gesicht war fleckig und aufgeschwemmt von Tränen.

„Kathrin", jammerte sie, „wie kannst du bloß so zu mir sein! Ich habe doch immer nur das Beste für dich gewollt . . ." Und ganz kleinlaut, da sie sah, daß ihre Worte von Kathrin abprallten: „Ich will dir ja auch nicht mehr reinreden. Mach, was du willst, bloß", und sie war wieder erregt, „bloß laß den Iwan hier nicht ins Haus. Kathrin, was werden die Leute im Dorf dazu sagen —"

„Bei vielen", erwiderte die junge Frau, „essen die Gefangenen mit am Tisch. Sie arbeiten doch auch mit uns zusammen. Es bleibt bei dem, was ich gesagt habe." Nun wußte Kathrin zwar, daß nur bei den Meinhardts der Gefangene ins Haus gelassen wurde, aber sie wußte auch, daß Frieda vor allem wegen „der Leute" beruhigt werden mußte.

Kathrin ging, hinter ihrem Rücken das Schnaufen und Schluchzen, das lauernd verstummte, sobald sich die Tür hinter ihr geschlossen hatte.

Auf der Tenne reinigte Alexej den Pflug. Er kauerte am Boden und rieb an der Pflugschar; leise summte er zwischen den Zähnen eine Melodie, eine schwermütige Weise. Kathrin legte ihm die Hand auf die Schulter. Er blickte auf.

Sie sagte: „Du sprichst Deutsch, Alexej. Ich weiß es. Der Gefangene bei Meinhardts hat gesagt, daß es die meisten von euch in der Schule lernen. Ich verrate dich nicht. Das glaubst du doch nicht, daß ich dich verraten werde? Du verstehst mich doch, nicht wahr?"

Alexej nickte.

„Du brauchst keine Angst zu haben, Alexej. Ich habe auch keine Angst. Eigentlich ist das alles gar nicht so schwer, wie ich immer gedacht habe. Du sollst jetzt auch immer bei uns mit am Tisch essen."

Sie stockte. Das klang, als wolle sie ihm ein Geschenk machen; das hatte sie gar nicht so sagen wollen. Was hatte sie überhaupt sagen wollen?

Verwirrt schaute sie zu ihm hoch. Sie suchte in seinem Gesicht zu lesen. Du verstehst, das ist kein Geschenk, das ist selbstverständlich, nicht wahr?

Der Russe sagte langsam: „Ich danke dir, Kathrin."

Sie hörte zum ersten Male seine Stimme deutsche Laute sprechen. Das Wunder geschah: Ein Stummer wurde plötzlich der Sprache mächtig.

Sie ergriff seine Hand, weil sie wußte, daß er sie verstanden hatte, nicht die Worte allein, sondern das, was sie nicht in Laute und Silben umgesetzt hatte.

„Komm", sagte sie.

In der Küche deckte Kathrin den Tisch, rückte Alexej den Teller zurecht und legte den Löffel daneben.

Friedas Platz blieb leer.

Der Russe blickte stumm auf den blanken Teller, den unbesetzten Stuhl an der Stirnseite des Tisches, dann auf Kathrin. Sie spürte den Vorwurf, beschämt ging sie, um die Schwägerin zu suchen.

Sie fand Frieda in ihrer Kammer, das runde Gesicht entstellt von Jammer und Wut. Am liebsten hätte Kathrin sie gelassen, wo sie war, aber der Russe und seine stumme Bitte waren stärker als ihre Rachsucht. Sie zwang sich zur Milde gegen die tief Gekränkte, redete ihr zu, ja, sie entschuldigte sich sogar, als Frieda, die unerwartete Nachgiebigkeit der anderen ausnützend, sich nun erst recht bockbeinig stellte.

Da Kathrin aber nicht ohne die Schwägerin in die Küche zurückkehren wollte, bot sie ihre ganze Überredungskunst auf; mit der war es freilich schlecht bestellt, denn die junge Frau hatte nie die Gabe besessen, andere Menschen zu etwas zu überreden, sie hatte es auch nie versucht. So sagte sie denn auch manches Ungeschickte, ehe Frieda sich endlich dazu bewegen ließ, mitzukommen und sich mit dem Russen an einen Tisch zu setzen.

Es kostete die herrische Frau schwere Überwindung, dem Gefangenen gegenübersitzen zu müssen, ohne daß sie aufspringen und mit der Faust auf den Tisch schlagen und den Eindringling hinausweisen durfte. Sie aß in verbissenem

Schweigen, blickte nicht einmal von ihrem Teller auf und tat, als sei der Fremde gar nicht vorhanden. Kaum hatte sie den letzten Bissen geschluckt, stand sie auf und ging hinaus.

Im Hausflur machte sie sich mit den Milchkannen zu schaffen, lauernd, ob die beiden da drinnen miteinander sprächen.

Aber es blieb still in der Küche, und gleich darauf kam auch der Russe in den Flur. Als Frieda, streitlustig, sich vor Alexej aus der Tür drängte, gerade als er hinaus wollte, trat er mit einer höflichen Geste zurück und ließ ihr den Vortritt. Frieda drehte sich um und warf ihm einen bösen Blick zu. Das Gesicht des Russen war verschlossen, und in seinen Augen lag ein Ausdruck, vor dem Frieda die Lider senkte.

Kathrin stand in der Küche, und während sie das Geschirr abwusch, sang sie Lieder, die sie seit ihren Mädchenjahren nicht mehr gesungen hatte.

Am Abend wusch sie ihr Haar mit Kamille, wie Trude ihr geraten hatte.

„Herrgott, du wirst aber eitel!" stichelte die Schwägerin.

Kathrin sagte so gleichmütig wie möglich: „Das Haar ist so strohig, schließlich muß man es auch ein bißchen pflegen. Und ich kann nicht extra zum Friseur in die Stadt rennen."

Erst als sie das triefend nasse Haar ausgedrückt und ein Handtuch um den Kopf gewunden hatte, wagte sie einen Blick in das Gesicht der Schwägerin. Die saß mit gespreizten Beinen, die Hände über dem Bauch gefaltet, und betrachtete die Junge mit vorgeschobener Unterlippe.

„So, so", sagte sie nach langem Schweigen bedächtig. „So, willst das Haar ein bißchen pflegen, kannst nicht extra zum Friseur rennen." Sie machte eine bedeutungsvolle Pause. „Nun, und dann sag mir bloß mal, warum du dich ausgerechnet jetzt so schön machen mußt, he?"

Sie war zu plump gewesen; auch eine weniger Befangene als Kathrin hätte ihr die Gedanken von der Stirn lesen können.

Kathrin wandte sich zum Ausguß und schüttete das Wasser hinein und spülte sehr sorgfältig nach — das dauerte so lange, daß sich der Schreck in ihr senken konnte und wenigstens aus den Zügen gewischt war.

Lügen, dachte Kathrin, jetzt einfach lügen . . . Sie hatte oft gelogen, meist aus Furcht, wegen einer Ungeschicklichkeit gescholten zu werden. Die Flucht in die Lüge war für sie, wie für viele, die zu Demut und Gehorsam gepreßt werden, die einzige Möglichkeit, sich die Ruhe zu verschaffen, hinter der sie sich gegen die laute, feindliche Umwelt abschloß. Niemals aber hatte sie mit vollem Bewußtsein und um eines selbstsüchtigen Zweckes willen gelogen; sie kannte keine List.

Jetzt aber, als sie dem erwachenden Mißtrauen der Schwägerin entgegentreten mußte, wurde sie listig, und nichts Unsicheres war in ihrer Verschlagenheit.

„Heinrich hat schon immer gesagt, ich soll mein Haar öfter waschen, mit Kamille, damit es Glanz bekommt. Er hat immer die Zöpfe von der Liesel Weckerling bewundert. Man will doch nicht, daß der eigene Mann nach anderen guckt, nicht wahr?" Sie lachte. Sie plapperte drauflos, von der Liesel Weckerling und von Heinrich bunt durcheinander, und ihre Stimme klang dabei so aufrichtig, der Blick, der ihre Worte begleitete, war so voll Zärtlichkeit und Freude an der Überraschung für den Mann, daß auch eine weniger leicht zu täuschende Frau als Frieda sich hätte übertölpeln lassen.

Oh, Kathrin wußte gut, womit man das Mißtrauen der Schwägerin einschläfern konnte. Während die junge Frau ihr Haar trockenrieb und bürstete, schwatzten sie von Heinrich. Frieda fand kein Ende, seine Vorzüge herzubeten, seine Kraft und Umsicht zu loben und mit glucksendem Lachen von seinen drolligen Einfällen zu erzählen: Als kleiner Junge schon . . .

Endlich konnte Kathrin dem qualvollen Gespräch entfliehen. In ihrer Schlafkammer stand sie eine halbe Stunde vor dem Spiegel im Nußbaumrahmen und kämmte ihr Haar, bis es, schulterlang, locker über den Nacken fiel.

Ihr Gesicht war jung in dem blaßblonden Rahmen, in dem

rötliche Fünkchen aufsprühten bei jeder Kopfwendung unter dem matten Lampenlicht.

Sie blickte aufmerksam in den Spiegel: Sie begann sich zu entdecken.

7

Lauer Wind ging über das Feld. Unter der Pflugschar brach die Erde in glänzendbraune Schollen; herb und würzig stieg der Duft des Bodens auf. Der Russe ging hinter dem Pflug, und die junge Frau führte das Pferd, Furche auf, Furche ab.

Fern verhallten zwölf Glockenschläge von der Dorfkirche. Kathrin und Alexej saßen am Feldrain und aßen, was die junge Frau mitgebracht hatte. Sie reichte ihm den Steinkrug mit Kaffee. Ihre Hände berührten sich, Kathrin errötete, aber sie zog ihre Hand nicht zurück; sekundenlang ruhten ihre Finger nebeneinander auf dem kühlen braunen Krug. In ihrem Lächeln war kein Schimmer von Vertraulichkeit.

Als Alexej sich erheben wollte, machte Kathrin eine Bewegung: Bleib sitzen.

Er streckte sich im Grase aus, die Arme im Nacken verschränkt, und sah mit halbgeschlossenen Augen in den Himmel, der sich blau und sehr hoch wölbte.

Kathrin saß daneben, die Hände über den Knien gefaltet, den Rock streng bis über die Knöchel gestrichen, und betrachtete verstohlen das Gesicht Alexejs.

„Du hast Heimweh, Alexej", sagte sie traurig.

Der Mann wandte ihr den Kopf zu.

„Ja", sagte er.

Sie senkte die Lider.

Natürlich, dachte sie, wie sollte er auch nicht Heimweh haben? So weit fort von Rußland, von seinem Dorf, von seiner Mutter — was weiß ich, nach wem sonst er sich noch sehnt?

„Du möchtest nach Hause, nicht wahr? Heute noch, jetzt gleich?"

„Ja", sagte er schnell und laut, aber er hatte nur deshalb so schnell und laut gesprochen, um die Stimme in seiner Brust zu übertönen, die flüsterte: Nein, noch nicht. Nicht heute. Nicht jetzt gleich.

Der Schmerz, der Kathrin durchfuhr, war so scharf, daß der Russe ihn spürte, als sei er selbst verwundet worden.

Sein Blick umschloß die schmale Gestalt, die keine drei Schritt von ihm entfernt kauerte. Alexej sah ihr Gesicht, das auch die Aprilsonne nicht bräunen konnte, und er merkte zum ersten Male, daß Kathrin schön war, von einer Art Schönheit, die nicht auffällt.

Er ergriff Kathrins Hände und sagte: „Ja, ich habe Heimweh. Ja, ich möchte nach Hause. Aber . . ."

Er zögerte. Sie hatte ihm schon ihre Hände entzogen und mit heftigem Ruck den Kopf abgewandt. Unvermittelt sagte sie, ohne ihn anzusehen: „Du hast mir noch nie von deiner Heimat erzählt. Ich weiß gar nichts von dir."

Alexej hob die Schultern, sein Gesicht war wieder verschlossen und stumpf; er sagte rasch und tonlos: „Da gibt es nichts zu erzählen. Jetzt nicht mehr. Früher war es schön, zu Hause, meine ich, das Dorf . . . Aber jetzt . . ."

Er schwieg. Er hatte die Frau nie gehaßt, er haßte die Deutschen nicht, nicht alle, nur die Wölfe. — Er hatte von Kindheit an gelernt, daß es in Deutschland wie in jedem anderen Land der Erde Arbeiter gab, die unterdrückt wurden und gegen die Unterdrückung kämpften; er hatte gelernt, daß man diese Menschen achten müsse, daß man mit ihnen verbunden sei durch die gleiche Idee, weil sie nach einem Ziel strebten, das er und die anderen Menschen seines Landes schon erreicht hatten. Alles das war ihm so verständlich gewesen wie die Erde und die Sonne und die Häuser seines Dorfes; er hatte nie daran gezweifelt.

Dann war der Krieg gekommen. Er hatte sein Dorf verlassen und war Soldat geworden. Später hatte er seine Heimat wiedergesehen. Es war im Oktober des Jahres 1942, er konnte sich noch genau des Tages entsinnen, es war der siebenundzwanzigste Oktober, und er stand vor dem, was einst sein Dorf gewesen war.

Lange hatte er vor dem grauen Schutthaufen gestanden, in den sich das Haus seiner Eltern verwandelt hatte, und er hatte keinen Schmerz verspürt. Nur Leere war an der Stelle geblieben, wo sonst der Schmerz sitzt.

Er hatte seine Eltern nicht mehr gefunden, auch die Schwester hatte er nicht wiedergesehen.

Er war noch so jung — eben vierundzwanzig Jahre —, aber sein Haß hatte sich niemals unterschiedslos gegen alles gerichtet, was deutsch war. Er kämpfte gegen die Faschisten, aber er vergaß niemals die Lehren aus seiner Jugendzeit — ja, gerade nach diesem Oktober 1942 hielt er sich noch fester an diese Lehren: daß es in jenem Deutschland Arbeiter gab und daß es unter diesen Arbeitern Genossen gab.

Dann war er den Deutschen in die Hände gefallen, mit einem Streifschuß am Kopf, geschwächt vom Blutverlust. Sie hatten ihn in ihren Gefangenenlagern gequält. Sie hatten ihn auf diesen Hof mitten in Deutschland gebracht.

Da war diese Frau gewesen; er hatte sie nicht gehaßt. Sie gehörte nicht zu denen, die man Genossen nannte; sie wußte nichts von ihnen, hatte sich nie um ihren Kampf gekümmert — aber sie gehörte auch nicht zu den Wölfen. Das hatte er gespürt vom ersten Tage an, damals, als er, im Hof wartend, aufgeblickt und ihr blasses, erschrockenes Gesicht hinter der Fensterscheibe gesehen hatte. Und mit jedem Tage war die Gewißheit in ihm stärker geworden, daß diese Frau gut war, daß in ihr eine Kraft schlummerte, die, einmal geweckt, sie lieben und hassen lehren konnte.

Er hätte in diesem Augenblick, als er stumm neben Kathrin saß, nicht erklären können, wie all das andere gekommen war: von der Hilfe für die Hilflose bis zu der tiefen Zuneigung zu ihr. Er würde es nie erklären können.

„Und wie ist es jetzt, Alexej — zu Hause?"

Sie wartete, sie hörte ihm zu, und während er erzählte, sorgsam Wort an Wort reihend, damit ihm nicht das gläserne

Gebäude seiner Beherrschung einstürzte, rückte sie ihm näher, unverwandt auf seinen Mund starrend, der mühsam, aber deutlich die deutschen Silben formte.

„Natalja hieß meine Schwester", sagte er. „Wir nannten sie Natascha. Wie sie lachen konnte! Wie sie singen konnte! So war keine andere im Dorf —" Er schluckte, jetzt lief doch ein Sprung durch die gläserne Wand, die er zwischen sich und seiner Erzählung aufgerichtet hatte. „Ich weiß nicht, was aus ihr geworden ist. Vielleicht haben die sie erschossen. Vielleicht haben die sie nach Deutschland verschleppt, als Fremdarbeiterin."

Kathrin legte dem Russen den Arm um die Schulter, mit einer einfachen und herzliche Bewegung, die Worte überflüssig machte. Sie schwiegen.

Endlich sagte Kathrin, und ihre Stimme war so ruhig wie die des Russen, sie setzte die Worte so sorgsam wie er: „Der Bauer", nein, sie sagte nicht, „mein Mann", „der Bauer hat geschrieben. Sie haben die Leute in einem Dorf erschossen, mit Maschinengewehren."

Der Russe nickte, seine Augen waren schwarz vor Schmerz und Zorn, als habe sie ihm gesagt: Deinen Vater, deine Mutter, deinen Bruder haben sie an die Wand gestellt.

Kathrins Hand glitt von seiner Schulter, sie rief verzweifelt: „Warum haßt du mich nicht? Du mußt mich doch hassen! Warum schlägst du mich nicht tot? Ich bin doch eine von denen —" Sie weinte. Ihre mageren Schultern zuckten.

„Nein", sagte Alexej, „nein, nein, du gehörst nicht zu denen, du nicht." Er zog sie in seine Arme, und ihre Tränen zerflossen zu dunklen Flecken auf seiner abgetragenen Feldbluse.

Alexej strich ihr mit seiner großen Hand über das Haar. Sie spürte die rauhe Haut seiner Finger auf ihrem Gesicht. Sie blickte sich nicht um, sie hatte keine Furcht, von Nachbarn gesehen zu werden.

Sie gingen wieder an die Arbeit.

Der Russe lenkte den Pflug, Kathrin führte das Pferd, Furche auf, Furche ab.

Der Kriegsgefangene und die Bäuerin saßen nun allabendlich im Hof auf dem umgestürzten Trog neben der Pumpe und sprachen und schwiegen miteinander. Es gab viel Arbeit im Mai, die Zeit drängte, aber sie fanden trotz ihrer Erschöpfung immer diese eine Stunde, für die sie die dreiundzwanzig anderen Stunden des Tages lebten. Sie nannten das, was sie füreinander empfanden, Freundschaft, und manchmal glaubten sie sogar daran, daß es Freundschaft sei.

8

Trotz der Offenheit, mit der Kathrin und Alexej sich morgens grüßten, tagsüber miteinander sprachen, ließen sie doch bei ihren abendlichen Zusammenkünften keine Vorsicht außer acht. Sie benutzten jene Stunde, in der Frieda zu ihrer Busenfreundin, der Weckerling, hinüberging, und sie trennten sich, sobald sie vom Nachbarhof Türklappen und Stimmen hörten, die Friedas Rückkehr ankündigten.

Eines Abends aber blieb Frieda zu Hause. Alexej und Kathrin saßen am Tisch und warteten, aber Frieda macht keine Anstalten fortzugehen. Schweigend saßen die drei, während die Dämmerung in die Winkel kroch und die Umrisse der Möbel auslöschte.

Der Russe und die junge Frau wechselten einen Blick. Sie standen auf, gingen in den Hof hinaus und setzten sich auf den Trog, und die Schwägerin starrte ihnen nach vom Küchenfenster aus.

Sie begriff nichts. Kathrin war ihr ein gefährliches Rätsel geworden; dieselbe Kathrin, die einst so klein und geduckt durch das Haus geschlichen war, die willig und mit Demut Friedas Anordnungen befolgt hatte — dieselbe Kathrin war ruhig und ohne ein Wort der Erklärung in den Hof gegangen, mit dem Fremden, mit dem Iwan, dem verfluchten!

Minutenlang erwog Frieda ernstlich die Möglichkeit, die

junge Frau wäre vielleicht nicht mehr ganz richtig im Kopfe; langsam kroch dumpfe Erbitterung in ihr hoch: Warum hockte das Mensch da draußen mit dem Fremden herum, der sie nichts anging und für den eine anständige Frau nichts als Verachtung haben durfte? Wie oft hatte Heinrich ihr gesagt, daß man die Russen gar nicht als richtige Menschen ansehen dürfe, diese Roten, die nur Zerstörung wollten und den Bauern ihre Höfe wegnahmen und in ihrem Land alle Leute totgeschlagen hatten, die Geld besaßen und ein bißchen Eigenes.

Kathrin und sie, Frieda, und Heinrich gehörten auch zu denen, denen die Roten alles wegnehmen würden, wenn sie — Gott bewahre uns! — nach Deutschland hereinkämen. Man mußte das der Kathrin sagen. Es konnte nicht gut ausgehen, wenn man freundliche Worte verschwendete an einen Kerl, der einem — könnte er, wie er wollte — den Hals abschneiden würde.

Als Kathrin später in die Küche zurückkehrte, sagte Frieda ganz sanft, und sie versuchte ihre Stimme zu dämpfen und ihr einen Anstrich von Mütterlichkeit zu geben: „Hör mal, Kathrin! Ich habe mit dir zu reden."

„Was gibt's?" fragte Kathrin über die Schulter hinweg.

Frieda ließ sich nicht abschrecken. Sie saß auf dem Küchenstuhl, ihre Hüften quollen über den schmalen Holzsitz, sie angelte mit dem Fuß nach einem niedrigen Schemel und zog ihn auf den Fliesen zu sich heran.

„Setz dich mal zu mir, du!"

Widerwillig fügte sich Kathrin; sie hätte jetzt ihre Ruhe haben mögen. Mit einem verhaltenen Seufzer setzte sie sich auf den Schemel, den Kopf gesenkt, daß ihr Gesicht im Schatten des schweren Küchentisches blieb; nur ihr blonder Scheitel glänzte im Licht.

Frieda war nie sorgsam in der Wahl ihrer Worte gewesen; sie verstand es nicht, sich zu den Gefühlen anderer Menschen vorzutasten, sie brach plump in die innersten Bezirke ein. Schon nach den ersten Sätzen hatte ihre Stimme die leichte Färbung von Mütterlichkeit verloren; die derbe Frau gebrauchte derbe Ausdrücke, die Empörung ging mit ihr durch. Böse und geschwätzig kramte sie alle ihre Bedenken aus, die sie vorhin zusammengetragen hatte, sie ließ ihrem Ärger freien Lauf, der sich beim Horchen hinter dem Fenster aufgespeichert hatte, erregte sich an ihren eigenen Worten, bis sie schließlich die mühsam bewahrte Gewalt über ihre Stimme verlor und in ihr polterndes Schelten verfiel, als sei sie noch die Herrin im Hause und Kathrin noch das fröstelnde, scheue Ding wie ehemals.

Angestrengt spähte sie dabei Kathrin ins Gesicht; aber die hatte die Schultern hochgezogen, und auf ihren Zügen, die im Schatten zu einem gelblichblassen Fleck verschwammen, waren weder Zustimmung noch Ablehnung zu lesen.

„Ja, zum Teufel, hörst du mir denn überhaupt zu?" unterbrach sich Frieda.

Das Licht auf dem blonden Haar flammte stärker auf; Kathrin hatte fast unmerklich genickt.

„Nun sag doch bloß mal, was du an dem Kerl gefressen hast. Was sollen die Leute denken, wenn sie dich mit dem auf dem Hof sitzen sehen! Man muß sich die Augen aus dem Kopf schämen für dich. Eine deutsche Frau — und verschwendet auch nur ein Wort an den Iwan. Schlimm genug, daß er schon hier mit im Haus ißt, wo er doch von Rechts wegen in die Scheune gehört — der . . ."

Endlich hob Kathrin den Kopf. Sie hatte die Zähne in die Unterlippe gegraben, und in ihren wasserhellen Augen sprühten grüne Pünktchen.

Frieda verstummte.

Kathrin preßte die Hände zwischen den Knien zusammen; sie sagte leise: „Das verstehst du nicht, Frieda. Alexej ist gut und hilfsbereit. Man kann ihn nicht in die Scheune sperren wie ein Tier. Du möchtest ihn antreiben wie einen Sklaven, am liebsten mit der Hundepeitsche; dir tut es leid um jeden Bissen, den du ihm geben mußt. Fühlst du denn wirklich nicht, wie grausam und ungerecht das ist? Er ist doch ein Mensch wie wir."

Klatschend schlug Frieda mit der flachen Hand auf den Tisch. „Das ist er eben nicht!" Ihre Stimme überschlug sich. „Die Russen sind keine richtigen Menschen, sie sind dumm und dreckig und grausam und verlaust —" Sie unterbrach sich.

Auf Kathrins Gesicht blühte ein Lächeln auf, wurde zum Lachen, heiter und herzlich: Nein, das konnte man ihr nicht weismachen, Frieda nicht und Heinrich nicht und alle Leute im Dorf nicht. Alexej war gut und klug, und sauber war er wie nur einer, und warum sollten die anderen Russen ihm so gar nicht ähnlich sein? Denn daß ausgerechnet auf ihren Hof solch ein Ausnahme-Russe gekommen sein sollte — nein, das war ein unglaubhafter Gedanke!

Verständnislos starrte Frieda in Kathrins gerötetes Gesicht, und plötzlich entdeckte sie etwas Neues darin: Die Haut war nicht mehr fahl und grau, sondern hatte einen gesunden milchigen Schimmer; die Lippen, die sie sonst zu einem dünnen Strich zusammengekniffen hatte, wölbten sich voll und in lebendigem Rot . . .

Frieda fragte hastig und gedämpft: „Kathrin, hast du was mit dem?" und war im gleichen Augenblick entsetzt über ihre Frage.

Die junge Frau hob die Arme, ihre Hände flatterten hilflos, ihr „Nein, nein, nein!" zitterte von so tiefem Erschrecken, daß die Schwägerin sofort überzeugt war: Das würde sie nie tun! Sie schämte sich ihres Gedankens. Kathrin war doch eine deutsche Frau, war die Frau ihres Bruders — wie konnte man solch einen Verdacht überhaupt erwägen? Das war lächerlich, das war wahnsinnig, das war ganz und gar unmöglich!

„Entschuldige", stammelte sie, „ich wollte nicht — also, wirklich —"

Kathrin war schon aufgestanden und aus der Küche gelaufen.

Frieda blieb in tiefer Bestürzung zurück. Wie hatte sie so etwas nur sagen können? Wenn das der Heinrich wüßte. Ogottogott . . . Sie zupfte aufgeregt an ihren dicken roten Fingern, erhob sich schwerfällig und wanderte unruhig zwischen

Wand und Tisch auf und ab. Jetzt war die Kathrin natürlich tödlich gekränkt. Wenn sie das dem Heinrich schriebe! Ach, du lieber Himmel — das Donnerwetter! Sie mußte das gutmachen, unbedingt . . .

Mit einem Seufzer ließ sich die schwere Frau auf den Stuhl fallen, die runden braunen Augen ratlos aufgerissen. Nie wieder würde sie so etwas sagen; sollte die Kathrin von dem Menschen faseln, was sie wollte.

Und in ihrer Verwirrung und Angst nahm sich Frieda Marten fest vor, nie wieder darüber zu nörgeln, daß der Russe an ihrem Tische mit aß; nie wieder zu schimpfen, wenn die junge Frau mit dem Fremden auf dem Hofe herumhockte. Die spinnt eben, die ist schon immer so komisch gewesen, aber im Ernst würde sie sich doch nie mit einem Iwan abgeben . . .

Lange saß die Frau in der Küche, mit hängenden Schultern und unruhigen Händen, sie sorgte sich und grübelte in dieser einen Stunde mehr als sonst in einer ganzen Woche ihres lauten, tätigen Lebens.

Kathrin hatte sich inzwischen durch den dunklen Flur zur Treppe getastet, aber auf der letzten Stufe blieb sie stehen. Jetzt nicht in die Kammer, jetzt nicht unter die dumpfen Federkissen! Sie kehrte um, stieg, auf das Geländer gestützt, die Treppe wieder hinab und ging über den Hof zur Scheune.

In dem fahlen Licht dämmerte der Hof. Eine Riesenhand hatte die drei schwarzen Würfel geworfen: Stall und Scheune und Haus, in dem zwei mattgelbe Augen blinkten. Die Pappel am Zaun stieß wie eine dunkle Flamme in die Nacht. Verschlafene Vogellaute. Irgendwo im Dorf heulte ein Hund, ein anderer gab Antwort, minutenlang riß ihr Gekläff Fetzen in die Stille, dann verstummte es, man hörte wieder das dumpfe Brummen der Kühe, gedämpftes Kettenklirren und den müden Hufschlag eines Pferdes.

Kathrin schloß die Scheunentür auf und winkte Alexej.

Plötzlich heulte Fliegeralarm in den verlogenen ländlichen Frieden, zum hundertsten Mal in diesem Jahr, zum hundertsten Mal und immer von neuem markerschütternd. Sie hörten die Sirenen von der nahen Kreisstadt. Auf der Dorfstraße schrie einer: „Licht aus!"

Alexej blickte zum Himmel auf, er sagte in einem sonderbaren Ton: „Sie kommen jetzt jede Nacht."

„Die fliegen nach Berlin", sagte Kathrin. „Immer nach Berlin. Die armen Menschen . . ."

Alexej deutete auf das schwache Licht hinter dem Küchenfenster. „Die Frau —?"

„Sie wird eine Kerze angezündet haben. Immer wenn die Flieger kommen, bleibt sie in der Küche sitzen und betet."

„Und du — hast du auch Angst?"

„Ich weiß nicht." Sie duckte sich aber doch, als sie jetzt, noch aus weiter Ferne, das gleichmäßige, gleichmütige, schreckliche Brummen der Bomberpulks hörte. Das Dorf war totenstill, als hielte es den Atem an. Kathrin sah auf einmal, daß Alexejs aufwärts gewandtes Gesicht einen Ausdruck von Hoffnung trug. Sie erschrak. Sie blickte nun auch zum Himmel auf, an dem der runde Mond in einem milchigen Dunstkreis hing.

Das Dröhnen der Bomber kam drohend näher; sie flogen sehr hoch. Auf einmal sagte Kathrin: „Manchmal wünsche ich, sie sollen alles kaputtschmeißen . . . den ganzen verfluchten Hof. Ich habe nichts mehr zu tun damit . . ."

Die Flugzeuge waren jetzt über ihnen. „Komm", sagte Kathrin, „bei Alarm ist kein Mensch auf der Straße."

Sie gingen durch das Tor, an zwei, drei Gehöften vorüber; dann waren sie schon bei den Feldern. Ihre Schultern berührten sich, als sie sich auf dem schmalen Rain dicht beieinanderhalten mußten. Da war rechts die Viehkoppel, die Drähte spannten sich wie silberne Saiten von einem Pfosten zum anderen.

Ein Graben trennte die Koppel von den angrenzenden Kleefeldern; träge blinkte das Wasser. Sie suchten nicht die Bohlenbrücke. Alexej sprang hinüber und streckte Kathrin die Hand entgegen. Sie stützte sich schwerer auf ihn, als nötig gewesen wäre.

48

Sie setzten sich in das Gras, das schon feucht vom aufsteigenden Nebel war. Die Nächte im Mai sind noch kühl; Kathrin zog fröstelnd die Knie an. Wortlos hängte der Russe ihr seine Jacke über die Schultern.

Endlich sagte Kathrin: „Du mußt das alles wissen, Alexej." Sie wandte ihm den Kopf zu, ihr Gesicht war weiß im Mondlicht. „Nie habe ich ein Wort gegen sie sagen dürfen. Immer hatten sie recht, und ich mußte still sein zu allem. Sie waren nicht schlecht zu mir — das mußt du nicht denken, Alexej; grob sind sie, aber nicht schlecht. Er hat mich nie geschlagen, aber manchmal wäre es mir lieber gewesen, er hätte es getan, das wäre noch leichter zu ertragen gewesen als seine Verachtung. Er hat über mich weggesehen, immer hat er nur mit Frieda gesprochen und mit ihr alles beraten; wenn er Sorgen hatte, ist er nie zu mir gekommen — immer die andere . . ." Kathrin unterbrach sich, auf ihrem Gesicht brannten rote Flecke.

Sie fuhr fort, und ihre Stimme flackerte: „Wie irgendein Haustier war ich, das man eben mit in Kauf nahm, das man mit einer Handbewegung aus dem Zimmer scheuchen konnte . . . Ich war ja gar kein Mensch für ihn — er ist so gesund und so stark, er lacht so viel und so laut . . . Und warum hat er mich überhaupt genommen, warum?" Sie schlug mit ihrer kleinen Faust auf den Boden, die Jacke war ihr von der Schulter geglitten. „Weil ich ein bißchen Geld hatte, weil ich was Eigenes mit in die Ehe gebracht habe, ein paar Morgen Land, die er brauchte, damit er sich unter die großen Bauern setzen konnte. Darum nur! Ach —", ihre Stimme brach, sie kämpfte mit den Tränen. „Und Vater hat mich auch los sein wollen, er hat mich nicht liebgehabt. Niemand hat mich liebgehabt, allen war ich im Wege, immer bin ich unnütz gewesen —" Sie rief: „Verschachert haben sie mich!" Ihr war, als habe sie jahrelang nach dem einen Wort gesucht und es endlich gefunden. „Verschachert, verschachert", wiederholte sie langsam.

Sie lehnte sich zurück, mit einem Male war sie ruhig geworden, ihr Atem ging leicht: Da sie die Last der letzten Jahre abgeworfen hatte, war gleichsam ein Strich unter das Vergangene gezogen.

Alexej schwieg. Dieser selbstsichere Mensch war plötzlich hilflos, erschüttert von dem Gedanken, daß die Frau sich ganz in seine Hände gegeben hatte, ohne Schonung ihrer selbst und jener Menschen, die sie bisher gelenkt und ihr Leben bestimmt hatten.

Alexej erschrak vor der Verantwortung, die er auf sich genommen hatte, und minutenlang wünschte er verzagt, sie wäre damit nicht zu ihm gekommen.

Forschend sah sie ihn an. Schwarze Schatten ließen seine breiten Backenknochen noch schärfer hervortreten, und zum ersten Male bemerkte sie in seinem jungen Gesicht zwei Falten, wie von einem Messer eingeschnitten, die von den Nasenflügeln bis zum Mund liefen. Kathrin wartete auf ein Wort.

Alexej schloß die Augen. Katja, Arme, Gute ... Ohne die Lider zu heben, sah er sie vor sich, aber ihr Bild verschwamm mit jenem, das er von seinem ersten Tag auf dem Hof in Erinnerung hatte: Sie glitt mit ihren klebenden Schritten dicht an der Hauswand entlang, den Kopf gesenkt, mit gewölbtem Rücken, fröstelnd und schmal, als liefe sie unter dünnfädigkaltem Herbstregen. Und daneben diese Frieda, ihre Schwägerin, ein massiges Weib mit quellenden Hüften, mit frischem rotem Gesicht und runden Augen — so lebendig, so resolut, so saugrob und so tüchtig ...

Aber warum hat sie das alles mir gesagt, dachte er voller Bitterkeit, warum gerade mir, einem Fremden, einem Kriegsgefangenen? Weiß sie denn wirklich nicht, welches Geschick ihr droht, wenn jemand beobachtet, daß sie mit mir spricht, daß sie hier in der Nacht mit mir an einem Feldrain sitzt, als sei ich ihresgleichen?

Ich habe doch sonst immer meinen klaren Verstand bewahrt, ich habe mir immer zu helfen gewußt, ich kann mich doch jetzt nicht überrumpeln lassen ... Ich hätte nicht mitgehen dürfen, ich hätte sie nicht anhören dürfen, dachte er, und saß dabei neben ihr, einem Gefühl tiefer Zuneigung und Zärtlichkeit ausgeliefert.

Nach einer Weile sagte Kathrin: „Ich denke jetzt oft über unser Leben nach . . . Was hat dem Heinrich mein Land schon genützt? Geschafft hat er es doch nicht, sie haben immer auf ihn heruntergesehen, die Erbhofbauern. Die sitzen heute sicher, und er ist draußen an der Front . . . Nur zu Haus — da konnte er der Herr sein. Für die Frieda war ich eine Magd, und dabei ist sie selbst bloß ein Arbeitstier. Wir plagen uns ab, und was haben wir?"

Sie hörten von der Stadt herüber das Entwarnungssignal, einen geraden dumpfen Ton, der am Ende jaulend abfiel.

Kathrin sagte streng: „Verstehst du das? Der Bauer sorgt sich um seine Felder, und wenn er Urlaub hat, rackert er sich ab, damit der Hof in Ordnung ist. Und dann fährt er wieder ab und verwüstet die Felder in einem anderen Land und brennt die Höfe von anderen Menschen nieder . . . Das ist alles so schwer zu verstehen."

Alexej legte seine Hand über ihre Finger. Sie sagte schnell: „Nein, du brauchst mir jetzt nicht zu antworten. Wir müssen nach Haus. Es ist sehr spät."

Sie gingen denselben Weg zurück, sie hielten sich bei den Händen.

Der Hof lag schwarz und still, als hätten nie Menschen hier gewohnt. Alexej sagte: „Du mußt mich in die Scheune einschließen", er sagte es so sachlich, als kränke ihn diese allabendliche Demütigung längst nicht mehr.

Die junge Frau wog den schweren Schlüssel in der Hand; sie lächelte und rief: „Ach was, einschließen! Ich pfeife darauf —!" Sie setzte den Schlüssel an die Lippen und pfiff. „Ich kann es noch; früher haben wir oft geübt, wer am lautesten auf einem Schlüssel pfeifen kann", sagte sie und lachte.

Alexej sah sie erstaunt an.

Plötzlich hob sie sich auf die Zehenspitzen, zog seinen Kopf zu sich herab und küßte ihn rasch und schüchtern. Dann lief sie ins Haus.

9

Kathrin vergaß Heinrich Marten, als habe es ihn nie gegeben.

Frieda hatte sich mit dem Dasein des Russen abgefunden, zuerst widerstrebend, dann resignierend: So war es, sie konnte es nicht ändern. Sie bespitzelte die junge Frau nicht; wenn überhaupt noch Argwohn in ihr war, so zeigte sie ihn nicht. Es gab auch nichts auszukundschaften, was diesen Argwohn nähren konnte: Die beiden, Alexej und Kathrin, wechselten in ihrer Gegenwart nur selten ein paar Worte, sie waren von ruhiger Freundlichkeit zueinander, es gab keine verstohlenen Blicke und vertraulichen Gesten zwischen ihnen.

Nur einmal hatte Frieda eine erstaunte Bemerkung über die Sprachkenntnisse des Russen gemacht — der Ortsbauernführer hatte doch gesagt, er spräche keine drei Worte Deutsch —, aber Kathrin hatte die Schwägerin schnell beschwichtigt: Alexej sei jetzt mehr als drei Monate auf dem Hof, er lerne wohl leicht und habe sich in dieser Zeit viele deutsche Wörter von den beiden Frauen angeeignet.

So nahm Frieda mit Gleichmut die Gegenwart Lunjews hin, ja, um die Wahrheit zu sagen: Allmählich erwachte in ihr ein an Sympathie grenzendes Gefühl. Seine gleichbleibende Ruhe und Freundlichkeit, seine unaufdringliche Höflichkeit und vor allem sein Fleiß blieben nicht ohne Eindruck auf die grobe Frau, obgleich sie es sich niemals eingestanden hätte.

Unwillkürlich dämpfte sie ihre laute Stimme, wenn er in der Küche war. Wäre er nicht ein Russe gewesen, hätte sie ihn wie ihresgleichen achten und behandeln können.

So verlief das Leben der drei Menschen scheinbar ruhig und friedlich, aber unter der stillen Oberfläche gärte es, ihnen allen noch unbewußt. Zu stark waren die Leidenschaften, die gewaltsam zurückgedrängt wurden, zu schwach war die aufgezwungene Schranke, die sie noch trennte.

Der Juni war heiß, am Bahndamm blühten die blaßroten Heckenrosen, und in den Gärten dufteten Flieder und Jasmin. Die lauen Abende waren erfüllt vom Zirpen der Grillen.

Kathrin und Alexej saßen nebeneinander auf dem Trog an der Pumpe. Die klare Nacht saugte ihr mühseliges Gespräch auf, sie verstummten bald, sie horchten mit gesenktem Kopf in die bewegte Stille. Im Dorfe spielte einer Harmonika.

Die Burschen und Mädchen des Dorfes lebten dieser Stunde; der Krieg war weit fort: Kein Geschützdonner, kein Schrei Verwundeter zerriß den Frieden über den Gehöften. Die Burschen und Mädchen küßten sich an den Feldrainen und unter Fliederbüschen.

Zuweilen geschah es, daß der Doppelschritt eines Liebespaares nahte; zwei Schatten glitten am Zaun vorüber, und die beiden starrten ihnen nach, bis das Dunkel die Verliebten wieder aufgenommen hatte. Dann begegneten sich ihre Blicke, ihre Hände fanden sich und lösten sich wieder, zögernd in Hoffnung und Hoffnungslosigkeit.

Eines Abends kam das Dorf in ihre Einsamkeit.

Der Himmel im Westen war noch rot. Auf einmal wurde Kathrin vom Hofzaun her angerufen. Sie sprang erschrocken auf. Sie versuchte unbefangen auszusehen, als sie auf den Zaun zuschlenderte, wo der Anders stand, ein alter Bauer aus der Nachbarschaft.

Er stocherte mit seinem Stock im Sand, er musterte flink den Russen im Hof. „Ich komm da eben vorbei", sagte er. „Ich denk mir: Mußt doch der Kathrin mal guten Abend sagen ... Du machst dich ja mächtig rar in letzter Zeit."

Kathrin zuckte die Schultern. „Was soll ich im Dorf rumrennen. Man hat seine Arbeit, du weißt ja selber."

Der Alte blinzelte und sagte in einem arglosen Ton: „Du hast ja jetzt eine tüchtige Hilfe, wie man hört." Kathrin schwieg. Er stand noch eine Weile herum, die Arme auf den Zaun gestützt, und schickte seine Augen spazieren. Endlich ging er. Über die Schulter, grinsend, rief er: „Grüß den Herrn Soldaten."

Kathrin kehrte zögernd zu Alexej zurück. Er sagte: „Spion."

„Was redest du? Er ist immer freundlich zu mir gewesen. Als ich noch klein war, hat er mir Lakritzen geschenkt."

„Der alte Mann hat scharfe Augen", sagte Alexej. Seine Stimme klang auf einmal kalt und fremd. „Sei vorsichtig, deutsche Frau. Nicht mehr sprechen."

Kathrin rief bestürzt: „Du glaubst doch nicht, daß ich dich verraten werde!"

Alexej blickte zu Boden.

„Du weißt nichts. Die Deutschen ... Ich kenne sie. Ich kenne ihre Lager. Wie haben sie uns gequält, die Verfluchten ..."

Kathrin wurde nachträglich heiß vor Schreck, ihr Herz klopfte.

Sie waren gewarnt.

Sie vergaßen die Warnung.

Kathrin kam aus dem Hühnerstall, mit beiden Händen die Schürze gerafft, in die sie Eier gesammelt hatte. Sie blinzelte in die Sonne; eben stieß Alexej das Hoftor auf.

Kathrin blieb stehen, bis der Leiterwagen, hochbeladen mit Heu, in den Hof eingefahren war. Die junge Frau kam näher. Der Russe nickte ihr zu und griff auf den Kutschbock hinauf, nach einem Strauß Heckenrosen, der dort lag.

Nie hatte ein Bursche ihr Blumen geschenkt. Auch Heinrich Marten gehörte zu den Männern, die es versäumen, am Hochzeitstag oder am Geburtstag ihrer Frau Blumen mitzubringen. Kathrin hatte auch nie Blumen am Kleid getragen, wenn sie in den Krug zum Tanzen gegangen war — und das war ohnehin selten vorgekommen. Es gab ein Wort: „Mädchen, die Blumen am Ausschnitt tragen, darf man küssen, ohne zu fragen." Allein deshalb hätte sie sich geschämt, zum Tanz eine Blüte anzustecken. Was hätten die Jungen im Dorf sagen sollen! Sie war selten zum Tanz aufgefordert worden, und wenn sie wirklich einmal einer geholt hatte, dann meist nur auf einen Wink seines Vaters, der von der Mitgift wußte, die der alte Laws seiner Tochter geben würde.

Alexej brachte ihr den Strauß. Kathrin, die ihre Schürzenzipfel festhalten mußte, hob die Schultern. „Ach, Alexej, das ist lieb von dir – aber ich kann sie ja nicht nehmen. Die Eier . . ."

Er lachte und legte die Blumen in ihre Schürze.

„Vielen Dank, Alexej", sagte Kathrin.

Er sah sie an. Sie trug kein Kopftuch, ihr blondes Haar flimmerte in der Sonne. Er nahm eine der blaßroten Rosen und hielt sie an ihre Schläfe. Sie neigte ihm den Kopf zu. Ungeschickt nestelte er an ihrem Haar. Dann trat er einen Schritt zurück, betrachtete sie und sagte: „Schön, Kathrin. Du bist schön."

„Ach, du bist albern, Alexej." Kathrin warf die Lippen auf, aber dann mußte sie lachen, und er stimmte ein.

Sie hatten das Klappen der Hoftür überhört. Frau Meinhardt stand vor ihnen. Kathrin verstummte, sie errötete vor Verwirrung. Alexej musterte mit feindseligem Blick die Fremde. Aber die Meinhardt war ganz unbefangen.

„Hübsch siehst du aus, Kathrin", sagte sie lächelnd. Ihr strenges Gesicht wirkte auf einmal gelöst. Sie schüttelte den Kopf. „Wie die Kinder . . ."

Alexej zog die Schultern hoch. Die Meinhardt sah ihn an. Seine Züge entspannten sich, die Feindseligkeit wich aus seinen Augen; es war gut, einem Menschen zu begegnen. Er grüßte kurz, aber mit Ehrerbietung, wandte sich ab und ging.

Kathrin folgte der Frau ins Haus. Im Flur zog ihr Trude die Rose aus dem Haar und legte sie zu den anderen in die Schürze. Kathrin war bestürzt. „Es ist doch nichts Unrechtes, nicht wahr?" fragte sie verzagt.

Die Meinhardt strich ihr über das wirre Haar.

„Nein, Kathrin, es ist nichts Unrechtes. Ich habe auch Blumen getragen, als ich jung war. Aber –", fügte sie mit einem Ausdruck von Härte hinzu, „ihr seid nicht sechzehn. Ihr seid doch keine Nachbarskinder . . . Die Frieda braucht es nicht zu sehen."

„Soll sie es sehen! Es ist doch nichts dabei!"

Trude sagte ruhig: „Frieda würde das nicht verstehen. Sie hat ja nie einen Liebsten gehabt. Ihr hat doch kein Mann jemals Blumen geschenkt." Sie ging, ehe Kathrin eine Antwort fand, vor ihr in die Küche.

Eine halbe Stunde später begleitete Kathrin die Meinhardt zur Tür. Trude sah, daß Kathrin eine Frage auf dem Herzen hatte, aber sie ermunterte die andere nicht; sie dachte, die müßte selbst den Mut finden.

Sie hatten sich schon verabschiedet, da sagte Kathrin: „Du meinst, Frieda hätte nie einen Liebsten gehabt. Warum denn nicht? Sie war doch früher sicherlich ganz hübsch."

„Sie hätte wohl einen kriegen können", erwiderte Trude. „Aber sie hat eben den Heinrich zu gern gehabt, sie wollte nicht fort von ihm, solange keine Frau auf dem Hofe war. Und als er dich dann geheiratet hatte, da war es zu spät für Frieda, sie war Anfang der Dreißig, die Männer in ihrem Alter waren längst verheiratet, und die jüngeren — nun, da hätte sie schon was Eigenes mit in die Ehe bringen müssen."

„Das habe ich nicht gewußt", sagte Kathrin langsam. „Darum hängt sie so an Heinrich . . ."

Nach einer Weile fügte sie hinzu: „Ich bin so oft böse auf sie. Dabei kann sie einem eigentlich leid tun."

Die andere nickte. „Sie ist bitter geworden, du mußt das verstehen, Kathrin." Und zögernd: „Auch — daß sie junge Menschen beneidet und daß sie es nicht mit ansehen kann, wie zwei in ihrer Nähe sich gern haben." Sie ging.

Kathrin stand reglos, in Nachdenken versunken. Es dauerte Minuten, bis sie begriff. Sie lief der Bäuerin nach, besinnungslos vor Angst, sie rannte die Straße hinauf, und sie holte die andere vorm Krug ein, sie schrie: „Trude, Trude!" Die sah der Atemlosen ohne Erstaunen entgegen. Kathrin war bei ihr, sie faßte die Frau bei der Hand, sie rief: „Was willst du denn damit sagen? Was soll das alles heißen? Glaubst du denn, daß Alexej und ich —"

Trude legte ihr die Hand über den Mund. „Schrei nicht so, Kathrin", sagte sie leise und hastig. „Komm mit zu mir. Ich will dir etwas zeigen.

Kathrin gehorchte. Schweigend gingen sie die Straße entlang. Unter ihren Füßen wirbelte der Staub auf. Drückend lastete die Hitze über den Gehöften.

Das Schwesternzimmer der Meinhardt war kühl und dunkel, die Fensterläden waren geschlossen, und durch die Spalten warf das Sonnenlicht breite goldene Bänder. Die beiden Frauen setzten sich auf die Pritsche, tief atmend in der Kühle.

Trude sagte ohne Einleitung: „Ich habe nichts gesehen, ich weiß von nichts, Kathrin. Und wenn ich etwas wüßte — glaubst du, Kind, ich würde darüber sprechen?"

Kathrin hob abwehrend beide Hände. „Es ist nichts Schlechtes, gewiß nicht. Es ist nicht so, wie du vielleicht denkst. Wir sind Freunde, verstehst du, wir unterhalten uns und sitzen abends noch zusammen, aber sonst ist nichts, ganz bestimmt." Doch sie wich den dringlichen dunklen Augen aus, und sie spürte, daß sie sich selbst und die andere belog, obgleich sie doch die Wahrheit sprach; es war nichts geschehen, was die Augen anderer scheuen mußte.

Trude sagte auf ihre gefalteten Hände hinab: „Trotzdem, Kathrin — du mußt vorsichtig sein. In diesem Lande, unter diesen Menschen ist selbst die Freundschaft gefährlich. Er ist doch Russe, man haßt hier die Russen, man sieht keine richtigen Menschen in ihnen, man nennt sie eine minderwertige Rasse. Sieh mich nicht so an, du. Ich denke anders, das weißt du doch. Wie ein giftiger Nebel ist das in ihren Köpfen, daß sie nicht mehr klar sehen können und sich den tollsten Unsinn aufschwatzen lassen." Sie erhob sich; sehr groß, mit strengem Gesicht stand sie vor Kathrin. „Weißt du, welche Strafe darauf steht, wenn eine deutsche Frau mit einem Russen ein Verhältnis hat?"

Beklommen schüttelte Kathrin den Kopf.

Trude war mit zwei Schritten bei dem Arzneischränkchen, nahm eine dreifach gefaltete Zeitung herab und warf sie Kathrin zu mit einer Gebärde voll Ekel und Zorn.

„Da, lies!"

Kathrin faltete die Zeitung auseinander, ihre Hände zitterten. Sie sah das Bild: Auf einem Podium drei Frauen mit geschorenen Köpfen, die sich seltsam unwirklich gegen den grauen Hintergrund abzeichneten, rund und kahl und grauenhaft wie Totenschädel. Weiß leuchteten Schilder auf ihrer Brust. Die Fotografie war schlecht, die Schrift auf den Schildern war verschwommen und nicht lesbar.

„Was steht dort geschrieben?" fragte Kathrin.

„Da steht geschrieben: ‚Ich habe mein Vaterland verraten.'"

Die junge Frau versank in einem blutigen Nebel, in dem drei fahle, kalte Totenschädel tanzten. „Ich habe mein Vaterland verraten."

Übelkeit würgte Kathrin, sie wollte aufspringen, fliehen, irgendwohin, nur fort, fort aus diesem Raum, aus diesem Dorf, aus diesem Leben . . .

„Da steht auch geschrieben: ‚Spuckt mich an! Ich bin eine Russenhure!'"

„O Gott, oh, mein Gott", stöhnte Kathrin. Sie vergrub das Gesicht in den Händen.

Die strenge Stimme über ihr sagte: „Sie werden auch angespuckt. Sie werden mit Steinen beworfen und mit Dreck. Sie haben ja nichts Besseres verdient. Sie sind ja Huren — Russenhuren, und das ist noch zehnmal so schlimm."

Kathrin stand auf, mit grauem Gesicht, die Augen wie tot. Sie fühlte, wie Eiseskälte in ihr aufstieg, von den Fingerspitzen in die Arme, bis zum Herzen. Die Ältere faßte sie um die Schultern, weil es schien, als würde sie gleich vornüberschlagen. Kathrin schauerte zusammen unter der Berührung und machte eine Bewegung, als wollte sie sich losreißen. „Warum hast du mir das alles gesagt?" flüsterte sie.

Trude sah sie traurig an. „Ach, Kathrin, jetzt wirst du mich hassen; du wirst dir einbilden, ich verachte diese Frauen, weil sie einen Russen gern haben. Ja, ich wollte dich erschrecken, ich wollte dir zeigen, wozu Menschen fähig sind in ihrem blinden Haß. Du mußt wissen, was dir bevorsteht, wenn einer, der dir was anhängen will, dein Verhältnis zu Alexej entdeckt. Ja, auch dann, wenn es nur Freundschaft ist — wer glaubt schon daran?" Sie sagte heftig: „Ich will nicht eines Tages auf dem Markt stehen und zusehen, wie man dir die Haare abschneidet. Ich will mir nicht mein Lebtag vorwerfen müssen, ich hätte dich nicht gewarnt."

Kathrin ging wie blind, ihre Füße schleppten durch den Straßenstaub. Sie dachte nichts, sie sah nur die geschorenen Köpfe der Frauen und auf dem weißen Schild das schreckliche Wort „Russenhure".

Als sie die Küchentür öffnete, fiel ihr Blick auf den Strauß blaßroter Heckenrosen, der in einem Wasserglas mitten auf dem Tisch stand. Sie zog die Tür hinter sich ins Schloß; sie lehnte an der Wand und schluchzte haltlos.

Alexej war beim Heuabladen. Er hatte Kathrin kommen sehen, bleich und mit hängenden Schultern. Er erschrak. Er sprang vom Wagen, er wußte, daß es unklug war, jetzt zu ihr zu gehen; Frieda konnte ihn vom Stall aus sehen. Aber die Sorge um Kathrin trieb ihn zu ihr.

Er lief ins Haus und öffnete die Küchentür. Kathrin lehnte an der Wand, geschüttelt vom Schluchzen. Sie machte keine Bewegung der Abwehr, als Alexej sie umfaßte und ihren Kopf an seine Brust zog.

Er brauchte nicht zu fragen, sie erzählte müde, mit monotoner Stimme, was sie gesehen und gehört hatte. Er trat einen Schritt zurück. Sie sagte: „Mein Gott, wie können Menschen nur so grausam sein? Warum treten sie so gute Gefühle mit Füßen? Man kann doch einen Menschen nicht zum Tode verurteilen, weil er einen anderen liebhat."

Alexej hatte sich abgewandt. Er stand am Tisch, er zog eine Rose aus dem Wasserglas und zupfte die Blütenblätter aus dem Kelch, mit einer gedankenlosen Gründlichkeit, daß Kathrin gequält rief: „Laß doch die armen Blumen, Alexej!"

Er fuhr herum, seine Lippen waren zu einem Strich zusammengepreßt. Er sagte: „Ich habe es gewußt. Ich hätte es dir sagen sollen. Jetzt muß ich fort, ehe es zu spät ist."

Nein! wollte Kathrin schreien; sie konnte es nicht, sie fragte kaum hörbar: „Aber wie willst du fort? Willst du fliehen?" Er lachte. „Fliehen? Ohne Paß, ohne Kleidung? Nein, es gibt einen einfacheren Weg: Du gehst zu dem Mann, der mich hierhergebracht hat, sagst, ich arbeite schlecht; meinetwegen kannst du auch sagen, ich stelle dir nach, dann wird man mich ins Lager zurückbringen. Du bist die Sorge los."

„Was wird aus dir, Alexej?" fragte Kathrin mühsam.

Er winkte ab, mit einer geringschätzigen Geste. Mach dir darüber keine Gedanken ... Er sah ihr ins Gesicht, und er las in ihren Zügen ihre Zweifel und das Schwanken zwischen Festigkeit und Feigheit, und er hatte Lust, ihr ins Gesicht zu schreien, was man mit ihm tun würde: in eine Fabrik schleppen als Zwangsarbeiter, in ein KZ vielleicht, aus dem es nur den einen Weg gab — ins Massengrab.

All sein Denken und Fühlen hatte Alexej mit der Frau verwoben; jetzt war er bitter enttäuscht, als er bei seinem Vorschlag eine winzige Spur von Erleichterung in ihren Augen entdeckt hatte. Und dennoch verstand er Kathrin: Sie hatte niemals den Tod um sich gesehen, der eigene Tod mußte ihr unfaßbar erscheinen.

Er ging zur Tür, er wartete noch. Er drückte die Klinke nieder, nun war er schon ganz hoffnungslos. Er mußte sich noch einmal umsehen. Da lag sie an seiner Brust, sie umklammerte ihn mit beiden Armen und rief verzweifelt: „Nicht weggehen, Alexej, nicht weggehen!"

Er strich ihr über das Haar. „Katjuscha, es ist besser so. Denk doch an dich ..." Aber er sprach ohne Überzeugung, und er wußte es.

„Es wird alles gut werden", sagte Kathrin. „Ich habe keine Angst vor dem, was später sein wird. Du darfst nicht weggehen."

Sie glaubte nicht daran, daß alles gut würde, sie hatte heute ihr Schicksal gesehen; aber es lagen noch viele Wochen, vielleicht Monate zwischen heute und jenem Tage, wenn es zu Ende sein wird.

„Ich würde sterben, wenn du weggehst", sagte sie. Sie legte ihm die Arme um den Hals. „Ich liebe dich, Alexej."

Er beugte den Kopf und küßte sie, ihren Mund und ihre Hände.

10

Um diese Zeit begann das Flüstern unter den Leuten im Dorf: Es sei etwas nicht sauber auf dem Hof der Martens, die Bäuerin stünde vertrauter mit dem Kriegsgefangenen, als sich für eine Soldatenfrau gehöre. Man wollte dies und jenes beobachtet haben, niemand wußte Genaues; man hütete sich wohl, klar darüber zu sprechen: Ein Verdacht allein konnte schreckliche Folgen haben, wurde er laut geäußert. Eigentlich wußte auch niemand so recht, wie das Gerücht überhaupt entstanden war, vielleicht hatte der alte Anders geschwatzt, vielleicht war es die äußere Wandlung der Kathrin Marten, die den Frauen auffiel. Kein Wunder, im Dorf kannte einer den anderen, man wuchs miteinander auf. Man wußte von Glück und Unglück, Geburt und Tod, Zank und Frieden in jedem Gehöft. Der Klatsch blühte: Liesel Weckerling hatte einen neuen Verehrer; Grete Anders trug zum Tanz ein Organdykleid, viel zu teuer für ihre Verhältnisse; die Blesse bei den Fritzes hatte schwer gekalbt; der Wirt vom Dorfkrug prügelte seine Frau, wenn er betrunken war; der Bauer Wernitz schickte jeden Monat ein dickes Paket aus Frankreich, und der Junge der Meinhardts schrieb die besten Klassenarbeiten. Sie kannten einander alle bis zum Überdruß, und jede nichtige Neuigkeit — vom teuren Organdykleid der Grete Anders bis zum letzten Frankreichpaket des Bauern Wernitz — wurde beredet, zerredet, gründlich betrachtet und betratscht von den Frauen in den Küchen, von den Männern im Dorfkrug.

Ging Kathrin Marten über die Dorfstraße zum Bäcker, dann folgten ihr verstohlene Blicke. Wie leicht sie schritt, wie sie den Kopf trug, wie bunt ihre Bluse leuchtete! Es gab Frauen, die hielten sie an und suchten sie im Gespräch auszuholen, sie sparten nicht mit Andeutungen: Wie sich der Kriegsgefangene mache? Ob sie zufrieden mit ihm sei?

Kathrin, schlau geworden, überhörte die plumpen oder feinen Anspielungen, sie gab ruhig und freundlich Auskunft: Ja, sie sei zufrieden; ja, er arbeite gut, sei auch sonst ein ganz braver und fleißiger Mensch. Sie leitete geschickt auf anderes über, fragte nach dem Stand der Heuernte, nach den Kindern und dem Mann im Felde, verabschiedete sich und ließ die Frauen mit ungestillter Neugierde zurück. Die gingen, um keinen Deut klüger, ins Haus, taten sich groß mit geheimnisvollem Gemunkel und wußten nichts.

Es war aber unter den Mädchen im Dorf eine, die hatte eine flinke Zunge und mäuseflinke Augen; die erspähten manches, was anderen verborgen blieb. Liesel Weckerling trug ihre leuchtendblonden Zöpfe um den Kopf geschlungen, sie war hübsch und keck, und die Leute sagten von ihr, sie wechsle ihre Liebhaber wie die Hemden. Jetzt hatte sie einen Arbeiter aus der Kreisstadt zum Freund, einen ernsthaften, dunkelhaarigen Menschen, der auf einem Auge blind war und deshalb untauglich als Soldat. An dem hatte sie einen Narren gefressen, kein Mensch begriff, warum, denn er war unschön, ein schlechter Tänzer und unbeholfen.

Das Mädchen horchte auf, sobald irgendwo die Rede auf die Marten und ihren Kriegsgefangenen kam, sie horchte mit einer Spannung, die weit hinausging über ihr gewöhnliches Maß an Neugierde. Das hatte seine besondere Bewandtnis: Vor einiger Zeit — es mochten zwei Jahre darüber vergangen sein — hatte das Mädchen eine Liebelei mit Heinrich Marten gehabt; der schöne Mann hatte ihr gefallen, sie hatte mit ihm kokettiert, er hatte sie einige Male vom Dorfkrug nach Hause gebracht und sie vor der Haustür geküßt.

Vielleicht hatte Heinrich selbst sich damit vor einem

Freunde gebrüstet, vielleicht hatte jemand die beiden vor der Tür beobachtet und es Kathrin gesteckt; kurz, die Marten hatte von diesen Küssen erfahren. Sie war am Tage darauf der Liesel begegnet. Sie hatte kein Wort gesagt und das Mädchen nur angesehen. Den Blick vergaß es der Marten nicht. Liesel konnte die stille, zurückgezogen lebende Frau ohnehin nicht leiden, weil sie ihr, der Leichtfertigen, von den Eltern immer wieder als Vorbild hingestellt wurde. Dazu kam nun ein unbewußter Neid, eine Regung von Eifersucht auf die Ehefrau des stattlichen, gut aussehenden Heinrich, und dies hatte in ihr eine Abneigung gegen die Marten geweckt, die sie in den zwei Jahren, die zwischen heute und jener Liebelei mit Heinrich lagen, nicht hatte überwinden können. Für ihr Leben gern hätte Liesel der Kathrin etwas angehängt, dieser Braven, Stillen, aufreizend Schüchternen. Ihr einen Blick voller Verachtung zuwerfen zu können, so von oben herab, nur einen Blick, nichts weiter — ah! Und Liesel hielt die Ohren offen für jede winzige Neuigkeit, die das Gerücht um den Gefangenen nährte; sie hielt ihre mäuseflinken Augen offen, und sie war die erste, die wirklich etwas erspähte, was den Verdacht zur Gewißheit verdichtete.

Aufgeregt, mit hochroten Wangen, kam sie eines Tages zum Treffpunkt mit ihrem Freunde, dem ernsten, dunkelhaarigen mit dem erblindeten Auge. Sie erzählte, strahlend vor Genugtuung, daß sie die Marten — er wisse doch: die Schmale, Blonde vom Nachbarhof — überrascht habe mit ihrem Kerl, dem Russen. „Einem Russen, stell dir vor, Paul!" Sie seien auf der Wiese gewesen, beim Heuwenden, und sie, Liesel, habe gesehen, wie sie sich geküßt hätten. „Geküßt, als wären sie allein auf der Welt; ich habe es mit eigenen Augen gesehen!"

Paul ließ den Arm des Mädchens los, er sagte trocken: „So. Und was weiter?"

Liesel blickte verdutzt. „Weiter? Genügt das nicht? Geküßt, sage ich dir, einen Russen! Ach, die — und hat so tugendhaft getan, so etepetete ... Und dann ein Russe!" Ihre mausgrauen Augen funkelten vor Vergnügen.

Paul sah ihr ins Gesicht. Nicht ein Fünkchen Vergnügen und Schadenfreude war von dem lachenden, triumphierenden Mädchen übergesprungen in seine dunklen Augen. „So, und was weiter?" fragte er noch einmal.

„Herrgott, du kannst auch dumm fragen", rief sie. „Kindskopf! Dem Heinrich muß man es sagen — ah, der wird Augen machen! Rausschmeißen wird er das Mensch, das verdorbene —" Sie verstummte bestürzt. Sie fürchtete sich vor dem Zorn des Freundes, der so anders war als alle, die sie bisher gehabt, an dem sie ebendeshalb mehr hing als an jedem anderen.

Sie hatten das Dorf hinter sich gelassen, sie waren schon in den Feldern, allein unter dem sternenfunkelnden Nachthimmel.

„Du wirst niemandem etwas davon erzählen", sagte er, „diesem Heinrich nicht und überhaupt keinem."

„Und doch werde ich es erzählen — nun erst recht!" sagte sie. Aber in ihrer Stimme zitterte Beklommenheit, sie fürchtete sich plötzlich vor dem blinden Auge des Mannes; Einsamkeit und Stille erschreckten sie, sie dachte sekundenlang, er könnte sie schlagen, und niemand würde sie schreien hören.

Paul packte das Mädchen am Arm. Dicht vor ihrem Gesicht flüsterte er, heiser vor Wut: „Nichts wirst du sagen, Liesel, hörst du, gar nichts! Sonst . . .", er stockte, es schmerzte ihn selbst, dann sprach er es doch aus: „. . . sonst siehst du mich nicht wieder, ist es aus zwischen uns, ein für allemal!"

Das Mädchen erschrak. Das nicht, nur das nicht! Nicht um diesen Preis . . .

Sie sagte schnell, und sie versuchte ihren Worten einen Ton spöttischer Überlegenheit zu geben: „Gott, Paul, wie du dich auch anstellen kannst! Erschreckst mich so, und dabei geht es dich doch gar nichts an. Du kennst die Marten doch gar nicht. Aber wenn du unbedingt willst . . ., bitte, ich sage nichts, die anderen werden es sowieso bald selber merken."

Er hielt noch ihren Arm gepackt. „Versprich mir", sagte er, „gib mir dein Ehrenwort." Liesel begriff immer noch nicht;

64

leichthin versprach sie: „Na, gut, Ehrenwort . . ." Sie sah, daß er aufatmete.

Er setzte sich ins Gras und zog sie zu sich herab; er redete auf sie ein: „Du mußt das doch verstehen, Liesel. Wenn das bekannt wird — Kopf und Kragen kann das die beiden kosten. Nein, es geht mich nichts an. Doch, es geht mich was an. Es sind Menschen wie du und ich, sie haben sich lieb wie du und ich, dafür kann man sie doch nicht verurteilen. Daß der Mann Russe ist, Herrgott, dafür kann er schließlich nichts. Du kannst auch nicht dafür, daß du Deutsche bist. Deswegen ist er doch nicht schlechter als du oder ich, weil er in einem anderen Land geboren ist."

„Aber der Ortsbauernführer hat auch gesagt, daß die Russen keine richtigen Menschen sind."

„Laß dir das nicht einreden. Keine richtigen Menschen . . . Gute und böse gibt's überall." Er nahm ihre Hände, er schüttelte den Kopf: In diesen kleinen, dummen Händen lagen Leben und Tod von zwei Menschen.

Liesel legte träg den Kopf an seine Brust. Was war ihr Paul doch für ein komischer Kauz . . . Er sprach in ihr Haar. „Mein letztes Wort, du: Wenn du den Mund nicht hältst, ist es aus zwischen uns."

Schwitzend stapfte der Mann in feldgrauer Uniform über die Landstraße, die unter der Sonne zu kochen schien. Klebrig glänzten schwarze Lachen von aufgeweichtem Asphalt; der schmale Fußweg unter den Kirschbäumen warf graue Staubfontänen unter den Stiefeln des Soldaten.

Er blieb stehen, wischte mit dem Handrücken den Schweiß von der Stirn und prüfte aufmerksam die Felder zu beiden Seiten: Das Korn stand gut, auf hohen Halmen, die sich unter der Last der schweren, körnerreichen Ähren neigten.

Er riß eine Handvoll Ähren ab und zerrieb sie zwischen den Fingern, und die Körner sprangen, trocken und goldglänzend. Er nickte befriedigt. Eine gute, eine reiche Ernte wird das geben. Schade, daß er zur Mahd nicht mehr hier sein wird. Einmal wieder mit der Sense über das Feld gehen können, das Rauschen der fallenden Halme hören, aufladen und einfahren dürfen — ach, der verdammte Krieg!

In ein paar Tagen wird er wieder im Schützengraben liegen, stürmen, sich in die bröckelnde Erde wühlen wie ein Maulwurf, geduckt unter dem hohen Pfeifen der Geschosse, verschwitzt, verdreckt, im Ohr das überhastete Bellen der Maschinengewehre, das Dröhnen schwerer Panzer, die Schreie Verwundeter. Verdammter Krieg!

Der Mann stülpte die Mütze wieder auf den Kopf. Drei, vier Tage Ruhe jetzt, Gott sei's getrommelt und gepfiffen! Auf dem Hof nach dem Rechten sehen, viel essen, viel schlafen, die Frau im Bett, so ließ es sich aushalten ... Der Soldat seufzte, wollte weitergehen, mächtig zog ihn jetzt das Dorf an, dessen spitzer Kirchturm, nadeldünn, hinter der Waldecke in den hitzeflimmernden Himmel stach.

Er hörte einen Ackerwagen hinter sich heranholpern, er wandte sich um und erkannte auf dem Kutschbock den alten Anders. Er winkte ihm. Der Bauer tippte mit dem Peitschenstiel an die Mütze, er zog die Zügel straff und rief: „He, Heinrich, steig auf!" Der Soldat schwang sich hinauf, die Pferde zogen wieder an, dumpf klopften ihre Hufe auf dem grauen, aufgeweichten Asphalt.

„Wie geht's, wie steht's?" Der Soldat holte ein Päckchen russischer Zigaretten hervor. Papirossy mit langem Pappmundstück, und bot sie dem Bauern an. Der beschaute mißtrauisch das fremdartige Ding, schnüffelte daran und steckte es hinter das Ohr. Dann gab er Auskunft: „Gott, wie soll's schon gehen? Viel Arbeit, viel Ärger, immer dasselbe ..."

Heinrich betrachtete den Anders verstohlen von der Seite und dachte bei sich, daß der alt geworden sei, erschreckend alt: Das kurzgeschorene Haar war silbergrau, das Gesicht, von unzähligen Fältchen durchfurcht, unter den Backenknochen eingefallen. Vor knapp vier Monaten hatte er ihn zum letzten Male gesehen, und damals war der Bauer noch ganz glatt und rüstig gewesen.

Er hob die Schultern. „No, viel Arbeit hat's immer gegeben. Und Ärger? Ihr habt doch eine Bombenernte dieses Jahr."

Der Alte winkte mit einer müden Handbewegung ab. Mit einem Male beugte er sich vertraulich dem Soldaten zu und sagte: „Na, du weißt ja: die Grete, das Luder —"

„Nichts weiß ich", sagte Heinrich und merkte nun erst, daß vier Monate eine lange Zeit sind, in der viel geschehen kann.

Anders stieß einen Pfiff aus, er ruckte heftig am Zügel. „He, voran!" Heinrich sah voller Unbehagen auf die welken Hände des Alten und dachte, es wäre netter gewesen, statt dem Anders der Liesel Weckerling mit den weizenblonden Zöpfen begegnet zu sein; das wäre doch ein hübscherer Empfang gewesen als der durch den brummigen Greis.

Anders sagte unvermittelt mit erschreckender Lustigkeit: „Ein schönes Leben führt die Grete, ein munteres Leben. In der Stadt ist sie, das Luder, treibt sich mit den jungen Kerls von der SS rum, mit diesen Lackaffen."

„Nee, nee, sag man nichts gegen die SS! Das sind tapfere Jungs, immer vorneweg an der Front."

„Und bei den Mädchen auch", unterbrach der Alte giftig. „Vor allem bei den Mädchen sind sie tapfer. Und so was ist nun die eigene Enkelin! Kommt ins Dorf, tut sich dicke, spreizt sich wie ein Pfau in ihren neuen Kleidern. Da hatte sie neulich so ein durchsichtiges Ding an, ,Or-gan-dy' sagt sie, rosa, 'ne richtige Bollchenfarbe. Nun sag bloß, Heinrich, wie kann sie sich so'n Zeugs kaufen? Weil die Kerls sie der Reihe nach im Bett gehabt haben. Schweine!" Anders spuckte aus. „Aber wenn sie mit einem Balg ankommt — rausschmeißen tu ich sie, jawohl!" Er nickte, sein faltiges Kinn zitterte.

Mächtig alt ist er geworden, dachte Heinrich und rückte unruhig auf seinem Platz hin und her. Eigentlich durfte er sich solche Reden gar nicht mit anhören, das war ja schon volksfeindliche Hetze. Obwohl — und er sah die Grete vor sich, die kleine, stupsnasige Brünette, ein hübsches und aufgewecktes Ding —, angenehm war der Gedanke für den Großvater nun freilich nicht, wie sie es in der Stadt trieb. Er sagte: „Das verstehst du eben nicht, Anders. Von wegen rausschmeißen! Eine Ehre ist es für jede deutsche Frau, wenn sie Mutter wird. Und die SS ist Elite. Hast wohl noch nichts davon gehört, daß viele Mädchen dem Führer ein Kind schenken und stolz darauf sind."

„Stolz! Und ohne Standesamt, wie?" Anders musterte feindselig das frische gebräunte Gesicht des Mannes an seiner Seite. „So einer bist du geworden! Schöne Ansichten habt ihr heutzutage. Früher hätte man solche Früchtchen mit Schimpf und Schande aus dem Hause gejagt, und heute heißt es Ehre, Stolz, dem Führer ein Kind schenken!" Er lachte böse. Plötzlich fiel sein Blick auf das schwarze Kreuz mit Silberrand, das Marten am Waffenrock trug. „Ah, man ist dekoriert worden? Gratuliere! Daher der Urlaub, wie?"

Mißtrauisch horchte Heinrich. Was war bloß in den Alten gefahren? Sein „Gratuliere" hatte nach allem anderen geklungen als nach einem Glückwunsch. Nun erst recht warf sich der Mann in die Brust, er sagte: „EK I. Man tut, was man kann. Und der Führer weiß seine Soldaten zu schätzen."

„Macht dir wohl Spaß, der Krieg?" brummte der Alte verdrießlich.

Vergessen waren die heimlichen Wünsche am Rande des Kornfeldes, vergessen das Unbehagen bei der Vorstellung, daß er in ein paar Tagen wieder im Schützengraben liegen würde. Heinrich sagte: „Wir wissen ja schließlich, wofür wir kämpfen. Wenn wir erst die Ukraine haben — Mensch, die Felder solltest du sehen! Bis zum Horizont, so weit du gucken kannst, nichts als Korn, und was für welches! Halme, so hoch wie ein Mann. Und eine Erde, schwarz und fett ... Da müßte man einen Hof haben."

Anders schwieg, und Heinrich ärgerte sich über seine unbeteiligte Miene. Wenn der diese Erde gesehen hätte, diese Kornfelder, er würde staunen, der alte Dickschädel. Aber so waren sie: nie aus ihrem Dorf herausgekommen, verbohrt, für nichts zu begeistern.

Sie waren um die Waldecke gebogen, vor ihnen lag das

Dorf wie aufgestellt auf einer flach ausgestreckten Riesenhand. Heinrich zog die Luft durch die Nase ein. „Man riecht schon den See", sagte er, und seine üble Laune war mit einem Male wieder verflogen. Der See! Die Höfe! Die Kirche! Da, das Haus der Meinhardts, der Vorgarten, überwuchert von gelben Ringelblumen und blauem Rittersporn.

Der große, laute Mann saß still wie ein Kind vor einem wunderschönen Geschenk, und beglückt wie ein Kind sprang er vom Wagen. „Ich biege hier ab, Anders, mach's gut!"

„Grüß die Kathrin!" rief der Alte ihm nach. „Sie wird sich freuen —"

Heinrich stand stumm, plötzlich von Unruhe erfaßt. Ein Hohn schwang in der brüchigen Stimme des Alten nach, den der Soldat nicht begriff.

Er schritt schnell aus, er war bei seinem Hof, stand schon unter der Tür, da kam die Frau aus dem Haus, sie sah ihn nicht und wollte zum Stall gehen.

„Kathrin!" schrie er.

Sie blieb stehen, den Rücken ihm zugewandt, blieb sekundenlang stehen, wie versteinert. Langsam wandte sie sich um. Ihre Augen waren erloschen. Er lief zu ihr.

„Du?" fragte Kathrin in einem Ton, als müsse sie sich erst besinnen, wer er eigentlich sei.

Der Mann lachte auf. „He, das hast du nicht erwartet? Da freust du dich, was?" Er verstummte betreten; sie nickte mechanisch, mit verzerrtem Lächeln. Er wollte sie in die Arme nehmen, sie wich einen Schritt zurück.

„Nicht", bat sie erstickt.

„Was denn, was denn?" rief er dröhnend. „Man wird doch seine eigene Frau noch küssen dürfen." Er umschlang und küßte sie.

Ihre Lippen blieben fest geschlossen. Als er sie losließ, rasch ernüchtert, warf sie einen scheuen Blick über die Schulter. „Wenn man uns hier sieht ..."

Heinrich zwang sich zur Lustigkeit. „Nu, nu, immer noch so ein scheues Häschen ... Na, komm ins Haus rein, ich habe einen Bärenhunger", und dicht an ihrem Ohr: „auch auf dich, du . . ."

„Frieda ist in der Küche, geh schon voran, laß dir zu essen geben", rief Kathrin. „Ich muß noch schnell die Hühner füttern." Und sie hetzte davon, daß der leichte Rock um die gebräunten Waden flog.

Heinrich starrte ihr nach, beunruhigt, verständnislos, und bemerkte auf einmal, daß sie kein Kopftuch trug, daß ihr Haar gewachsen war und über den Nacken fiel, fast bis zu den Schulterblättern. Vier Monate sind eine lange Zeit: So blond hatte er seine Frau nicht in Erinnerung; er bildete sich einen Augenblick lang ein, sie habe sich das Haar färben lassen. Und wie sie lief! Wie ein Mädchen . . . Sie schien auch ein wenig voller geworden zu sein, nicht mehr so eckig, so lächerlich schmal wie früher.

Heinrich schüttelte den Kopf. Wie sie sich wieder angestellt hatte! Na, das würde sich geben, es war die übliche Ziererei, vielleicht auch der Schreck, weil er so unvermutet in der Tür gestanden hatte.

Kathrin fand Alexej in der dämmerkühlen Scheune. Durch das Tor flutete Sonnenlicht, in dem feine Stäubchen tanzten.

Sie warf sich an seine Brust und umschlang ihn, den Kopf an seine nackte Schulter gepreßt.

Alexej streichelte ihren Rücken. „Katjuschka, Liebste, was ist?" Er spürte, wie sie zitterte.

„Er ist gekommen", flüsterte sie.

Der Mann erstarrte. Endlich würde er dem Fremden, Verhaßten gegenüberstehen, Auge in Auge, ihn prüfen: Wer bist du, Mörder auf Befehl, Mörder an Frauen und Kindern; wer bist du, daß du diese Frau Kathrin besitzen durftest?

„Hilf mir, Alexej", flehte Kathrin. „Was soll ich tun? Ich laufe fort, ich kann ihm nicht so gegenübertreten . . ."

„Hast du ein schlechtes Gewissen?" fragte er.

Sie schüttelte den Kopf. „Nein, Alexej. Ich gehöre nicht mehr zu ihm, das weißt du doch."

„Aber er ist dein Mann, du bist noch verheiratet", rief Alexej gequält.

Sie schwiegen, sie dachten beide an das gleiche.

Eifersucht überfiel Alexej, er schüttelte die Frau, er sagte: „Du wirst mit ihm schlafen."

„Nein", rief sie, „nein, Alexej, niemals! Ich wehre mich, lieber soll er mich umbringen . . ."

„Du kannst dich nicht wehren, er wird dich schlagen!" schrie Alexej außer sich. Sie hatte ihn nie so gesehen; seine Augen loderten, er wollte sich beherrschen, aber diese schreckliche Vorstellung — Kathrin in den Armen des anderen — brachte ihn fast um den Verstand.

Er wußte, daß er ungerecht war, und schämte sich seiner Schwäche, aber er mußte ihr weh tun; er stieß sie zurück und rief: „Und mir weichst du aus! Mir verweigerst du dich! Du hängst noch immer an ihm. Geh!" Er wandte sich schroff ab, sein nackter Rücken schimmerte im Halbdunkel.

Kathrin stand vernichtet. Jeden Augenblick konnte Heinrich kommen und sie hier finden. Sie spürte, wie ihr der Schweiß auf die Stirn trat. Sie war nicht böse und nicht traurig, ihr Kopf war ganz leer, und sie hatte das Gefühl, sich in grauem Nebel zu bewegen.

„Quäl mich doch nicht, Alexej", bat sie. Er wandte sich, schon halb bezwungen, ihr wieder zu. Sie hatte die Hände bittend gegen ihn erhoben. Mit zwei Schritten war er bei ihr und umklammerte ihre Hände. „Katjuscha, verzeih!"

Sie lehnte sich an ihn mit geschlossenen Augen, an Hals und Armen fühlte sie seine glatte, warme Haut. „Ich lasse mich nicht von ihm berühren", sagte sie. Sie strich über sein Haar, es war nachgewachsen in den letzten Monaten und krauste sich, von der Sonne gebleicht. Er küßte sie.

Als Kathrin in die Küche kam, saß der Mann am Tisch, einen Berg belegter Brote vor sich, und Frieda lehnte am Herd mit strahlendem Gesicht, feierlich in ihrer knisternd frischen Schürze.

Heinrich hatte die Jacke ausgezogen und die Hemdsärmel

aufgekrempelt; er war schon wieder ganz zu Hause. Sein schwarzes Haar war mit Wasser fest an den Kopf gekämmt, es glänzte wie Lack.

„Das Eiserne Kreuz hat er!" rief Frieda triumphierend. Ihre Wangen glänzten wie polierte Äpfel, so rot und rund, und aus ihren braunen Augen leuchtete so viel Stolz, so viel Liebe zu dem Bruder, daß Kathrin gar nicht anders konnte — sie mußte sich zu der Uniformjacke hinabbeugen, die über Heinrichs Stuhl hing, und den schwarzen Orden bewundern. Als sie sich aufrichtete, flüsterte sie dicht an Heinrichs Ohr: „Wieviel Menschen hast du dafür umgebracht?"

Der Mann prallte zurück, als habe sie ihn geohrfeigt. Er legte die angebissene Schnitte auf den Teller zurück. Kathrin fragte: „Möchtest du noch eine Tasse Kaffee? Oder vielleicht lieber Bier?"

„Bier", murmelte er bestürzt. Sein Gesicht war dunkelrot geworden. Er glaubte, er habe sich verhört; der schwerfällige Mann konnte den jähen Wechsel im Benehmen seiner Frau nicht begreifen. Sein ratloser Blick folgte ihr, als sie zur Speisekammer ging und Bier holte, und ein Schein von Begehrlichkeit trat in seine Augen: Wie anmutig sie sich bewegte; wie biegsam ihr Rücken war, wie locker und weich das helle Haar über ihren Nacken floß!

Heinrich Marten hatte draußen in der Fremde nicht gerade wie ein Mönch gelebt, er hatte vielen Frauen so nachgesehen, er hatte bei manchen geschlafen, blonden und brünetten, trägen und geilen, er dachte: Gott, man kann es sich schließlich nicht durch die Rippen schwitzen! Und die Weiber in Rußland waren auch nicht so ohne: hohe Brüste, runde Hüften . . . In den Städten hatte man Bordelle für deutsche Soldaten eingerichtet; ein Landser hatte ihm weismachen wollen, die Mädchen dort hätte man hineingezwungen, die meisten seien noch unschuldig gewesen, vom Lande oder aus irgendwelchen kleinen Orten in die Städte verschleppt. Heinrich glaubte das nicht. Er hatte da noch keine Jungfer gefunden, sie waren alle schon abgestumpft und nicht sehr amüsant.

Bei alledem hatte er eigentlich nie an Kathrin gedacht. Manchmal war da so etwas gewesen wie ein Spur von schlechtem Gewissen, aber eine Entschuldigung vor sich selbst hatte er immer gehabt — diese einzige, wichtigste Entschuldigung, daß er vielleicht morgen schon tot sein könnte. Warum nicht das Leben genießen? Schnaps und Weiber gehörten nun einmal dazu. Heute rot, morgen tot . . .

Als Kathrin das Bier vor ihn hinstellte, wollte er sie auf den Schoß ziehen. Sie entwand sich ihm. Er tätschelte sie plump. „Häschen, schüchternes . . .“ Er sagte schmunzelnd: „Aber rausgemacht hast du dich, alles, was recht ist! Ich wußte gar nicht, daß ich eine so hübsche Frau habe . . .“

Flüchtige Röte huschte über ihr Gesicht, sie suchte nach einer Antwort, da sagte er schon, zu Frieda gewandt: „Wie geht's auf dem Hof? Alles in Ordnung?“

Gleich waren die beiden vertieft ins Gespräch über den Hof, über die Ernte, über das Vieh; Kathrin war ausgeschaltet wie immer. Sie wollte aus der Küche gehen, da sagte der Mann: „Und wie kommt ihr mit dem Iwan zurecht?“

Frieda wiegte den Kopf: Oh, recht gut, der versteht sich auf Bauernarbeit.

Kathrin horchte gespannt. Nein, kein Wort davon, daß er bei ihnen mit im Hause aß; keine Andeutung über die Vertrautheit zwischen ihm und der jungen Frau. Sie begriff plötzlich, daß sie gar nichts zu fürchten hatte: Die beiden sprachen nur über den Knecht Alexej, dessen Gefühle so belanglos und uninteressant waren wie die des Hofhundes. Das kränkte sie und beruhigte sie zugleich.

Später machten sie einen Rundgang durch Scheune und Ställe. Kathrin schloß sich an, sie dachte, Heinrich könne dem Gefangenen begegnen, vielleicht sei dann ihre Gegenwart nötig. Sie wußte nicht, wie sich diese Begegnung zwischen den Männern abspielen würde, sie hatte nur das vage Gefühl, es würde etwas Schreckliches geschehen: Heinrich müßte, wenn er dem Fremden gegenüberstand, mit einem Male wissen, wie er gehaßt, wie seine Frau geliebt wurde.

Sie gingen in den Kuhstall. Die Luft war hier drückend schwül. Überall saßen schwarze dicke Fliegen, auf den Raufen, den Trögen, auf den Rücken der Kühe, die träge mit dem Schwanz nach ihren Quälgeistern schlugen.

Der Russe kam mit zwei Eimern Wasser durch den Mittelgang. Sein nackter Oberkörper glänzte feucht von Schweiß, weißblond krausten sich die kurzen Haare um sein tiefbraunes Gesicht, in dem die breiten Backenknochen noch um einen Schein dunkler hervorsprangen. Er trat beiseite, um die drei vorbeizulassen.

Heinrich blieb stehen. Er musterte den Gefangenen vom Kopf bis zu den Füßen und fragte: „Wie heißt du?"

Der andere hob die Schultern, unverhüllt funkelte Feindseligkeit in seinem Blick. Da schob sich Kathrin neben ihren Mann. Alexej senkte die Lider und sagte schnell: „Alexej Iwanowitsch Lunjew."

„Sprichst du Deutsch?"

Das Gesicht des Russen verwandelte sich, es wurde stumpf und gleichgültig. „Nix Deutsch. Ich verstehn klein Deutsch, serr klein —"

Kathrin lächelte.

„Und was bist du von Beruf?"

Alexej begriff nicht, Alexej hatte kein Wort verstanden, er murmelte: „Ich — nix verstehen —"

Plötzlich überfiel Kathrin eine kindliche Lust, an dem Spiel teilzunehmen; sie dolmetschte: „Was du machen in Rußland, versteh: Rabotta?"

„Ah —" Bei dem Russen schien es zu dämmern. Er wies mit einer weitausholenden Bewegung durch den Stall, als umfasse er den ganzen Hof. „Kuh, Pferd, versteh?" Er deutete durch Gebärden die Arbeit des Pflügens und Grabens an.

„Bauer also?" fragte Heinrich, und Alexej nickte. Er hob die Wassereimer auf und drängte an den dreien vorüber, um weiteren Fragen aus dem Wege zu gehen. Heinrich sah ihm nach, tippte mit dem Finger an die Stirn und fragte, ohne die Stimme zu dämpfen: „Bißchen dämlich der Kerl, was?"

„Er versteht eben noch nicht viel Deutsch", sagte Frieda. „Was er so bei uns aufgeschnappt hat."

Heinrich ging weiter, er blieb an der Box der hochtragenden Färse stehen und kraulte sie zwischen den Ohren.

„Daß ihr ja rechtzeitig den Viehdoktor holt! Ihr Frauenzimmer kommt doch nicht zu Rande damit."

Jetzt erst wurde es Kathrin bewußt, daß schon alles vorüber war. Nichts von dem Schrecklichen, vor dem sie gebangt hatte, war geschehen; die Männer waren einander nicht an den Hals gesprungen, alles war so ruhig und gleichmütig vor sich gegangen, wie es ja gar nicht anders sein konnte zwischen Herr und Knecht.

Sie schämte sich der Komödie, die sie vor den Geschwistern gespielt hatte.

„Bullige Hitze hier", dröhnte Heinrich. Er zog das Hemd über den Kopf, weiß stach sein nackter Oberkörper aus dem Halbdunkel, scharf abgegrenzt die Linie zwischen der Brust und dem rotbraunen Halse.

Der Russe striegelte das Bullenkälbchen, dessen Fell, schwarz und weiß gefleckt, wie Seide schimmerte. Aufmerksam schaute Heinrich zu, er nickte befriedigt. Es war nicht ganz ersichtlich, wem seine Aufmerksamkeit mehr galt, dem Russen oder dem Jungtier.

Er sagte laut und unbekümmert: „Gut gewachsen, der Bursche."

Er wies mit dem Daumen auf den Mann, er hätte die gleiche Geste gemacht, im gleichen Tonfall gesprochen, hätte er ein Tier abzuschätzen gehabt.

Er ging aus dem Stall. Am Zaun schlenderte die Liesel Weckerling vorüber, den Heurechen auf der Schulter; sie winkte ihm, als er über den Hof stapfte. Er winkte lachend zurück.

Er verlor kein Wort über den Gefangenen; forsch kommandierte er die Frauen, und die mußten springen, um seine zahlreichen Urlauberwünsche zu erfüllen. Kathrin bezog sein Bett in der Kammer, sie war fast heiter und summte ein Lied zwischen den Zähnen. Bis jetzt war alles gut gegangen, sie fürchtete sich nicht vor der Nacht, sie würde sich krank stellen und über Schmerzen klagen, dann würde er sie schon in Ruhe lassen. Aber als sie dann in die Stube kam und Heinrich sah, verging ihr der Mut.

Sie verspürte schon nach kurzem Aufenthalt in der guten Stube leichtes Kopfweh, wahrscheinlich von dem dumpfen, säuerlich abgestandenen Geruch in dem lange nicht mehr gelüfteten Zimmer. Sie konnte diese gute Stube sowieso nicht leiden, die düster war und steif und feierlich mit den alten Möbeln, die noch von den Martenseltern stammten.

Da hingen, eng beieinander aufgereiht, gelbrosa verblaßte Fotografien von Verwandten, die sie nie kennengelernt hatte; da stand das geschnitzte Vertiko mit Muschelaufsatz; da hingen gehäkelte Deckchen über den Lehnen der Plüschsessel, mit Stecknadeln befestigt, an denen man sich stach, wenn man sich zurücklehnte, und die verschossene Tapete nahm dem Feiertagsraum die letzte Spur von Gemütlichkeit.

Nun waren zum ersten Male seit langer Zeit die Fensterladen zurückgeschlagen, im Tageslicht sah man die Staubschicht auf Möbeln und Bildern.

Heinrich störte das nicht, er lag breit und behaglich auf dem Plüschsofa, seine langen Beine ragten weit über die Seitenlehne hinaus. Er rauchte eine der russischen Zigaretten mit Pappmundstück. Kathrin hatte es früher nicht gern gesehen, wenn er in der guten Stube rauchte, sie hatte von ihrer Mutter gehört, daß die Gardinen gelb werden vom Tabakrauch. Sie erinnerte sich noch gut der Nörgeleien und Streitigkeiten zu Hause, die es immer wieder wegen der Gardinen zwischen den Eltern gegeben hatte; in den ersten Jahren ihrer Ehe hatte sie selbst oft den Bauern gebeten, in der guten Stube nicht zu rauchen.

Jetzt war es ihr gleichgültig, ihr war der Bauer gleichgültig und seine Gardinen. Überhaupt war ihr manchmal zumute, als sei sie nur auf Besuch hier und als müßte dieser Besuch in dem Haus des Heinrich Marten nun bald zu Ende sein. Sie würde dann fortgehen, sie wußte nicht, wohin, sie wußte nur, daß sie nicht allein gehen würde. Sie dachte nur noch „wir"; ihr war, als sei Alexej ein Stück von ihr selbst, so daß sie nicht mehr allein sein konnte, ohne zugrunde zu gehen.

Sie setzte sich in den grünen Plüschsessel. Sie saß sehr aufrecht — wegen der Stecknadeln in den Häkeldeckchen — und fragte vorsichtig, ob Heinrich für diesen Abend schon etwas vorhabe.

Der Mann wandte ihr träge den Kopf zu. „Mal in den Krug gucken, was meinst du?"

Vielleicht hatte er auf Widerspruch gewartet; jetzt war er beinahe enttäuscht, als sie sofort zustimmte, erleichtert, beinahe zu eifrig.

Kathrin hatte sich immer vor ihm geekelt, wenn er sonnabends betrunken nach Hause kam, sich angezogen aufs Bett warf und schnarchte, kaum lag er in den Kissen. Heute wünschte sie, er würde sich betrinken; sie wußte, wie Urlauber im Krug empfangen wurden. Der Wirt hatte für solche Gelegenheiten immer noch eine Flasche guten, alten Kognak unter dem Schanktisch.

Kathrin wurde ganz munter, sie sprang auf und lief in die Küche, wo Frieda schwitzend am Herd stand. Gemeinsam bereiteten sie das Abendessen, sehr fett, wie Heinrich es liebte.

I I

Im scheidenden Tageslicht verließ Heinrich das Haus. Kathrin atmete auf. Mit einem Male überfiel sie tödliche Mattigkeit, sie erschlaffte; die aufgezwungene Ruhe, ihre zur Schau getragene Unbefangenheit hatten sie mehr Kraft gekostet, als sie selbst geglaubt hatte.

Sehr früh ging sie in die Kammer hinauf. Auf der Treppe verhielt sie den Schritt, sie hätte jetzt zu Alexej gehen mögen; die Sehnsucht nach seiner Nähe, nach einem tröstenden Wort quälte sie wie ein körperlicher Schmerz. Aber sie kehrte nicht um. Schwer auf das Geländer gestützt, zog sie sich Stufe für Stufe die Treppe empor.

Sie stand am Kammerfenster. Die Sonne war schon untergegangen, ein paar Wölkchen, von einem letzten roten Schimmer überhaucht, segelten eilig über den erblassenden Horizont. Der Wald versank in violette Dämmerung. Der Himmel erlosch.

Blaue Schatten zogen über die Wände herauf und verwischten alles Scharfe, Eckige in der Kammer. Kathrin saß auf dem Bett, reglos, auf den Knien die Hände flach ausgestreckt; sie lagen so still und blaß, als gehörten sie nicht zu ihr. Das frische Leinen auf dem Bett duftete schwach nach Lavendel; Kathrin legte wie ihre Mutter stets ein paar Stengel getrockneten Lavendels zwischen die Wäschestücke.

Kathrin kleidete sich nicht aus. Sie wartete.

Sie fuhr auf. Sie mußte doch eingeschlafen sein. Nun war es still im Haus, draußen zirpten die Grillen, und die Blätter der Pappel rauschten. Mondlicht erfüllte die Kammer. Kathrin richtete sich auf, sie erschrak. Auf den hellen Dielen lag ein schwarzes Kreuz, Längsbalken, Querbalken scharf umrissen, wie ein Grabkreuz.

Sie wußte mit einem Male, daß nichts gewonnen war, daß es keinen Aufschub gab und keine Flucht. Sie horchte in die Nacht. Die Hoftür fiel ins Schloß, es hallte dumpf wie ein Schuß im nahen Wald.

Kathrin sprang auf, blickte gehetzt zur Tür, lief zum Fenster. Sie umklammerte das Fensterkreuz und starrte hinab in den Garten; er schien in unendlicher Tiefe zu liegen.

Schritte dröhnten auf der Treppe, sie zählte dem Geräusch nach die Stufen.

Die dritte knarrte, die fünfte auch. Noch zwei, noch eine Stufe ...

Kathrin schloß die Augen. Sie versuchte an Alexej zu denken, aber seine Gestalt verschwamm, sein Gesicht blieb wie hinter einer Nebelwand, grau in grau.

Sie richtete sich auf, die Schultern zurückgedrängt. Der Nebel zerflatterte.

Ein schwerer Körper schlug gegen den Pfosten. Die Tür wurde aufgestoßen. Heinrich stand auf der Schwelle, das Gesicht gerötet, mit geschwollenen Lidern; das Haar fiel in wirren Strähnen, stumpf und schweißnaß, in die Stirn. Aus wässerigen Augen fuhr ein Blick über die Frau hin. Sie erbleichte bis in die Lippen.

Blasses Mondlicht fiel durch die Luke im Dach. Der Russe lag im Stroh, die Knie an den Leib gezogen. Er schlief nicht.

Er fuhr zusammen, als die Hoftür klappte. Katjuscha, dachte er, Katjuscha! Und plötzlich überfiel ihn eine so wilde Angst, daß ihm kalter Schweiß ausbrach und sein Herz sich zusammenkrampfte. Er wußte, daß sie ihn jetzt brauchte, gerade jetzt, und daß er bei ihr sein und sie schützen mußte.

Alexej sprang auf, er stand mit erhobenen Händen, den Kopf gereckt, im bleichen Licht, schwarz kreuzten sich die Deckenbalken über ihm. Mit schmerzhafter Spannung lauschte er. Kein Laut vom Hause . . .

Plötzlich durchschnitt ein klagender Schrei, kurz und scharf wie der Ruf eines Nachtvogels, die atemlose Stille. Alexej stürzte vor. „Kathrin!" brüllte er. Er warf sich gegen das Tor, das von dem Anprall seines Körpers erzitterte. Er hämmerte mit den Fäusten gegen das Holz, schreiend.

Der Hof, die Welt erwachte: Der Hund jaulte und riß an der Kette, dumpf rauschte die Pappel, rauschte der Wald, der See kochte, am Himmel dröhnten die Sterne — sie vermochten nicht den kurzen, klagenden Schrei zu übertönen, der zitternd über dem Aufruhr hing.

Alexej lag auf den Knien, die Stirn gegen den Torpfosten gepreßt. Kathrin, ich bin bei dir . . . Sie haben mich eingesperrt wie ein Tier, wie einen tollen Hund, aber ich bin bei dir, jetzt und in aller Ewigkeit. Hörst du mich, Kathrin?

Keine Antwort. Kein Schrei mehr, kein Ruf, kein Laut vom Hof und aus dem Hause.

Spärlicher tropfte das Licht, der Mond wanderte am Himmel, das Gebälk versank. Tiefe Schatten krochen aus den Winkeln, auf den Russen zu.

Kathrin fürchtete sich nicht mehr. Schützend hielt sie den Arm vor das Gesicht, aber sie schrie nicht unter den Schlägen, die ihre Brust und ihren Leib trafen.

„Du Luder", gurgelte der Mann, „du Saumensch." Er schlug mit der Faust, die Frau taumelte. „Hure, verfluchte!" Er riß ihr den Arm vom Gesicht. „Russenhure!"

Sie stieß einen Schmerzensruf aus, kurz und scharf wie der Schrei eines Nachtvogels. Eine Augenbraue war aufgeplatzt, Blut lief warm und klebrig über ihre Wange. Sie fuhr sich mit beiden Händen ins Gesicht, sah Blut an ihren Fingern und stürzte. Ihr Hinterkopf schlug dumpf auf die Bettkante.

Heinrich war gelähmt vor Schreck. Da lag seine Frau, ein armseliges schmales Bündel, auf der Diele, lag, die Arme zur Seite geworfen, im Schatten des Fensterkreuzes wie angenagelt. „Kathrin!" rief er, und durch den roten Nebel von Schnaps und Wut, der sein Auge trübte und sein Gehirn, zuckte grellweiß der Gedanke: Du hast sie erschlagen!

Er beugte sich schwer atmend zu ihr hinab. Ein dünner Faden Blut lief über ihre Wange zum Ohr und versickerte in dem hellen Haar. Er legte die Hand auf ihre Brust, er fühlte ihren Herzschlag und richtete sich auf. Ein törichtes Lächeln zitterte auf seinem gedunsenen Gesicht. „Sie lebt — Gott sei's gedankt!"

Schwerfällig tastete sich der Betrunkene die Treppe hinab, holte Wasser und flößte es ungeschickt der Frau ein. Sie schlug die Augen auf, sie stammelte: „Es ist nicht wahr. Ich habe nichts mit ihm. Er weiß von nichts. Ich schwöre dir —"

„Ja doch, ja doch", sagte Heinrich hilflos. Er hob sie auf und trug sie aufs Bett. „Es ist nicht wahr", flüsterte sie. „Ich schwöre dir —" Heinrich saß auf dem Bettrand, sein Schädel dröhnte, er sagte: „Nein, es ist nicht wahr. Ich weiß doch, es ist nicht wahr."

„Ich schwöre es dir."

„Ich glaube dir, Kathrin. Schlaf doch, Kathrin. Morgen ..."

Sein Kopf fiel nach vorn, er schlief ein, schnarchend mit halboffenem Mund.

„Er weiß von nichts", flüsterte die Frau. „Ich schwöre es dir. Ach, Alexej ..." —

Heinrich Marten hockte auf dem Trog neben der Pumpe und blinzelte mit trüben Augen in die Sonne. Sein Kopf schmerzte. Dieses Erwachen heute morgen! Diese schlimmen Träume heute nacht! Und der schlimmste kein Traum, sondern Wirklichkeit: Kathrin ging, still und bleich, mit einem Pflaster über dem rechten Auge durch das Haus, ging immer nur durch das Haus, tat nichts, sprach nichts, ging nur durch das Haus, treppauf, treppab, wie eine Geistesgestörte.

Im Flur hatte er sie gestellt heute morgen, er hatte gemurmelt: „Entschuldige, Kathrin."

Sie hatte nur gelächelt, ganz fremd und fern, und war weitergegangen.

Er legte die Hand über die Stirn, er grübelte: Wie hat das nur kommen können? Wie hat er sich an der Frau vergreifen können — er, der immer gesagt hat, er würde es nicht über sich bringen, seine Frau zu schlagen?

Die verfluchte Sauferei!

Er war in den Krug gegangen, ganz aufgeräumt. Da saßen so zehn, zwölf Bauern, alte zumeist, ein paar junge Burschen darunter.

Sie begrüßten ihn, manche lärmend, mit Händeschütteln; die anderen ruhig, mit einem Kopfnicken, einem kargen Wort. Der Wirt holte unter dem Schanktisch eine Flasche hervor — guten, alten Kognak —, Heinrich gab eine Lage, eine zweite. Sie tranken, er erzählte von der Front, sie erzählten von der Arbeit, vom Dorf, von der Ernte. Sie erhitzten sich, sie wurden lauter, der Wirt füllte fleißig die Gläser nach. Herrgott, das war ein Kognak! Ein feines Tröpfchen!

Dann kam der Anders, der alte Giftpilz; der erkundigte

sich freundlich nach der Kathrin und fragte, wie Heinrich daheim empfangen worden sei. Heinrich stutzte. Wieder dieser Ton, dieser dünne Hohn wie am Nachmittag.

Er fuhr auf: Was diese blöde Fragerei zu bedeuten habe? Die Bauern grinsten.

Er wurde unruhig, dann wütend. Was die Kathrin sie anginge? Was, zum Teufel, mit ihr los sei? Die Bauern grinsten mit breiten Mäulern.

Er stand auf und stützte sich auf den Tisch, er sah von einem zum anderen; sein Blick wischte ihnen das Grinsen von den Gesichtern.

Wäre er gegangen! Aber nein, es hatte ihn gekratzt, daß es da etwas mit der Frau gab, wovon er nichts wußte; er hatte den Anders geradeheraus gefragt. Der aber machte einen Rückzieher. Nichts wisse er, nichts habe er gesagt. —

„Halt so Weibergeschwätz", warf ein anderer ein.

„Was für Weibergeschwätz?" Heinrich, mit der Beharrlichkeit Angetrunkener, gab nicht nach, fragte, drohte, schrie. Da kam es denn heraus: Gott, na ja, die Weiber eben, was die so erzählen ... Dummes Geschwätz sicherlich, aber das Dorf ist voll davon. Reg dich nicht auf, Heinrich, es ist ja bloß ein Gerücht ...

„Was für ein Gerücht?" schrie er. „Das Gerücht will ich hören, Namen will ich hören." Er riß den Anders am Ärmel. „Du machst mir den Zeugen, Anders, du hast damit angefangen, du hast was gesehen —"

„Ich werd mich festlegen", murrte der Alte. „Ich werd mir den Mund verbrennen wegen dem Panje."

Heinrich stammelte: „Panje —?" Er mußte sich das Wort erst übersetzen: „Der Iwan ..." Er fiel auf einen Stuhl, er sagte verstört: „Das gibt's doch nicht ... Die Kathrin — und dieser dämliche Kerl ... Der kann doch keine drei Worte Deutsch. So was gibt's ja gar nicht .."

Der schwere Mann hockte am Tisch und stierte wie blind auf die fleckige Tischplatte.

Die anderen redeten auf ihn ein; ein paar wollten ihn wirklich beruhigen, aber der Anders und die jungen Burschen machten sich einen Spaß daraus, ihn noch mehr aufzuputschen mit versteckten Bosheiten und scheinheiligem Bedauern.

Heinrich trank, viel zu schnell, drei scharfe Schnäpse. Auf einmal rief unter der Tür eine forsche Stimme: „Heil Hitler!"

„Heil Hitler!" sagte der Wirt; die anderen brummelten Unverständliches. Heinrich sah nicht auf.

Der Ortsbauernführer setzte sich zu ihnen an den Tisch, er lachte. „Na, Männer, was ist denn hier los? Trauerfeier?" Er war ein ganz schneidiger Kerl, noch jung, er trug immer Stiefel und braune Hosen und den Bonbon am Rockaufschlag und große Worte von Führer und Vaterland im Munde.

Die alten Bauern rissen Witze über ihn, sie schimpften auch, aber wenn er bei ihnen saß, schwiegen sie.

Der Ortsbauernführer Lange hatte Augen und Ohren überall und dachte, er müßte von Amtswegen alles wissen, was im Dorf vorging. Aber es gab immer Dinge, die ihm verborgen blieben, Schwarzschlachtungen und so allerhand Klatsch, der den Ohren eines Mannes mit dem Bonbon am Rockaufschlag nicht zuträglich war. Er ahnte das, und deshalb saß er oft im Krug und spannte auf die Gespräche der Anders und Weckerling und Franke und der anderen Bauern, deren Wort im Dorf etwas galt.

Horst Lange merkte sofort, daß etwas vorgefallen war: Der Marten stierte wie ein Idiot mit verschwimmenden Augen vor sich hin, und die Männer um ihn hatten zu gleichgültige Mienen aufgesteckt. Weiß der Teufel, was für eine Schweinerei da wieder im Gange war! Und Horst Lange fragte, streng und ohne Umschweife, weil er von Amts wegen berechtigt war zu solchen Fragen.

Der Wirt verschwand stillschweigend im Hinterzimmer.

Die Männer und die Burschen hockten, abweisend die faltigen wie die glatten Gesichter, stumm im blau wölkenden Tabakrauch.

Der alte Anders sagte gleichmütig: „Die Frau von dem da",

und er wies mit dem Daumen auf Marten, „die soll ja wohl ein Verhältnis haben mit ihrem Kriegsgefangenen."

Heinrich Marten zuckte zusammen. Auf einmal dachte er mit überraschender Klarheit: Dem Anders ist ja schon alles egal. Dem steht das Elend bis zum Halse. Er will ja am liebsten alle mit reinreißen in den Dreck, weil seine Grete auch drinsteckt.

Er sah den Ortsbauernführer an. Der war aufgesprungen, fliegende Röte auf dem noch jungen, schon zu scharfen Gesicht, er brüllte in die tiefe Stille. — Erst nach geraumer Zeit begriff Heinrich, warum der Mann so brüllte. Langsam stand er auf, packte, über den Tisch hinweg, den Lange am Rockaufschlag und sagte, leise und mühsam: „Was schreist du da so rum? Die Kathrin melden? Meine Frau melden, ja? Weil dir ein paar Dummköpfe vorquatschen, daß sie was hat mit dem Russen, ja?" Er wurde plötzlich laut, seine Stimme überschlug sich, wie sich in seinem Kopf die Wirtsstube überschlug mit dem Tisch und den Männern und dem affigen Kerl in Schaftstiefeln, den er nie hatte leiden mögen. „Meine Frau geht dich einen Dreck an! Das mache ich mit ihr ab — und dich schlage ich tot, wenn du dich da einmischst, verstanden?"

Der andere, blaß und rot, versuchte vergebens den Betrunkenen abzuschütteln, versuchte gegen die dröhnende Stimme aufzukommen, er keuchte in Angst und Wut etwas von „höheren Stellen".

„Meine Frau hat nichts mit dem Iwan, und sie wird nie was haben mit so einem! Darauf kannst du dich verlassen! Halt die Fresse — von wegen höhere Stelle! Ich bin Soldat, Frontkämpfer, habe das EK I — da, siehst du —, und du? Treibst dich zu Hause rum, junger Kerl, weißt nicht, wie das im Krieg ist, schnüffelst hinter einer Soldatenfrau her — Schwein!" Und er stieß Lange gegen die Brust.

Zwei, drei Männer sprangen auf. Heinrich fegte sie mit einer weiten Armbewegung hinweg. „Schnauze — ihr alle! 'ne anständige Frau verdächtigen, was? Mit 'nem Russen einfach zum Lachen. Fegt den Dreck vor eurer eigenen Tür, da liegt genug!" Er warf ein paar Geldscheine auf den Tisch. Er schwankte, als er zur Tür ging, und auf der Treppe stolperte er. Die Nachtluft kühlte sein erhitztes Gesicht, und er hielt sich gerade auf dem Wege nach Hause.

Er empfand so etwas wie Befriedigung: Denen hatte er es gegeben! In seinem Innern aber fraßen Zweifel. Wie, wenn sie recht hätten? Wenn etwas dran wäre an dem Geschwätz? Wenn er sich zum Gespött gemacht hätte vor dem ganzen Dorf?

Dann kam er in die Schlafkammer, Kathrin stand am Fenster, furchtlos schien ihm, so anders als sonst, mit einem Blick, der alles wieder aufwühlte in ihm, daß er in sinnloser Wut zuschlagen mußte, gleichgültig, wohin.

Heinrich stemmte sich vom Trog hoch und ging ins Haus. Im Flur kriegte er Kathrin zu fassen, er packte sie am Arm und sagte schnell: „Ich glaube dir doch, Kathrin. Mit einem Russen? Du nicht. Alles Quatsch. Und das andere", sagte er leiser, „ich weiß auch nicht, wie das über mich gekommen ist. Vergiß es, Kathrin."

„Nein", sagte sie. Sie sah seine Unbeholfenheit und den bittenden Blick in seinen runden braunen Augen, deshalb setzte sie hinzu: „Es ist gut, Heinrich. Mach dir keine Gedanken mehr um mich. Es ist alles gut." Gelassen befreite sie sich von ihm, ihr Gesicht war nicht einmal böse, eher freundlich, aber der Mann empfand mit einem Male, daß sie ihm entglitt, daß alles zu Ende war.

Er wandte sich ab, den Kopf zwischen den Schultern, sein breiter Rücken war gekrümmt, er ging über den Flur wie ein alter Mann.

Heinrich hatte die Frau niemals leidenschaftlich geliebt. Er hatte sie damals genommen in ihrer Unansehnlichkeit, weil sie ein paar Morgen Land mitbrachte, die er bei allem Fleiß nicht selbst hätte erarbeiten können. Aber er war ihr gut gewesen — auf seine Art —, er hatte sich an sie gewöhnt in den fünf Jahren ihrer Ehe, und er brauchte das bißchen Wärme, das sie ihm geben konnte. Und nun merkte er plötzlich, daß er in diesen fünf Jahren nichts von ihr gewußt hatte. Ihr Da-Sein war ihm gewesen wie das tägliche Brot. Kirschen schmeckten besser; er nahm auch die Kirschen, aber das war nichts für die Dauer. Von Kirschen allein kann der Mensch nicht leben, das Brot braucht er immer, das ißt er sich nicht über, das andere ist bloß Zuspeise.

Sie gingen am Abend gemeinsam in die Kammer hinauf. Kathrin richtete das Bett, aber der Mann nahm wortlos seine Kissen und baute sich unten in der guten Stube auf dem Sofa sein Lager. Er hatte so viele Nächte allein schlafen müssen, ohne die Wärme einer Frau, daß er auch heute bald einschlief. Und sein Schlaf war so tief und gesund, daß er Kathrin nicht hörte, die nachts in die Stube kam und lange im Dunkeln auf einem der harten Plüschsessel saß, steif, weil an der Rückenlehne die Spitzendeckchen mit Stecknadeln befestigt waren.

Wohl eine Stunde lang blieb Kathrin bei dem schlafenden Mann, und sie hörte seine geräuschvollen Atemzüge und das Ächzen der Stahlfedern, wenn er sich auf dem alten Sofa herumwälzte.

Als sie endlich in die Kammer zurückkehrte, fürchtete sie diesen Heinrich Marten nicht mehr, und sie haßte ihn auch nicht mehr.

Er war jetzt weit weg von ihr, ein Wanderer auf der Landstraße, die fern am Horizont sich verengte bis in den einen Punkt, wo der Wandernde dem Auge entschwand auf Nimmerwiedersehen.

An diesem letzten Tage seines Urlaubs waren die beiden ganz freundlich miteinander. Heinrich werkelte auf dem Hof herum, es gab eine Menge Kleinigkeiten auszubessern, was so liegengeblieben war in der letzten Zeit, und Kathrin umsorgte ihn wie einen Gast, der einem nicht lieb ist und nicht leid.

Am Abend mußte Marten fort.

Er trug wieder die graue Uniform. Er wirkte noch massiger in der Feldbluse, aber das Gesicht sah mager und bekümmert aus über den mächtigen Schultern, als er Kathrin die Hand reichte. „Auf Wiedersehen", sagte er, und es klang, als glaube er nicht mehr an ein Wiedersehen.

„Du kommst wohl nicht mit zum Bahnhof?" fragte er und versuchte seiner Stimme einen festen und gleichmütigen Klang zu geben.

„Nein", sagte Kathrin. Dennoch — es waren fünf Jahre gewesen, und Heinrich war nicht so stark und gesund wie ehemals; darum hob sich die junge Frau auf die Zehenspitzen und küßte ihn auf den Mund. Sie schloß die Augen dabei und sah nicht sein schmerzliches Erschrecken, aber sie spürte es in seiner Umarmung.

Heinrich war schon am Nachbargehöft, als er sich umwandte. Kathrin hob die Hand und winkte mit dem Taschentuch. Noch einmal grüßte Heinrich zurück, dann entzog ihn die Wegbiegung den Blicken der Frau.

Ihr erhobener Arm sank herab.

Der Mann in Uniform wanderte wieder den Weg entlang, den er vor zwei Tagen gekommen war, und er blickte nicht zurück. Hinter ihm versank das Dorf in der Umarmung des Waldes, minutenlang stand noch die Kirchturmspitze blinkend gegen den roten Himmel, dann verlosch auch sie.

Der Abend war mild, aber der Mann stapfte mühsamer durch den Straßenstaub als damals in der Glut des hohen Mittags. Es war ihm, als sei der Hof abgebrannt hinter ihm; er ahnte dumpf, daß er zum letzten Male mit Kathrin unter dem Tor gestanden hatte.

Er fürchtete sich nicht vor den Schützengräben, vor Panzerrasseln und den Schreien Verwundeter; er sehnte sich nicht zurück nach seinem Dorf. Er spürte noch die Lippen Kathrins auf seinem Munde, und zum ersten Male in seinem lauten, tätigen Leben war er von seinem geraden Weg im Gleichmaß der Gedanken abgeirrt. Er stand im finsteren Dickicht fruchtloser Grübeleien und wußte nicht ein noch aus.

Im Zug traf er ein paar Kameraden, einer hatte eine Flasche Schnaps bei sich. Als sie die Flasche kreisen ließen, war Heinrich noch auf der einsamen Landstraße zwischen seinem Dorf und der Stadt; aber dann zog einer Skatkarten aus der Tasche, und sie machten ein Spielchen auf einem Tornister. Die Flasche ging reihum, die Kameraden lachten und erzählten Witze, nun war das Leben wieder einfach geworden. Heinrich erzählte eine Zote, die anderen klatschten sich auf die Schenkel. Er war wieder ganz drin in diesem Soldatendasein, er schimpfte auf seinen Spieß, tat einen langen Zug aus der Flasche — ach was, heute rot, morgen tot! — und schlief in dieser Nacht auf der harten Holzbank des Abteils fast so gut wie tags zuvor auf dem Sofa in der guten Stube.

1 2

Kathrin lehnte an der Pappel. Die Hände auf dem Rücken verschränkt, blickte sie zur Wegbiegung, und unter ihren Fingern spürte sie die glatte graue Rinde des vertrauten Baumes. Der Mann war verschwunden, und der Abschied war so endgültig, als trennten sie nicht die paar Kilometer Landstraße, sondern jene letzten drei Fuß Erde.

Sie wandte sich um; Alexej stand am Zaun hinter ihr. Sie winkte nicht und lächelte ihm nicht zu; sie sah ihn nur an, ihr Gesicht spiegelte Befreiung.

Kathrin und Alexej gingen auf dem schmalen Rain, zwischen gelben Kornmauern, hinab zum See. Ein lichter Waldstreifen trennte die Felder vom sanft abfallenden Ufer. Die Stämme der Kiefern flammten. Ein kühler Hauch wehte vom See herüber und brachte den strengen Geruch von Fischen, von moderndem Pfeilkraut und Wasserpest.

Sie setzten sich in den lockeren weißen Sand, dicht an den Schilfgürtel, der den See umspannte, nur hier und da durch schmale Lücken unterbrochen, durch die man ins Wasser steigen konnte.

Die letzten Strahlen der Sonne schlugen eine Brücke über das Wasser. Alexej hatte die Hand Kathrins ergriffen. Sie hörten das Glucksen der Wellen im Schilf. Breit quakten die Frösche, ein Fisch sprang schnalzend empor.

Kathrin sagte leise: „Früher habe ich oft hier gesessen, als Kind, weißt du. So habe ich mir das Paradies vorgestellt, so still, so voller Frieden. Die Tiere sind gut zueinander, und sie sprechen mit den Menschen ..." Sie verstummte. Die Sonne ging unter, die goldene Brücke versank. Kathrin, in Gedanken verloren, blickte in ihren Schoß, sie sagte bitter: „Aber dann war alles ganz anders. Es gibt keinen Frieden auf der Welt, hier nicht und nirgendwo. Wir verstehen die Sprache der Tiere nicht mehr, und die Tiere sind nicht gut zueinander. Jetzt steht der alte Hecht im Schilf und lauert auf Beute. Und die Frösche schnappen Fliegen, und die Vögel holen sich mitten aus dem tanzenden Schwarm die Mücken heraus. Alle bekämpfen sich, der Starke frißt den Schwachen. Ach, das Paradies ... Wo ist ein bißchen Frieden auf der Welt, Alexej?"

„Aber die Menschen", sagte Alexej.

„Die Menschen ...", wiederholte Kathrin schwach. „Die sind ja noch schlimmer. Überall ist Krieg, einer frißt den anderen, sie sind wie die Wölfe. Eltern verkaufen ihre Kinder ... Ich habe nicht einmal geweint, als mein Vater gestorben ist."

Der Himmel leuchtete wie grüne Seide, der See überzog sich mit grauem Schmelz.

Alexej legte den Arm um ihre Schultern.

„Du mußt an die Menschen glauben, Katja", sagte er. „Der Mensch ist gut, und es wird Frieden sein. Seit vielen tausend Jahren sehnen sich die Menschen nach dem Paradies, und sie sind dafür durch Dreck und Blut gegangen. Wir werden die Welt verändern. Kriege müssen nicht kommen und gehen wie Sommer und Winter. Eines Tages wird es kein Elend mehr geben, keine Feindschaft und keinen Haß. Die Menschen werden in Frieden leben, jeder wird satt sein und glücklich. Wir dürfen wieder träumen, Kathrin ..."

„Das erleben wir nicht mehr, Alexej."

„Die nach uns kommen, werden es erleben. In meiner Heimat haben wir den Anfang gemacht, und die Welt wird uns folgen."

„Aber ihr seid auch im Krieg, ihr tötet —"

„Wir töten, um das Leben zu gewinnen."

„Das ist schwer zu verstehen, Alexej."

„Wir sind in den Krieg hineingezwungen, wir sind überfallen worden, wir müssen uns doch wehren, wir können uns nicht einfach alles rauben lassen. Das begreifst du doch, nicht wahr?"

„Wenn das alles wahr wäre, Alexej! Ich möchte dir so gern glauben . . ." Sie wandte ihm den Kopf zu. „Du sagst, in Rußland habt ihr angefangen, alles anders zu machen. Ihr habt die Felder zusammengelegt. Ihr habt angefangen, die Menschen anders zu machen. Aber wir sind in Deutschland."

Der See schimmerte matt; wie mit schwarzer Tusche auf dünnes violettes Seidenpapier hingezeichnet, stachen die Silhouetten der schlanken Schilflanze in den Himmel.

„Solange ich dir zuhöre, habe ich keine Angst mehr und keine Zweifel", sagte Kathrin.

Alexej nahm ihren Kopf zwischen beide Hände und küßte sie auf den Mund und auf die Augen. Sie erwiderte seinen Kuß, ihr Herz schlug so rasch und hart, daß sie glaubte, der Mann müßte es hören. Seine Hand glitt über ihre Schulter hinab und schloß sich um ihre Brust. Einen Augenblick ruhte Kathrin in seiner Umarmung, dann stieß sie ihn zurück.

Sie sagte atemlos: „Aber wenn der Krieg nun zu Ende ist — was wird aus uns?"

Alexej drehte den Kopf zur Seite. „Ich weiß nicht", sagte er dumpf.

„Du gehst in dein Dorf zurück. Aber ich?"

Alexej griff in ihr Haar und drückte ihren Kopf an seine Brust. Sie konnte sein unglückliches Gesicht nicht sehen, sie hörte nur seine zuversichtlich klingende Stimme, als er auf sie einredete: „Ich werde dich mitnehmen. Sicher. Wir fahren in die Ukraine, wir bauen uns ein neues Haus."

Kathrin lächelte, sie sagte leise, mit geschlossenen Augen·

„Es waren einmal ein Mann und eine Frau, die hatten ein Haus und einen Garten, darin blühten tausend goldene Sonnenblumen, und sie arbeiteten und bestellten ihr Feld und hatten sich lieb bis an ihr Lebensende . . ." Sie öffnete die Augen. „Das sind Märchen, Alexej, die man sich abends erzählt. Daran glaubst du ja selbst nicht."

Er antwortete nicht.

Das Wasser war jetzt fast schwarz. Kathrin wies zum Uferrand hin, wo inmitten dunkelgrüner runder Blätter ein paar Seerosen schwammen. „Abends sehen sie aus wie weiße Vögel."

„Soll ich dir welche bringen?" fragte Alexej.

„Ach nein", sagte Kathrin rasch, „es gibt hier überall Untiefen und Schlinggewächse, du kommst nicht wieder raus, wenn sie dich fassen. Im vorigen Jahr ist ein Junge ertrunken, nur ein paar Meter vom Ufer."

Alexej lachte. „Denkst du, ich wag's nicht?" Er hatte schon die derben Holzschuhe von den Füßen geschüttelt und krempelte die Hosenbeine auf. Er ging durch den lockeren feuchten Ufersand und ein paar Schritte ins Wasser hinein, das ihm bis zu den Knien reichte, und plötzlich, als er den Fuß noch einmal vorsetzte, stieg es ihm bis an die Hüften. Er beugte sich über das Gewirr der tellerrunden Blätter und brach schnell und geschickt ein paar Seerosen ab.

Er watete zurück. Abwehrend hob Kathrin die Arme. „Nicht, Alexej — das sind Totenblumen, die darfst du mir nicht schenken."

Lächelnd schüttelte er den Kopf. „Wie kannst du nur so etwas sagen! Totenblumen . . . Sieh doch nur, wie schön sie sind." Sie hatten sich zur Nacht geschlossen, ihre milchweißen Blütenblätter lagen fest übereinander, am Saum rosig überhaucht.

Kathrin kauerte am Ufer, sie griff widerwillig zu, als Alexej ihr die langstengligen Blumen gab, sie erschrak und rief: „Aber alle sagen, daß sie Unglück bringen! Wer sie pflückt, muß im selben Jahr noch sterben."

Sie sprang auf und warf mit weitem Schwung die Seerosen ins Wasser; sie trieben sanft schaukelnd auf den Wellen.

Kathrin zitterte, als sie Alexej ansah. Das Wasser gurgelte um seine Füße. Er stieg ans Land und umschlang sie, an seiner Brust flüsterte sie: „Wenn dir etwas Böses geschähe, Alexej, ich glaube, ich müßte sterben."

Er beugte sich zu Kathrin hinab. Sie strich über sein feuchtes Haar, sein Atem streifte ihre Wange. Sie warf ihm plötzlich die Arme um den Hals und sagte erstickt: „Küß mich, halt mich fest, jetzt bist du noch da, ich muß fühlen, daß du noch da bist."

Er küßte sie. „Katjuscha, Täubchen . . ."

Sie sah gerade über sich, sehr hoch an dem nachtblauen Himmel, den ersten zitternden Stern. „Sag, daß du mich liebst. Sag's in deiner Sprache."

Alexej stammelte: „Ja ljublju tebja . . ."

13

Eines Nachts nahm Kathrin den Gefangenen mit in die Küche. Er hatte sie so oft gebeten, einmal Radio hören zu dürfen, daß sie es ihm nicht länger abschlagen konnte. Sie sagte: „Es ist gefährlich Alexej; wenn die Frieda dich nachts im Haus entdeckt . . . Eure Soldaten gehen vor; das wolltest du doch bloß wissen."

Das Küchenfenster stand offen, die blau-weiß gewürfelte Gardine wehte.

Kathrin schloß das Fenster und ließ die schwarze Verdunkelung herunter. Als sie die Hängelampe über dem Küchentisch eingeschaltet hatte, sah Alexej, daß Kathrin vor Aufregung bebte.

„Du mußt ganz leise sein", sagte sie. „Frieda hat ihre Kammer über der Küche."

Das kleine Radio mit den eingeprägten Hakenkreuzen

rechts und links von der Skala stand auf der Anrichte neben dem Brotkasten. Alexej beugte sich über das Radio, er klemmte die Unterlippe zwischen die Zähne, als er den Adler mit dem Hakenkreuz in den Fängen sah. Kathrin beobachtete ihn furchtsam gespannt, sie sagte: „Ich hätte dir doch auch erzählen können, was sie in den Nachrichten sagen."

Sie merkte, daß Alexej ihr nicht zuhörte. Sein Gesicht wurde ganz kalt vor Aufmerksamkeit, als er am Sucher drehte. Sie hörten Fetzen von Schlagermusik, eine Luftwarnung und, zwischen Landserlied und Operette, eine Ansagerstimme: „... im Namen des Volkes zum Tode verurteilt: Karl Wachsmuth, Lieselotte Grabow, Rudolf Stegmann ..."

Sie sahen sich an, sie waren beide blaß geworden. Alexej zögerte einen Moment, dann drehte er weiter.

Es rauschte und heulte wie Schneestürme im Apparat, und plötzlich war Stille, und von weit her kamen die ersten Takte eines Liedes, das Alexej manchmal vor sich hin summte.

„Um Gottes willen, was machst du? Was hörst du da?" rief Kathrin.

Eine Stimme, leise und weit weg wie von einem anderen Stern, sagte: „Goworit Moskwa ... Goworit Moskwa." Alexej umklammerte mit beiden Händen das Radio und preßte das Ohr gegen den Lautsprecher.

Kathrin stürzte auf ihn los. „Das kann uns den Kopf kosten."

Alexej drehte sich um, sein Gesicht trug einen Ausdruck glücklicher Erschütterung. Er umfaßte, hockend, Kathrins Hüften. „Die Heimat", sagte er atemlos. „Sluschajesch? Die Genossen ..." Er redete überstürzt auf sie ein. Sie verstand nichts, er hatte auf einmal sein Deutsch vergessen und überschüttete sie mit einem Schwall von russischen Wörtern.

Kathrin wich langsam zurück. Sie blickte auf Alexej hinab; der nächste Mensch war ihr plötzlich fremd geworden.

Im Lautsprecher begann es zu knacken und zu pfeifen. Alexej ließ Kathrin los und versuchte fieberhaft, den Sender zurückzuholen.

„Alexej", sagte Kathrin. „Aljoscha . . ." Sie wartete. Er hatte sie vergessen. Sie blickte sich ratlos in der Küche um, sah auf das Bild an der Wand, das einen lachenden Heinrich in Uniform zeigte, und endlich wieder auf Alexej. Er hatte die Stirn gegen die Anrichte gelehnt und horchte gierig auf die russischen Laute, die Stimme der Heimat, die über viele Kilometer zu ihm kam, in die Küche des deutschen Bauernhauses. Und Kathrin begriff, daß es außerhalb dieses Hofes etwas gab, das größer und stärker war als ihre Liebe, ein unzerreißbares Band, das Alexej mit seinem Land verknüpfte.

Sie ging leise zur Tür zurück, und sie sagte, mehr für sich als für den Russen:

„Ich gehe dann aufpassen —"

Alexej kauerte vor der Anrichte, er hatte den Kopf auf die Arme gelegt. Er weinte.

14

Über dem abgeernteten Feld zitterte die Luft vor Hitze.

Bleigrau flimmerte der Himmel, wo er die Erde berührte, und die Sonne schoß weißglühende Pfeile fast senkrecht hinab auf die drei Menschen. Träge zogen die Pferde an, die Räder des Ackerwagens malmten den Staub zwischen den Stoppeln.

Frieda, den Rock bis hoch über die runden Waden geschürzt, reichte Garbe um Garbe hinauf mit einer Kraft und Gewandtheit, die der des Russen kaum nachstand, und Kathrin mühte sich schwer atmend Schritt zu halten.

Sie stand auf dem Wagen; aus dem staubgrauen Hemd — die Bluse lag längst am Wege — rundeten sich braungebrannt Schultern, Arme und Hals. Sie hatte nicht einmal Zeit, ihren Schweiß vom Gesicht zu wischen, er brannte auf ihrer Haut, die rauh und zerstochen war von tausend in der Luft wirbelnden winzigen Grannen.

Die junge Frau würgte Übelkeit, in kurzen Abständen

preßte eine eiserne Faust ihr schmerzhaft den Magen zusammen, sie wußte nicht, war es die Hitze, die ekle Feuchtigkeit, die ihr das Hemd an den Rücken klebte, oder wütender Hunger. Sie hatte am Morgen nicht essen können, das Brot widerte sie an, Wurst konnte sie schon tagelang nicht mehr vertragen, sie hatte sich mit ein paar Schlückchen Malzkaffee begnügen müssen.

Ihre Bewegungen wurden immer langsamer, sie vermochte kaum noch die erschlafften Arme zu heben. Sie sah den besorgten Blick Alexejs, als er ihr eine Garbe hinaufreichte, und sie nahm ihre letzte Kraft zusammen, um ihn nicht zu ängstigen. Jetzt eine Stunde ruhen dürfen, eine halbe, eine Viertelstunde nur, im Schatten liegen, tief atmen ... Ach, und die Garbenzeile war noch so lang, Frieda würde nicht eher rasten, sie konnte arbeiten wie ein Pferd, und das Korn mußte rein, am Abend könnte es ein Gewitter geben.

Kathrin taumelte, vor ihren Augen begann das Feld zu kreisen, drehte sich schneller und schneller, sie fiel vornüber und wäre vom Wagen gestürzt, hätte nicht Alexej, der sie keine Minute aus den Augen ließ, ihr die Arme entgegengestreckt und sie aufgefangen.

Aus weiter Ferne dröhnte Friedas Stimme an ihr Ohr, sie verstand die Worte nicht, aber sie wand sich aus den Armen des Russen; selbst in ihrer Ohnmacht vergaß sie nicht die Wachsamkeit der Schwägerin, so tief war das Bewußtsein ständig drohender Gefahr in ihr Hirn gebrannt. Wie eine Betrunkene torkelte sie mit engen Schritten über die starrenden Stoppeln, sie spürte nicht den Schmerz an ihren nackten Füßen. Sie kam bis zum Feldrain, dort erbrach sie sich.

In plumpem Trab kam Frieda gelaufen, sie hatte es nun doch mit der Angst gekriegt, sie erschrak vor dem tränenfeuchten, qualvoll zuckenden Gesicht Kathrins.

„Nu, nu, was hast du denn? Wirst doch nicht etwa krank — jetzt mitten in der Ernte?" Schwach schüttelte Kathrin den Kopf.

„Ach Gott, das hätte noch gefehlt", jammerte die Schwägerin, „der Roggen muß rein, wir schaffen die Arbeit sowieso kaum." Sie schob ihr die derbe Hand unter den Kopf; heißer Atem und säuerlicher Schweißgeruch schlugen Kathrin ins Gesicht. Sie richtete sich mit Anstrengung auf, ihr Blick fiel auf den Russen; er stand ein wenig abseits, mit hängenden Armen, sein breites Gesicht war grau vor Schreck.

„Es ist nichts", flüsterte Kathrin. „Mir ist schon wieder besser." Ohne Hilfe erhob sie sich, unwillkürlich streckte Alexej die Arme gegen sie aus. Kathrin stand schon, leicht schwankend, und lächelte ihm zu. „Wirklich, mir ist wieder gut."

Sie fuhr herum. „Heil Hitler!" schmetterte die schneidige Stimme des Ortsbauernführers. Er hatte den Arm zum Gruß hochgeworfen und stand straff; er trug trotz der Hitze die braune SA-Hose und Schaftstiefel. Das Parteiabzeichen funkelte wie eine bösartige Spinne am Hemdkragen; die Bauern witzelten, er trage es sogar am Nachthemd.

„Was passiert?" Vor Frauen kehrte er gern den Forschen heraus und sprach knapp und streng; er wußte wohl, daß sie alle einen Pik hatten auf ihn.

„Nisch is", brummte Frieda. Sie konnte den Lange nicht leiden: ein junger Kerl mit gesunden Knochen, so was trieb sich zu Hause rum, hatte nie die Front zu schmecken gekriegt. „Kleiner Sonnenstich", und sie wandte sich ab, den Rock hinten noch höher raffend, daß es wie eine derbe Herausforderung wirkte.

Der hurtige Blick Langes sprang von Kathrin zu Alexej, er hob die Nase witternd wie ein Jagdhund. Seit Wochen schon schlich er um das Gehöft der Martens, jener Abend im Krug ließ ihm keine Ruhe. Er vergaß es dem Heinrich Marten nicht, daß er ihm damals vor allen Bauern an den Hals gesprungen war, er glaubte auch nicht an die wütenden Beteuerungen, daß es keine Vertraulichkeit gebe zwischen dem Gefangenen und der Bäuerin, er hatte von Amts wegen mißtrauisch zu sein. In seinem Dorf duldete er keine Schweinereien! Da läßt sich, sozusagen unter seinen Augen, eine deutsche

Frau mit einem Fremdstämmigen ein, einem rassisch Minderwertigen! Bei uns nicht, Puppe, dachte er.

Er musterte verstohlen den Russen. Der war zwar blond und blauäugig — nordischer Einschlag, wer weiß, woher —, aber die hohen Backenknochen und der runde Schädel verrieten den Slawen. Er war überhaupt dagegen, daß Bolschewiken auf den Höfen arbeiteten, die Brüder machten einem nur Scherereien. Da war neulich im Nachbardorf einer ausgerissen, er war nicht weit gekommen, klar, aber den Ortsbauernführer hatte die dumme Geschichte das Amt gekostet.

Freilich konnte er der Marten nicht so einfach den Gefangenen wegnehmen, gerade jetzt während der Ernte. Das dicke Weib, die Frieda, würde ihm ins Gesicht springen, und mit der Ablieferung würde es auch übel aussehen auf einem Hof ohne Mann.

Frieda blickte über die Schulter zurück. „He, was stehst du noch rum?" schrie sie herüber. „Wenn du nichts zu tun hast, brauchst du's bloß zu sagen — wir können noch ganz gut Hilfe vertragen."

„Halt's Maul", brummte Lange. Diese großschnäuzigen Weiber! Laut rief er: „Wollte mit dir noch sprechen, wegen der Ablieferung."

„Verrückt geworden, was?" keifte Frieda zurück. „Unsereins hat in der Ernte anderes zu tun."

„Ich komme dann nächstens mal bei euch vorbei." Damit war der Rückzug gedeckt, er trollte sich, unzufrieden, verärgert: Einen Ton schlugen die Frauen an, seit die Männer nicht mehr zu Hause waren! Und dabei hatten sie einen geistigen Horizont vom Umfang ihres Topfdeckels, begriffen nicht, daß die Arbeit in der Heimat mindestens genauso wichtig war wie die an der Front: Schließlich mußten Versorgung und Nachschub gesichert sein, und dazu brauchte die Partei Männer wie ihn im Hinterland.

Verstohlen sah er zurück. Die junge Bäuerin und der Kriegsgefangene gingen langsam über das Feld zum Ackerwagen hin, sie gingen wie zwei, die sich fremd sind, in ein paar Meter Abstand voneinander. Er hatte keine vertrauliche Geste, keinen heimlichen Blick zwischen ihnen erspähen können. Dennoch sagte er sich, daß dieses Geschwätz im Dorf, das ihm so zufällig zu Ohren gekommen war, nicht ganz aus der Luft gegriffen sein konnte. Holzauge, sei wachsam ... Und er pfiff, gellend und beinahe richtig, ein paar Takte aus seinem Leib- und Magenlied: „Es geht alles vorüber, es geht alles vorbei ...“

Was der Kerl immerzu herumspionieren muß? dachte Frieda. Überall steckt er seine Nase rein, der Schnösel ... Sie rief Kathrin zu: „Geh mal heute abend zu der Meinhardt rum, laß dir was verschreiben. Morgen kommt der Roggen dran, da mußt du wieder auf den Beinen sein.“

Kathrin nickte abwesend. Gott, was verschreiben lassen, ein paar Tropfen oder Tabletten; die konnten ihr auch nicht helfen ... Schwerfällig stieg sie auf den Wagen und begann wieder Garben zu schichten. Frieda warf die Forke hin, schimpfend und keuchend arbeitete sie sich auf den Wagen hinauf. Was die Kathrin, diese Handvoll, schon schaffte! Derb drängte sie die Junge zur Seite, brummte etwas von „ausruhen“ und „hinsetzen“, und dankbar machte Kathrin ihr Platz.

Langsam ruckte der Wagen vorwärts. Grau stieg der Staub auf, dann standen die Pferde wieder reglos, mit hängenden Köpfen.

Kathrin kauerte am Weg, im spärlichen Schatten struppiger Ginsterbüsche. Wie wenige Tage erst waren verflossen, seit sie hier mit Alexej gegangen war; weich wiegte sich das Korn im Abendwind. Sie lagen in der Umarmung des Feldes und sahen hinauf in den Sternenhimmel, und Alexejs Hände waren zärtlich und warm wie die Nächte.

Nun streckte sich dürr der Stoppelacker, er glich einer Greisenhand.

Kathrin schloß die Augen. Sie fröstelte in der Glut des hohen Mittags. —

Kathrin hockte auf der Pritsche im Schwesternzimmer, die

Hände um die hochgezogenen Knie gefaltet, und dachte, es sei doch eigentlich sinnlos, hierherzukommen mit der Gewißheit, daß Lügen nichts half und die Wahrheit alles nur schlimmer machte.

Trude Meinhardt saß ihr gegenüber, dienstlich in einer knisternd-weißen Kittelschürze, unter der schwachen Birne, die einsam von der Decke baumelte. Ihre dunklen Augen prüften aufmerksam das Gesicht der jungen Frau, es war verschlossen, der Mund verpreßt in ratlosem Trotz.

„Du hast keinen Appetit mehr?"

„Nein."

„Dir ist morgens übel? Du mußt oft brechen?"

Zögern. „Ja."

Langsam ging Trude zu ihrem Arzneischrank und nahm ein längliches blaues Schächtelchen heraus; sie sprach zur Wand hin: „Das kann ich dir geben gegen Übelkeit. Ob es hilft, weiß ich nicht." Sie wog das Schächtelchen in der Hand. Plötzlich fuhr sie herum, ihre Augen funkelten, sie rief heftig: „Warum belügst du mich, Kathrin? Glaubst du, ich bin so dumm, daß ich nicht merke, was mit dir los ist? Ich habe zwei Kinder zur Welt gebracht."

Lautlos knickte Kathrin in der Mitte ein. Ihre mageren Schultern bebten.

Trude riß sie hoch. „Es ist also wahr! Ach Gott, ach Gott!" Sie starrte der anderen ins Gesicht; sie hatte zuviel tragen müssen in den letzten Jahren, sie hatte sich beherrschen gelernt, und das Erschrecken stieg nicht mehr aus dem Herzen in ihr Gesicht. Aber ihre Stimme hatte so geklungen, daß Kathrin mit einem Male das Maß der ihr bestimmten Leiden erkannte.

„Was soll ich tun, Trude? Ich habe es geahnt und nicht glauben wollen. Es ist wunderbar. Es ist schrecklich. Ein Kind — oh, Trude, immer habe ich mir ein Kind gewünscht." Sie schrie: „Aber sie werden es mir wegnehmen, sie werden mich schlagen, ich darf es nicht zur Welt bringen —" Ihre Stimme splitterte.

Trude trat ans Fenster. Finstere Wolken hatten sich vor die Sterne geschoben. Fern zuckte Wetterleuchten, grollte Donner. Ein Gewitter zieht herauf, dachte sie.

„Hilf mir", bettelte Kathrin.

Trude, zögernd, kam auf Kathrin zu und nahm ihre Hände. Hastig flüsterte sie, und sie wich den bittenden Augen Kathrins aus: „Es gibt nur einen Weg. Wenn es noch keiner weiß .. Ich habe so etwas noch nie gemacht, aber ich glaube schon, ich könnte es."

Die junge Frau legte die Hand auf ihren Leib: Es war ja nicht einmal Mord, das da drinnen hatte noch gar nicht zu leben begonnen, es würde keinen Schmerz spüren.

„Du kannst doch erst im zweiten Monat sein", sagte Trude. „Da ist es noch gar kein richtiges Kind, es ist ganz gestaltlos, hat keine Augen und Ohren und keine Glieder, es fühlt auch noch nichts."

. . . ,Katjuscha', Alexej preßt seine Lippen auf ihren Mund, seine Hände sind warm wie die Nacht am See. Auf den Wellen schaukeln die Seerosen, verschlafen zwitschert ein Vogel. Kathrin sieht hinauf zum Himmel, die Sterne fließen zusammen mit den Augen des Mannes, dicht über ihrem Gesicht . . .

„Es ist sinnlos, das Kind auszutragen", sagte Trude. „Wir wissen nicht, was uns morgen geschieht; wir wissen nicht, wann dieser Krieg zu Ende geht, ob wir das Ende überhaupt noch erleben."

. . . ,Aber die Menschen', sagt Alexej. ,Eines Tages wird es kein Elend mehr geben, keine Feindschaft und keinen Haß. Die Menschen werden in Frieden leben, sie werden satt sein und glücklich. Wir müssen daran glauben und dafür kämpfen, Kathrin, dann dürfen wir wieder träumen . . .'

Kathrin hob den Kopf. „Ich will das Kind behalten", sagte sie.

Trude stand auf, sie strich mit beiden Händen ihre weiße Kittelschürze glatt.

„Vergiß, was ich sagte." Ihr strenges Gesicht war rot geworden.

„Es ist Alexejs Kind." Kathrin lächelte schüchtern. „Er sagt, eines Tages wird Friede auf der ganzen Welt sein. Die nach uns kommen, sagt er, werden es erleben."

„Ich wünsche dir alles Glück der Erde", sagte Trude. „Behalt dein Kind; vielleicht erlebt es das wirklich: Frieden, Ruhe, Sicherheit ... Die Menschen sind gut zueinander — ach, Kathrin ..."

Sie weinte.

Leise verließ Kathrin das Schwesternzimmer. Vor der Tür packte sie aufkommender Sturm. Die Bäume bogen sich ächzend, mit zitternden Blättern. Blendend züngelte ein Blitz durch die Nacht, lauter rollte der Donner. Schon fielen die ersten schweren Tropfen, feucht und streng rochen Erde und Luft.

Kathrin lief die Dorfstraße hinab. Dichter fiel der Regen, und willig überließ sie ihm Gesicht und Arme. Sie war naß bis auf die Haut, als sie den Hof erreichte.

„Wie siehst du aus?" rief Frieda. „Zieh dich um, du kannst dich erkälten."

Kathrin erschrak. Sie konnte sich erkälten, wirklich, es würde dem Kinde schaden. Sie riß sich die nassen Sachen vom Leib und rieb sich trocken, mit einem Eifer, daß Frieda brummte: „No, so schlimm ist es ja nun auch wieder nicht. — Übrigens, was hat denn die Meinhardt gesagt?"

„Nichts Besonderes. Ich bin nicht krank, ein bißchen Unwohlsein", murmelte Kathrin ins Handtuch. Jetzt erst fiel ihr ein, daß sie die Tabletten vergessen hatte. Sie würde sie nicht holen, in solchen Dingern war immer Gift drin, es konnte dem Kinde schaden. Lieber das bißchen Übelkeit.

Sie konnte schon wieder lachen, als Frieda — „werd bloß nicht krank", sagte sie, „morgen muß der Roggen rein" — ihre eigene wollene Nachtjacke brachte und sie Kathrin aufzwang, der das formlos weite Ding lächerlich um die schmalen Glieder schlotterte.

Der August ging dahin.

Was auch immer Kathrin sprach und tat, ihre Gedanken

weilten bei dem Kinde, das in ihr wuchs. Sie lachte viel und
sang oft, sie war von nie gekannter Freundlichkeit gegen die
Frauen im Dorf, und sie konnte an keinem spielenden Kinde
vorübergehen. Wenn sie sich über einen Kinderwagen beugte,
errötete die Mutter vor Stolz; mit staunendem Entzücken betrachtete Kathrin die winzigen perlmuttfarbenen Nägel an
den runden Händchen des Kindes.

Schwer war die Arbeit in der Erntezeit. Die junge Frau litt
oft unter Rückenschmerzen, aber sie klagte nicht. Trotz ihrer
Müdigkeit lag sie des Nachts lange wach, und oft betastete sie
ihren Leib. Sie dachte niemals an die Zukunft.

15

Es war schon September, die Bäume wurden müde, und trä-
ger krochen die Morgen herauf, da kam Grete Anders ins
Dorf zurück.

Sie war gegen Mittag gekommen. Beim Essen um ein Uhr
wußte schon das ganze Dorf, was mit ihr los war. Es gab
keine Küche, in der nicht darüber geklatscht wurde, schaden-
froh oder bedauernd: Man sah es dem Mädchen ja an, es war
mindestens im fünften Monat, und der alte Anders hatte einen
Spektakel gemacht, daß es häuserweit zu hören gewesen war.

Jetzt stand der alte Mann in der guten Stube, und vor ihm
saß, die Hände über dem starken Leib gefaltet, das Mädchen,
ganz gelassen, beinahe freundlich dem Großvater ins Gesicht
schauend. Der war erschöpft, sein welkes Kinn zitterte, seine
Wut war tiefer Ermattung gewichen. An der Wand lehnte der
Ortsbauernführer und redete auf ihn ein, wohlwollend und
verständnisvoll, der Unterton von Spott war kaum herauszu-
hören.

Der Alte stützte sich auf den Tisch, er mußte ruhig bleiben,
es stand übel um seine Sache, das hatte er gleich gemerkt, als
Lange — von Grete geholt — ins Haus gekommen war. Der

junge Bengel sprach zu ihm, dem um dreißig Jahre Älteren, wie zu einem unfolgsamen Kinde. „... Überleg es dir, Anders, überleg dir das sehr gut, ob du die Grete rausschmeißt. Sie trägt ein Kind von einem SS-Offizier. Denk bloß mal: SS ... Das ist Elite, Anders, da kann jede Frau stolz drauf sein."

Das habe ich doch alles schon mal gehört, dachte der Bauer. Er brauchte nicht weit zurückzugehen: Im Juli hatte er Heinrich Marten getroffen und ihn auf seinem Wagen mitgenommen, der hatte ihm ähnliches gesagt. An seinem Ohr flutete ungehört vorüber das Geschwätz von „Ehre", von „deutscher Frau" und „Mutterschaft". Er grübelte: Das ist die Strafe, weil ich dem Heinrich seine Kathrin angeschwärzt habe vor diesem Schnösel, dem Lange. Ich hätte das Maul halten sollen, ich hatte ja keine Beweise, hab den Lange bloß scharfgemacht; jetzt kriege ich die Strafe dafür ...

„Kurz und gut, die Grete bleibt im Haus, bis das Kind geboren ist."

Sie weiß nicht einmal, von wem es ist, dachte der Alte. Wenn die Marten wirklich was hat mit ihrem Russen ... Aber über die Grete ist ein Dutzend Soldaten gekrochen — was ist da schlimmer?

Er sagte dumpf: „Ich dulde in meinem Haus keine Hure. Soll sie hingehen zu ihren Kerlen, wo sie hergekommen ist."

Grete biß sich auf die Lippen, aber ihre braunen Augen blieben blank. Lange war aufgefahren, fliegende Röte auf dem Gesicht.

„Du weißt nicht, was du redest, Anders! Ich spreche im Namen der Partei, und ich befehle —"

Der alte Mann wachte auf, er stieß das faltige Kinn vor; unvermittelt schrie er auf: „Raus! Du Hurenmensch! Raus, verfluchter Kerl! Soll sie den Bankert auf der Straße werfen, sollen die Schweine dafür aufkommen, die sie im Bett gehabt haben." Greisenhaft dünn, überschlug sich seine Stimme. „Ich scheiße auf euch alle, ich lasse mir nichts befehlen, und schon gar nicht von deiner Partei! Schweine alle miteinander! In den

Dreck tretet ihr alles — Ehre —" Er spuckte aus, sein dürres Gesicht lief blau an, er gurgelte Unverständliches, erstickt vor Wut. Die beiden waren schon gegangen.

Am selben Abend wurde der Bauer Anders verhaftet. Seine Enkelin zog in das Haus ein mit Sack und Pack; sie hatte viele Kleider, auch das Organdykleid, rosa Bollchenfarbe, war dabei, aber das konnte sie nicht mehr tragen, sie war schon zu dick.

Ihre Mutter wagte nicht zu mucksen, sie weinte viel um ihren alten Schwiegervater. Sie fragte niemals nach dem Vater des Kindes, das ihre Tochter erwartete; nur manchmal sah sie das Mädchen von der Seite an, und in ihren verweinten Augen war ratlose Verwunderung: Sie sollte dieses hübsche, freche, fremde Geschöpf geboren haben . .

Eine knappe Woche später kam der Bauer zurück. Niemand erfuhr, wie es ihm ergangen war und warum sie ihn hatten laufen lassen. Er hatte kaum noch Zähne im Mund; er trug jetzt immer eine Mütze, er war kahl geschoren, und quer über den Schädel zogen sich ein paar dunkelblaue breite Striemen.

Anders war jetzt uralt. Er mummelte beim Sprechen, und unversehens fingen seine Hände an zu zittern. Man sagte, er sei nicht mehr ganz klar im Kopfe. Er kümmerte sich nicht um den Hof; wenn er der Grete begegnete, fletschte er die Zähne und gurgelte Unverständliches.

Das Mädchen lächelte und ging gelassen, beinahe freundlich, den starken Leib vorgestreckt, an dem zitternden Alten vorüber.

Rote und blaue Astern wippten auf hohen Stengeln. Die Buschbohnen waren schon dürr, man würde sie bald brechen können. Reife Kürbisse lugten unter riesigen Blättern hervor.

Kathrin stand auf der Leiter. Sie mußte sich mit einer Hand festhalten, ihr wurde jetzt leicht schwindlig. Sie pflückte Äpfel. Sie waren warm von der Spätsommersonne, und wenn man hineinbiß, sprudelte der süße Saft. Kathrin blinzelte durch die Zweige. In dem anderen Baum hockte, vom Geäst halb verdeckt, der Russe.

Sie klomm ein paar Sprossen höher hinauf, sie mußte sich hochrecken, um die letzten Äpfel in der Krone zu erreichen.

Plötzlich griff sie sich an die Brust und stürzte lautlos hinab.

Alexej trug sie ins Haus; sie hatte sich keinen ernstlichen Schaden zugefügt. Ein paar Tage später spürte sie keine Schmerzen mehr. Seitdem aber litt sie unter Angstzuständen, sie stieg auf keine Leiter mehr, kaum wagte sie sich noch auf die Straße, jeder Laut ließ sie zusammenfahren.

Frieda nahm das nicht tragisch. Junge Frauen werden ein bißchen wunderlich, wenn der Mann lange nicht zu Hause gewesen ist, sie kriegen „Nerven", aber das vergeht wieder.

Anders Alexej. Er beobachtete Kathrin auf Schritt und Tritt, er hielt sich immer in ihrer Nähe, er vergaß nicht ihr weißes, entstelltes Gesicht von damals, als er sie unter dem Apfelbaum aufgehoben hatte.

Es war noch einmal heiß geworden, zwei, drei Tage lang. Am dritten Tage zogen gegen Abend finstere Wolken auf. Fern murrte Donner. Unruhig lief Kathrin im Hof und im Hause umher, jetzt quälte sie wieder diese unverständliche Furcht; sie beobachtete die Wolkengebirge, die sich am Himmel türmten, stahlblau mit schwefelgelben Rändern, als ginge die Sonne hinter gewaltigen Bergen unter.

Sie hoffte, das Gewitter werde vorüberziehen, solange es noch hell war, aber es wurde Abend und Nacht, und nur langsam rückte das Unwetter näher.

Kathrin lag im Bett, ihre Finger zupften an dem leinenen Bezug, der schwach nach Lavendel duftete. Bebend drückte sie sich in die Kissen. Der Wind heulte ums Haus und warf Sand gegen die Fensterscheibe, sekundenlang wurde es von Blitzen hell in der Kammer.

Kathrin zuckte zusammen beim ersten mächtigen Donnerschlag, sie legte ihre Hand unwillkürlich auf ihren Leib, als

wolle sie das Ungeborene schützen. Trocken prasselte Hagel.
Das Haus erzitterte. Kathrin glaubte noch nie ein so schlimmes Gewitter erlebt zu haben.

Plötzlich sprang sie, von Angst geschüttelt, aus dem Bett und hetzte, nur dürftig bekleidet, die Treppe hinab und aus dem Haus. Der Sturm packte sie und schleuderte sie gegen die Wand. Er verschlug ihr den Atem, mühsam tastete sie sich vorwärts. Sie rüttelte am Scheunentor. Es war nicht verschlossen. Frieda war nachlässiger geworden; sie hatte sich so an den Gefangenen gewöhnt, daß sie an Flucht nicht mehr glaubte.

Alexej zog die schluchzende Frau an sich. Er strich ihr das feuchte Haar aus der Stirn; in seinen Armen beruhigte sie sich, ihr Herz hämmerte nicht mehr so wild.

Sie setzten sich nebeneinander ins Heu. Kathrin horchte auf den Regen, der aufs Scheunendach trommelte. „Früher hat mich der Herbst traurig gemacht", sagte sie. „Früher dachte ich auch, ich müßte ganz jung sterben."

Sie bebte vor Kälte. Alexej hüllte sie in seine Jacke ein, und er fühlte, daß ihr Hals und ihr Gesicht heiß waren. „Du hast Fieber, Katjuscha."

„Weil ich so allein war .. " Nach einer Weile sagte sie: „Weißt du, was ich glaube? Ich habe zuviel ans Sterben gedacht, weil ich nicht wußte, wozu ich auf der Welt bin. Aber jetzt — Ich finde den Herbst schön, und den Himmel im Herbst, der einem viel höher erscheint als im Sommer und so blau wie zu keiner anderen Zeit. Die Kirche sieht aus, als ob sie brennt, das Weinlaub ist ganz rot." Sie lachte schüchtern. „Vielleicht so rot wie der Purpurmantel vom König im Märchen. Gold und Purpur . . ."

Alexej faßte ihre heiße Hand, er sagte beunruhigt: „Du bist ganz anders heute, Katja, Täubchen."

Sie lachte wieder. „Ich rede und rede . . . Auf einmal ist mir zumute, als müßte ich dir immerzu erzählen, von mir, von früher, und wie ich dich das erstemal gesehen habe."

Der Sturm rüttelte an der Scheunentür. Kathrin drückte ihr

Gesicht an Alexejs Brust, sie murmelte: „Regen ist wunderschön, nicht wahr?"

„Für den, der ein Dach über dem Kopf hat", sagte Alexej.

Sie küßte seinen Hals und sein Gesicht. „Wir werden immer ein Dach haben, Aljoscha."

Sie hörten nicht mehr, wie der Wind die nur angelehnte Tür aufriß und gegen die Wand schlug.

Frieda wälzte sich schlaflos im Bett. Das war wieder eine wüste Nacht! Hölzern klapperte der Laden vor ihrem Fenster. Sie hatte ihn wohl nicht fest genug geschlossen, der Sturm konnte die Scheiben eindrücken. Frieda verspürte durchaus keine Lust, jetzt aufzustehen und den Laden zu schließen, aber plötzlich fiel ihr ein, daß im vorigen Jahr bei einem Unwetter die Kühe sich losgerissen und in ihrer Angst eine tolle Unordnung im Stall angerichtet hatten.

Sie trug die Verantwortung; sie mußte doch noch einmal aufstehen und nach den Kühen sehen. Wie sollte sie es vor Heinrich verantworten, wenn etwas passierte mit dem Vieh?

Der Gedanke an Heinrich gab den Ausschlag. Seufzend schob sich die schwere Frau aus dem Bett, warf sich den Rock über, zündete die Kerze in der Stallaterne an und tappte, barfuß in Holzpantinen, durch die Küche und über den Hof.

Die Kühe traten unruhig in ihren Boxen hin und her, aber sie hatten sich nicht losgerissen. Frieda verließ den Stall, da fiel ihr Blick auf die Scheune, und ihr wurde eiskalt bis in die Fingerspitzen. Schwarz gähnte die Toröffnung, der Wind spielte mit der Tür. Der Russe! Geflohen! Frieda griff sich an die Brust, siedendheiß überfiel sie das Bewußtsein ihrer Schuld; sie hatte versäumt, die Scheune abzuschließen.

Schwerfällig trabte sie ins Haus zurück, sie vermochte nicht klar zu denken, sie wußte nur, daß sie unbedingt abschließen mußte, dann konnte ihr niemand ein Versäumnis nachweisen. Der Gefangene war fort — aber ohne ihre Schuld, jawohl!

In ihren Händen schwankte die Laterne, Frieda konnte kaum den Schlüssel halten. Sie schlich sich an das Tor, vielleicht schlief er und hatte gar nichts gemerkt.

Drinnen war kein Laut.

Einen Schritt noch wagte sie sich vor. Sie hob die Laterne: Der Schein flackerte über zwei Menschen hin; sie lagen eng umschlungen im Heu, ruhig schlafend, als sei draußen nicht die Hölle los.

Frieda traten die Augen aus dem Kopf, sie starrte wie gebannt auf die Schlafenden. Kathrin seufzte auf und drückte ihren Kopf fester an die Schulter des Mannes, in dessen Arm sie lag.

Heinrich, dachte die Frau.

Da liegt das Hurenmensch mit dem Russen, und du bist an der Front und mußt auf dich schießen lassen!

Ich habe nicht achtgegeben, ich habe nicht jeden Schritt von ihr bewacht; ich hätte es längst merken müssen, Heinrich, wie soll ich das vor dir verantworten? Sie flog am ganzen Leibe. Der Sturm orgelte in den Bäumen. Frieda entglitt die Laterne, fiel zu Boden, das Glas splitterte. Die Kerze erlosch.

Der Russe wachte auf, er sah noch die schwarze, massige Gestalt im Türrahmen, dann war sie verschwunden, das Tor krachte zu, knirschend drehte sich der Schlüssel.

Alexej umarmte Kathrin. Zehn Minuten blieben ihnen noch, eine Viertelstunde vielleicht, dann mußten die anderen hier sein.

„Katjuscha", flüsterte er, „wein nicht, Katjuscha. Wir haben doch gewußt, daß es eines Tages so enden würde."

„Sie werden dich totschlagen."

„Mein letzter Gedanke wird bei dir sein. Sei tapfer! Wir haben nichts Unrechtes getan."

„Ich liebe dich, Alexej, ich liebe dich, ich kann nicht leben ohne dich."

Es zerriß ihm das Herz. Er sprang zum Tor und warf sich gegen die Balken, er schlug sich die Fäuste wund. Das war das Ende. Sie hatten es nahen sehen und nicht daran geglaubt. Sie hatten geglaubt, ihre Liebe sei stärker als der Teufel, der ihnen im Nacken hockte.

Die anderen waren jetzt schon auf dem Wege.

Fünf Minuten blieben ihnen noch, sicher nicht mehr. Kathrin in den Händen dieser Tiere, Kathrin verhört von den Verfluchten, ausgeliefert ihren Lagern — dieser Gedanke erfüllte Alexej mit schwarzer Verzweiflung. Sie saßen in einer Falle, aus der es kein Entrinnen gab; Alexej kannte die Scheune bis in den letzten verstaubten Winkel, er wußte, daß diese Mauern, diese Balken feststanden.

Plötzlich begann Kathrin mit leiser, unnatürlich hoher Stimme: „Glaubst du an Wunder, Aljoscha?"

„Nein, ich glaube nicht."

Kathrin schüttelte den Kopf. „Ich meine nicht diese Wunder, von denen wir in der Kirche gehört haben. Nicht das Wunder von dem Brot und den paar Fischen, mit denen die fünftausend Hungrigen gespeist wurden."

„Es gibt keine Wunder, es gibt keine Geschenke", sagte Alexej. „Du mußt Korn sähen für fünftausend Brote. Du mußt aufs Meer fahren und zehntausend Fische fangen für die Hungrigen. So ist das."

Ein ganz feiner Stoß ging durch Kathrin, ihre Augen weiteten sich. Sie sagte: „Aber ein Wunder nur für uns beide, daran darf ich doch glauben . . ." Sie kniete vor Alexej und umschloß mit beiden Händen sein Gesicht. Sie konnte seine Züge nicht erkennen im Dunkeln, aber sie waren ihr so vertraut, daß sie keine kleinste Einzelheit jemals vergessen würde. „Alexej, Lieber", sagte sie, „ich bin heute nacht zu dir gekommen, um mir Mut zu machen. Ich erwarte ein Kind."

Er saß reglos, er glaubte zu träumen. „Ist das wahr, Kathrin?" Er küßte ihre Hände. „Ach, Golubka, Golubotschka . . ."

„Es ist wahr, ich werde ein Kind von dir haben, es wird leben, Aljoscha, es wird groß und stark werden und so gut wie du."

Kathrin küßte ihm die Tränen vom Gesicht. „Ich werde durchkommen. Ich komme durch."

Stimmen im Hof.

Sie jagten die beiden vom Boden auf. Kathrin umklammerte Alexej, der Schmerz zerriß ihr die Brust. „Wenn sie uns noch ein paar Wochen gelassen hätten — nur noch ein paar Tage — nur einen einzigen Tag . . ."

Die Torflügel wurden aufgeschlagen, zwei, drei Bauern stürzten herein, ihnen voran der Ortsbauernführer Lange. Alexej stand aufrecht, die Arme schützend um die Frau gelegt.

Die Männer rissen Kathrin und Alexej auseinander. Der Russe brüllte auf, schlug um sich, wurde zu Boden geworfen. Lange trat ihm mit dem genagelten Stiefel in die Seite. Der Russe krümmte sich lautlos.

Einer drehte Kathrin die Arme auf den Rücken, sie brach in die Knie, wurde hochgezerrt und über die Schwelle geschleift. Sie spürte keinen Schmerz, krampfhaft drehte sie den Hals, um einen letzten Blick auf den Geliebten zu werfen. Er wurde von Lange und zwei Bauern festgehalten. Blut lief über sein Gesicht, die Haut über den hohen Backenknochen war aufgeschunden.

Er rief: „Leb wohl, Katjuscha!" Ein Faustschlag traf ihn auf den Mund, er spuckte Blut.

Kathrin krallte sich in den Pfosten. Ihre Augen fanden noch einmal die weit auseinanderstehenden schwärzlichblauen Augen des Mannes, es war der letzte stumme Gruß zwischen ihnen. Dann schlug die Nacht über ihnen zusammen.

16

Drei Wochen lang wurde Kathrin Marten Tag für Tag verhört. Sie stand vor den Männern wie eine Geistesgestörte, starr und steif, sie bekamen kein Wort aus ihr heraus. Stundenlang marterten die grellweißen Lichter der Lampen ihren armen, wirren Kopf.

Sie wurde geschlagen, einmal schleifte ein SS-Mann sie an den Haaren durch den ganzen Raum. Sie sprach nicht. Die kleine, schmale, bleiche Frau war zäh wie eine Weidengerte, sie zerbrach nicht. Die Männer hätten ebensogut von der weißen Wand Aussagen erpressen können.

Ihre Nächte in der Zelle waren erfüllt von Alexej, er war für sie immer gegenwärtig, sie nahm sein Lächeln, seinen Blick, seinen Händedruck mit in die Verhöre; er sprach zu ihr, seine Stimme übertönte die Beschimpfungen und Flüche der Männer, die sie folterten. Wenn man sie schlug, schützte sie nur ihren Leib. Das Kind mußte leben, denn es war ein Stück von Alexej, sein Fleisch und Blut, und um seinetwillen wollte Kathrin am Leben bleiben.

Nach drei Wochen wurde das Urteil verkündet. Kathrin erschrak nicht, sie kannte ihr Schicksal seit dem Tag, als sie Alexej zum ersten Male geküßt hatte.

Heinrich Marten fuhr in Sonderurlaub.

Die unselige Nachricht hatte ihn nicht sichtbar getroffen, sie war ihm nur die Bestätigung düsterer Ahnungen gewesen. Er hatte schon lange nicht mehr seine Briefe an Kathrin gerichtet; sie galten nur Frieda; die andere, die er manchmal noch seine Frau nannte, hätte sie doch nicht gelesen.

Das Haus erschien ihm leer. Die Geschwister standen sich stumm in der Küche gegenüber. Frieda schluchzte. Heinrich zauderte, sie zu umarmen. Da knarrte die Treppe, er fuhr zusammen. Plötzlich lachte er. Frieda erschrak. Sein Lachen klang, als klirre einer mit einem Sack voll Scherben.

„Wie ist denn das bloß gekommen?" fragte er.

„Ich weiß nicht, ich weiß es doch nicht, Heinrich." Frieda war so verstört, daß sie kaum zusammenhängend sprechen konnte. Vorgestern hatte jemand beim Ortsbauernführer die Fensterscheiben eingeworfen, ein faustgroßer Stein war um Haaresbreite an Lange vorbeigeflogen. Seitdem fürchtete sich

Frieda in dem totenstillen Hause, am liebsten wäre sie ausgezogen. Zudem wuchs ihr die Arbeit über den Kopf, und die Meinhardt ging immer grußlos an ihr vorüber seit jener Gewitternacht.

„Du hast die anderen geholt?" fragte der Mann.

„Ja doch, ja doch . . ." Frieda rang die Hände, weiß sprangen die Knöchel auf der rotbraunen Haut. Sie schluckte. „Was sollte ich denn machen? Wenn du das gesehen hättest, wie die beiden da lagen — und du so weit weg . . ." Ihr Kopf fiel auf die Tischplatte, sie heulte los.

„Mußte das denn sein?" fragte er. Weit offen starrten seine braunen Augen, hilflos und dumpf.

„Heinrich, Heinrich", schluchzte die Frau, „du bist doch alles, was ich auf der Welt habe. Deinetwegen bin ich unverheiratet geblieben, immer habe ich für dich gesorgt, ich habe den Hof in Ordnung gehalten . . . Daß das passiert ist, dafür kann ich doch nicht." Ihre Augen bettelten um ein gutes Wort.

„Nein, dafür kannst du nicht", sagte der Mann. Er ging hinaus, lange stand er in der Scheune, in der es süß und streng nach Heu roch, er dachte: Das hättest du nicht tun dürfen, Kathrin. Das nicht . . . Ich bin doch nicht schlecht zu dir gewesen; daß ich dich damals geschlagen habe, kam nur durch den verfluchten Suff; ich habe dich immer gern gehabt. Warum hast du den anderen genommen? Warum hast du dich gerade an einen Russen weggeworfen? Das hättest du nicht tun dürfen, Kathrin, so schlimm war es doch nicht für dich bei mir.

Aber im Grunde seines Herzens wußte er, daß es doch schlimm gewesen war für sie, daß er zwar nicht schlecht, aber auch nicht gut zu ihr gewesen war, daß er sie niemals verstanden und sich nie um Verstehen bemüht hatte.

Er ging ins Haus zurück, er fragte Frieda: „Was war das bloß für ein Mensch, dieser Russe?" Er sprach wie von einem Toten.

„Gott, er war ganz nett, weißt du, sehr ruhig — wie soll ich sagen: gar nichts Besonderes . . ." Und hastig, wie zu ihrer

Rechtfertigung: „Sie hat eben nur einen im Bett haben wollen, da kam es nicht so drauf an."

Der Mann runzelte die Stirn, er sagte streng: „Nein, so ist sie nicht, die Kathrin." Er grübelte, er dachte laut: „Irgend etwas muß ich doch falsch gemacht haben. Sie ist doch nicht so, daß sie sich jedem an den Hals wirft. Sie war immer schüchtern und mickrig, und als ich im Juli zu Hause war, da trug sie ihr Haar so lang und war ordentlich hübsch geworden."

Frieda tastete nach seiner Hand. Sie wirkte jetzt klein und geduckt, nichts mehr war in ihr an Kraft und gesunder Lebensfreude wie in der herrischen Frieda von einst. Sie hatte in jener Nacht das blutüberströmte Gesicht des Russen gesehen, sie hatte seine letzten Worte gehört — „Leb wohl, Katjuscha!" —, das fraß an ihrem Herzen. Wenn sie die Augen schloß, sah sie die beiden im Heu liegen, eng umschlungen, Kathrins Kopf ruhte an der Schulter des Mannes; davon hatte sie als junges Mädchen geträumt: lieben, geliebt werden, geborgen sein ...

Stumm saßen die Geschwister, Eiseskälte war um sie; drohend wuchs das Gefühl der Schuld in ihnen.

17

Dünnfädig und eintönig rieselte der Regen. Wie blankgescheuert glänzte der Marktplatz, die Tropfen zersprühten auf den runden Steinen; die Stadt war alt, der Krieg schluckte ihre Gelder, und der Markt war immer noch mit Katzenköpfen gepflastert. Kopf an Kopf standen die Menschen um das hölzerne Podium. Es ragte fast zwei Meter über den Platz empor, und Kathrin konnte den Markt und die Menschenmauer überblicken.

Die ehrwürdigen Häuser, Giebel und Fenstersimse mit Ornamenten überladen, zeigten mürrisch ihre verwaschenen Fassaden. Schweigend warteten die Leute, über eine Stunde schon. Als das Schauspiel begann, hatten ein paar junge Burschen randaliert; ihr Hohn war im zähen Regen ertrunken, der durch die Kleider drang und mit spitzen kalten Fingern an die Haut griff.

Die Frau saß auf einem Holzstuhl. Triefend naß klebte der graue Kittel an ihrem Körper. Ihre Augen standen blicklos offen. Sie mußte die Arme seitlich herunterhängen lassen; über der Brust baumelte breit das weiße Schild: „ICH BIN EINE RUSSENHURE!"

Mit trockenen Augen hatte sie die blockigen Buchstaben gelesen, heute morgen, als ihr das Schild um den Hals gehängt wurde; sie war schon jenseits der Scham.

Eintönig rieselte der Regen.

Kathrin blickte starrte geradeaus, mit erfrorenem Gesicht. Aber unter der Larve tödlicher Leere kreiste das Leben, Kathrin dachte an vieles in dieser Stunde, an Gutes und Böses, sie wog gegeneinander ab die achtundzwanzig leeren Jahre ihres Lebens und das halbe Jahr des Erfülltseins, und sie sah, daß dieses halbe Jahr schwerer wog als die achtundzwanzig anderen.

Kathrin dachte verwundert: Warum habe ich mich gefürchtet vor dem Pranger? Da stehen diese Menschen dort unten, sie werden naß, aber sie bleiben und starren mich an. Vielleicht hassen mich drei von ihnen. Vielleicht verachten mich dreißig von ihnen. Vielleicht hat einer von ihnen Mitleid. Sie stehen und sehen mich an, weil ich geliebt habe. Sie lieben auch, jeder von ihnen — die Männer, die Frauen, die Kinder. Wenn alles vorüber ist, werden sie nach Hause gehen, wo Liebe und Wärme ist; sie werden sich küssen und miteinander schlafen, und vielleicht werden ein paar von ihnen an mich denken und lachen oder weinen. Alles wird so sein wie zuvor.

Nein, nicht alles würde so sein wie zuvor. In dieser Stunde der tiefsten Erniedrigung kam die Erkenntnis, sie nahm Besitz von der geschändeten Frau und erfüllte ihren Kopf und ihr Herz: Wenn alles vorüber ist und wenn sie vom Podium steigt, dann ist die Welt um ein winziges Stück weitergekommen.

Ein Mann trat hinter den Stuhl, eine Schere in der Hand.

Kathrin hörte seinen Schritt dumpf poltern auf dem Bretterboden, und in diesem Augenblick hatte sie ein Gesicht: Der Himmel loht blutig auf im Feuerschein brennender Städte, über zerstampften Saaten stürzen Menschen, Tausende, Hunderttausende, verbrannt, erschlagen, gefoltert; rasend wächst ein Berg von Leichen, er türmt sich bis zu den Wolken, in Qualm und Blut ertrinkt die Welt, und es wird finster unter dem Himmel.

Kathrin schloß die Augen.

Ein Lichtstrahl kämpft sich durch die Finsternis, erzene Schritte dröhnen, der Himmel zerreißt; ein Mann tritt aus der Nebelwand, und wohin er blickt, wird es hell, wo sein Fuß die Erde berührt, erheben sich Gräser und Blumen.

Kathrin dachte: Es ist erreicht, wofür jahrtausendelang die Menschen gestorben sind. Das Herz brannte in ihrer Brust wie eine Flamme.

Sie erkannte den Mann, seine Gestalt, sein Gesicht. Lächelnd streckte er ihr die Hände entgegen. „Kathrin!" rief er, und seine Stimme hallte wider am Himmelsgewölbe.

„Alexej!" schrie die Frau. Der kalte Stahl berührte ihren Kopf, Strähne um Strähne fiel ihr schönes blondes Haar zu Boden, ein paar Halbwüchsige begannen zu johlen, der spitze Schrei einer Frauenstimme stieß aus der grauen Menge empor.

Kathrin öffnete die Augen, sie sah die Köpfe dort unten schwanken wie ein Ährenfeld im Wind. Ein Mann wandte sich brüsk ab, er ging auf die andere Straßenseite; diesen breiten Rücken kannte Kathrin: Vor langer Zeit hatte sie mit einem Heinrich Marten gelebt. Überdeutlich sah Kathrin den Mann, er schwankte wie ein Betrunkener. Sie sah auch jenes strenge Gesicht im Rahmen des ebenholzschwarzen Haares; das gehörte einer Frau namens Trude Meinhardt. Sie hob die Hände gegen den Pranger, Tränen rannen über ihre Wangen.

Ein Mann führte die Meinhardt beiseite, nun hockte sie auf der Bordsteinkante, mitten im Regen, den Kopf in die Arme vergraben, und sie dachte: Lieber Gott, verzeih mir die Sünde, aber ich hätte auch meinen zweiten Sohn gegeben dafür, daß dies nie geschehen wäre.

Naß und schmutzig strähnte sich das Frauenhaar auf den Brettern. Der Regen peitschte den nackten Schädel, mit beiden Händen griff Kathrin an ihren Kopf. Ihre Arme fielen herab wie zerschossen. Unten lachte schrill eine Frau.

Das war wie ein Signal. Plötzlich flog ein Stein, er traf Kathrin an der Schulter; ein zweiter folgte, ein dritter. Sie zuckte zusammen. Die SS-Leute im Hintergrund grölten, es war, als brüllten sie einer Hundemeute das „Faß! Faß!" zu. Ein Mädchen schleuderte wie irr Hände voll Dreck auf das Podium, jemand rief: „Pfui", man wußte nicht, galt es dem Mädchen oder der Frau am Pranger.

Die meisten Leute aber verharrten stumm, voll Ekel und Grauen; vor ein paar Jahren, als hier ein Judenmädchen am Pranger gestanden, hatten sie noch mitgeschrien und Steine geworfen, nun waren sie stumpf geworden in vier Jahren Krieg; ohne Echo blieb das Hetzgeschrei der Wachmannschaft.

Ein Stein fiel klappernd auf den Bretterboden. Es war nur ein kleiner Kiesel, aber er zerschmetterte der, die ihn geworfen hatte, das eigene Leben.

Liesel Weckerling zitterte unter dem Blick des Mannes an ihrer Seite. „Paul", flüsterte sie. Er hob die Hand, Liesel duckte sich; er sagte: „Hab keine Angst, du, ich mache mir nicht die Hände schmutzig an dir." Er wandte sich ab und ging.

Die Menschenmauer bröckelte, immer breiter klafften Lükken, die Leute verliefen sich. Fast alle waren sie friedliche Bürger, denen es peinlich gewesen wäre, die Frau am Pranger so öffentlich zu beschimpfen. Irgendwie hatte sie das Schauspiel gekitzelt, aber nur zu Anfang, sie hatten auf irgend etwas gewartet, was nicht eintrat, sie wußten selbst nicht, auf was.

Jetzt war nur Unbehagen in ihnen; sie hatten sich Huren auch anders vorgestellt, nicht so still und bleich wie die Frau mit dem kahlgeschorenen Kopfe, der fahl und rund war wie ein Totenschädel.

„Armes Ding, so jung noch", sagte leise ein Mann, erschrokken sah er sich um — hoffentlich hatte das keiner gehört, immerhin hatte die sich mit einem Russen abgegeben.

Kathrin wurde vom Podium geführt, die kleine Treppe hinab. Auf der letzten Stufe mußte sie stehenbleiben. Ein Mädchen drängte durch die dünne Reihe der letzten Gaffer, ein braunäugiges, stupsnäsiges Ding mit stark hervortretendem Leib. Kathrin erkannte Grete Anders.

Das Mädchen beugte den Kopf zurück, schnellte vor und spuckte der Frau mitten ins Gesicht.

Kathrin taumelte. Ein Offizier lachte laut auf. Die junge Frau griff sich an die Brust; eine Welle durchlief sie, als schriebe ein winziger Finger geheimnisvolle Zeichen in ihr.

Sie wischte sich den Speichel vom Gesicht. Sie sah die andere an; die war schwanger. Kathrin lächelte.

Dann wurde sie abgeführt.

18

Kathrin hatte sich erkältet, sie fieberte.

Als die Zellentür geöffnet wurde, blieb sie liegen, die Hand auf die fieberheiße Stirn gepreßt.

Der Mann rief heiser: „Kathrin!" Er stand an der Tür wie angenagelt, er war noch niemals in einem Gefängnis gewesen, aber es war genauso, wie er es sich als Junge vorgestellt hatte: die grauen Wände, vielfach zerkratzt, der Kübel in der Ecke, die Pritsche, das vergitterte Fenster, vor dem ein Stückchen regenschweren Himmels hing.

Heinrich schauderte in der feuchten Kälte. Er sagte: „Ich wollte dich nur noch einmal sehen, Kathrin!" Er dachte: Ich wollte dir noch soviel sagen, jetzt habe ich alles vergessen. Sieh mich doch wenigstens an.

Die Frau hob den geschorenen Kopf, sie sah noch schlimmer aus, als er gefürchtet hatte. Rote Flecken brannten auf ihren Wangen. „Bist du krank?" fragte Heinrich. Dann wußte er schon nicht mehr weiter. Zehn Minuten durfte er bleiben, das erschien ihm so unwirklich, zehn Minuten noch bei der Frau, mit der er fünf Jahre lang gelebt hatte; wenn diese kurze Frist verstrichen war, würde er gehen und sie nie wiedersehen.

Er murmelte: „Warum hast du das getan, Kathrin?"

Kathrin dachte, es sei ganz sinnlos, zu ihm von ihrer Liebe zu sprechen, und wie gut und klug und tapfer Alexej gewesen sei; dennoch sagte sie: „Du sprichst, als hätte ich ein Verbrechen begangen. Wie kann denn das ein Verbrechen sein, wenn man einen Menschen über alles liebt, daß man sich vor nichts auf der Welt mehr fürchtet? Vorher — das war gar kein richtiges Leben, ich wußte ja nicht einmal, warum ich auf der Welt war, ich habe nicht nachgedacht darüber; was kam, habe ich hingenommen wie vom Himmel."

Er ahnte nur dumpf, was die so schrecklich verwandelte Frau meinte. Zögernd löste er sich von der Zellentür und kam, noch größer und schwerer in dem kahlen, kleinen Viereck, auf die Pritsche zu. Er beugte sich über Kathrin und spähte in ihr graues Gesicht; es war abgezehrt und heiß, und zwei scharfe Falten zerschnitten das sanfte Oval.

Sie macht's nicht mehr lange, dachte er, sie sieht so krank aus, wofür will sie denn noch leben? Als habe sie seine Gedanken erraten, sagte Kathrin: „Ich will nicht sterben, Heinrich. So kann das Leben nicht zu Ende gehen — gerade jetzt, wo es Sinn bekommen hat." Sie lächelte, ihre Augen bekamen Glanz, der Mann dachte, es sei vom Fieber.

Vorsichtig setzte er sich an das Fußende der Pritsche, sie knarrte unter seinem Gewicht. Er sagte: „Du hattest so schönes Haar . . ."

Er erschrak; war das alles, was es noch zu sagen gab? Plötzlich kam ihm zum Bewußtsein, wie rasend schnell die Zeit verstrich und daß ihm nur wenige Minuten blieben; er mußte sich beeilen, er wollte ja noch so vieles wissen. Er fragte hastig: „Als du das tatest, Kathrin, hast du da gar nicht an mich gedacht?"

Zum ersten Male richtete sich Kathrin auf. Sie stützte sich auf den Ellenbogen, klar und streng sagte sie: „Doch, Heinrich. Ich habe dich gehaßt. Von dem Tage an, als du geschrieben hast, wie ihr die Frauen und Kinder erschossen habt. Seitdem habe ich gewußt, daß ich nicht mehr zu dir gehöre."

Heinrich fuhr hoch, seine Stimme hatte wieder den alten Klang, als er rief: „Du weißt nicht, was du redest, Kathrin! Wir wissen schließlich, warum wir so harte Maßnahmen ergreifen. Und überhaupt, Befehl ist Befehl!"

„Ach ja", sagte Kathrin. „Das schriebst du damals auch: Befehl ist Befehl . . ." Sie rief: „Und du willst behaupten, ihr wißt, warum ihr Frauen und Kinder abknallt? Ihr wißt es nicht. Ihr führt Befehle aus, die euch Wahnsinnige geben; ihr werdet zu Tieren, weil wilde Tiere es euch befehlen."

„Du bist verrückt geworden!" keuchte der Mann. Er stand mit gespreizten Beinen vor der Pritsche, mit beiden Händen in der Luft rudernd. „Das ist — das ist ja einfach Verrat! Wenn ich das melde . . ." Sein massiger Körper sackte zusammen. Die Frau lächelte ihm zu, sanft und spöttisch. „Ich bin ja schon im Zuchthaus."

Heinrich trat ans Fenster, es war zu hoch in der Wand, als daß er es hätte erreichen können, und das viereckige Stückchen Himmel wurde streng zerschnitten von den Gitterstäben.

Hinter seinem Rücken hörte er Kathrins Stimme: „Du warst einmal Bauer, Heinrich, hast deinen Acker bestellt und das Vieh gefüttert und nicht ans Töten gedacht. Ich weiß noch, es war dir zuwider, die Hühner abzustechen. Du hast es getan, aber nicht gern, ich weiß es noch ganz genau. Und jetzt? Warum kannst du jetzt auf Menschen schießen? Sie haben dir nichts getan, sie sind nicht anders als die Leute bei uns im Dorf, die Liesel oder die Trude Meinhardt und ihr Junge und die anderen alle. Warum zittern dir nicht die Hände, wenn du das Gewehr auf sie anlegst?"

Heinrich murmelte: „Es tut mir ja auch leid. Glaubst du wirklich, das ist so einfach für mich?" Er wandte sich um, schnell und laut sagte er: „Aber was soll ich denn machen? Die anderen tun es auch, und wenn ich mich weigere, werde ich erschossen. Dadurch wird schließlich nichts besser, das mußt du doch einsehen."

Die Zellentür kreischte in den Angeln. „Schluß!"

„Ich muß jetzt gehen." Er streckte Kathrin zögernd die Hand hin. „Dann auf Wiedersehen, Kathrin." Er wußte, daß es kein Wiedersehen gab, er hatte gehört, sie werde in ein Frauenlager kommen.

Kathrin zog seinen Kopf herab; dicht an seinem Ohr sagte sie: „Es ist niemals zu spät, Heinrich. Kehr um, wir haben so viel wiedergutzumachen."

„Kathrin", stammelte der Mann.

Die uniformierte Wärterin rasselte mit den Schlüsseln. „Schluß jetzt!" rief sie scharf.

Er ging, in der Tür blieb er stehen und stierte mit runden Augen zurück auf das schmale graue Bündel, das verkrümmt auf der Pritsche lag. „Ja, dann — alles Gute", sagte er gepreßt, wollte noch etwas hinzufügen, schüttelte schwerfällig den Kopf und schob sich aus der Tür mit der Bewegung eines alten Mannes.

Die eisernen Treppenstufen klirrten unter seinem Schritt, er dachte: Sie ist jetzt so allein. Seltsam, ich bin ihr nicht böse, dabei hat sie mich betrogen, mit einem Russen noch dazu . . .

Während er durch die Straßen der Stadt marschierte, Blick auf den nassen Pflastersteinen, versuchte er sich in Wut zu bringen. Jawohl, sie hatte ihn betrogen, sie hatte sich einem Russen an den Hals geworfen! Er malte sich aus, wie die beiden zusammengelegen hatten; es gelang nicht, immer wieder schob sich dazwischen das Bild der geschorenen bleichen

Frau mit roten Flecken auf den abgezehrten Wangen, und er ertappte sich bei dem Gedanken: Das muß doch ein ganzer Kerl gewesen sein, der Iwan, daß die schüchterne Kathrin sich in ihn verliebt hat.

Und er selbst hatte sie mit einer ganz stattlichen Anzahl Frauen betrogen.

Er setzte sich in eine Kneipe, er grübelte in das Glas hinein. Die Grundpfeiler seines gesunden Lebens und seiner trägen Anschauungen waren erschüttert. Er hätte das weit von sich schieben mögen: Aus, vorbei, erledigt, jetzt kommt was Neues. Er konnte es nicht, und er kippte Glas auf Glas von dem scharfen Schnaps, um das Bild der Frau auszulöschen; er warf Groschen um Groschen in den Spielautomaten — die dünne Klimpermusik vermochte die letzten Worte Kathrins nicht zu übertönen: „Es ist niemals zu spät...."

Spät ging er heim. Der Himmel war wieder sternenklar.

Heinrich stand vor seinem Hof. Er hätte ebensogut daran vorübergehen können.

Frieda hatte auf den Bruder gewartet. Sie erschrak, als sie ihn sah. Das schwarze Haar hing ihm wirr in die Stirn, seine Augen waren gerötet, er schwankte und mußte sich am Pfosten festhalten.

Frieda packte seinen Arm. „Du bist betrunken, Heinrich."

Er nickte. „Jawoll — betrunken. Bin ich. Ganz recht." Er brüllte: „Was soll man denn machen? Das ist doch das einzige, was man noch hat in diesem beschissenen Leben!"

„Du hättest nicht in die Stadt gehen sollen", flüsterte Frieda.

Er fiel auf einen Küchenstuhl. Von unten herauf sah er die Schwester an, seine trüben Augen begannen zu glitzern, er atmete heftig. Ganz langsam sagte er: „So, ich hätte nicht gehen sollen. Ich hätte mir das nicht ansehen sollen, was du da angerichtet hast." Da winkte Erlösung: Frieda war schuld an dem Gräßlichen, sie hatte die beiden angezeigt. „Du hast ja nicht schnell genug zu dem Lange rennen können. Warum hast du nicht erst mit Kathrin gesprochen? Du hast doch gewußt, was ihnen blüht, wenn sie erwischt werden." Seine Stimme pfiff, er riß sich das Hemd am Hals auf. „Ganz genau hast du es gewußt — du Denunziantin!"

Die Frau stieß einen herzzerreißenden Schrei aus.

„Du allein bist schuld — du —"

„Heinrich, Heinrich", wimmerte sie, „nimm doch Vernunft an! Ich habe es für dich getan, weil ich dich liebe, das weißt du doch. Ich konnte nicht zusehen, wie die beiden es trieben, und du lagst draußen im Feld . . . Ich habe nur das Beste gewollt für dich." Sie schlug die Schürze vor das Gesicht.

Heinrich sprang auf, polternd fiel der Stuhl auf die Fliesen. Er ballte die Faust gegen seine Schwester. „Du hast sie auf dem Gewissen. Rede dich nicht heraus! Ich will dich nicht mehr sehen, ich kann dich nicht mehr sehen — geh, geh, sage ich dir — geh, ehe ich mich vergesse —"

Plump fiel die massige Frau auf die Knie, sie rutschte über den Boden zu dem Bruder hin und umklammerte seine Beine.

„Heinrich", kreischte sie, „tu mir das nicht an! Ich mag nicht fort — wo soll ich denn hin? Ich habe doch keinen Menschen außer dir."

Er stieß mit dem Fuß nach ihr. Dabei wäre er fast gefallen, das brachte ihn noch mehr in Raserei. „Raus!" brüllte er. „Raus!" Er tobte, sein Gesicht lief blau an, er mußte so laut brüllen, um die Stimme in seiner Brust zu übertönen, die ihn mitschuldig sprach am Geschick der Kathrin.

Frieda kam mit unsäglicher Anstrengung auf die Beine. In ihren aufgerissenen Augen flackerte Irrsinn, ihr rundes Gesicht war entstellt von Entsetzen. Stumm ging sie, Fuß vor Fuß setzend wie eine Schlafwandlerin, aus der Küche, aus dem Haus, über den Hof und die Straße, hinab zu den Feldern.

Allein geblieben, fröstelte der Mann, er sah sich scheu um. An den Wänden waren tausend weiße Gesichter, sie hatten runde rote Löcher in der Stirn und blickten stumm auf ihn hinab. Verzweifelt schrie er in die Gesichter hinein: „Ich bin unschuldig! Ich bin unschuldig!"

Grauen schlug über ihm zusammen. Er sank vornüber auf die Tischplatte, seine mächtigen Schultern bebten, er murmelte: „Bin ich unschuldig? Antworte doch —"

19

Am nächsten Tage zogen sie die Leiche der Frieda Marten aus dem See. Heinrich hatte die Bauern gebeten, den See abzufischen; keiner hatte sich geweigert zu helfen.

Aus ihren Haaren troff das Wasser, bald lag sie in einer trüben Lache. Stumpf sah Heinrich zu, wie die Männer seine Schwester auf eine Trage legten und nach Hause brachten; er konnte nicht einmal mehr Trauer empfinden.

Am gleichen Abend fuhr er an die Front zurück. Sein Herz schlug noch, seine Augen blickten noch, seine Beine schritten noch aus. Er konnte auch die Arme bewegen und konnte sprechen und hören, was um ihn geredet wurde. Aber er empfand kein Leben mehr in sich, und er wußte auch, daß er nicht zurückkommen würde.

Keine zwei Wochen später traf ihn die Kugel eines Partisanen. Es war ein Lungendurchschuß, er hätte vielleicht noch davonkommen können, aber es war kein Wille in ihm, der das schwache Flämmchen Leben hätte nähren können, so starb er rasch.

Zur gleichen Stunde fast ratterte durch das Tor eines Frauen-Konzentrationslagers ein Lastwagen, vollgestopft mit weiblichen Häftlingen; unter ihnen war auch Kathrin Marten.

Kathrin Marten lebte — wenn man das Dasein in einer Hölle „Leben" nennen kann.

Sie konnte lange genug ihre Schwangerschaft verheimlichen, so daß man ihr nicht vorzeitig das Kind abnahm. Sie arbeitete wie die anderen Frauen, sie wurde geschlagen wie die anderen Frauen, sie sank wie die anderen Frauen am Abend todmüde auf die harte Pritsche; sie gewann auch zwei, drei Freundinnen unter den Häftlingen. Von denen lernte sie, es waren „Politische", und die Welt wurde ihr weit inmitten der Stacheldrahtverhaue.

Im ganzen litt sie nicht mehr und nicht weniger als die Tausende im Lager, aber das genügte, aus Engeln stumpfte Tiere zu machen, wenigstens für die genügte es, die keinen Glauben mehr hatten und keinen triftigen Grund, am Leben zu bleiben.

Kathrin war nur noch ein Bündel Haut und Knochen, zusammengehalten von verzweifeltem Willen, als sie ihr Kind zur Welt brachte. Das war Anfang April 1944.

Kathrin war damals Ende der Zwanzig, sie hatte noch nie geboren, und ihr geschwächter Körper wurde von Schmerzen zerrissen. Sie zerbiß sich die Arme, um nicht zu schreien. Das Kind war ein Junge, schwächlich und mit mageren Gliedern, aber er hatte den runden Schädel und die weit auseinanderstehenden tiefblauen Augen seines Vaters. Darum glaubte Kathrin, daß er durchkommen und wachsen würde und stark werden wie der Mann Alexej.

Alexej Iwanowitsch Lunjew starb im Frühling des Jahres 1944 im KZ Buchenwald, zusammen mit einigen Hunderten sowjetischer Kriegsgefangener. Noch als er niederkniete am Rande des selbstgeschaufelten Grabes und der SS-Mann hinter ihn trat, dachte Alexej, daß Katjuscha jetzt geboren haben müßte, und er wünschte sehr, es möge ein Junge sein. Dann fiel er mit zerschmettertem Schädel vornüber. —

Ein Jahr später wurden die Häftlinge des Frauenlagers von den Alliierten befreit. Kathrin Marten, ihr Kind auf dem Arm, schritt durch die vertrauten, fremden Straßen ihres Dorfes. Das hatte einige Zeit unter Artilleriebeschuß gelegen, die meisten Höfe waren zerstört und ausgebrannt, die Bewohner waren geflohen, Gott weiß, wohin, und schrecklich glotzten die leeren Fensterhöhlen.

An der Ecke, wo früher der Krug gewesen war, hatte Kathrin ihre erste Begegnung mit der Vergangenheit. Sie hätte die Meinhardt fast nicht mehr erkannt; ihr schwarzes Haar war grau geworden, und sie hielt sich nicht mehr so gerade wie früher.

Trude zeigte kein Erstaunen. Sie sagte nur: „Da bist du wieder, Kathrin."

Sie hob das schlafende Kind von den Armen Kathrins. Sie fragte: „Das ist Alexej, nicht wahr?"

Kathrin nickte und strich mit zwei Fingern über den runden Kopf des Kindes, auf dem sich kurze blonde Haare krausten wie Vogelflaum. Als sie den Arm hob, rutschte der Jackenärmel zurück, und Trude sah die eingebrannte Kennummer auf der wachsbleichen Haut. Sie schluckte. „Es hat sich so vieles verändert", sagte sie. „Wir alle haben uns verändert. So viele sind gestorben. Meinen Jungen haben sie noch in letzter Minute zur Flak geholt. Er war fünfzehn Jahre alt. Ich kenne nicht einmal sein Grab. — Was willst du jetzt tun?"

„Ich gehe auf den Hof", sagte Kathrin.

Trude überlegte. „Er steht noch. Aber es sieht schlimm aus. Vieh ist auch nicht mehr da."

„Man muß ja mal wieder anfangen", sagte Kathrin.

(1956)

Das Geständnis

I

Am 15. Mai, um drei Uhr nachmittags, wurde dem Staatsanwalt K., Leiter bei der Bezirksstaatsanwaltschaft M., ein junger Mann gemeldet, der ihn zu sprechen wünschte.

„Schicken Sie ihn rein", sagte der Staatsanwalt.

Vor einer halben Stunde hatte der junge Mann, Martin D., das Haus betreten. Er hatte ein blasses, blondes, sehr junges Mädchen bei sich.

„Zum Staatsanwalt K.?" fragte er.

„Zimmer 212", sagte der Pförtner. „Zwei Treppen."

Sie waren aus einem heißen, sonnigen Maitag in das Haus gekommen. Sie standen halbblind in dem Korridor, der kalt und dämmrig war, mit spitzbögigen Fenstern zum Hof. Sie gingen zusammen durch den Korridor. „Mein Gott, wieviel Zimmer hier sind", sagte das Mädchen.

„Du brauchst keine Angst zu haben", sagte Martin.

Sie stiegen die Treppen hinauf, die sich in breiten anspruchsvollen Bögen um das Messinggeländer wanden. Martin hielt sich dicht am Geländer, und als er nach oben blickte, konnte er durch den Treppenschacht die Dachkuppel sehen; sie wölbte sich, beängstigend hoch und sehr weit weg wie ein anderer steinerner Himmel, über dem vierten Stock.

Dann gingen sie wieder durch einen dieser kalten Korridore mit den spitzbogigen Fenstern zum Hof. Sie hörten hinter den Türen eiliges Geklapper von Schreibmaschinen und hinter einer Tür streitende Männerstimmen.

„Da ist 212", sagte Martin. Er hatte die ganze Zeit über die Hand des Mädchens festgehalten. Er ließ sie jetzt los.

„Warte noch ein bißchen", sagte das Mädchen erschrocken. „Nur fünf Minuten, bitte."

„Durch die paar Minuten wird auch nichts besser", sagte Martin, und das Mädchen setzte sich auf eine Bank am Fenster und sah ihm nach, wie er auf die Tür zuging und klopfte und eintrat.

Die Sekretärin war klein, füllig und nicht mehr jung. „Der Herr Staatsanwalt ist jetzt nicht zu sprechen", sagte sie. „Warten Sie draußen."

Ihre weiße Bluse war aus dem Gürtel gerutscht, und Martin starrte mit einem fast törichten Ausdruck von Sammlung auf den weißen Blusenzipfel, er sagte: „Aber heute ist seine Sprechstunde."

„Warten Sie draußen", sagte die Sekretärin.

„Ich habe mir extra vom Betrieb freigeben lassen."

Sie setzte sich hinter ihre Maschine, sie sagte über die Schulter: „Sie werden aufgerufen."

Martin stand noch eine Weile an der Tür herum, unschlüssig und hartnäckig, aber für die Frau hinter dem Schreibtisch war er schon nicht mehr vorhanden, und schließlich drehte er sich um und verließ das Zimmer.

„Du bist schon wieder da", sagte das Mädchen.

Martin setzte sich neben sie auf die Bank. „Diese Ziege", sagte er. „Die fühlt sich wohl mächtig wichtig hinter ihrem Schreibtisch." Er lächelte. „Nun hast du doch deine fünf Minuten und vielleicht ein bißchen länger. Ob man hier rauchen darf?"

„Sicher. Rauch nur."

„Aber es gibt keine Aschbecher."

„Tu die Asche unter die Bank."

„Das gehört sich nicht", sagte Martin. Er schüttete seine Streichholzschachtel aus. Er zündete sich eine Zigarette an und nahm dann wieder die Hand des Mädchens.

Sie saßen eine Zeitlang schweigend. Martin blickte immerzu auf die Tür mit der Nummer 212. Alle seine Gefühle und Gedanken konzentrierten sich jetzt auf diese ganz gewöhnliche dunkelbraune Tür und auf den Moment, in dem sie sich öffnen würde.

„Glaubst du, daß sie dich noch mal nach Hause gehen lassen?" fragte das Mädchen.

Martin schnippte seine Zigarettenasche in die Schachtel, er sagte: „Nein. Sie könnten denken, ich will inzwischen nach dem Westen abhauen oder Spuren verwischen. Sie nennen das, glaube ich, Verdunklungsgefahr."

„Aber es gibt doch gar keine Spuren."

„Nein", sagte er erstaunt. Sie sahen sich an. Das Mädchen sagte schnell und leise: „Wir könnten noch wegrennen."

„Red keinen Blödsinn", sagte Martin.

Sie drehte rasch den Kopf zum Fenster. Über dem Hof stand ein streng zugeschnittenes Stück Himmel von verwaschenem Hellblau, und in den Fenstern gegenüber funkelte die Sonne.

„Wein doch nicht", sagte Martin. Er spähte den leeren Korridor hinab, dann küßte er das Mädchen auf die Wange, er sagte: „Du hast mir doch selbst zugeredet."

Sie weinte. „Ich wußte nicht, daß es so schlimm ist", stammelte sie. „Ich würde jetzt alles ganz anders machen, Martin. Ich würde mich nie wieder mit dir zanken. Ich würde mit dir tanzen gehen, sooft du willst, und ich würde mir die Lippen anmalen und alle Bücher lesen, die du liest, glaubst du?"

„Vergiß es nur nicht", sagte er grinsend. Er wischte ihr mit seinem Taschentuch die Tränen ab.

„Vielleicht lassen sie dich doch noch mal nach Hause gehen", sagte sie.

„Ja. Vielleicht."

In einem Moment, in dem er nicht damit rechnete — obgleich er die ganze Zeit mit fiebriger Spannung darauf gewartet hatte —, wurde die Tür geöffnet, und die Sekretärin steckte ihren ondulierten Kopf heraus. „In Sachen D.!" rief sie.

Ich bin doch noch kein Fall, dachte Martin. „Ich komme privat", sagte er.

Die Sekretärin zuckte die Schultern und verschwand. In der Tür wandte sich Martin, der entschlossen gewesen war, nicht zurückzublicken, doch noch einmal nach dem Mädchen um. Sie saß vornübergebeugt, die Hände hielt sie im Schoß gefaltet, und das Haar fiel über ihre rechte Wange und die Schulter nach vorn. Er ging die paar Schritte zurück.

„Hinterher —" begann er, aber dann sah er ihr Gesicht und sah, daß sie in diesem Augenblick kein Trost erreichen würde und kein Fingerzeig nach vorn und später und irgendwann. „Mach's gut, Karla", sagte er rauh, „und heul nicht und hab keine Angst, hörst du?"

Das Sonnenlicht strömte durch die Fenster, und Martin blinzelte geblendet. Vor einem Aktenschrank stand der Schreibtisch, quer im Raum, und in einer Ecke gab es ein Rauchtischchen mit zwei Sesseln.

„Guten Tag", sagte Martin. Er hörte verwundert seine dünne Stimme, er dachte: Hab ich denn Angst?

„Guten Tag", sagte der Staatsanwalt. „Nehmen Sie Platz."

„Ich finde es nicht richtig, daß Ihre Sekretärin mich 'ne halbe Stunde warten läßt", sagte Martin, der selbst in dieser Minute seinem kritischen Ordnungssinn nachgeben mußte und seiner Abneigung gegen die Verwaltungsmenschen. Außerdem wollte er Zeit gewinnen, aber das gab er nicht zu.

Der Staatsanwalt nahm seine Lesebrille ab und betrachtete, mit einem Anflug von Belustigung, den untersetzten jungen Mann mit drahtigem schwarzem Haar, das zu einer vergnügten Bürstenfrisur gestutzt war.

„Sie haben recht, sich zu beschweren", sagte K. freundlich. „Ich werde es meiner Sekretärin sagen. Zufrieden?"

„Ja." Martin dachte: Da habe ich mich ja gleich schön eingeführt.

„Worum handelt es sich?" fragte der Staatsanwalt. Er wies auf einen Stuhl vor seinem Schreibtisch. „Setzen Sie sich doch."

Martin blieb stehen, er sagte: „Sie waren neulich bei uns im Betrieb. VEB Maschinenbau."

„Richtig", sagte K. „Deshalb kam mir Ihr Gesicht bekannt vor." Er dachte: Ich erkenne ihn. Er war der einzige, der mich bei der Diskussion unterstützte. Er kannte mich nicht, sowenig wie die anderen. Ich hatte meinen Namen nicht genannt. Ich war für sie irgendein Aktenmappenmann, und sie hielten offensichtlich nicht viel von mir. Vor einer Woche etwa war K., nach einem Besuch bei der Werkleitung, durch die Schleiferei des Betriebes gegangen.

Er kam an einem Mann vorüber, der seine Schutzbrille auf die Stirn geschoben hatte, und er blieb stehen und sagte:

„Sie müssen Ihre Brille beim Schleifen aufsetzen. Dazu ist sie nämlich da."

Der Mann blickte nicht auf. „Kann nicht ordentlich sehen mit dem Ding", knurrte er.

„Dann besorgen Sie sich eine bessere", sagte K. „Wenn Ihnen ein Funke in die Augen spritzt, sind sie hin."

„Meine Angelegenheit", sagte der andere, schon ungeduldig. „Schließlich sind es meine Augen."

„Aber es ist unser Geld, das Sie bekommen, wenn Ihren Augen was passiert ist."

„Ich zahle meine Beiträge für die SVK", sagte der Schleifer, dem es jetzt Spaß zu machen schien, den Bürohengst zu reizen.

K., gewöhnt, in einem weiträumigen und oft bis in die letzte Bankreihe besetzten Gerichtssaal zu sprechen, hatte eine laute, tönende, etwas pathetisch gefärbte Stimme, und sein Wortwechsel mit dem Schleifer lockte ein paar andere Arbeiter an, die jetzt um die beiden herumstanden und mit freundlicher Gelassenheit zuhörten.

Diese Gelassenheit erbitterte K. mehr als der Widerspruch des Schleifers, er sagte scharf: „Mensch, Sie sind noch keine dreißig. Bilden Sie sich ein, Sie hätten mit Ihren Beiträgen schon so viel in die gemeinsame Kasse gezahlt, daß dabei eine Rente bis an Ihr Lebensende rausspringt?" Er wandte sich an die anderen. „Ihr kennt die Arbeitsschutzbestimmungen, Kollegen. Es ist eure Sache, dafür zu sorgen, daß sie eingehalten werden."

Einer sagte schulterzuckend: „Das kannst du halten wie Pastor Schmidt."

Ein anderer, älterer: „Jeder hat genug mit sich selbst zu tun."

„Falsch", sagte K., er dachte: Ich finde nicht mehr den richtigen Ton. Dabei bin ich doch noch gar nicht so lange raus . . . Sie würden nicht solche Gesichter machen, wenn ich den richtigen Ton fände.

Der junge Mann, in seiner ölverschmierten blauen Kombination, hatte die ganze Zeit schweigend und aufmerksam zugehört.

„Was steht ihr rum und glotzt?" sagte er jetzt, und es war ihm anzusehen, daß er aufrichtig und ärgerlich Anteil nahm. „Er hat recht. Es geht ums Prinzip. Wir brauchen jeden Mann, und ihr steht da und glotzt und seht nur zu, daß eure eigene Haut keine Löcher kriegt . . . Und du", sagte er zu dem Schleifer, „denkst so weit, wie du spuckst. Schließlich arbeitest du nicht, damit du so schnell wie möglich ins Krankenhaus kommst. Das kannst du einfacher haben . . ."

Wir haben uns dann noch eine ganze Weile unterhalten, dachte der Staatsanwalt. Ich bin nicht sicher, daß wir sie überzeugt haben, aber vielleicht haben sie darüber nachgedacht. Auch ein Anstoß zum Denken ist schon ein bescheidener Erfolg.

Er blickte freundlich auf den jungen Mann, der ihm in freundlicher Erinnerung war. „Sie trugen damals eine Mütze; darum habe ich Sie nicht sofort erkannt."

Martin fuhr mit der Hand über seinen schwarzen Bürstenkopf. Er grinste schwach.

„Also, worum handelt es sich?" fragte K. noch einmal.

Martin ging endlich auf den Schreibtisch zu (entmutigend langer, furchtbar kurzer Weg von der Tür zu einem leeren Stuhl) und setzte sich, überzeugt, daß er keine Sekunde länger mit dem geringsten Anschein von Sicherheit hätte stehen können.

Der Staatsanwalt wartete; er war es gewohnt, daß die

Leute, die ihn aufsuchten, nicht unvermittelt und ohne Umschweife auf ihr Ziel losschossen.

Martin betrachtete mißbilligend die grauen Abdrücke seiner Kreppsohlen auf dem polierten Linoleumfußboden. „Darf ich rauchen?" fragte er, und dies war ein neuer Versuch, Zeit zu gewinnen, und eine Chance auf zwei Minuten: Er konnte, interessierter Laie, nach irgend etwas Abseitigem fragen (was, verflucht noch mal, kann ich fragen?), und jedenfalls konnte er sich immer noch mit heiler Haut aus der Affäre retten.

Das Streichholz zitterte zwischen seinen Fingerspitzen. Er starrte auf das schwankende Flämmchen, ärgerlich, weil seine Hand ungehorsam und von seinem Willen unabhängig zitterte, und er wartete, bis seine Hand ruhiger geworden war, und zündete sich dann, als das Hölzchen schon zur Hälfte verkohlt war, die Zigarette an.

Auch K. hatte das Zittern seiner Hand bemerkt. Er nahm es nicht wichtig: Er hatte häufig beobachtet, daß auch Bürger mit dem besten Gewissen von der Welt nervös wurden, sobald sie einem Krimimalbeamten oder Untersuchungsrichter gegenübersaßen, und er hielt es für kurzsichtig und übereilt, aus der Nervosität eines Bürgers zu folgern, er sei schuldig oder nur in irgendeiner Weise belastet.

Schließlich sagte Martin (es war nicht das, was er eigentlich hatte sagen wollen, aber er sagte es fließend und sachlich und nicht mehr mit dieser sonderbar dünnen Stimme):

„Ich wollte mich bei Ihnen erkundigen, nach wieviel Jahren Verbrechen verjähren. Ich meine wirklich schwere Verbrechen, Mord zum Beispiel — oder Beihilfe zum Mord."

„Angenommen, es handelt sich um eine Straftat, für die mehr als zehn Jahre Freiheitsentzug angedroht sind", sagte K., „nach fünfundzwanzig Jahren."

„Fünfundzwanzig Jahre", sagte Martin tonlos. Seine rechte Hand mit der Zigarette lag ganz ruhig auf der Tischplatte, eine breite hornige Hand mit zerschlissenen Nägeln und übersät mit schwarzen Pünktchen, wo sich Ruß- und Schmierpartikelchen untilgbar in die Poren gefressen hatten.

„Wie alt sind sie?" fragte K. plötzlich.

„Neunundzwanzig", sagte Martin.

„So. Ich habe Sie für jünger gehalten."

Fünfundzwanzig Jahre, dachte Martin, und er hatte in diesem Augenblick die schon einmal vorweggenommene Entscheidung zum zweitenmal gefällt. Er übersprang unerwartet die letzte Welle von Angst und Vorbehalten: Flucht vor dem verzweifelten Verlangen, sich doch noch eine Brücke zu bauen. Er sagte überstürzt und schnitt sich damit den Rückweg ab: „Ich weiß, daß ich sehr spät komme. Vielleicht wäre ich überhaupt nicht gekommen, aber jetzt will mich mein Betrieb zum Studium schicken. Ich muß ein Geständnis ablegen, Herr Staatsanwalt."

2

Nun waren die bläulichen Nachmittagsschatten auch über die Fenster im gegenüberliegenden Flügel gekrochen, und nur in den oberen kleinen, eisengerahmten Scheiben brach sich sprühend noch ein Streifen Sonnenlicht.

Karla hatte gedankenlos auf ihrer Bank gehockt. Sie stand jetzt auf; ihr rechter Fuß war eingeschlafen, und sie ging, den rechten Fuß nachziehend, zu der dunkelbraunen Tür. Sie blickte auf die Tür, sie wagte nicht anzuklopfen und kehrte um und setzte sich wieder auf die Bank, mit dem Rücken zum Hof.

Das streng zugeschnittene Stück Himmel über dem Hof war tiefer getönt als vorhin, sattblau und ohne Wolken.

Es ist wahr, daß sie Martin zugeredet hatte, und sie war mutig und entschlossen gewesen, wenigstens an jenem Abend vor zwei Tagen. Sie war mutig gewesen aus Mangel an Phantasie. Sie hatte sich keine Einzelheiten ausgemalt, vielleicht weil sie noch keine erlebten Bilder von diesen Einzelheiten besaß, und nun senkte sich die gekalkte Decke auf sie herab, und die Schatten an den Wänden bedrückten sie, die Bank war hart und ungastlich, niemand kam vorüber, das Haus schien ihr tot und leer, und sie selbst saß, mit einem jämmerlichen Gefühl von Verlassenheit, ganz allein in dem toten, leeren Haus und wartete.

Sie hatte sich auch diese Wartezeit nicht ausgemalt, und schlimmer als die Stille und den kalten, kalkigen Korridor empfand sie die Untätigkeit, zu der sie verurteilt war: Zum erstenmal, solange sie Martin kannte, gab es etwas, womit er allein fertig werden mußte und woran sie keinen Anteil haben durfte, und sie fühlte sich ausgeschlossen und hilflos.

Sie wanderte ein Stück den Korridor hinab und stellte sich an ein Fenster, um nicht immer auf die Nummer 212 starren zu müssen. Ich hätte mir ein Buch mitnehmen sollen ... als ob ich jetzt lesen könnte, wo ich so aufgeregt bin, und wo ich mir sowieso nicht sehr viel aus Büchern mache. Und was wird, dachte sie, plötzlich überfröstelt, wenn sie Martin gleich dabehalten und wenn er ein paar Jahre Gefängnis oder sogar Zuchthaus kriegt? Wir dürfen uns nicht mehr sehen und küssen, und vielleicht darf ich nicht mal alle Vierteljahr mit ihm sprechen, weil wir noch nicht verheiratet sind.

Um Gottes willen, ich halte das nicht aus ... (Aber sie wußte, daß sie es doch aushalten würde, einfach deshalb, weil es ausgehalten werden mußte, und weil ihr nicht der Gedanke kam, es könnte während der künftigen, drohenden, dunklen Jahre ein nebelhafter anderer Martin verdrängen.) Ohne Martin komme ich um, dachte Karla. Was soll ich bloß anfangen ohne ihn? Was soll ich bloß mit dieser schrecklich langen Zeit anfangen?

Karla hatte für den heißen Mainachmittag ein Sommerkleid angezogen, und sie fror jetzt in der dünnen blauen Kunstseide. Sie rieb ihre bloßen Arme, die von körniger Gänsehaut überzogen waren, und dann ging sie, um warm zu werden, im Korridor auf und ab, aber sie entfernte sich nicht mehr als zehn oder fünfzehn Schritte von der Tür, in der Hoffnung, Martin könnte im nächsten Augenblick herauskommen, oder man würde sie rufen, damit sie für ihn aussagte (und kein Mensch konnte Besseres, Gewichtigeres für ihn aussagen als sie).

Und während sie auf und ab ging, frierend, furchtsam und hoffnungsvoll lauschend, sobald sie an der Tür vorüberkam, versuchte sie, sich zu erinnern, was sie mit sich und mit ihrer Zeit angefangen hatte, bevor es Martin gab.

Karla war siebzehn Jahre alt gewesen, als sie Martin — im März vergangenen Jahres — kennengelernt hatte, und wenn sie heute auf diese siebzehn Jahre zurückblickte, erschienen sie ihr wie eine endlose, öde, graue Landstraße ohne Gras und Bäume und ohne freundlichen Ausblick auf blaue Hügel.

Karlas Vater, Bankangestellter und Besitzer einer solide möblierten Dreizimmerwohnung und eines Schrebergartens am Stadtrand von M., galt als vermißt. Sein letzter Feldpostbrief war im Januar 1943 aus dem Kessel von Stalingrad gekommen. „Vermißt", das konnte heißen: hinter einer Schneewehe in der Steppe erfroren; als Verwundeter von Verwundeten zertreten bei der Erstürmung einer Transportmaschine; im Keller einer Ruine verhungert, verblutet, verfault...

Irgendwann nach dem Krieg hörte Karlas Mutter auf, an die Heimkehr ihres vermißten Mannes zu glauben. Sie wurde Büroangestellte bei einer kleinen Privatfirma.

Irgendwann begann sie nach einem anderen Mann zu suchen. Sie war hellblond und noch hübsch, aber sie war nicht mehr so hübsch, daß sie es sich leisten konnte, allzu wählerisch zu sein (jedenfalls glaubte sie selbst das oder was Ähnliches, denn andere Werte als ein ansehnliches Konto oder eine gute Figur existierten nicht für sie). Einmal ging sie einem Schwindler auf den Leim, einer Art professionellem Witwentröster, und sie verlor dabei, außer ihren Ersparnissen, ihren bescheidenen Rest an Illusionen.

Seitdem verbrachte sie wenigstens zwei Abende der Woche in einem Tanzcafé, wo rötlich gedämpfte Wandlampen ihren zerstörten Teint mild verschleierten. Manchmal brachte sie einen Freund mit in die Wohnung. Karla saß dann in der Küche. Die Wände waren dünn, und Karla weinte vor Wut und Beschämung.

Ihre Abneigung gegen die Mutter schlug oft in Haß um, selten in Mitleid. Sie protestierte auf ihre Art: Sie zog sich immer mehr in sich selbst zurück, sie wurde zaghafter und schüchterner, und mit siebzehn Jahren verabscheute sie alles, was andere Mädchen in ihrem Alter anzieht. Sie konnte nicht tanzen, sie schminkte sich nicht, und vor jungen Männern empfand sie ein Grauen.

Nach der Schule wurde sie Näherin in einem volkseigenen Bekleidungswerk. Sie lernte schnell, denn sie war geschickt und von einer stillen, zähen Geduld, und sie schaffte die Norm ohne Mühe. Sie saß Tag für Tag über ihrer Maschine und nähte Taschen auf Herrensakkos, Dutzende und Hunderte von Taschen auf Dutzende und Hunderte von Herrensakkos, und sie hatte nichts dagegen, es ihr Leben lang zu tun.

Obgleich sie sich nicht geflissentlich abseits hielt, galt sie als Außenseiter unter den Mädchen, die bei ihrer Arbeit schwatzten und lachten und Witze erzählten. Sie war in der FDJ und zahlte pünktlich ihre Beiträge, und mehr schien man von ihr nicht zu verlangen.

Irgendwie überstand sie die einsamen Abende. Sie nähte ihre Kleider selbst. Sie saß stundenlang am Radio und hörte Opernmusik; am liebsten hörte sie die sentimentalen Zwischenaktmusiken aus „La Traviata" und „Rosamunde", die sie zu Tränen rühren konnten. Sie las zwei oder drei der bunten, zerfledderten Groschenhefte, die in den Betrieb geschmuggelt und unter den Mädchen weitergereicht wurden. Karla fand die Geschichten dumm und langweilig, alles Lüge, dachte sie.

Sie ging gern ins Theater, aber sie hatte selten Gelegenheit dazu, eigentlich nur dann, wenn sie im Betrieb Theaterkarten bekam; sie wäre um keinen Preis allein gegangen.

Dann lernte sie Martin kennen.

Die Tür klappte, und Karla drehte sich hastig um; ihr Herz klopfte.

Sie sah enttäuscht der dicken kleinen Frau nach, die mit einem Aktenbündel unter dem Arm den Gang entlangstökkelte. Nach einer Weile kam sie ohne die Akten zurück, und Karla ging ihr entgegen und sagte: „Verzeihung —"

„Der Herr Staatsanwalt ist beschäftigt", sagte die Sekretärin.

„Bitte, können Sie mir nicht sagen, ob es noch lange dauert?"

„Nein. Woher soll ich das wissen? Der Herr Staatsanwalt hat mir gesagt, daß er vorläufig nicht gestört werden will."

Karla sah sie mit ihren sanften grauen Augen an. „Mein Freund ist drin", sagte sie.

„Liebes Fräulein, man muß Zeit und Geduld mitbringen", sagte die Sekretärin etwas zugänglicher. „Und gegen Ihren Freund liegt ja nichts vor, nicht wahr?"

Karla schwieg, und die Sekretärin nickte ihr zu, mit der Andeutung eines Lächelns, und ließ sie stehen.

Man muß Geduld mitbringen, dachte Karla. Das läßt sich leicht sagen, wenn man nicht selbst draußen steht und wartet und sich Sorgen macht. Warum dauert es so lange? Warum, um Gottes willen, dauert es bloß so schrecklich lange?

Sie öffnete das Fenster eine Handbreit, und durch den Spalt floß die weiche, laue Luft. Sie hörte nun wieder, gedämpft durch die Mauern ringsum, den nachmittäglichen Straßenlärm der Großstadt, Kurvengekreisch der Straßenbahn und Autohupen, Rufe und einen schrillen Pfiff über dem Summen der vielen nicht unterscheidbaren Stimmen, und aus irgendeinem Grund beruhigte und ermutigte sie dieses lebendige Lautgemisch.

Es schien ihr, als seien Stunden vergangen, seit sie selbst bewegter Teil in der Bewegung dort draußen gewesen war, und sicherlich würden noch Stunden vergehen, ehe sie wieder auf die tröstliche Straße mit ihrem Lärm und ihrer weichen, lauen Luft zurückkehren durfte (und es war nicht vorstellbar, daß sie ohne Martin durch die Straßen gehen würde).

Sie stützte die Ellenbogen auf das Fensterbrett. Sie mußte auf irgendeine Weise mit der Zeit fertig werden, und sie versuchte sich abzulenken, indem sie aus ihrem Gedächtnis alle guten und glücklichen Erinnerungen heraufholte: Jede war, so glaubte sie heute, mit Martin verknüpft, und sie war bereit zu vergessen, daß es auch Streit und Tränen und einmal eine zwei Wochen während Trennung gegeben hatte.

Die beste und glücklichste ihrer Erinnerungen war die an den ersten Tag mit Martin, und sie hob sich um so heller vor dem grauen Hintergrund des Nachmittags ab, der ihrer Begegnung voraufgegangen war, eines Sonntagnachmittags in dem muffigen Wohnzimmer, erfüllt von der schon gewohnheitsmäßigen hysterischen Zänkerei der Mutter. Sie hat mich sogar geohrfeigt, dachte Karla, aber sie verlor das aufdringliche Bild, während sie sich jenen Abend ausmalte; sie hatte keine der nichtigen, bedeutungsvollen Einzelheiten vergessen.

3

Zum erstenmal, solange sie in ihrer Brigade arbeitete, hatte sich Karla von den Mädchen überreden lassen, am Sonntagabend mit zum Tanzen zu kommen, wenigstens zum Zusehen.

Sie saßen, sechs Mädchen in weißen oder bunten Perlonkleidern, an einem Tisch. Das Lokal war nicht gut und nicht schlecht. Auf dem Tisch standen wächserne Kunstblumen. Karla bestellte Pfefferminzlikör, weil auch die anderen Pfefferminzlikör bestellten, und ihr schauderte vor dem süßen, klebrigen Duft.

An der Theke tranken Jungen, die sich wie Männer gebärdeten. Einer sang. Wenn ein Tango gespielt wurde, erloschen die Lampen, und unter der Decke drehte sich langsam ein Kranz roter Lichter. Um zehn Uhr war der schwach geheizte Saal heiß, laut und blau von Zigarettenrauch, und der Ober, in seiner durchschwitzten weißen Jacke, warf mißbilligende Blicke auf Karlas noch immer halbvolles Likörglas.

Die Mädchen kannten das Lokal, seit langem Kulisse ihrer billigen, vergnügten Sonntagabende, und sie kannten die Gäste, und wenn sie vom Tanz zurückkamen, steckten sie die Köpfe zusammen und machten sich kichernd und flüsternd über ihre Tänzer lustig. Karla saß daneben, blaß und unansehnlich in ihrem blaßblauen Kleid, sie ängstigte sich, sobald ein junger Mann auf den Tisch zusteuerte, und war beschämt, wenn sie wieder sitzenblieb, und sie begriff weniger denn je die Montagmorgenbegeisterung der Mädchen ihrer Brigade.

Sie war allein, als Martin an den Tisch kam. Er sah aus wie die anderen Jungen hier, im dunklen Anzug und mit seinem vergnügten schwarzen Bürstenkopf, und er bewegte sich auch mit dem betonten Selbstbewußtsein wie die anderen. Er verbeugte sich, und Karla stand auf, sie sagte erschrocken: „Aber ich kann gar nicht tanzen."

Es schien ihm einen Moment peinlich zu sein, dann begann er zu lachen, und er sah jetzt, lachend, doch anders aus als die Jungen an der Theke. „Das macht nichts", sagte er. „Versuchen wir es, ja? Es wird schon gehen."

Sie war rot und aufgeregt und trat Martin beim Tanzen auf die Füße, und er bat sie jedesmal um Entschuldigung. Sie war überzeugt, daß er sie nur aus Mitleid aufgefordert hatte, und das nahm ihr den letzten Rest von Sicherheit.

Schließlich sagte er seufzend: „Wirklich, ich glaube, Sie haben zwei linke Füße." Karla war zum Weinen zumute. Er lachte wieder und sagte: „Macht nichts. Sie müssen sich mehr zutrauen, dann werden Sie es schon lernen. Sie dürfen sich nicht verkrampfen, lassen Sie sich einfach führen."

Beim nächsten Tanz kam er wieder. Sobald sie die Mädchen im Rücken hatte, sagte Karla aufgebracht: „Sie holen mich doch nur, weil ich Ihnen leid tue. Mit mir blamieren Sie sich bloß."

„Das ist mein Privatvergnügen", sagte Martin, er lenkte sie vorsichtig und mit Geduld durch das Gewühl. „Diesmal habe ich Sie nicht so oft getreten", sagte Karla nach einer Weile. Sie lächelte, und Martin sah sie an und sagte: „Wie hübsch Sie sind, wenn Sie lachen."

Er nahm sie dann mit an die Theke, und sie standen eingepfercht zwischen Angetrunkenen; jemand stieß Karla seinen Ellenbogen in den Rücken, und sie sagte, unglücklich und benommen vom Tabakrauch und dem scharfen, schalen Alkoholdunst: „Aber ich mache mir nichts aus Schnaps."

„Ich bin ein Esel", sagte Martin. „Wirklich, Schnaps und Bier passen nicht zu Ihnen. Sie müßten irgendeinen Wein trinken ... Hören Sie, hätten Sie Lust, mit mir ins Theater-Restaurant zu kommen?"

„Ich möchte lieber jetzt an meinen Tisch zurück", sagte Karla.

Er verlor keinen Augenblick seine heitere Gelassenheit. Er schien seiner Sache ganz sicher zu sein, und er sagte, als er sie zum Tisch begleitete: „Wenn Sie gestatten, komme ich nachher wieder", in einem Ton, als sei er dazu entschlossen, auch wenn sie es nicht gestattete.

„Du hast ja 'n schmucken Kavalier aufgegabelt", sagte ein Mädchen.

„Ich glaube, er ist Lehrer", sagte Karla nachdenklich.

„Na, Mensch, hast du nicht seine Hände gesehen? Du mußt immer zuerst auf die Hände sehen, schon wegen dem Ehering."

„Quatsch, der ist nicht verheiratet", sagte ein anderes Mädchen. „Den hab ich schon öfter hier gesehen, und jedesmal hat er 'ne andere bei sich."

Karla sagte nichts; nach ein paar Minuten nahm sie ihr Handtäschchen und stand auf und zwängte sich durch die enge Gasse zwischen Tischen und Stühlen.

Die Garderobe war eine Treppe höher, hinter der Galerie. Karla holte ihren Mantel und zog sich vor dem Spiegel an. Sie sah plötzlich im Spiegel den schwarzen Bürstenkopf und die lustigen schwarzen Augen. „Ein Glück, daß ich Sie noch erwischt hab", sagte Martin.

Er betrachtete sie aufmerksam. „Sie müssen Ihr Haar anders tragen", sagte er. Karla hatte ihr Haar im Nacken mit einer Spange zusammengefaßt. „Geben Sie mal Ihren Kamm, und nehmen Sie die Spange raus", sagte er, und Karla gehorchte. Er warf mit dem Kamm ihr Haar nach vorn und über die rechte Schulter. Er lachte über ihr verblüfftes Gesicht. „Toll, was?" sagte er stolz. „Ein neues Gesicht. Ich hab einen Blick dafür, wissen Sie."

„Gefällt es Ihnen wirklich?" fragte Karla.

„Wenn ich es Ihnen sage. Ein ganz neues Gesicht und noch viel hübscher als vorher."

Auf der Straße nahm er ihren Arm. Es war kalt und windig, und an den Häusermauern gab es schmutzige Flecke von spätem Schnee. Auf dem nassen Asphalt schwankte der Widerschein der Straßenlampen und der Neonröhren, die rot und violett wie Reflexe von Uferlaternen auf einem abenddunklen Fluß schwammen.

„Sie waren zum erstenmal dort, stimmt's?" fragte Martin.

„Ja. Ich hab mich nie für Tanzen und so'n Zeug interessiert. Aber jetzt tut es mir nicht mehr leid, daß ich hingegangen bin."

Sie hörte seiner Stimme an, daß er lächelte. „Und wofür interessieren Sie sich sonst?"

„Fürs Theater", sagte sie, ohne zu überlegen. „Am liebsten mag ich Schiller."

„Schiller? Gut. Das paßt großartig." Er dachte einen Moment nach, dann fuhr er fort: „Sie lesen sicher gern, ja?"

Karla schüttelte den Kopf, obgleich sie sich auf einmal ihrer Lese-Unlust schämte.

„Ein Fehler", sagte Martin. „Ich jedenfalls finde ein Leben ohne Bücher armselig."

Unter einer Toreinfahrt sahen sie ein Paar stehen, zu einem Schatten verschmolzen, und sie hörten, als sie vorübergingen, das selbstvergessene Flüstern des Mädchens. Karla drehte den Kopf weg, sie sagte: „Ich kann ja noch anfangen mit Lesen."

Dann standen sie vor dem vierstöckigen, schorfig verwitterten Mietshaus, in dem Karla wohnte. „Vielen Dank", sagte sie und gab Martin die Hand.

Er hielt ihre Hand fest. „Ich halte Ihnen Vorträge", sagte er, „und dabei habe ich mich nicht mal vorgestellt." Er nannte seinen Namen, und Karla nannte ihren Namen; es gefiel ihr, daß er nicht zudringlich und nicht befangen war.

„Und wo arbeiten Sie?"

„Im VEB Bekleidungswerk, in der N.-Straße."

„In Ordnung", sagte Martin. „Gute Nacht."

„Gute Nacht", sagte Karla. Sie ging schnell ins Haus und schloß ab. Sie lehnte sich aufatmend gegen die verschlossene Tür, sie dachte, in einem sonderbaren Gemisch von Freude und Traurigkeit: Das ist vorbei, und mir ist es recht so . . .

Als sie am nächsten Nachmittag aus dem Betrieb kam — sie trug ihr Haar über die rechte Schulter nach vorn gekämmt —, stand Martin vor dem Werktor; er grinste und gab ihr die Hand, als sei er es seit Wochen gewohnt, jeden Nachmittag vor dem Werktor auf sie zu warten.

„Ich habe keine Blumen mitgebracht", sagte er, „ich dachte, es wäre Ihnen peinlich vor den anderen Mädchen." Er fischte aus seiner Manteltasche zwei Theaterkarten und hielt sie ihr auf der flachen Hand hin. „Was für Sie", sagte er, „Kabale und Liebe."

„Aber das kann ich doch nicht annehmen", sagte Karla.

Er hatte sie überrumpelt (und er blieb auch später bei dieser Überrumpelungstaktik); er wußte schon, wie er ihren zugleich schüchternen und zähen Widerstand brechen konnte.

„Gehn Sie jetzt fix nach Haus und ziehn Sie sich um. Und bitte, schminken Sie sich ein bißchen."

„Ja", sagte Karla.

Er betrachtete ihr Gesicht mit einem Ausdruck von Zärtlichkeit und Belustigung. „Sie sind ein Küken", sagte er. „Sie sehen aus wie ein kleines weißes Küken."

Karla ging, und sie drehte sich noch einmal um und winkte.

„Um sieben", rief Martin ihr nach.

4

Er hatte mit heiterer Selbstverständlichkeit von dem Mädchen Besitz ergriffen, aber sie hatte nie das Gefühl, sein eifersüchtig bewachter Privatbesitz zu sein. Was immer er sagte und tat, zielte darauf ab, Karlas Selbstvertrauen zu stärken, und er brachte es in einer so vergnügten wie gründlichen Art fertig, ihr das Wort „unmöglich" abzugewöhnen und alle halbherzigen Ängste und Ausweichmanöver.

Er muß an allen Menschen herummodeln, die ihm über den Weg laufen, dachte Karla. Er hat mich auch umgemodelt, und ich wünschte, ich dürfte dem Staatsanwalt sagen, was für ein guter Lehrer an Martin verlorengeht.

Aber ist es denn sicher, daß sein Lehrertraum ein für allemal ausgeträumt ist? fragte sie sich, und jetzt erst, während sie am Fenster stand und blicklos auf die Mauer gegenüber starrte, fiel ihr ein, daß sie an jenem Abend vor zwei Tagen mit keinem Wort diese Möglichkeit erwogen hatten.

Wir haben über Gott weiß was geredet, nur nicht darüber, daß einer, der gesessen hat, nie im Leben Lehrer werden kann. Ach, Martin, wohin haben wir uns bloß verlaufen ...

Sie fing lautlos an zu weinen, und sie wischte sich die Tränen mit der bloßen Hand ab, sie dachte: Es hat keinen Sinn. Es ist anständig, aber es hat keinen Sinn. Ich kann nicht mehr glauben, daß es gut und sinnvoll ist, sich wegen so einer alten Geschichte das Leben kaputt zu machen.

Plötzlich, in einem Anfall von herzbeklemmender Furcht, bildete sie sich ein, Martin sei schon abgeführt worden, durch irgendeine Hintertür, und sie wartete vergebens hier. Sie blickte zur Uhr und war bestürzt, daß erst eine halbe Stunde verstrichen war, seit Martin das Zimmer des Staatsanwalts betreten hatte. Noch eine halbe Stunde, dachte sie, keine Minute länger als eine halbe Stunde, und ich gehe rein und frage nach ihm.

Sie band ihre Uhr ab und legte sie vor sich auf das staubige, blasig aufgequollene Fensterbrett. Sie war ein bißchen erleichtert, weil sie sich einen Termin gesetzt hatte, und sie beobachtete, zwei strenge Falten auf der breiten, kindlich gerundeten Stirn, den zappelnden Sekundenzeiger und den unmerklich kriechenden Minutenzeiger.

Es war jetzt nach vier Uhr.

5

Der Staatsanwalt hatte die ganze Zeit, während Martin erzählte, vor sich auf die Tischplatte und auf seine gefalteten Hände geblickt. „Wie alt waren Sie damals?" fragte er, als Martin schwieg.

„Fünfzehn", sagte Martin.

„Fünfzehn", wiederholte K., er richtete endlich den Blick auf Martin, zwischen dessen schwarzen Brauen Schweißtropfen standen.

„Dann falle ich doch noch unters Jugendstrafgesetz, nicht wahr?" fragte Martin mit einem Anflug von Hoffnung.

K. nickte, er nahm einen Bogen Papier und schrieb ein paar Worte nieder. Unter gesenkten Lidern schielte Martin auf die schreibende Hand.

Nach einer Pause fragte K.: „Warum sind Sie damit eigentlich zu mir gekommen?"

„Ich kann Unordnung nicht leiden", sagte Martin mürrisch.

„Und außer Ihnen weiß niemand davon?"

Martin sagte heftig: „Denken Sie, ich bin bloß gekommen, weil ich Angst habe, ein anderer würde mich verpfeifen?"

„Lesen Sie Kriminalromane?"

„Auch. Aber selten."

„So. Und was lesen Sie sonst?"

Verflucht, das gehört doch gar nicht hierher, dachte Martin. „Alles, was mir unter die Finger kommt, Moderne und

Klassiker, und am liebsten Balzac. Ich habe zehn Bände Balzac gelesen", setzte er stolz hinzu.

K. sagte in einem gemütlichen Unterhaltungston: „Wissen Sie, zu uns kommen manchmal Leute, die sich aller möglichen Verbrechen beschuldigen, ohne eins begangen zu haben. Sonderbar, finden Sie nicht auch? Sie tischen uns ausgeklügelte Märchen auf, die scheinbar bis ins letzte Detail stimmen, aber sie haben absolut keinen Beweis, und wir müssen sie wegen Irreführung unserer Kriminalpolizei bestrafen. Psychopathen oder Wichtigtuer —"

Martin hob den Kopf, er sah K. mißtrauisch an. „Warum erzählen Sie mir das?" K. antwortete nicht, und Martin dachte: Er soll nicht so ein Onkelgesicht machen. Er soll mich nicht auf die Folter spannen.

K. wurde unvermittelt wieder trocken und sachlich, er sagte: „Gehen wir der Reihe nach vor. Klar, Sie haben in diesen vierzehn Jahren eine bestimmte Entwicklung durchgemacht. Sind Sie imstande, mir Ihre Entwicklung zu schildern?"

„Ich weiß nicht, wo ich anfangen soll", sagte Martin.

„Überlegen Sie mal: Hat es irgendwelche einschneidenden Erlebnisse gegeben, die Ihre Bewußtseinsbildung beeinflußt haben?"

Martin schüttelte den Kopf, er dachte: Ich bin fast zwölf Jahre im Betrieb, und ich habe gearbeitet und mein Teil geleistet, das ist alles. Er sagte aufrichtig: „Ich glaube, Sie machen einen Fehler, Herr Staatsanwalt. Ich meine, es ist ein Fehler zu denken, daß man durch ein bestimmtes Erlebnis plötzlich umgekrempelt wird. Sie sagen das so einfach hin: Bewußtseinsbildung . . ."

Er sah, daß K. ärgerlich die Stirn runzelte, und er versuchte, langsam und widerstrebend, seine Gedanken in Worte zu fassen. „Ich hab nie darüber nachgegrübelt, ob ich Bewußtsein habe. Ich bin Arbeiter. Wie soll ich Ihnen schildern, warum ich während dieser Jahre so und nicht anders geworden bin? Das ist ein verdammt langer Weg, und er ist noch nicht zu Ende. Wahrscheinlich ist er auch morgen oder übermorgen noch nicht zu Ende. Kann sein, man wird mal wieder ein Stück zurückgeworfen. Nein, ich kann Ihnen keine einzelnen Schritte aufzählen. Ich hab 'ne Masse gelesen. Ich hab 'ne Masse Diskussionen mit meinen Kollegen und mit allen möglichen Leuten gehabt. Ich bin in das Ganze reingewachsen wie jeder andere . . .“ Er grinste schwach. „Wissen Sie, ich traue den Leuten nicht, die mit ihrer plötzlichen Wandlung Reklame schieben.“

„Einverstanden“, sagte K. nach einer Weile. Er hatte mit abwesendem Gesicht zugehört und auf seinem Blatt gekritzelt. Martin reckte den Hals, er dachte halb wütend, halb belustigt: Zum Teufel! Ich zapple mich ab, und er malt Männchen.

„Gehen wir also konkret vor“, sagte K. Er setzte seine Lesebrille wieder auf, er betrachtete mißbilligend das bekritzelte Papier, knüllte es zusammen und nahm einen neuen Bogen. „Zur Person: Wann sind Sie geboren?“

Martin atmete auf: „Am 30. 3. 1930.“ Er war erstaunt darüber, daß er keine Niedergeschlagenheit und Beklemmung mehr empfand. Er war sogar auf eine schwer bestimmbare Art zufrieden: Er verabscheute zwielichtige Verhältnisse, und er war nun endlich aus diesem Zwielicht herausgetreten, er hatte eine Tür aufgestoßen und sich auf den Weg gemacht und mußte ihn zu Ende gehen, und das war in Ordnung so.

„Beruf des Vaters?“

„Vater ist tot, schon seit 34. Tuberkulose. Er war Schiffsmaschinist.“

„Haben Sie Geschwister?“

„'ne ganze Menge.“

„Und alle am Leben?“

Martin zählte an den Fingern ab: „Der Älteste ist gefallen. Der zweite hat ein Bein im Krieg verloren, er ist Pförtner in einem VEB. Der dritte ist bei der Volkspolizei. Meine beiden ältesten Schwestern sind verheiratet. Eine Schwester ist schon mit elf Jahren gestorben, auch an Tuberkulose. Rolf ist vor 'n paar Jahren nach drüben gegangen, er soll bei der Fremdenlegion sein, aber wir haben nie wieder was von ihm gehört. Meine jüngste Schwester ist Schweinemeisterin auf einem Volksgut. Na, und ich bin der letzte."

„Wir waren sechs", sagte K. gedankenverloren. „Wir haben als Kinder Heimarbeit gemacht.

„Wir auch", sagte Martin. „Wir haben Pantoffeln gemacht, wissen Sie, und im Herbst Ähren gelesen und Kartoffeln." Sie sahen sich an. „Na, Sie wissen ja Bescheid, Herr Staatsanwalt, wenn bei Ihnen sechs waren", sagte Martin.

K. hatte seinen Füllhalter hingelegt. Er lehnte sich zurück und verschränkte die Arme. „Besser, wir lassen die Formalitäten erst mal beiseite, und Sie erzählen. Einverstanden? Machen Sie es so kurz oder so ausführlich, wie Sie wollen. Ich höre. Das Protokoll werden wir nachher aufsetzen."

Martin nahm eine Zigarette, er dachte: Ich habe mir ein Verhör anders vorgestellt.

„Ich hab soviel vergessen", sagte er, während seine Gedanken schon abschweiften, zurück in jene Zeit nach dem Chaos und der endlichen Auflösung. Sie erschien ihm von der Gegenwart abgetrennt durch eine sehr lange Strecke stillstehender grauer Luft (die nicht verklärte, nichts liebenswürdig verschleierte), und es gab verschwommene Bilder, die flüchtig auftauchten und verschwanden, ehe sie sich zu Worten verdichten ließen. Gegenwärtig oder wenigstens nacherlebbar war ihm nur das Empfinden von Angst und Schuldbewußtsein und Hunger, das diese ersten Jahre bestimmt hatte.

6

Ich hatte meinen Posten am Bahnhof schon verlassen, bevor die Sowjetarmee einmarschierte. Es gab sowieso nichts mehr zu bewachen. Das Bahngelände war ein Trümmerhaufen, mit aufgerissenen Gleisen und ausgebrannten Waggons, und es regnete in die dachlosen Hallen. Ich hätte ebensogut ein paar Tage früher meinen Posten verlassen können; wir hatten auch vorher nichts anderes als Trümmer und einen plombierten Wagen mit Pferdekadavern bewacht.

Ich hatte zu einer Gruppe Hitlerjungen gehört, die längst ohne Führung war. Manche gingen nachts weg und kamen nicht zurück. Manche schlossen sich einem Trupp von Werwölfen an, der elbaufwärts zog; sie waren mit Pistolen und Panzerfäusten bewaffnet. Wir haben nie wieder einen von ihnen gesehen.

Ich ging nach Hause. Die Straßen lagen voll Schutt und Glasscherben, und im Fahrdamm waren Schützenlöcher. Ich mußte oft Umwege machen, weil die Straßen verriegelt waren durch Panzersperren aus Kiefernstämmen und Pflastersteinen. Die Stadt stank nach Brand und Verwesung; in den verschütteten Kellern gab es noch Tausende von Leichen, die nicht geborgen werden konnten.

Wir hatten eine Hofwohnung, drei Zimmer und ein Küchenloch, wo man im Sommer vor Hitze erstickte. Zwei Zimmer waren vollgestopft mit Betten; meine Mutter schlief in der guten Stube auf dem Sofa. Das Vorderhaus hatte eine Bombe weggerissen und zermalmt, und ich mußte über die Trümmer klettern, um auf den Hof zu kommen.

Wir hausten seit Monaten im Luftschutzkeller, zusammen mit sechs anderen Familien, und alle waren verrückt von dem Kindergeschrei und der verdorbenen Luft und den ewigen Zänkereien. Als ich vom Bahnhof gekommen war, ging ich zu den anderen in den Keller, und wir blieben dort, bis die ersten T 34 durch die Straße rasselten. Unterm Hemd hielt ich mein Fahrtenmesser und die Null Acht versteckt. Gegen Morgen konnte ich es nicht mehr aushalten; ich vergrub den Revolver unter dem Ruinenschutt zum Vorderhaus.

Ich glaube, wir waren überzeugt, daß die Russen uns alle an die Wand stellen würden. Nur mein Bruder, der Einbeinige, war ganz ruhig und zuversichtlich. „Ihr habt euch von den Nazis schön verdummen lassen", sagte er. „Für uns kann von jetzt an alles bloß besser werden."

Der Älteste und er waren nie der Hakenkreuzfahne nachgelaufen. Als Hitlerjungen hatten sie so oft wie möglich den Dienst geschwänzt, und meine Mutter mußte Dutzende von krakligen kleinen Entschuldigungszetteln schreiben. Die beiden wurden in den ersten Kriegsjahren eingezogen. Der Älteste starb 43 in einem Lazarett in Minsk. Der andere kam als Krüppel zurück. Er haßte die Nazis. Er kam spät. Manchmal denke ich, das Unglück am Bahnhof wäre nicht geschehen, wenn mein Bruder früher zurückgekommen wäre.

Gegen Mittag kletterten die ersten Sowjetsoldaten über den Trümmerschutt, und wir sahen den roten Stern an ihrer Mütze und die kurzen, plumpen Maschinenpistolen. Mein Bruder, in seiner alten Uniformjacke, humpelte ihnen entgegen; er hüpfte zwischen seinen Krücken wie ein großer grauer Vogel. Er hatte an der Ostfront ein Dutzend Worte Russisch aufgeschnappt, und er versuchte, mit den Soldaten zu sprechen; wir, hinter den Kellerfenstern, hörten nicht, was sie sprachen. Sie kamen dann in den Keller. Ich hatte mich in den finstersten Winkel verkrochen; es war dumm und unsinnig, aber ich bildete mir ein, sie suchten mich. Einer leuchtete mit seiner Taschenlampe umher. Das war alles. Sie sagten nichts und taten nichts, und nach ein paar Minuten gingen sie wieder weg. Wir lebten.

Am nächsten Tag hielt eine Feldküche in unserer Straße, und meine Mutter und meine beiden anderen Brüder holten Suppe in einem kleinen Waschkessel.

Wir zogen aus dem Keller wieder in unsere Wohnung. Später wurden alle Arbeitsfähigen zusammengeholt, für die Enttrümmerung. Abends gab es für jeden ein halbes Kommißbrot. Zuerst waren wir ganz hoffnungslos. Wir standen vor den Ruinenfeldern, und es war für keinen vorstellbar, daß jemals diese Unmassen an Schutt weggeräumt werden könnten. Wir hätten jeden für verrückt erklärt, der was von neuen Häusern zu sagen gewagt hätte.

In der ersten Zeit schwitzte ich vor Angst, wenn ich eine Uniform sah. Dann verlor ich die Angst, oder ich gewöhnte mich an sie (soweit man sich an Angst gewöhnen kann), und schließlich wurde jedes Gefühl betäubt durch die Schufterei von morgens bis abends und durch den Hunger von morgens bis abends.

Mit den Trümmern wurden wir allmählich fertig; die Straßen waren geräumt, und an den Straßenrändern wuchsen Berge von verputzten Ziegeln. Aber mit dem Hunger wurden wir nicht fertig; unser Hunger war schon Jahre alt.

Ich schäme mich heute noch, wenn ich daran denke, wie wir Geschwister uns wegen einer zu dicken oder zu dünnen Brotscheibe zankten. Es fällt einem nicht schwer, einsichtig zu sein und sich zu schämen, wenn man satt ist.

Im Spätsommer fing die Schule wieder an. Wir hatten im Jahr zuvor wegen der Bombenangriffe kaum Unterricht gehabt, und ich mußte noch mal die achte Klasse mitmachen.

Die meisten in unserer Klasse waren Meldegänger oder Flakhelfer gewesen, wir waren Männer oder hielten uns jedenfalls für Männer. In den Pausen rauchten wir selbstgedrehte Zigaretten und erzählten schmutzige Witze. Wir hatten zuviel Schmutziges und Schreckliches gesehen. Wir glaubten an nichts. Wir hatten die Schnauze voll vom Krieg, und später — als die ersten Bücher über die Kriegsverbrechen und Massenmorde der Nazis und über die Konzentrationslager Buchenwald und Auschwitz erschienen — hatten wir auch von den Nazis die Schnauze voll. Von etwas Neuem, woran zu glauben und wofür zu leben sich lohnte, wollten wir nichts wissen.

Es gab keine oder nur wenige Lehrstellen, deshalb wurde für uns noch ein neuntes Schuljahr angehängt. An die Schule kamen zwei oder drei junge Lehrer, auf die wir hörten, weil wir sie gern hatten. Erst in diesem zweiten Jahr begannen wir, jeder für sich, mit unserer Vergangenheit abzurechnen. Vielleicht hatten auch andere etwas auf dem Gewissen, aber niemand sprach darüber, und ich weiß nicht, auf welche Art sie damit fertig geworden sind oder ob sie überhaupt jemals damit fertig geworden sind.

Ich kann nicht mehr sagen, wann ich zum erstenmal so etwas wie Schuldbewußtsein empfand. Ich hatte keine Angst mehr, daß es rauskommen würde und daß ich verhaftet werden könnte, und ich schreckte nicht mehr hoch, wenn frühmorgens ein Auto in unserer Straße bremste. Schlimmer als die Angst war die Einsicht. Es dauerte sehr lange, aber ich begriff, daß ich ein Verbrechen begangen hatte ... Ich suchte nach Entschuldigungen; ich fand Entschuldigungen, die einer scharfen Prüfung nicht standhielten. Nicht einmal meine Jugend konnte ich mir als mildernden Umstand anrechnen.

Ich quälte mich entsetzlich, und am meisten, glaube ich, quälte mich meine Feigheit. Ich war siebzehn, und ich hatte noch alles vor mir, und ich wollte nicht die besten Jahre meines Lebens hinter Gittern verbringen ... Ich weiß nicht, was ich mit siebzehn unter den „besten Jahren" verstand; heute denke ich, daß jedes Jahr das beste ist und daß man in jedem Alter noch was aus seinem Leben machen kann.

Nach dem neunten Schuljahr wurde ich Lehrling im VEB Maschinenbau.

Das Werk war zu zwei Dritteln verbrannt; die restlichen Maschinen waren demontiert worden. Die Arbeiter — ein paar Überlebende vom alten Stamm und später die Heimkehrer — hatten sich darangemacht, die letzte Halle wieder zusammenzuflicken. Sie besaßen noch ein paar uralte Drehbänke und Maschinenteile, die reif zum Verschrotten waren. Damit fingen sie an. Sie zogen mit Handwagen zum Flugplatz und schlachteten Flugzeugmotoren aus. Sie machten alles, was gebraucht wurde (und damals wurde alles gebraucht), auch Holzpantoffeln und Strohsandalen und Kochtöpfe aus Stahlhelmen. Als ich meine Schlosserlehre begann, hatte das Werk schon von anderen Betrieben Revolverdrehbänke und Fräsmaschinen bekommen, und die Produktion lief an.

Nach Feierabend war ich Schieber. Der schwarze Markt blühte, auf dem Theaterplatz standen die Schwarzhändler, und plötzlich war alles wieder da, was man sich nur wünschen konnte — das heißt, für die Leute mit der dicken Brieftasche war alles wieder da. Ich verdiente als Lehrling ungefähr fünfzig Mark. Ein Brot kostete dreißig Mark.

Wir schoben, weil es uns Spaß machte, und aus Abenteuerlust und einfach deshalb, weil wir die Familie über Wasser halten mußten; wir schoben mit Heringen und Strümpfen und Zwirn und weiß der Teufel was, immer nach der Konjunktur.

Bei einer Razzia wurde ich geschnappt, aber ich bekam keine Strafe. Dafür nahm mich der Werkleiter vor und hielt mir eine Moralpauke. Er rauchte geschmuggelte Ami-Zigaretten. Die Moral und die Amis paßten nicht zusammen, und ich sagte es ihm. Dann versuchte es mein Lehrmeister, ein alter Mann, grauhaarig und sanft und immer ein bißchen versponnen; er hatte noch nie eine „Camel" geraucht und kam mit Margarinebroten zur Arbeit; deshalb hörte ich mir an, was er zu sagen hatte, und richtete mich danach.

Während meiner Freizeit arbeitete ich jetzt beim Aufbau der zweiten Halle mit. Zuerst tat ich es nur, weil ich nun einmal die Verpflichtung abgegeben hatte; dann machte es mir Spaß, und dann war ich stolz (ich bin heute noch stolz — falls dies das richtige Wort ist —, wenn ich eine Maschine sehe, an der ich mitgebaut habe), und ich sah die Halle wie meinen persönlichen Besitz an.

Sicher, unser Betrieb war längst volkseigen. Ich bin Arbeiterjunge, und ich hatte von Anfang an diese Tatsache, daß ein Werk jetzt dem Volk gehörte, gleichmütig hingenommen wie ein Mensch, der einen alten Rechtsanspruch darauf hat. Erst als ich an unserer Halle mitbaute, begriff ich, daß wir neue Rechte hatten, auch neue Pflichten.

Ich bin immer ein ordentlicher Mensch gewesen — manche Kollegen nennen mich pedantisch —, aber wie immer man es auch nennen mag: Ich mache nichts halb, lieber hänge ich mehr Zeit dran. Ich merkte auf einmal, daß wir mit unserem neuen Eigentum schludrig umgingen; wir verschwendeten Material; wir fanden nichts dabei, wenn einer Bleche mit nach

Hause nahm oder eine Handvoll Nägel, und wir hatten noch nicht gelernt, uns im Kulturraum wie in der guten Stube zu Haus zu benehmen. Wer zerschlägt schon seine eigenen Stühle oder haut ein Messer in seinen eigenen Tisch? Aber im Kulturraum demolierten wir Stühle und Tische, nicht gerade absichtlich, sondern aus Gleichgültigkeit oder Nachlässigkeit und weil wir wußten, daß Vater Staat uns neue Möbel bezahlte.

Natürlich ist das alles nichts Besonderes, früher oder später lernten die anderen im Betrieb dasselbe, und bei ihnen ging es auch nicht so glatt. Es gab oft Streit, manchmal Schlägereien, es gab Sabotagefälle und wüste Schimpfereien wegen der Norm — aber die Pläne wurden erfüllt, und man konnte sich wieder satt essen, obgleich die Lebensmittel noch viel zu teuer waren. Wir hatten Erfolge und Rückschläge. Kurz und gut, unser Betrieb war wie irgend ein anderer, und es passierte bei uns nicht mehr und nicht weniger als in hundert anderen Betrieben.

Einmal jagten wir einen Konstrukteur zum Teufel, weil er mit Fehlkonstruktionen unser Geld sinnlos verpulvert hatte. 1952 setzten sich der Werkleiter und sein Hauptbuchhalter nach Westberlin ab. Wir hätten sie in der Luft zerrissen; wir waren betrogen worden, sie hatten schon ein Konto drüben.

Aber ich würfele, glaube ich, die Zeit ein bißchen durcheinander, und ich muß noch mal ins Jahr 1950 zurück. Damals ging ich in die FDJ, und wenn ich es mir heute überlege, muß ich zugeben, daß es aus einer gewissen Neigung zur Schulmeisterei geschah. Unsere Jungen und Mädchen wußten verdammt wenig mit sich anzufangen, das konnte jeder sehen, der nur ein bißchen über seinen eigenen Schraubstock, aus seiner eigenen Sofaecke blickte. Viele hatten ihren Vater im Krieg verloren, die Mütter arbeiteten, und die Halbstarken trieben sich auf der Straße herum.

Man mußte irgendwas unternehmen ... Ich bin aber nicht von allein und aus lauter selbstloser Begeisterung auf die Idee gekommen, etwas zu unternehmen.

Ich hatte meine Gesellenprüfung mit „Sehr gut" bestanden und eine Prämie bekommen. Bei der Gesellenfeier wurde ziemlich viel getrunken. Einmal stand ich neben dem Parteisekretär an der Theke. Er war ein ganz junger Kerl, dem bei einem Unfall die linke Hand abgerissen worden war. Er nahm mich an diesem Abend beiseite und fragte, warum ich nicht in der FDJ bin.

Ich sagte, ich weiß es nicht.

„Aber ich brauche dich", sagte er. „Wir müssen die Jugendarbeit im Betrieb ankurbeln."

„Na gut, dann kurbele an", sagte ich, „du bist doch so'n starker Mann, du machst das doch mit dem kleinen Finger."

Zuerst war er eingeschnappt, dann lachte er und sagte: „Du siehst, ich habe bloß eine Hand, und die brauche ich für die Partei. Du hast deine beiden Hände, da mußt du mir schon eine für die Jugendarbeit borgen — und nicht die linke. Einverstanden?"

„Einverstanden", sagte ich, zu schnell und bedenkenlos. Wir blieben dann an der Theke stehen, mit den Biergläsern vor uns und zwischen den betrunkenen Gesellen, und machten unsere Pläne. Ich war auch nicht mehr nüchtern und versprach mehr, als ich halten konnte.

Erst später kamen mir Bedenken, aber ich hatte es nun einmal übernommen und wollte nicht aufgeben. Man brauchte eine Menge Geduld, die Jungen und Mädchen zusammenzuholen und zusammenzuhalten. Geduld hatte ich genug. Aber Geduld und Fleiß genügten nicht, und eines Tages mußte ich mir von unserem Parteisekretär sagen lassen, daß ich den Fehler machte, allein zu arbeiten, vielleicht aus Dickköpfigkeit, vielleicht aus Unfähigkeit. Ich war einfach unfähig, Mitarbeiter zu gewinnen; es ist eben falsch zu denken, der beste Funktionär sei der unentbehrliche . .

Die Laienspielgruppe leitete ein Mädchen aus dem Büro. Sie hatte das Abitur, aber manchmal dachte ich, daß sie mit ihrer Bildung nicht viel anzufangen wußte. Ich fand sie sehr hübsch mit ihren langen, glatten, schwarzen Haaren. Sie hieß Hannelore und war meine erste Freundin. Wir gingen ein paar Wochen miteinander. Hannelore zuliebe, und weil ich mich nicht vor ihr blamieren wollte, fing ich an zu lesen, und ich las wahllos und ziemlich kritiklos alles, wovon ich annahm, es gehörte zu einer soliden Bildung. Ich glaube, ich war sehr verliebt. Einmal, es war im November und schon kalt, nahm ich Hannelore mit nach Hause. Wir hatten damals noch die Hofwohnung. Sicher, es war eine scheußliche Wohnung, baufällig und ohne Badezimmer, und im finsteren Treppenaufgang bröckelte der Putz. Aber es war doch nicht unsere Schuld, daß es früher für Leute wie uns nur diese Wohnungen in schmutzigen, lichtlosen Hinterhöfen gab, für Arbeiterfamilien mit einem halben Dutzend Kindern.

Heute denke ich, Hannelore hielt Armut für ein Zeichen von Untüchtigkeit oder Beschränktheit. Ich sehe noch ihr bestürztes Gesicht, als sie in unser Wohnzimmer kam. Jetzt finde ich es blöd, aber damals schämte ich mich, daß wir keinen Teppich hatten.

Am schlimmsten war es, als ich Hannelore meiner Mutter vorstellte. Meine Mutter war Mitte Fünfzig und sah wie siebzig aus, grauhaarig und aufgeschwemmt von den vielen Geburten, und sie trug Filzpantoffeln, weil ihre Füße geschwollen waren und in keinen Schuh reinpaßten. Sie war auch nicht gut angezogen. Sie war niemals wirklich gut angezogen gewesen, solange ich mich erinnern kann; sie hatte immer nur für uns gesorgt, und wir waren als Kinder sauber und ordentlich rumgelaufen, wenn wir auch die alten Sachen von den Geschwistern auftragen mußten. Meine Mutter hat vier Jahre Volksschule und spricht ein schlechtes Deutsch.

Sie war ganz eingeschüchtert, und ich hatte wieder Grund, mich zu schämen – aber nicht wegen meiner Mutter. Ich sah, daß Hannelore sich Mühe gab, höflich zu sein. Sie hatte dann plötzlich furchtbar wenig Zeit, und ich brachte sie nach Hause, und unterwegs gab es Streit. Ich wurde sehr grob, als Hannelore sagte, es habe ihr nicht gefallen; meine Mutter und das Wohnzimmer und alles bei mir zu Hause gefiel ihr nicht.

Kann sein, daß ich auch deshalb grob wurde, weil ich ein schlechtes Gewissen meiner Mutter gegenüber hatte. Ich gab viel Geld für Anzüge und Schuhe aus, und ich kümmerte mich um alle möglichen fremden Leute im Betrieb, aber um meine eigene Mutter kümmerte ich mich nicht.

Ich war sehr enttäuscht ... Ich habe dann öfter ein Mädchen gehabt, aber immer nur für kurze Zeit und ohne wirkliche Zuneigung. Ich finde, die Hübschen sind meistens dumm oder oberflächlich, und für häßliche Mädchen habe ich nun mal nichts übrig.

Aber das alles gehört wahrscheinlich gar nicht hierher. Immerhin habe ich es dieser Geschichte mit Hannelore zu verdanken, daß ich die Bücher entdeckte, und heute fürchte ich nicht mehr, mich zu blamieren, wenn ich mich mit Oberschülern oder Studenten unterhalte.

Als ich einen Zirkel in unserer Gruppe leitete, merkte ich, daß auch mein politisches Wissen nicht ausreichte. Es machte mir Spaß, andere zu unterrichten, aber Spaß oder nicht Spaß, es geht nicht an, daß ein Lehrer seinen Schülern nur um eine oder zwei Lektionen voraus ist. Gut, ich lernte, um auf meine eigenen und auf die Fragen meiner Schüler antworten zu können; aber jede beantwortete Frage zog zehn neue Fragen hinter sich her, und ich mußte noch mehr lernen.

7

Martin zündete sich die fünfte oder sechste Zigarette an. Er schwieg und rauchte, und auch der Staatsanwalt schwieg, und nach einer Weile sagte Martin mürrisch: „Das ist doch alles langweilig ... Wozu von mir erzählen? Ich hab Ihnen gleich gesagt, Herr Staatsanwalt, daß es in meinem Leben nichts Aufregendes gibt. Ein Durchschnittsleben ...“

„Ich denke, ich habe Grund genug, mich für Ihr Durch-
schnittsleben zu interessieren", sagte K., Schärfe in der
Stimme. „Vergessen Sie nicht, daß ich in der Funktion eines
Untersuchungsrichters vor Ihnen sitze."

Martin wurde rot, er dachte: Jetzt zeigt er die Krallen.

Er hatte in der letzten Viertelstunde in der Tat vergessen,
daß er vor einem Staatsanwalt saß und weshalb er hier saß. Er
war einen langen Weg zurückgegangen, nicht nur mit seinem
um Genauigkeit bemühten Gedächtnis; auch sein Gefühl war
beteiligt gewesen, und er hatte, erstaunt und bewegt, längst
verschüttete Geschichten oder Zeilen von Geschichten wiedergefunden.

Er war nicht einmal sicher, ob er alles, woran er gedacht,
auch ausgesprochen hatte. Jedenfalls war er überzeugt, daß
sein Leben anderen Leuten langweilig und durchschnittlich
erscheinen mußte, wenn er es als eine Art rohes, hölzernes
Gerüst hinstellte.

Entmutigt durch K.s Zurechtweisung, saß Martin eine
Zeitlang ohne Bewegung und ohne Gedanken. Das Zimmer
war geheizt und von der Nachmittagssonne durchglüht, und
Martin schwitzte.

Er fragte: „Kann man das Fenster einen Moment aufma-
chen?"

„Bitte", sagte K., und Martin stand auf, er streckte sich und
ging langsam, jeden Schritt bewußt und naiv auskostend (ich
bin noch frei, und dieses Zimmer ist keine Zelle), durch den
großen Raum. Er öffnete die Doppelfenster, und der Straßenlärm fiel über ihn her und traf ihn wie ein Schlag aufs Herz.
Er stand am Fenster und blickte auf die Straße hinab und dem
Zigarettenrauch nach, der schwadig abzog.

Er fühlte sich leer und taub vor Anspannung, er dachte:
Wenn ich noch zwei Minuten länger hier runtersehe, fange
ich an, mich selbst zu bedauern. Soll er mich doch lieber ab-
führen lassen.

Er drehte sich um und sagte: „Lassen Sie mich doch lieber
gleich verhaften."

„Wenn Sie Ihren Kopf abgekühlt haben, kommen Sie besser wieder her", sagte K. gelassen.

Martin zerrte an seinem Schlips und öffnete den oberen Hemdknopf. „Entschuldigen Sie." Er setzte sich wieder auf seinen Stuhl. „Ich wollte kein Melodrama aufführen", sagte er.

„Haben Sie inzwischen eine neue Wohnung bekommen?" fragte K.

„Klar", sagte Martin. Er belebte sich. „Wir wohnen in der neuen Hauptstraße, im Block C, mit allen Raffinessen, wissen Sie. Wir könnten die anspruchsvollsten Schwiegertöchter bei uns empfangen." Aber Karla ist so bescheiden, dachte er. „Ich wohne mit meiner Mutter zusammen, weil ich der einzige Junggeselle in der Familie bin. Meine Geschwister sind längst verheiratet." Er lachte, und einen Moment hatten seine Augen den heiter verschmitzten Ausdruck wie früher. „Ich hab den schönsten Teppich gekauft, der in der ganzen Stadt aufzutreiben war."

Er fügte hinzu, plötzlich wieder bedrückt: „Ich erzähle Ihnen lauter unwichtiges Zeug, und das Wichtige überspringe ich."

„Das Wichtige suche ich mir schon selbst raus", sagte K. Er richtete seine kurzsichtigen Augen auf Martin, er fragte: „Was haben Sie am 17. Juni 1953 gemacht?"

„Mitmarschiert", sagte Martin, der aufgehört hatte, Wortfallen zu wittern. „Am 17. morgens hieß es plötzlich, es wird gestreikt. Gegen wen sollte gestreikt werden? Wer hatte den Streik organisiert? Woher kamen auf einmal die Transparente? So viele Fragen, und wir haben sie uns zu spät gestellt.

Wir gingen auf die Straße. Wir marschierten die Hauptstraße runter und riefen Losungen. Wer hatte die Losungen ausgegeben? Wir wußten es nicht. Alles klappte, es klappte einfach zu gut.

Lastwagen fuhren vorüber, auf denen Leute standen und schrien: ‚Nieder mit der Regierung!' Unser Zug löste sich allmählich auf. Viele gingen nach Hause, manche gingen in den

Betrieb zurück. Irgendwas an der Geschichte stank. Wir hatten Forderungen, und wir wollten unsere Forderungen auch anmelden, aber nicht auf diese Art. Wir hatten nichts zu tun mit den Leuten, die ‚Nieder mit der Republik!' schrien.

Ich bin den ganzen Tag in der Stadt herumgelaufen; ich war verwirrt wie noch nie. Auf dem Markt hielt ein Mann eine Rede, die Leute ringsum johlten und sangen, und ich konnte nicht viel von der Rede verstehen. Manche sagten: ‚Jetzt wird mit der SED Schluß gemacht. Jetzt geht es andersrum.' Ich dachte: Was heißt das ‚andersrum'? Das konnte eine Menge heißen, auch, daß Herr X zurückkommen und seine Fabrik wieder einkassieren würde. Wir hatten aber nicht für Herrn X den Dreck weggeräumt, und nicht für ihn hatte ich an der Halle II mitgebaut, deshalb war ich gegen das ‚andersrum'.Hier am Justizgebäude war die Hölle los. Aktenbündel wurden aus den Fenstern geworfen und auf der Straße verbrannt . . ."

„Wir haben damals wichtige Akten verloren", sagte K., „unter anderem Beweismaterialien gegen Kriegsverbrecher, gegen Leute zum Beispiel, die in den KZs Hunderte Menschen ermordet haben."

Martin blickte zu Boden. Er fuhr fort: „Auch Schreibmaschinen und Stühle flogen aufs Pflaster. In einer anderen Straße sah ich ein ausgebranntes Auto. Diese sinnlose Zerstörung ärgerte mich. Ich konnte mir nicht vorstellen, daß die Leute aus meinem Betrieb imstande waren, Schreibmaschinen und Möbel und Autos zu zertrümmern. Ich hörte einen Mann erzählen, daß auf dem Bahngelände zwei Volkspolizisten erschlagen worden sind, totgeschlagen und zertrampelt. Ich hatte plötzlich ein elendes Gefühl, als ob ich reingefallen und betrogen war."

Martin lächelte. „Auf dem Th.-Platz habe ich zu guter Letzt noch Prügel bezogen."

„Finden Sie das so lustig?" fragte K.

„Nicht gerade lustig, aber nützlich", sagte Martin. „Ich kam gerade dazu, wie ein paar Jungen einen Kiosk anzündeten;

sie hatten irgendwo Benzinkanister geklaut. Sie waren von dem Typ, den man heute halbstark nennt, aber sie gehörten nicht zu der harmlosen Sorte.

Ich glaube, ich sagte Ihnen schon, daß ich 'ne Art Ordnungstick hab. Gut. Ich ging also dazwischen und versuchte ihnen klarzumachen, daß es eine Dummheit und Schweinerei ist, wenn sie ihre Zerstörungswut an einem Kiosk austoben. Ich hab mich wie ein Idiot benommen. Ich redete. Ich hatte noch nicht begriffen, daß es Situationen gibt, in denen man nicht mehr diskutiert. Inzwischen brannte der Laden ab.

,Haut doch dem Kommuneiken eins in die Fresse', sagte einer.

Dem, der mich ,Kommuneike' geschimpft hatte, gab ich eine Ohrfeige. Sie fielen zu sechst über mich her. Einen Moment sah ich ihre Augen und ihre Gesichter. Sie haßten mich, und mir schien, als hätten sie alle sechs dasselbe Gesicht, und plötzlich wurde ich ganz kalt vor Angst, und nicht nur, weil ich wußte, daß sie mich jetzt zusammenschlagen würden . . .

Wahrscheinlich hätten sie es getan, wenn die Panzer nicht gekommen wären. Ich war auf einmal allein. Mein Gesicht war voll Blut, ich konnte die Panzer nur hören. Nach einer Weile stand ich auf und wischte mir das Blut ab und klopfte den Schmutz von meiner Jacke. Ich sah die drei sowjetischen Panzer. Sie drehten sich langsam, mit gesenkten Geschützrohren, und im Nu war der Platz wie leergefegt. Ich humpelte nach Haus.

Ich glaube, ich war am Abend gescheiter als am Morgen."

Martin legte den Finger auf eine kurze weiße Narbe über seiner rechten Augenbraue, er sagte: „Das Schwein hat 'nen Schlagring gehabt." Er unterbrach sich. Er dachte beschämt: Das ist keine Angelegenheit, mit der man angibt wie mit einer Kneipenprügelei.

K. zog endlich den Blick von Martin ab. Er öffnete eine Schublade und holte eine Zigarre heraus, deren Spitze er bedächtig und mit Sorgfalt zurechtschnitt. Martin reichte ihm ein Streichholz über den Tisch und sah zu, wie K. vorsichtig die Zigarre drehte, bis sie gleichmäßig brannte.

„Ich glaube Ihnen", sagte der Staatsanwalt unvermittelt.

„Natürlich", entfuhr es Martin. Er ruckte bestürzt den Kopf und verbesserte sich: „Ich meine, es ist doch bloß natürlich, daß ich Ihnen nichts vorschwindele, wenn ich schon mal beim Aufräumen bin."

„In meinem Beruf wird man skeptisch", sagte K. „Was glauben Sie, wie viele Menschen vor Ihnen schon auf diesem Stuhl gesessen und ihr Garn gesponnen haben? Nein, nein, ich bin skeptisch geworden, wenn ich auch nicht zu den professionellen Mißtrauischen gehöre. Ich glaube Ihnen. Übrigens", sagte er in einem strengeren Ton, „habe ich hundert Möglichkeiten, Ihre Angaben zu überprüfen."

„Prüfen Sie ruhig nach. Stimmt alles", sagte Martin gereizt. Er hatte nicht beabsichtigt, gereizt oder sogar unhöflich zu antworten. Er hatte seine Stimme nicht mehr unter Kontrolle, und er war wütend auf sich, auf sein Benehmen und auf seine Nerven, die ihn jetzt schon im Stich zu lassen schienen.

Er dachte: Ich habe nicht damit gerechnet, daß mich diese verfluchte Geschichte so zermürben würde. Es ist vierzehn Jahre her, und heute rückt es mir auf die Haut, als wäre es erst vor vierzehn Tagen geschehen.

K., nachdenklich und bedächtig, als habe er Martins Antwort überhört, sagte: „Wissen Sie, was mir aufgefallen ist? Sie haben so gut wie gar nicht darüber gesprochen, wie Ihre Tat in Ihnen nachgewirkt hat oder ob sie überhaupt nachgewirkt hat. So was vergißt man doch nicht. Jeder normale Mensch setzt sich damit auseinander —"

„Aber ich hab es ja nicht vergessen!"

„Schreien Sie nicht; ich höre noch sehr gut."

„Ich habe nicht geschrien." Martin sagte: „Doch, ich hatte es vergessen, oder wenigstens hab ich versucht, es zu vergessen. Manchmal war es ganz weg. Im Krieg sind so viele Menschen umgekommen . . ."

K. beugte sich über den Schreibtisch; sein Gesicht hatte

einen Ausdruck von Härte angenommen, den Martin noch nicht kannte. Er sagte mit einer scharfen, dabei kalten Stimme: „Sie dachten, wenn so viele tot sind, kommt es auf den einen auch nicht mehr an, was? Sie dachten, Sie sind ja nur ein kleiner Mörder unter so vielen großen Mördern, was?"

Martin zuckte zurück. Er hob hilflos beide Arme und ließ sie fallen, mit einer Geste der Verzweiflung, er sagte: „Ja. Vielleicht . . . Vielleicht hab ich so gedacht. Ich weiß es nicht. Das oder was Ähnliches. Ich weiß doch nicht . . ."

Der Staatsanwalt betrachtete ohne Mitleid Martins farbloses, von Schrecken aufgerissenes Gesicht, in dem jetzt sogar die Augen farblos erschienen, wie mit einer dünnen stumpfen Haut überzogen, die Licht und Schatten aufsog. „Besinnen Sie sich!" sagte er schroff.

Er saß noch vornübergebeugt, die Handflächen aufgestützt, und Martin empfand seinen Blick wie eine Umklammerung, er sagte, stockend und ungewohnt schwerfällig: „Ich dachte, es würde niemandem nützen . . . Ich dachte, ein Geständnis würde dem toten Mann nicht nützen und mir nicht und überhaupt niemandem. Ich arbeite. Ich bin ein guter Facharbeiter, ich habe sogar die Meisterprüfung gemacht, und mein Betrieb braucht mich. Im Zuchthaus würde ich unbrauchbar sein, eine tote Kraft, verstehen Sie, ein verfaulter Strunk . . . Ich wollte wiedergutmachen, wirklich. Ich überredete mich dazu, zu glauben, daß Arbeit die vernünftigste Form von Wiedergutmachung wäre . . ."

K. nickte und sagte: „Das ist ein einleuchtendes Argument."

„Bis vorgestern dachte ich das auch", sagte Martin.

K. lehnte sich wieder zurück. Seine Zigarre im Aschbecher war erloschen. Er streifte die Asche ab und stocherte mit einem Streichholz in den weißen Flocken herum; er schien minutenlang abwesend, vielleicht ausgeliefert an Gedanken oder Erinnerungen, die nicht mit dem jungen Mann zusammenhingen. „Man weiß zu wenig von den Menschen, neben denen man jeden Tag hergeht", sagte er schließlich. „Daß Sie sich vor den anderen nicht geschämt haben . . ."

Martin blickte auf seine Hände, er schwieg.

„Haben Sie denn nie das Bedürfnis gehabt, mit jemandem darüber zu sprechen?" fragte K. dringlich. „Man muß schon sehr eigenbrötlerisch sein, wenn man vierzehn Jahre lang so eine Geschichte mit sich allein herumschleppt." Er lächelte flüchtig. „Und Sie machen nicht den Eindruck, als ob Sie besonders schweigsam und verschlossen wären."

Martin schüttelte den Kopf. „Nein, das bin ich nicht. Ich hab immer Freunde gehabt. Oder auch Freundinnen."

„Und trotzdem haben Sie es bis heute keinem gesagt?"

„Doch. Karla."

„Wer ist Karla?"

„Wir wollen heiraten." Martin sagte niedergeschlagen: „Wir wollten dieses Jahr heiraten. Aber sie wird warten."

K. räusperte sich, er erwiderte so trocken und ernsthaft wie möglich: „So, sie wird warten. Seit wann kennen Sie denn Fräulein Karla?"

„Im März war es ein Jahr. Bitte, ich möchte nicht, daß Karla da reingezogen wird."

„Wie hat Fräulein Karla auf Ihren Entschluß reagiert?"

„Sie hat mir Mut gemacht." Martin sah, daß K. zweifelnd die Brauen hochzog, und er sagte eifrig: „Sie hat überhaupt erst den Anstoß dazu gegeben, einfach durch ihr Da-Sein — falls Sie verstehen, was ich meine."

K. saß in abwartender Haltung, er sagte nichts, und Martin brauchte jetzt auch keine Aufforderung oder Ermahnung zu sprechen. Er war glücklich, von Karla erzählen zu dürfen, die er durch sein Geständnis schon von sich abgetrennt und in einem anderen, schöneren Leben zurückgelassen hatte, obgleich sie in dieser Minute noch erreichbar und räumlich nah war.

Die letzte Viertelstunde hatte sein fröhliches Selbstbewußtsein gründlich und vielleicht auf lange Zeit erschüttert, und es tat ihm gut, wenigstens in Gedanken einen Menschen in dieses Zimmer (sonniger Schauplatz seiner jämmerlichen Niederlage) zu holen, ein Mädchen Karla, das ihn liebte und zu ihm hielt, was immer auch geschehen mochte.

8

Bis vor einem Jahr habe ich nicht im Traum daran gedacht zu heiraten. Mein Leben erschien mir interessant und ausgefüllt genug auch ohne Frau, ich fürchtete sogar, eine Frau könnte mir zum Hemmschuh werden. Ich habe oft genug gesehen, wie junge Kollegen sich nach ihrer Heirat vom Sport und von ihrem Klub und von allem zurückzogen. Erst die Flitterwochen, dann ein Baby, dann ein Fernsehapparat, und schließlich ist er gezähmt, und nicht mit zehn Pferden kriegt man ihn nach Feierabend vor die Haustür.

Sie lachen; Sie denken, ich übertreibe.

Gut, ich übertreibe ... Jedenfalls hatte ich immer ein Grauen davor, ein Lohntütenarbeiter und Fernsehhocker zu werden. In den vergangenen Jahren gab es eine Menge Dinge, die nicht jede Frau gutgeheißen oder sogar begeistert mitgemacht hätte, lauter Dinge, die Zeit und Nerven gekostet haben.

Ich habe die Abendoberschule besucht, und es ist mir verdammt schwergefallen, wieder die Schulbank zu drücken und zu büffeln. Früher sprach ich nicht mal ein korrektes Deutsch. Kein Wunder, wenn man zwanzig Jahre lang falsches Deutsch gehört hat, zu Haus und am Arbeitsplatz; wir waren immer noch im Nachteil, andere Kinder hatten ihre tausend Deutschstunden schon hinter sich, wenn sie in die Schule kamen. Ich habe die Reifeprüfung gemacht, weil ich denke, daß in ein paar Jahren keiner von uns Jüngeren mehr für voll genommen wird, wenn er nicht das Abitur in der Tasche hat.

Ich glaube, ich sagte schon, daß ich Meister bin, wenn auch nicht eingestellt als Meister, vorläufig nicht; allein aus meinem Betrieb haben sechzehn Jungen und ein Mädchen am Lehrgang teilgenommen. Aber es kam uns nicht bloß darauf an, von heute auf morgen in eine höhere Stellung aufzurükken und mehr Geld zu verdienen; wir wollen mehr wissen, und wir wollen mitreden können. Deshalb.

Was noch? Der Literaturzirkel. Die Boxsparte.

Klingt komisch, ja? Trotzdem verträgt's sich. Ich lese gern, und ich boxe gern, obgleich ich sagen würde, daß Lesen in meiner Rangordnung eine Stufe höher steht. Ich fahre auch Motorrad, eine Jawa. Und dann das Theater; wir gehen zu jeder Premiere ins Theater.

Das Premierenanrecht habe ich wegen Karla genommen; sie ist immer wie verzaubert von dem ganzen Drumherum. Sie ist überhaupt noch sehr kindlich ... Ich habe noch nie einen Menschen getroffen, der sich so freuen kann wie sie, über ein paar Blumen oder Pralinen oder so kleines Zeugs; sie nimmt nichts, als ob es eben dazugehört.

Sie ist in all den Jahren nicht gerade verwöhnt worden, müssen Sie wissen. Ich habe schenken gelernt, und das ist nichts Lächerliches und nichts Onkelhaftes ... Es ist einfach wundervoll, Karla was zu schenken.

Ich habe sie in einem Tanzlokal kennengelernt. Vielleicht ist ein Tanzlokal von dieser Sorte nicht der glücklichste Ort, wo man seine zukünftige Frau kennenlernen kann, aber Karla konnte nicht mal tanzen. Ich ging ein paarmal an ihrem Tisch vorbei. Sie saß immer. Sie tat mir leid, nichts weiter. Irgendein Mauerblümchen ... Sie sah nicht auffällig aus und schon gar nicht unternehmungslustig.

Zuerst war es mir peinlich, daß sie keinen Schritt tanzen konnte. Sie stellte sich auch ziemlich ungeschickt an; sie war ungeschickt aus Angst und Verlegenheit, aber sie gefiel mir, ich weiß nicht, warum.

Ich mag unselbständige Mädchen sonst nicht leiden. Und Karla war schrecklich unselbständig ... Sie war wie ein komisches kleines Küken auf einer großen Straße. Man hat immer Angst, es könnte gleich unter die Räder kommen. Wahrscheinlich war es am Anfang diese Neigung zur Schulmeisterei, daß ich mich mit ihr beschäftigte. Ich merkte dann auch, daß sie sehr hübsch ist; sie hatte aber kein Talent, was aus sich zu machen.

Sie hatte auch kein Talent, aus ihrem Leben was zu machen. Sie war ganz klein und unansehnlich und verkorkst. Ich glaube, ich fühlte mich in der ersten Zeit auf eine blöde, überhebliche Art als ihr großer Lehrer und Beschützer — und inzwischen ist sie mir in aller Stille und Bescheidenheit über den Kopf gewachsen, moralisch über den Kopf gewachsen, meine ich.

Gut, wir sind zusammengeblieben. Karla ist ganz anders als die Mädchen, die ich vorher kannte, aber ich kann nicht einmal präzis sagen, wieso sie anders ist. Vielleicht hat sie auch Fehler; jetzt fällt mir keiner ein. Sie ist nicht mehr wegzudenken, das weiß ich sicher.

Ich war entschlossen, sie aus ihrer Einsamkeit herauszuholen. Ich stellte mir bestimmte Aufgaben (ich will es mal so sagen, obgleich es nach Stundenplan und Sollerfüllung klingt), und die erste und dringendste Aufgabe war, Karlas Selbstbewußtsein zu stärken.

Ihr Betrieb kümmerte sich zuwenig um die Nähmädchen. Eine Schlamperei, schlimmer als Schlamperei. Die FDJ-Gruppe war ein lahmer Haufen, und ich sagte Karla, sie müßte Leben in die Bude bringen. Natürlich traute sie sich nichts zu, und ich redete ihr so lange ein, es käme gerade auf sie an, bis sie es glaubte.

Sie hat es versucht; sie hat es geschafft — das und alles mögliche andere. Sie ist jetzt achtzehn.

Sie wird auch nicht aufgeben, wenn wir uns jetzt trennen müssen.

Sie arbeitet im Jugendklub in der S.-Straße mit. Das Klubhaus war ein miserabler Schuppen, bevor eine Handvoll junger Leute mit dem Ausbau begann. Karla war dabei, sie hatte auch ein paar von ihren Brigademädchen mitgeschleppt. Sie haben alles selber gemacht, Fensterputzen und Fußbodenwischen und Wändebemalen; sie haben auch Gardinen genäht und Möbel besorgt . . . aber das gehört nicht hierher. Wenn es Ihnen Spaß macht, Herr Staatsanwalt, können Sie sich den Klub in der S.-Straße mal ansehen. Sie werden sich wundern.

Karla hat es viel schwerer gehabt als ich, weil sie mehr innere als äußere Widerstände überwinden mußte. Sie war krankhaft schüchtern. Sie ist auch heute noch schüchtern und bringt vor mehr als drei Menschen kein Wort raus, aber sie hat eine herrliche Art, ohne Worte zuzufassen und zu helfen, und sie setzt sich durch, zäh bei aller Bescheidenheit.

Sie hat mich in dem einen Jahr umgestülpt, ohne daß ich zu bestimmen wüßte, auf welche Weise. Aber sie hat mich umgestülpt, sonst säße ich nicht hier. Es war kein Jahr in Himmelblau und Rosa, weiß Gott, das war es nicht . . . Seit wir zusammen sind, ist mir die Bahnhofsgeschichte von 45 wieder nachgelaufen, und sie ließ sich nicht mehr beiseite schieben und wegargumentieren.

Wiedergutmachen war nur noch ein Wort, keine Lösung. Meine Vernunft schien mir Vernünftelei, und meine Vergangenheit wurde wieder zur Last, die sich nicht mehr abschütteln ließ. Ich habe oft schroffe oder auch voreilige Urteile über andere Leute gefällt, über ihre Dummheiten und Schwächen . . . Mit welchem Recht? fragte ich mich nun.

Sie werden mir glauben, daß ich seit vielen Jahren mit dem Faschismus fertig bin, daß ich ihn hasse und jedes kleinste Relikt des Faschismus hasse. In der letzten Zeit haben eine Menge verspäteter Prozesse gegen Kriegsverbrecher und KZ-Aufseher stattgefunden. Ich empfand, wenn ich die Prozeßberichte las, Grauen und Abscheu . . . Warum verabscheute ich nicht mich selbst? Sicher, ich war damals ein Kind, ich war falsch geleitet, moralisch verkrüppelt, erzogen zum Denunziantentum, das uns als vaterländische Gesinnung serviert wurde, besoffen gemacht mit all den Phrasen von Großdeutschland und Heldentum, gedrillt auf Heldentod . . . ich wußte es nicht besser, wirklich, ich wußte es nicht.

Dann begannen die künstlichen, krampfigen Entschuldigungen oder Erklärungen sich aufzulösen und unwirksam zu werden. Ich sah nicht mehr den Unterschied zwischen mir und jenen endlich abgeurteilten Verbrechern. Ich sehe ihn nicht mehr ... Ich habe versucht, mir einzureden, daß die Verbrechen nicht vergleichbar seien: hier ein Toter, dort fünf oder zwanzig oder hundert Tote.

Als käme es auf die Zahl an ... Es kommt nicht auf die Zahl an, Mord ist Mord, und nichts spricht mich davon frei.

Ich konnte diesen Selbstbetrug nicht mehr ertragen, vielleicht auch deshalb nicht, weil Karla mich für anständig und ehrlich hielt; weil sie selbst alle diese Eigenschaften hat, die sie mir zuschrieb. Sie können sich nicht vorstellen, wie aufrichtig Karla ist und wie klar und sauber. Nein, es ist mehr, es ist — wissen Sie, wenn man es ganz richtig sagen will, muß man es mit dem altmodischen Wort Reinheit sagen, auch wenn es für uns heute eher komisch klingt.

Sie würden es nicht mehr komisch finden, wenn Sie Karlas Gesicht sähen.

Karla hat kein richtiges Zuhause gehabt. Ihr Vater ist gefallen, und ihre Mutter — nu gut, reden wir nicht darüber. Als ich zum erstenmal in ihrer Wohnung war, dachte ich, es ist Zeit, daß Karla aus diesem Mief rauskommt.

Wir hatten Glück. Ein älterer Kollege aus meiner Brigade nahm Karla bei sich auf, als seine Tochter zum Studium nach Berlin ging. Ich bin jetzt doppelt froh, daß sie gut aufgehoben ist ... Ich erinnere mich noch deutlich an den Tag, als wir ihre Sachen in das neue Zimmer brachten.

Es war ein Septembertag, nicht kalt und nicht warm. Seit dem Morgen hatte es immerzu geregnet, und wir waren durchnäßt und in dieser sonderbaren Stimmung, halb bedrückt, halb froh, die man nach einem Auszug empfindet, der mehr ist als ein Wohnungswechsel.

Die Frau meines Kollegen hatte das Zimmer ganz bunt und nett hergerichtet. Sie mochte Karla gleich gut leiden. Wir hatten noch nicht ausgepackt Karla half in der Küche, und ich saß allein im Zimmer, auf ihren Koffern, und sah durch das Fenster den grauen Himmel und den Regen, diesen zähen, dünnen Landregen.

Ich fühlte mich auf einmal restlos fertig und kaputt. Bis hierher war ich also gekommen mit meinem schönen Ordnungssinn: Ich hatte Karlas Leben in Ordnung gebracht, und ich würde morgen und übermorgen und in fünfzig Jahren noch an anderer Leute Leben herummodeln und geraderücken und versuchen, Ordnung zu schaffen, aber ich war nicht imstande, in meinem eigenen Leben Ordnung zu schaffen.

Das war keine Sonntagsschwermut, und vermutlich hatte auch der Regen nichts damit zu tun. Ich war es müde, zu lügen. In der Viertelstunde, als ich auf den Koffern saß, habe ich zum erstenmal daran gedacht, zur Polizei zu gehen. Aber dann kam Karla wieder rein, und ich sah sie in der Tür stehen, klein und zart und mit ihrem wunderschönen blonden Haar über der Schulter, und plötzlich schien es mir unmöglich und unausdenkbar, mit ein paar Worten alles kaputt zu machen.

Ich sah ihr zu, wie sie im Zimmer herumwirtschaftete und die Kleider weghängte und ihre komischen kleinen Holztiere auf dem Nachttisch aufbaute. Sie war so glücklich. Dann brachte mein Kollege einen Blumenstrauß, und seine Frau kochte Kaffee, und wir saßen zusammen um den Tisch, und es war beinah wie eine Verlobung.

Ich konnte es Karla nicht sagen, an diesem Tag nicht und an allen folgenden Tagen nicht. Ich schob es auf. Die Wochen gingen hin, ich stellte mir Termine und schob die Termine immer wieder hinaus, aber die Sache selbst ließ sich nicht aus der Welt schieben ... und das übrige wissen Sie. Vorgestern hörte ich im Betrieb, daß sie mich zum Studium schicken wollen, weil sie Vertrauen zu mir haben und glauben, ich könnte ein guter Lehrer werden.

Ein schöner Lehrer! Ein schönes Vorbild! Ich habe sie jahrelang betrogen, ich habe Karla ein Jahr lang betrogen, ich kann mich jetzt nicht vor eine Schulklasse hinstellen und meine Schüler betrügen.

Ich sagte, ich wollte es mir überlegen. Ich habe es mir überlegt. Das ist alles, Herr Staatsanwalt.

9

Der Staatsanwalt stand am Fenster. Er hatte Martin den Rücken zugekehrt. Er stand schon eine Zeitlang in dieser Haltung, Martin konnte sein Gesicht nicht sehen, aber es war ihm recht, daß er nicht in das nur oberflächlich bekannte Gesicht sehen mußte, während er K. oder sich selbst von Karla erzählte, mit einer zärtlichen Zurückhaltung, die er für Sachlichkeit hielt.

„Sind Sie fertig?" fragte K.

„Ja, ich bin fertig", sagte Martin. Er schluckte trocken, er sagte: „Wenn es mildernde Umstände für mich gibt . . . ich meine, würden Sie sich ein bißchen für mich einsetzen?"

„Ja", sagte K. Er schloß nachdrücklich das Fenster und ging an seinen Schreibtisch zurück. „Wir werden ein Protokoll aufsetzen. Ich spreche dann mit meinen Kollegen über Ihren Fall." Über seine spärlichen Notizen gebeugt, warf er einen schrägen Blick auf Martin, er sagte mit einem Lächeln, das Martin in diesem Moment als unpassend oder sogar unangenehm empfand: „Ich würde Ihre Karla gern kennenlernen."

„Sie sitzt draußen", sagte Martin in abweisendem Ton.

K. öffnete die Tür zum Vorzimmer, er rief: „Zum Protokoll, bitte!"

Die Sekretärin kam. Sie ließ die Tür offen. Sie musterte Martin mit flüchtiger Neugier. Während sie die Wachstuchhülle von der Schreibmaschine hob, sagte sie: „Ihre Freundin hat pünktlich alle Viertelstunden nach Ihnen gefragt."

„Was haben Sie ihr gesagt?"

Die Sekretärin hob die Schultern. „Nichts. Ich mußte sie wegschicken."

„Weggeschickt? Aus dem Haus geschickt?" fragte Martin bestürzt, als sei er jetzt erst allein und durch ungewiß weite Räume von Karla abgeschnitten.

„Ich weiß nicht, ob sie aus dem Haus ist."

„Sind Sie soweit?" fragte der Staatsanwalt. Er begann zu diktieren.

Martin blickte bald auf die Finger der Sekretärin, bald auf ihr Gesicht, das ihm im Profil zugekehrt war; es zeigte nichts als mechanische Konzentration und blieb unverändert und unbeteiligt. Wer weiß, was für scheußliche Geschichten sie schon in die Maschine geschrieben hat, dachte Martin, und es gab ihm ein wenig Trost (obgleich er sich dieses schäbigen Trostes schämte) zu wissen, daß sie mit derselben unpersönlichen Kühle schon weit mehr und schlimmere Lebensläufe geschrieben hatte.

Er saß mit hängenden Schultern, die Ellenbogen auf die Knie gestützt, und betrachtete seine großen hornigen Hände, die ihm jetzt sonderbar fremd und nicht mehr ihm zugehörig erschienen, er dachte: Ich werde verrückt in der Zelle. Ich kann doch nicht immer nur die paar Schritte rumlaufen und vielleicht jede Woche ein Buch lesen. Ich verblöde. Die bloße Vorstellung genügt, mich verrückt zu machen. Ich werde mir vorkommen, als hätten sie mir die Hände abgehackt, wenn ich kein Werkzeug oder kein Buch mehr halten darf . . . Vielleicht gibt es Arbeit. Ich werde mich melden, so bald wie möglich.

Ich mache ja schon Pläne, dachte er verwundert. Er spähte durch die offene Tür ins Vorzimmer, und er wünschte heftig und gesammelt, als könnte er sie mit der Stärke seines Wunsches herbeiziehen, Karla möge ins Zimmer kommen, um — pünktlich nach einer Viertelstunde — wieder nach ihm zu fragen. Sie hat sich nicht wegschicken lassen, dachte er. Karla weiß, daß ich sie noch einmal sehen muß, und wenn sich hundert Sekretärinnen in den Weg stellen.

Manchmal kam die Stimme des Staatsanwalts zu ihm, und er horchte auf das Diktat, mit naiver Bewunderung für K.s Gedächtnis, der gedrängt und genau wiedergab, was er von Martin gehört hatte.

Zwei- oder dreimal fragte K.: „Richtig so?"

Martin nickte. Er nahm keinen Anteil mehr an der Niederschrift. Er hatte jetzt ein Gefühl von Fremdheit und oberflächlichem Erstaunen, als habe er nichts zu schaffen mit dem gewissen Martin D., von dessen Vergehen und Leben hier die Rede war.

Plötzlich auffahrend, rief er: „Es hat geklopft."

„Sie haben sich verhört", sagte K. und diktierte weiter.

Endlich reichte er Martin die sechs Schreibmaschinenseiten und seinen Füllhalter hinüber. „Unterschreiben Sie", sagte er, „Sie müssen jedes einzelne Blatt unterschreiben, nachdem Sie es durchgelesen haben. Auch die Durchschläge, bitte."

„Da haben Sie zwölf Autogramme von mir", sagte Martin, mit einem kläglichen Versuch, unbefangen zu erscheinen.

K. drehte sich nach einem niedrigen Regal um, auf dem zwei Telefone standen. Er nahm den Hörer ab. „Sie können dann solange rausgehen", sagte er.

„Danke", murmelte Martin. Er verließ das Zimmer. Erst an der Tür dachte er, dumpf erstaunt: Warum läßt er mich einfach rausgehen? Er muß sich verdammt sicher fühlen.

Dann öffnete er die Tür, er vergaß sein Erstaunen, er vergaß auch den Staatsanwalt. Auf der Bank saß Karla, zusammengekauert, als habe sie sich in den letzten zwei Stunden nicht von der Stelle gerührt. Er rief: „Karla!"

„Da bist du", sagte sie tonlos.

Martin setzte sich neben sie. Er faßte nach ihrer Hand. „Du bist eiskalt", sagte er. „Mein armes Mädchen ... du bist eiskalt und zitterst."

„Ich hätte mir eine Jacke mitnehmen sollen."

„Du kannst mein Jackett haben."

„Nein laß. Bitte, laß dein Jackett an, du kannst hier nicht im Hemd rumsitzen."

Martin rieb ihre Hände, er sah Karla unverwandt an. „Ist er wirklich so nett, wie du dachtest?" fragte sie.

„Er kann zuhören. Das ist mehr, als du glaubst; er hört zu und redet einem nicht andauernd dazwischen. Doch, es ist gut, daß ich gerade zu ihm gegangen bin. Ich hab schon damals im Betrieb gemerkt, daß er einer von uns ist."

„Hör auf, du tust mir weh", sagte Karla. „Deine Hände sind rauh wie Reibeisen." Sie beugte sich schnell hinab und küßte seine Finger, und Martin blickte auf ihren blonden Kopf, und er liebte sie so, daß es ihm das Herz umdrehte. „Ich hab auch von dir erzählt", sagte er.

„Alles? Auch, daß du mich liebhast?"

„Nicht so direkt. Ich hab ihm gesagt, daß du viel mutiger bist als ich und daß du ganz bestimmt auf mich warten wirst."

Nach einer Weile sagte Karla: „Wir hätten heiraten sollen. Nun kann ich dich nicht mal besuchen . . . Bloß wegen der blöden Sparerei. Bloß wegen der blöden Möbel."

„Nicht blöd", sagte Martin. „Wir müssen uns so schön und modern wie möglich einrichten. Wir müssen eine Wohnung mit Badezimmer und Balkon haben und den ganzen Tag Sonne. Unser Baby darf nicht in so einer Umgebung aufwachsen wie ich."

„Wenn du wiederkommst . . .", sagte Karla; sie unterbrach sich, als sie Martins Gesicht sah. Er hatte sich selbst nicht zugehört. Er redete nur, um zu reden, und er hätte ebensogut vom Wetter oder vom Boxkampf am vorigen Sonntag sprechen können. Sie lehnte sich eng an ihn und fühlte, wie rasch und hart sein Herz klopfte.

Martin legte den Arm um ihre Schulter und zog ihn auch nicht zurück, als zwei Herren in braunen Straßenanzügen den Korridor entlangkamen. „Die Staatsanwälte", flüsterte er, ohne Karla den Kopf zuzuwenden. Er saß sehr gerade, die Schultern zurückgedrückt, und starrte die beiden an — sie musterten ihn kurz und aufmerksam im Vorübergehen —, bis sich die Tür zum Zimmer 212 hinter ihnen geschlossen hatte.

Er erschlaffte. „Jetzt beraten sie über mich", sagte er und preßte Karlas Finger zusammen in einem Anfall atemloser Furcht.

Sie saßen lange schweigend, dicht aneinandergedrängt, und horchten angespannt, in der lächerlichen Hoffnung, sie könnten wenigstens einzelne Worte auffangen und den Beschluß daraus zusammensetzen wie ein Puzzlespiel.

Einmal fragte Martin:

„Wie spät ist es?"

„Bald sechs", sagte Karla.

„Bald sechs", wiederholte Martin. Sie sahen sich an. Sie erschraken gleichzeitig, als ihnen gleichzeitig bewußt wurde, wie wenig Zeit ihnen noch blieb. Sie verstanden nicht mehr, warum sie die kurze Frist ungenutzt verstreichen ließen und warum sie nicht die tausend Dinge sagten, die gesagt werden mußten. Sie begannen auch gleichzeitig zu sprechen, in dem Panikgefühl, kostbare Zeit und mehr als nur Zeit versäumt zu haben.

„Hab keine Angst", sagte Karla.

„Geh zu meiner Mutter", sagte Martin. „Geh oft zu meiner Mutter, hörst du?"

„Ich muß mit deinen Kollegen sprechen, mit deinen Freunden . . ."

„Wird mir sauer werden ohne Zigaretten."

„Sie dürfen nicht schlecht von dir denken, Martin."

„Wenn ich bloß ein Bild von dir hätte . . ."

„Ich schmuggle dir Zigaretten ins Gefängnis, glaubst du? Ich tu's."

„Vom Betrieb soll keiner zur Verhandlung kommen, sonst krieg ich kein Wort zu meiner Verteidigung raus."

„Ich hab dich so lieb", sagte Karla. „Mir tut alles weh vor Liebe."

„Ich muß dich noch einmal küssen, Karla. Komm, ich muß dich küssen." Er hielt sie so, daß er ihre sanften, taubengrauen Augen sehen konnte, die sich plötzlich verdunkelten, als er sie küßte. —

Staaatsanwalt K. kam selbst, um Martin zu holen, er sagte: „Meine Kollegen wollen sich noch mal mit Ihnen unterhalten."

Martin winkte dem Mädchen nur mit den Augen, als er ging; er lächelte, wie die Mutigen lächeln, ohne Mitleid mit sich selbst.

K. folgte ihm nicht sofort. Er betrachtete Karla, die aufgestanden war. „Sie sind also Fräulein Karla . . ."

Sie war rot im Gesicht. „Wird er sehr hart bestraft?" fragte sie geradezu.

K. sagte: „Mitleid ist nicht am Platze. Sie dürfen sich auch nicht durch — irgendwelche Gefühle bestimmen lassen, wenn Sie seine Tat beurteilen. 45 waren Sie noch nicht mal schulpflichtig, was? Also. An seiner Generation ist ein Verbrechen begangen worden, das Sie gar nicht ermessen können. Immerhin sollten Sie darüber nachdenken."

„Ich versteh schon", sagte Karla. „Martin hat es mir erklärt."

K. sah sie aufmerksam an. „Auch wir bedenken das bei der Urteilsfindung. Wir kleben nicht an Paragraphen, das müssen Sie mir glauben." Er gab Karla die Hand. „Na, dann . . ." Er zögerte, er schien noch etwas sagen zu wollen, aber er besann sich und schwieg. Er ging schnell und betont geschäftig in sein Zimmer zurück.

Karla blieb allein. Sie versuchte Martins Gesicht zurückzuholen und sein Lächeln, das sie mit Zuversicht erfüllte, mehr, als es ein Versprechen oder irgendwelche Beteuerungen vermocht hätten.

Sie war nun, unmittelbar vor der Entscheidung, ruhig geworden; eine Ruhe, die nicht aus Ergebung, sondern aus Stärke kommt. Die kurze Begegnung mit dem Staatsanwalt hatte sie ermutigt; nicht so sehr seine Worte als vielmehr seine freundlichen Blicke und seine Stimme. Sie hatte sich jetzt von der fatalen Vorstellung befreit (einer Vorstellung, zu der dieser kalte, dämmrige, totenstille Korridor mit den vielen Zimmernummern paßte), daß Martin durch sein Geständnis in eine Mühle gekommen sei, die ihn, einmal in

Gang gesetzt, unpersönlich und unbarmherzig zermahlen würde.

„Wir kleben nicht an Paragraphen", hatte K. gesagt. Bei diesem Satz war ihr wieder jener Paragraph 49 eingefallen, von dem Martin gesprochen hatte, und während sie darüber nachdachte, wie Martin, angestrengt sachlich, ihr die juristische Seite eines Falles auseinandergesetzt hatte, rückte ihr dieser Abend wieder näher; das war vorgestern gewesen.

10

Martin hatte Karla am Nachmittag nicht abgeholt; das war ungewöhnlich, aber nicht beunruhigend.

Karla war allein nach Hause gegangen. Sie hatte eine Stunde oder länger herumgetrödelt; sie konnte sich nie auf eine Arbeit konzentrieren, solange sie auf Martin wartete. Sie wartete auf seinen Pfiff unterm Fenster — schrill die ersten Takte von „Maryland" — und auf seine eiligen, metallisch klingenden Schritte im Treppenhaus (auf dem Rückweg pflegte er das Treppengeländer zu benutzen); Martin, der Karlas kindliche Einfälle belächelte, hatte sich nach Halbstarkenmanier die Sohlen seiner Straßenschuhe mit Eisen beschlagen lassen, und das verwegene Knallen schien ihm Genugtuung zu bereiten.

Gegen sieben Uhr brachte die Wirtin den Abendtee. Sie hatte wie immer eine zweite Tasse auf das Tablett gestellt. Karla trank langsam eine Tasse Tee, dann stellte sie die Kanne zwischen zwei Kissen, um sie heiß zu halten. Sie fing schließlich eine Näharbeit an. Um acht wurde sie ungeduldig; um neun war sie ernstlich besorgt und vergaß die zurechtgelegten Vorwürfe.

Martin kam nach zehn.

Karla saß bei einer kleinen Lampe an der Nähmaschine, und er sagte mechanisch: „Du verdirbst dir die Augen."

„Warum hast du mich so schrecklich lange warten lassen?"

„Ich mag nicht, wenn du noch so spätabends nähst. Was ist das für Zeugs?"

„Überschlaglaken", sagte Karla.

„Als wenn man den Kram nicht kaufen könnte . . ."

„Wenn ich Leinen kaufe und die Laken selbst nähe, wird es billiger." Karla riß den Faden ab und drehte sich zu Martin um. Sie sagte erschrocken: „Du siehst ganz krank aus, Martin."

Er war seit Stunden in den Straßen herumgelaufen. Er hatte sehr lange vor dem Haus gestanden, ehe er sich entschloß und vielleicht nur deshalb entschloß, weil eben ein Mieter schwankend und mit erfolgloser Hartnäckigkeit am Türschloß herumwirtschaftete.

„Nein, ich bin nicht krank", sagte Martin. Er stand blaß und steif im Zimmer, mit Schatten unter den hohen Backenknochen und struppig verwildertem Haar.

„Willst du dich nicht setzen?" fragte Karla. „Willst du mir keinen Kuß geben?"

Er schwieg.

„Ich hab Tee aufgehoben", sagte Karla. Sie ging auf ihn zu. Martin trat einen Schritt zurück. „Was ist los?" stammelte sie. Er sah aus, als sei er nur gekommen, um sich zu verabschieden.

„Setz dich hin", sagte er rauh. „Setz dich auf den Stuhl da und sieh mich nicht an. Ich hab dir was zu sagen."

Sie dachte zuerst nur daran, daß es zwischen ihnen vorbei sei, wer weiß warum, und ihr Herz setzte aus. Er sagte mit einer unbekannten spröden Stimme: „Kann sein, du schmeißt mich raus, wenn du es weißt. Aber wenn ich es dir heute nicht erzähle, dann erzähle ich es überhaupt nie."

„Ich würde dich nie rausschmeißen, ganz gleich, was du gemacht hast."

Er stellte sich hinter ihren Stuhl, er blickte unverwandt auf ihren Nacken und ihre schmalen, vornübergebeugten Schultern, und Karla fühlte seinen Blick wie eine Berührung oder vielleicht wie eine sehr starke Lichtquelle, heiß und kalt zugleich, dicht über der Haut. Er sagte seinen ersten Satz her, als habe er ihn auswendig gelernt. Sie machte eine schwache Bewegung, und Martin drückte sie auf den Stuhl zurück. Er ließ dann seine Hand auf ihrer Schulter liegen, während er sprach, mit dieser unbekannten spröden Stimme wie vorhin.

„Du warst noch ein Kind, als es passierte. Du weißt nicht, was die Nazis aus uns gemacht haben. Dich haben sie nicht mehr dressieren können mit ihrem Geschwätz von Blut und Ehre und mit ihren Landsknechtstrommeln und mit ihrer Sorte von heilig Vaterland und Heldentum.

Aber mich haben sie dressiert, und es gab niemanden, der mich warnte. Meine großen Brüder, die es besser wußten, waren an der Front. Und Mutter konnte sich nicht darum kümmern, was ich nach der Schule anstellte und wer meine Freunde waren. Sie ging waschen, und ihre Zeit und Kraft wurden aufgefressen durch die ewige Plackerei für uns. Ich war froh, wenn ich aus unserer engen, lauten, finsteren Wohnung rauskam und zu den Heimabenden gehen konnte.

Die Schule leistete auch ihr Teil, und das alles zusammen war der Grund dafür, daß ich mich so widerspruchslos von der Hitler-Jugend einfangen ließ. Ich versuche dir das zu erklären, Karla, damit du verstehst, was ich dir jetzt sagen · muß.

In den letzten Kriegstagen waren wir am Bahnhof eingesetzt. Auf einem zusammengeflickten Gleis kamen ab und zu noch Flüchtlingstransporte, um die wir uns kümmern sollten. Wir hatten auch die Aufgabe, Jugendliche im wehrpflichtigen Alter rauszuholen und an den Volkssturm weiterzuleiten. Ich glaube, man war damals, im April 45, mit sechzehn Jahren wehrpflichtig. Die meisten von uns waren bewaffnet; ich hatte mir eine Null Acht organisiert. Der Bahnhof war zerbombt, und wir verloren allmählich die Übersicht. Die Strecke war blockiert, und Waggons ohne Lok standen auf den Gleisen. Wir wußten nicht, wohin mit den Flüchtlingen, und wir schickten sie auf gut Glück in die Stadt, die nicht mal für ihre eigenen Einwohner genug Unterkünfte hatte.

Manchmal zeigten sich noch Streifen der Feldgendarmerie, die das Bahngelände nach Deserteuren durchkämmten. In der Stadt hatten sie ein paar aufgestöbert und gehenkt. Einer hing an einem Lichtmast gegenüber dem Bahnhof, mit einem Schild auf der Brust, und wir sahen ihn tagelang, mit seinem blau-schwarzen Gesicht und vom Wind bewegt wie eine grausige, menschenähnliche, schlotternde Puppe . . .

Bleib sitzen, Karla. Es kommt noch schlimmer.

Schlimmer war, daß wir kein Mitleid hatten. Schlimmer war, daß wir die Fahnenflüchtigen fanatisch haßten. Nein, ich darf nicht ‚wir‘ sagen, ich wage nicht, im Namen der anderen zu sprechen. Laß mich nur von mir sprechen . . . Ich kann diesen Haß heute nicht mehr begreifen oder nachempfinden, ich kann dir nur sagen: So war es, das dachte ich, das glaubte ich . . .“

„Was hast du geglaubt?“

„Alles. Schicksalsgemeinschaft. Stunde der Bewährung. Wunderwaffe. Und ich glaubte, daß die geflohenen Soldaten Verbrecher seien, Vaterlandsverräter . . . Du schüttelst den Kopf. Ich wußte, daß du es nicht verstehen wirst.“

„Du mußt mir nicht tausend Sachen erklären“, sagte Karla. „Ich finde das ekelhaft, hörst du?, ekelhaft, weil es nach Entschuldigung klingt, weil du deine Schuld verkleinern willst —“ Sie sagte plötzlich sehr laut, in einem unerwarteten Ausbruch von Ungeduld und Zorn: „Du sollst dich nicht entschuldigen. Du sollst mir sagen, was du gemacht hast, nichts weiter. Los, sag's doch, und mach mich nicht verrückt mit dem ganzen Herumgerede, mach mich nicht verrückt.“

Martin gab es auf, sich zu verteidigen. Er erzählte jetzt rasch, mit leiser und eintöniger Stimme: „Das war an einem Abend Ende April, als eigentlich schon alles zu Ende war, als der Krieg schon längst verloren war. Ich hatte mich draußen am Güterbahnhof rumgetrieben und war auf dem Rückweg, da wurde Fliegeralarm gegeben, und ich rannte, um zum Bunker zu kommen. Es war schon dunkel. Ich stolperte über die Gleise; meine Taschenlampe gab wenig Licht, das Glas war bis auf einen schmalen Spalt blau übermalt.

Ich kam an einer Reihe Waggons vorüber; die meisten waren ausgebrannt, aber zwei oder drei waren noch ziemlich in Ordnung, und in einem hörte ich ein dumpfes Geräusch, als ob irgendwas gefallen oder umgekippt wäre.

Ich blieb stehen und horchte, und fast im selben Augenblick brach ein Höllenlärm los, die Bomber waren über der Stadt, und die Flak feuerte. (Die Flakhelfer waren Jungs in meinem Alter, mußt du wissen, und sicherlich starben in dieser Nacht wieder eine Menge von ihnen.) Die Luft zitterte und schwankte, und ich wäre jetzt lieber zu den anderen geflüchtet, obgleich ich diese höllischen Bombennächte gewöhnt war.

Aber ich hatte die Pflicht, allem Verdächtigen nachzuspüren, und ich entschloß mich, den Waggon zu kontrollieren. Es war jetzt ziemlich hell, ein Netz von weißen Scheinwerferbahnen spannte sich unter dem Himmel, und das Mündungsfeuer der Flak zuckte am Horizont wie Wetterleuchten. In der Stadt brannte es. Ich kletterte aufs Trittbrett und schob die Tür zurück. Ich bin sicher, daß ich keine Angst hatte, vielleicht, weil ich mir keine Vorstellung machte von dem, was mich erwartete; vielleicht, weil ich bewaffnet war und besessen von Pflichtbewußtsein ... Ich war aber doch erschrocken, als ich in dem unsicheren Licht einen Mann erkannte, nicht jung und nicht alt, in feldgrauer Uniform ohne Achselklappen.

Er hatte leere Kisten im Halbkreis aufgestapelt. Er war genauso erschrocken wie ich. Wahrscheinlich hatte er gleich meine weiße Armbinde gesehen und wußte, was das für ihn bedeutete.

Zuerst konnte ich sein Gesicht nur in Umrissen erkennen, aber als ich meine Taschenlampe hochhob, sah ich, wie er den Mund bewegte und etwas sagte. Ich verstand nicht, was er sagte, und ich wollte es auch nicht verstehen. Die Einschläge waren jetzt viel näher als vor ein paar Minuten, und ich wollte so schnell wie möglich weg von hier — aber nicht ohne den Mann.

Wir starrten uns an, vielleicht eine Minute lang, vielleicht nur eine Sekunde, ich weiß nicht ... Wir waren Feinde, und es gab keine Verständigung zwischen uns, keine gemeinsame Sprache. Er haßte mich, ohne mich zu kennen und ohne zu wissen, was ich vorhatte, und ich denke, er haßte nicht mich, irgend so einen Jungen von fünfzehn, sondern die braune Uniform, in der ich steckte.

Und ich haßte ihn, weil die Einschläge immer näher kamen und weil draußen Bomben fielen und meine Mutter und meine Geschwister vielleicht schon verschüttet und erschlagen waren und weil mein Bruder gefallen war und wer weiß wie viele Soldaten in diesem Augenblick an den Fronten starben ... Verstehst du, ich haßte den Mann, weil er vor dem Sterben weggelaufen war und sich hier einen Schlupfwinkel baute und überleben wollte, während wir anderen bereit waren, uns zu opfern. Wirklich, wir waren bereit, wir hatten nicht gelernt, ,warum?‘ und ,für wen?‘ zu fragen, Vernunft war in dieser Zeit der hysterischen Endsiegparolen ein Fremdwort geworden.

Hör zu, Karla: Ich kann nicht meine Hand dafür ins Feuer legen, daß es so und nicht anders gewesen ist, und ich kann nicht nach vierzehn Jahren Gefühle und Gedankengänge rekonstruieren, mit denen ich heute nichts mehr zu tun habe. Es sind nur noch Fetzen von Erinnerung da, Stückchen von Bildern, die sich nicht mehr zu einem vollständigen Bild zusammensetzen lassen ...“

Karla unterbrach ihn wieder, sie sagte fremd und streng: „Du hast ihn also ausgeliefert.“

„Ja“, sagte Martin. Er wischte sich mit dem Handrücken den Schweiß von der Stirn. „Ich war verrückt vor Wut und Todesangst. Die Bombennacht hat mich verrückt gemacht ... Ich schrie dem Mann zu, er sollte die Hände hochheben und mitkommen. Ich hatte meine entsicherte Pistole in der Hand, und dem Mann blieb nichts anderes übrig, als mitzukommen. Er versuchte nicht einmal, zu fliehen; ich glaube, er war überzeugt, daß ich bei der geringsten Bewegung schießen würde."

Er verstummte.

„Weiter", sagte Karla.

„Das Ende kennst du." Er sprach, als lese er Sätze aus einem Bericht ab. „Ich habe ihn einer Streife übergeben. Ich bin sicher, der Mann ist erschossen worden. Ich bin zu den anderen zurückgegangen. Ich bin ganz langsam gegangen. Es wäre mir gleichgültig gewesen, wenn es mich jetzt getroffen hätte. In der Nacht wurde der Bahnhof noch einmal bombardiert. Auch der Waggon war ausgebrannt."

Nach ein paar Minuten stand Karla auf; sie betrachtete Martin prüfend, sehr genau und mit einem Erstaunen, als müßte sie sich vergewissern, ob er noch dasselbe Gesicht trug wie vor einer Viertelstunde.

Sie sagte: „Du hast einen Menschen auf dem Gewissen, Martin."

„Er wäre in der Nacht sowieso umgekommen", sagte Martin verzweifelt.

„Vor mir brauchst du dich nicht zu verteidigen", sagte Karla, und ihre Nüchternheit war für Martin schmerzlicher als Tränen und laute Anklage. „Was willst du tun?"

„Zur Polizei gehen", sagte Martin. Vielleicht erwartete er Widerspruch, aber Karla nickte nur, und er fuhr fort: „Ich hab im Strafgesetzbuch geblättert, und ich glaube, für mich kommt der Paragraph 49 in Frage. Auf Beihilfe zum Mord steht Zuchthaus — bis lebenslänglich."

„Lebenslänglich", wiederholte Karla. Sie sahen sich an, Martin sagte halblaut: „Vielleicht ist es verjährt."

„Verjährt oder nicht verjährt", sagte Karla, „wir müssen zur Polizei gehen."

„Danke für das ‚wir‘", sagte Martin.

In einem Moment, als er nicht mehr damit gerechnet hatte, begann Karla zu weinen, und Martin saß neben ihr und streichelte ihren Arm; er wagte nicht, sie zu trösten.

184

Endlich sagte er: „Ich weiß ja, daß es 'ne Schweinerei war, dich so lange zu belügen ..."

Karla schüttelte heftig den Kopf. „Darum weine ich nicht. Nicht so sehr darum ..." Sie wandte ihm ihr nasses, verweintes Gesicht zu. „Ich weine, weil es mir nichts ausmacht. Ich kann mir nicht helfen, es macht mir nichts aus, Martin, und ich glaub's auch nicht. Wenn ich dich sehe und deine Stimme höre, dann ist mir, als ob diese ganze Geschichte nichts mit dir zu tun hat. Ich kenne dich doch, nicht wahr? Siehst du, aber den Martin, der einen Menschen ausgeliefert hat, kenne ich nicht, er ist tot oder weit weg, er ist einfach verlorengegangen in den vielen Jahren."

„Ich weiß nicht, ob man das so trennen darf", sagte Martin unsicher.

„Aber ich trenne es", sagte Karla. „Und wenn es hundertmal falsch und unerlaubt ist, ich trenne es."

„Trotzdem willst du mit zur Polizei gehen."

„Ja, trotzdem", sagte Karla. „Wegen der Gerechtigkeit. Wegen deiner Selbstachtung. Weil du nicht mit mir allein lebst, auf irgendeinem Stern; du bist es den anderen schuldig."

„Am Freitag hat der Staatsanwalt Sprechstunde."

„Erst übermorgen", sagte Karla.

„Schon übermorgen", sagte Martin. Warum habe ich gesagt: Erst übermorgen? dachte Karla betroffen. Vielleicht wünschte ich, daß wir alles so schnell wie möglich hinter uns bringen.

Die Stunden waren zerstoben wie die leichten Fiederpfeile einer Pusteblume im Wind. Zwei Tage, die abgeblüht waren, ohne eine Spur zu hinterlassen. Jedenfalls hatten sie keine sichtbare Spur hinterlassen, und Karla fand nichts, was zu verfolgen und festzuhalten sich lohnte.

Sie dachte: Jetzt wünschte ich, wir hätte uns noch eine Woche Zeit gegönnt (nicht, um den Entschluß zu überprüfen und womöglich zu widerrufen) und ich wünschte, wir hätten diese Woche so gelebt, daß wir hinterher kein Bild und kein Gedächtnis mehr gebraucht hätten. Aber vielleicht gibt es das in

Wirklichkeit gar nicht — schon jetzt kriege ich sein Gesicht nicht mehr zusammen, mein Gott, ich kriege es nicht mehr zusammen . . .

Das streng zugeschnittene Stück Himmel war nun apfelgrün verfärbt, mit einem dünnen Saum von Orange über dem westlichen Dach. Es war halb sieben durch, die Konturen der Dachfirste verschwammen, weich und unbestimmt bräunlich; auch der Straßenlärm verschwamm.

I I

„Wir rechnen es Ihnen an, daß Sie sich freiwillig unserer Justiz gestellt haben", sagte K., tönend wie im Gerichtssaal, mit dienstlich trockenem Pathos. „Wir haben den Eindruck, daß Sie aus den Fehlern der Vergangenheit gelernt und Ihre Konsequenzen gezogen haben. Als Staatsbürger der Deutschen Demokratischen Republik haben Sie sich nicht nur loyal verhalten, sondern aktiv beim Aufbau unserer neuen Ordnung mitgeholfen.

Wir haben deshalb beschlossen, kein Verfahren gegen Sie einzuleiten."

Martins Gesichtsausdruck veränderte sich nicht. Irgendwo in seinem Kopf antwortete ein dumpfes Echo: . . . kein Verfahren . . ., aber es war nur ein unverständlicher Laut, und er blickte mit stumpfen Augen auf den Staatsanwalt.

K. wartete, und da Martin beharrlich schwieg, fuhr er fort: „Ich denke, wir sollten es Ihnen freistellen, mit Ihrer Betriebsleitung darüber zu sprechen, ob Sie Ihr Studium aufnehmen oder nicht."

„Ich bin dagegen", sagte Staatsanwalt B., ein kahlköpfiger Mann mittleren Alters mit schmalem schwarzem Lippenbart. „Meines Erachtens hat Herr D. ein für allemal das Recht verwirkt, an unserer Schule zu lehren."

„Ich habe keine Bedenken", widersprach R., der jüngste der

Staatsanwälte. „Wenn man nach einer halben Stunde Bekanntschaft urteilen darf, so würde ich sagen, daß er das Zeug hat, ein guter Lehrer zu werden."

„Sie urteilen subjektiv", sagte B. kühl.

„Ich möchte Sie bitten, meine Haltung nicht als subjektiv abzutun." R. richtete seine schönen grauen, dringlichen Augen auf Martin. „Sie müssen selbst entscheiden. Fragen Sie sich, ob Sie eine solche Verantwortung übernehmen wollen, und wenn Sie sich zu einem Entschluß durchgerungen haben, dann stehen Sie dafür gerade." Er wiederholte nachdrücklich: „Ich jedenfalls habe keine Bedenken."

Staatsanwalt R. war ungefähr im gleichen Alter wie Martin. Sein leidenschaftlich interessiertes Gesicht — unter einer breiten, stark gewölbten Stirn — war für Martin eine tröstliche Zuflucht während der letzten halben Stunde gewesen. Dabei hatte R. ihn nicht weniger streng und unbestechlich befragt und ausgeforscht als Staatsanwalt B.; aber während ihn B.s kühle dunkle Augen ohne Wohlwollen musterten, hatte R. seinen Bericht mit einer Anteilnahme verfolgt, die Martin das niederdrückende Gefühl nahm, als „der Fall D." hier zu sitzen.

Martin hatte sich bei seinen Antworten schließlich nur noch an R. gewandt, und er hatte sich gefragt, ob R. vielleicht einen ähnlichen Weg gegangen war wie er selbst, oder ob R.s Haltung von einer natürlichen Solidarität zwischen jungen Leuten bestimmt war.

„Sie können nach Hause gehen", sagte K.

Martin blieb sitzen, es dauerte eine Weile, ehe der Satz in sein Bewußtsein drang. Er stand auf. Er gab jedem der Staatsanwälte die Hand.

K. hielt Martins Hand fest, er sagte: „Wir haben Vertrauen zu Ihnen, verstehen Sie, und wir erwarten, daß Sie unser Vertrauen rechtfertigen."

Martin nickte. Er ging zur Tür. Er blieb stehen und drehte sich um.

„Danke", sagte er.

Er ging vorsichtig und schwerfällig durch das Vorzimmer, mit dem Empfinden, als seien seine Beine unter den Knien abgeschnitten, und die Zimmerwände, schiefgeneigt, drehten sich um ihn.

12

Karla sprang auf und lief Martin entgegen. Sie warf ihm die Arme um den Hals. „Du kommst allein", flüsterte sie und blickte über seine Schulter auf die Tür.

„Er hat gesagt, ich kann nach Hause gehen."

Sie trat einen Schritt zurück. Einen Augenblick war ihr Gesicht fast töricht vor Glück. Sie streckte ihren Arm aus. „Tu mir weh", sagte sie. „Ganz sehr. Du mußt mir weh tun, damit ich es glaube . . ."

Martin rührte sich nicht und sagte nichts. Karla nahm seine Hand und führte ihn durch den Korridor und die Treppe hinab. Sie traten durch das Tor, aus einer fensterlosen Vorhalle in das fliederblaue, zerfließende Licht des frühen Abends.

Karla übersprang die drei Stufen. Sie wandte sich um, mit strahlendem Gesicht, und sah, wie Martin sich auf die oberste Treppenstufe setzte, erschöpft und langsam, und wie er mit einer müden, ganz einsamen Bewegung die Arme auf den Knien verschränkte und den Kopf auf die verschränkten Arme legte.

Karla ging zurück, und sie stand über ihn gebeugt und sprach leise auf ihn ein, sinnlose, zärtliche, unzusammenhängende Worte.

(1960)

Die Geschwister

I

Als ich zur Tür ging, drehte sich alles in mir.

Er sagte: „Das vergesse ich dir nicht." Er stand gerade und ohne Bewegung mitten im Zimmer, er sagte mit einer kalten, trockenen Stimme: „Das werde ich dir nicht verzeihen."

Ich fand die Klinke, und draußen im Korridor hielt ich mich eine Weile an der Klinke fest, während ich auf seine Stimme wartete, auf einen Fluch oder darauf, daß er seinen Schuh gegen die Tür warf.

Früher hatte er mit den Schuhen nach mir geworfen, wenn wir uns zankten, oder sogar mit einer Vase, und einmal, als ich ihn auf dem Balkon aussperrte, schlug er mit der Faust in die Glasscheibe. Damals, weit zurück, war er sehr jähzornig, und manchmal fürchtete ich mich vor ihm; jetzt wäre mir sein Jähzorn aber lieber gewesen als diese kalte, trockene Ruhe.

Ein paar Minuten lang blieb ich im Korridor stehen. Durch das offene Fenster sah ich die feuchten Äste des Nußbaums vorm Haus und die krausen Blattspitzen. Im Sommer wölben sich die Zweige dunkelgrün und schwer über die Treppe, und die Blätter ticken ans Fenster, wenn der Wind geht. Heute ist der Dienstag nach Ostern; die Forsythien sind schon verblüht. Morgen wäre Uli abgereist.

Es blieb still im Zimmer, und schließlich ging ich auf Zehenspitzen zur Küche, auf dem roten Kokosläufer — solange ich zurückdenken kann, liegt ein roter Kokosläufer im Korridor, alle vier oder fünf Jahre ein neuer, nur in den Jahren nach dem Krieg war er schäbig und grau und abgetreten. An den Wänden hängen auch immer noch dieselben Drucke, Liebermann und Leibl; die Landschaften van Goghs, die ich meinen Eltern geschenkt habe, liegen in einer Schreibtischschublade unter alten Schulzeugnissen und den säuberlich abgehefteten Briefen und Postkarten, die wir während unserer Studienzeit schrieben.

In der Küche setzte ich mich auf das Schuhschränkchen, und als ich eine Zigarette anzündete, sah ich, wie meine Hände zitterten. Ich glaube, ich hatte nicht erwartet, daß Uli so reagieren würde, und ich fragte mich, ob ich überhaupt etwas erwartet oder vorausberechnet hatte, als ich heute morgen zu Joachim hinüberlief, nur über die Straße, über den gepflasterten Hof und die enge, düstere, mit Messingleisten beschlagene Treppe hinauf. Er wohnt schräg gegenüber, in einem häßlichen Mietshaus, das ein kleiner Geschäftsmann hier am Stadtrand gebaut hat.

Ich fragte mich nun sogar, warum ich zu Joachim hinübergelaufen war, und während ich auf dem niedrigen Schuhschrank saß und rauchte und mißtrauisch meine Hände beobachtete, versuchte ich mir darüber klarzuwerden, was ich für Uli empfand, jetzt, ein Viertel nach acht Uhr, in der Küche voll Morgensonne ... Die ganze Zeit sah ich sein Gesicht mit dem kräftigen Kinn und mit dicken, schwarzen, flachen Brauenbögen und den hellbraunen Augen, die mit dunkleren Pünktchen wie Rostflecken gesprenkelt sind. Ich bin vierundzwanzig, ein Jahr jünger als er, und durch all die Jahre war mir sein Gesicht nah und vertraut — nur im letzten Jahr, seit den Sommerferien, wenn ich mich recht erinnere, fand ich zuweilen einen Ausdruck von Härte, der mir fremd und quälend unverständlich blieb.

Wenn ich meinen Freunden von ihm erzählte — ach, und sie belächelten meinen zärtlichen Überschwang, ich weiß —, dann sagte ich: Er ist schön, der schönste Junge, den ich kenne. Er ist klug, viel klüger als ich. Er hat sein Abitur mit Auszeichnung gemacht. Er ist der Beste in seiner Seminargruppe. Die Mädchen laufen ihm nach. Er ist stark, ein gewandter Sportler. Er liest viel. Er geht oft ins Konzert. Wir lieben uns.

Sie lachten: Zeig uns mal dein Wunder von einem Bruder.

Uli studierte zu der Zeit in R., an der Ostseeküste, und ich besuchte die Kunsthochschule in D., und dazwischen lagen fünfhundert Kilometer Eisenbahnstrecke. Im letzten Jahr prahlte ich nicht mehr so laut mit ihm, ich sagte aber immer noch: Wir lieben uns.

Ich drückte die Zigarette aus. Auf einmal dachte ich, vielleicht liebe ich in Uli nur etwas Vergangenes, halb Vergessenes, Kindheit, die mir die Erinnerung als ein Idyll vorgaukelt, und obgleich ich das Gaukelspiel durchschaue und hundert nüchterne Einwände habe, blicke ich mit einer Art sentimentalen Vergnügens auf den zuckenden Filmstreifen der Erinnerungen, auf diese Folge kolorierter Genrebildchen:

Blühende Kirschbäume im Garten, der Sandkasten, die roten und gelben blechernen Förmchen; eine mit Efeu bewachsene Mauer, an ihrem Fuß zwischen breitblättrigen, violett blühenden Kletterpflanzen sammeln wir Schneckenhäuser im feuchten schwarzen Mulm; die Laube im Garten eines Spielkameraden, dessen Namen ich vergessen habe, wir hocken im Heu, spröder Duft, wir rauchen getrocknetes Weinlaub in kurzen indianischen Tonpfeifen; der Balkon, Julihitze, ein blau-weiß gestreifter Sonnenschirm, die grünen Blumenkästen überwuchert von Petunien, es ist Mittag, wir warten auf unseren Vater, der mit dem Fahrrad aus seinem Verlag herüberkommt, wir kennen sein Klingelzeichen, wir winken und schreien; eine Zimmerstrecke in der Nachbarschaft, wo roh zusammengeschlagene Loren auf Schienen um den Holzplatz fahren, und es duftet nach frischem Holz, wir spielen Trapper und Indianer und werfen mit Tomahawks; ein Winterabend, meine Mutter, rundlich und schwarzhaarig, sitzt im Korbsessel vor ihrem Nähtischchen und liest Andersens Märchen vor, hinter dem Fenster fällt die Dämmerung, es schneit...

Und immer war Uli dabei. Später konnten wir Andersens Märchen selbst lesen, gemeinsam, auf einer Fußbank dicht aneinandergerückt, und wir sahen die kleine Seejungfrau mit ihrem im Wasser treibenden langen Haar und rosigen Muscheln um den Hals und die chinesische Nachtigall und den Kaiser mit unendlich langen Fingernägeln und einem dünnen gelben Schnurrbart, der ihm bis auf die Brust hängt. Und noch viel später lasen wir „Jimmy Higgins" und weinten, und wir lasen Gladkows „Zement" und das „Siebte Kreuz" und die „Räuber" und Stendhals „Rot und Schwarz" — immer gemeinsam, immer von den gleichen Gedanken, den gleichen Gefühlen bewegt. Und ganz zuletzt, es war im Jahre 1956, stritten wir erbittert über die „Sonnenfinsternis" von Koestler, und danach schien es mir zuweilen, als sei Uli nicht wieder aus dem Schatten der Sonnenfinsternis herausgetreten, während ich längst zu Gleb Tschumalow zurückgekehrt war und zu Dascha und Tschibis.

Vom Krieg weiß ich nichts mehr außer dem dumpfen Brummen der Bomberpulks und weißen Scheinwerferbahnen vor dem Nachthimmel. Wir schliefen oft im Keller, Uli und ich auf einer Pritsche, und morgens sammelten wir die Silberpapierstreifen, die von den Amerikanern abgeworfen wurden. Manchmal war der Himmel rot. Zu den Kindergeburtstagen gab es nicht mehr Erdbeeren und Schlagsahne und nicht einmal die ulkigen schokoladenbraunen Puddingfische.

Der Kunstverlag, in dem mein Vater arbeitete, wurde als *kriegsunwichtiger Betrieb* geschlossen. Irgendwann brachten wir Vater zum Bahnhof, meine Mutter weinte. Einmal kam eine Jüdin zu uns, um sich zu verabschieden. Sie trug einen gelben Stern auf dem Mantel und hatte krauses Haar, ganz grau, obgleich sie so jung war wie unsere Mutter. Sie sagte, sie sollte nun auch *verschickt* werden, und sie stand unten an der Treppe und weinte.

Meine Mutter ist die Tochter eines Schuhfabrikanten, sie verkehrte in den Häusern der reichen jüdischen Familien in unserer Stadt, auch während der Nazizeit, auch als die Fabriken dieser Familien *arisiert* wurden und als es eine Schande war, in die Wohnung eines Juden zu gehen. Meine Mutter war ganz unpolitisch. Auch mein Vater war unpolitisch, er ging aber nicht mehr zu den jüdischen Bekannten; er verachtete die Nazis und nannte Hitler einen Emporkömmling, jedoch war er ein vorsichtiger Mann und hatte Familie ... Das alles habe ich erst lange nach dem Krieg erfahren oder aus

Bruchstücken von Gesprächen zusammengesetzt. Wir waren ja noch klein; nur der Älteste, Konrad, trug mittwochs und sonnabends das braune Hemd der Hitlerjugend; er ging dann zum *Dienst.*

An einem Abend — es muß Anfang 1945 gewesen sein — ist nebenan ein fremder Soldat. Uli äugt durchs Schlüsselloch, er sagt: Bloß Gefreiter. Wir kauern in unseren Kinderbetten. Drüben spielt das Radio, und plötzlich ist die Musik weg, und wir hören die vier dumpfen Paukenschläge (man kennt das, und man kennt das Getue der Erwachsenen: Warum stehen die Kinder hier noch rum? Bringt doch die Kinder ins Bett!), die vier Paukenschläge und „Germany calling..." Uli, der dem Ältesten öfter Vokabeln abhören darf, sagt: Germany heißt Deutschland.

Endlich geht der fremde Soldat weg. Er ist aber kein Soldat mehr, er trägt einen Anzug von unserem Vater. (Und ich bin nicht sicher, daß meine gutherzige, unvorsichtige Mutter damals wußte, was sie tat. Ich habe sie nie danach gefragt. Wahrscheinlich hat sie selbst den fremden Soldaten vergessen, der bloß Gefreiter war.)

Ein sonniger Nachmittag: Wir fangen flinke, langgeschwänzte Kaulquappen in einem Tümpel nahe der Bahnlinie. Ein Eisenbahner hastet vorbei. Schert euch nach Haus, die Russen kommen. Wir rennen. Im Fenster vom Kinderzimmer hängt schon ein weißes Bettlaken.

Uli und ich hocken auf der Treppe, eng umschlungen. Wir werden zusammen sterben.

Durch die Straßen rasseln Panzer, T 34, sagt der Älteste; er hat im Garten einen Dolch vergraben, auf dem steht: BLUT UND EHRE. Die ganze Nacht jagen Panjewagen vorbei, die Pferde traben in hochbogigen hölzernen Geschirren. Am nächsten Tag werden russische Offiziere bei uns einquartiert. Konrad geht stumm und finster durchs Haus. Mutter schläft bei uns im Kinderzimmer. Die Offiziere bleiben Wochen, Monate, ein halbes Jahr...

Am liebsten mögen wir den Oberleutnant Wassili Iwano

witsch. Er ist blond und mager, und wenn er lacht, fallen ihm die Haarsträhnen ins Gesicht. Er bringt Speck und Weißbrot in die Küche. Manchmal zündet er auf dem Hof ein Holzfeuer an und brät Schaschlik — Hammelfleisch und Tomaten und Zwiebelscheiben am Spieß —, und wir sitzen mit tränenden Augen im Rauch und werfen die heißen Fleischstücke von einer hohlen Hand in die andere. Wassili hat jeden Abend Gäste. Irgend jemand spielt Ziehharmonika, stundenlang dieselbe eintönige Melodie. Wenn Wassili betrunken ist, tanzt er Hopak, und die Dielenbretter dröhnen.

Vor Grischa, der in Vaters Arbeitszimmer wohnt, haben wir Angst. Sonntags sitzt er, nur mit seiner olivgrünen Stiefelhose bekleidet, auf dem umgestürzten Kleiderschrank, den Gott weiß wer auf das Stiefmütterchenbeet im Vorgarten geschleppt hat. Grischa hat einen schwarzen Schnauzbart und schwere Augenlider, er sitzt da, raucht Pfeife, schweigt, raucht und starrt uns feindselig an. Einmal, in der Küche, erzählt Wassili: Die Faschisten haben Grigoris Frau erschossen. Sie haben seinen kleinen Sohn erschossen ... Meine Mutter wird blaß, wenn sie Grischa begegnet.

Im Winter fährt Wassili fort, zurück nach Kiew. Er wird wieder als Ingenieur arbeiten.

Wir haben Hunger. Meine Mutter verkauft Schmuck und Bettwäsche und die Porzellanfigürchen aus dem Glasschrank. Sie zeigt uns die gekreuzten blauen Schwerter: Meißener. Das hat euer Großvater gesammelt. Wenn er wüßte ... Sie hat kein Talent zum Geschäftemachen; sie bringt ein Beutelchen Korn mit, ein Brot, einen Rucksack voll Kartoffeln.

Sommerferien. Ein Stoppelfeld, über dem die Luft zittert, Sonne, Staub, der strohige Geruch. Wir lesen Ähren, barfuß und gebückt, und wenn niemand ringsum zu sehen ist, rupfen wir Halme aus den aufgestellten Mandeln ... Zu Haus, im Speisezimmer, ist es kühl, durch die Spalten der Jalousie fließt rotes Abendlicht. Auf dem Tisch liegt ein Damasttuch, wir essen mit silbernen Löffeln: grobe braune Pferdebohnen. Uli sagt: Mach mal die Augen zu. Er hat mir rasch ein paar Löffel voll Bohnen auf den Teller geschaufelt. Du bist ein Mädchen, du bist doch schwächer. Abends lege ich eine Scheibe trocken Brot unter sein Kopfkissen. Du bist ein Junge, Jungs essen mehr.

Wenn Schnee fällt, tragen wir, einen über den anderen Tag abwechselnd, dasselbe Paar Schistiefel.

Eine Nacht im Juni: Wir warten im Bahnhofspark, die Büsche glänzen lackgrün unter einer im Wind schaukelnden Lampe. Ich halte Ulis Hand fest, als der dünne, schüchterne Mann auf uns zukommt. Er umarmt uns, über sein Gesicht laufen Tränen. Ein Fremder in zerlumpter Uniform, der beim Sprechen mit der Zunge anstößt; nun soll man also „Vater" zu ihm sagen — er hat aber nichts zu tun mit dem jungen Mann, der uns früher Schokoladenzigarren mitbrachte und aus seinen Klubsesseln einen Wigwam für Winnetou und Mine-Haha baute.

Wir gehen Hand in Hand hinter den Erwachsenen her, wir müssen jetzt zusammenhalten gegen den Heimkehrer. Mutter sagt: Die Kinder wachsen mir einfach über den Kopf. Der Heimkehrer wird sich nun wieder um unsere Erziehung kümmern, er hat vier Jahre lang nur unsere Photogesichter gekannt, was weiß der schon . . .

Neulich fand ich auf dem Boden, in unserer alten Spielzeugtruhe, die Heimkehrerstiefel aus Segeltuch, mit einer dikken Holzsohle, und es fiel mir schwer aufs Herz, daß wir Vater die Jahre nach der Gefangenschaft vergällt haben. Wir waren unserer armen Mutter wirklich über den Kopf gewachsen und fühlten uns nun in unserer dreisten Selbständigkeit bedroht, und der Älteste konnte lange Zeit seinen Blut-und-Ehre-Dolch und den Dienst in der Hitlerjugend nicht vergessen. Vater aber, der Schreibtischmann, hatte in den Wäldern um Jaroslawl Bäume gefällt und in Kolchosen Kartoffeln gerodet, er hatte in Antifa-Zirkeln gelernt und war Tausende Kilometer durch die Sowjetunion gefahren, und er sagte: Wir haben so viel wiedergutzumachen

Später wendete sich das Blatt, wir stritten Abend für Abend: Deine Generation ist schuld, ihr habt Hitler gewählt. Du bist schuld.

Ich habe Hitler nicht gewählt, ich war immer gegen die Nazis.

Du hast aber nichts gegen sie getan.

Was konnte ich allein denn tun? Ich mußte eben mitmachen.

Es gibt andere, die nicht mitgemacht haben. Aber ihr: die Stellung, die Familie, die Existenz .... Und da sollen wir noch Respekt vor unseren Eltern haben!

Wir waren unversöhnlich und ohne Mitleid, und schließlich gab es mein Vater auf, sich zu verteidigen. Wir gingen damals in die Oberschule, und die ganze Zeit ernährten und kleideten uns unsere Eltern von ihren lächerlich geringen Löhnen, sie arbeiteten schwer, sie lernten, sie jammerten nicht; über Geld wurde, Gewohnheit aus vergangener Zeit, nicht gesprochen.

Meine Mutter, die es früher *nicht nötig* gehabt hatte, lernte Stenographie und Schreibmaschine und wurde Sekretärin. Sie ist heute Sachbearbeiterin beim Rat des Kreises, eine muntere, immer noch schwarzhaarige Frau; man gibt ihr vierzig Jahre, sie ist aber schon fünfzig.

Der Verlag existierte nicht mehr, für den mein Vater Aufsätze über deutsche Bauten geschrieben und Bildbände zusammengestellt hatte: Tizian und Raffael, Goya, Rembrandt und Frans Hals. In den wirren, allerlei zweifelhaften Unternehmen so günstigen Nachkriegsjahren war er Vertreter bei einer Firma mit klingendem Namen und ohne Kapital. Nach der Währungsreform ging er als Arbeiter in ein Textilwerk, nahm ein Fernstudium auf, das er als Ingenieur-Ökonom abschloß, und ist heute Planungsleiter in eben jenem Textilbetrieb. Er ist ein umsichtiger, beweglicher kleiner Herr, der keinen Feierabend kennt und ein halbdutzendmal für seine Verbesserungsvorschläge ausgezeichnet worden ist; er hat häufig Rückenschmerzen und vegetative Störungen und noch ein paar der Krankheiten, die man heute Managerkrankheiten nennt.

Wenn ich abzuwägen versuche, ob wir in den fünfzehn Jahren nach dem Krieg unser Teil geleistet haben, dann scheint es mir, als seien eigentlich Vater und Mutter *uns* über den Kopf gewachsen. Wir haben gegen sie rebelliert, wir haben sie als Kleinbürger und Mitläufer beschimpft — aber was wissen wir schon von unseren Eltern?

2

Die Küche ist weiß gekachelt und versucht sachlich auszusehen. Aber da hängt ein altmodisches Eierschränkchen aus blaubemalten Delfter Kacheln, über dem Stuhl liegt eine rote Schürze, Uli hat seine Hausschuhe in eine Ecke geworfen, es gibt einen bunten Kalender und Stapel von Zeitungen auf dem Schrank, und die Küchenuhr hat ein freundliches Porzellangesicht...

Von der Uhr konnte ich meine Unruhe ablesen; ich hatte eine Viertelstunde hier gesessen, die mir sehr lang erschien in der überdehnten, aufdringlichen Stille. Ich horchte, sogar mit den Augen, mit dem Mund, mit den gespannten Schultern. Ich hörte ihre Stimmen nicht, und in einem Gefühl von Niedergeschlagenheit und Ungeduld dachte ich, daß die beiden noch kein Wort gesprochen und sich nicht einmal angesehen oder nur einander zugewandt hatten: Uli steht mitten im Zimmer und am Fenster Joachim, mager, sehr groß, in seiner schlechten Haltung. Als ich vorhin aus dem Zimmer ging, hat er das Gesicht weggedreht, zur Straße hin, die ungepflastert und mit Pfützen gesprenkelt ist. Obgleich ich sein Gesicht nicht sah, wußte ich, daß er rot geworden war. Er war auch an dem Abend, als er uns in der Bar fand, rot geworden; ich glaube, er fühlte sich verantwortlich für unsere Ausschreitungen. Das war vorgestern, am Ostersonntag.

Uli hatte mich in die Tanzbar eingeladen, die einzige in unserer kleinen Stadt, er hatte gesagt: „Aber deinen Apostel nehmen wir nicht mit." Er verbesserte sich gleich: „Sicher, er ist ein fabelhafter Bursche. Er ist genehmigt, das weißt du. Aber heute will ich mit dir allein ausgehn, ohne den dritten Mann. Vielleicht", setzte er hinzu und lachte dabei, „vielleicht ist es das letztemal."

„Du willst doch nicht etwa heiraten?" fragte ich und lachte auch, und dabei war ich schon eifersüchtig.

Er sah mich an. „Ich habe immer noch die blödsinnige Hoffnung, ich würde ein Mädchen finden, das dir ähnlich ist."

„Vorläufig heirate ich ja nicht", sagte ich schnell.

„Ihr seid ein komisches Liebespaar. Ihr seht euch alle Vierteljahre einmal, und schon auf dem Bahnhof fangt ihr an, euch zu zanken", sagte Uli.

„Aber wir zanken uns doch nicht."

„Nenn's, wie du willst. Ihr diskutiert. Noch schlimmer."

Wir gingen ohne Joachim.

Die Barfrau war jetzt hellblond, sie hatte zugenommen, und um die Augen und unterm Kinn war das Fleisch bleifarben und gedunsen. Sie trug Korallenknöpfe im Ohr, und während sie Gläser spülte, erzählte sie uns Stadtklatsch, vergnügt und ohne Bosheit. Ich mag die Barfrau gut leiden, sie war immer nett zu uns, auch damals während unserer Studentenzeit, wenn wir manchmal kein Geld mehr hatten und den ganzen Abend bei Selters und einem Wodka an der Bar saßen.

Zuerst fand ich es ganz amüsant, die Geschichten von Leuten getuschelt zu hören, mit denen wir zur Schule gegangen sind oder die wir auf der Straße und im Kino gegrüßt haben oder einfach so kannten, wie man eben Leute in einer Kleinstadt kennt. Aber sie berührten mich nicht; es waren Geschichten aus einer fremdgewordenen Welt, die mir jetzt kleinlich und eng erschien; wenn ich mir diese Welt in Farben umgesetzt vorstellte, schwamm Grau neben Violett und ein paar Flecken Rosa.

In einem Anfall von Hoffart dachte ich: Sorgen haben die Leute . . . Wir beginnen die zweite Baustufe. Wir schlagen uns mit tausend kniffligen Fragen herum, mit Planerfüllung und Verlustzeiten und mit Materialschwierigkeiten. Ich sagte das dann auch Uli, weil ich dachte, er stünde ja in seiner Werft vor den gleichen Fragen, und ich erzählte ihm von meiner Brigade: Wir schweißen hochlegierte Stähle, die wir aus Westdeutschland beziehen; wir mußten bis jetzt auch die Elektroden in Westdeutschland kaufen.

Uli sagte: „Solange man auf Hoesch und Mannesmann angewiesen ist, darf man eben kein Kombinat bauen. Wenn die Konzerne aussteigen, seid ihr erledigt."

„Wart mal, wart mal", sagte ich. „Der Dicke hat Versuche mit unseren Elektroden gemacht. Es klappt, er spart uns Hunderttausende."

Die Barfrau starrte mich verwundert an. „Und ich dachte, Sie sind Malerin geworden . . ."

„Wenn die Konzerne aussteigen", wiederholte Uli, „dann geht ihr pleite. Frag doch mal deinen schlauen dicken Meister, ob er eine Stahlsorte für extrem hohe Drücke entwickeln kann."

Er tätschelte meine Hand. „Red lieber nicht über Dinge, von denen du nichts verstehst."

An einem Seitenblick, einem Lächeln merkten wir, daß andere uns für ein Liebespaar hielten, obgleich wir uns sehr ähnlich sehen. Manche der jungen Männer und Mädchen, die sich auf der winzigen Tanzfläche drängten, in dem goldbraun getönten Halblichte, kannten uns — Ingenieure, eine Dramaturgin, Ärzte, die Schulfreunde von einst, die ihre Osterferien zu Hause verlebten. Ein blonder Junge mit schweren Augenlidern stellte sich neben mich, er stützte die Ellbogen auf die schwarze Glasplatte.

„Hans", sagte ich.

Seine Lider schoben sich langsam über blaßblauen Augen auf. „Ich hätte dich beinahe nicht wiedererkannt", sagte er mit einer Stimme, die mir das Empfinden gab, seine Haut

müßte sich trocken und kühl anfühlen; sogar seine Augen sehen desinfiziert aus, dachte ich.

„Früher trug ich langes Haar, den Rücken runter."

„Du hast dich vorteilhaft verändert", sagte er mit seiner Ly-
solstimme.

Uli drehte sich um, er sagte: „Mach's nicht so billig, Dok-
tor." Sie gaben sich die Hand. Sie hatten zusammen das Abitur gemacht, und Hans war so lange zu uns ins Haus gekommen, bis Uli merkte, daß wir uns verliebt hatten. Ich
glaubte, er lauerte uns auf, und richtig kam er dazu, wie wir
uns küßten, an der Treppe, unter dem Nußbaum. Er
schwieg, er faßte Hans im Genick und schob ihn vor sich
her, durch den Garten und zur Tür. Dann drehte er sich zu
mir um, und ich sah durch das Dunkel seine Zähne und das
Weiße in seinen Augen. Er sagte: „Schluß. Nichts für dich,
Elisabeth. Morgen abend küßt er 'ne andere." Ich weinte ein
bißchen. „Nicht genehmigt", sagte Uli, und das war unsere
vereinbarte Formel, der Spruch, dem ich mich fügen mußte.
Ich stand hinter der Gardine, wenn Hans auf der Straße
pfiff, aber ich machte das Fenster nicht auf. Er pfiff noch
ziemlich oft.

Hans bestellte Gin. Er blickte, das linke blasse Auge einge-
kniffen, durch sein Glas zu Uli hoch, er fragte: „Endlich fertig
mit dem Studium?"

„Wir haben ein paar Semester mehr als die Herren Medizi-
ner", sagte Uli gereizt.

„Seit Weihnachten ist er Diplomingenieur", sagte ich.

„Gute Stellung?"

„Scheiße", sagte Uli. Seine Hände lagen auf der Glasplatte;
die Nägel, sehr kurz geschnitten, sind mit vielen weißen
Pünktchen gesprenkelt. (... ich habe seine Hände geliebt,
und die kindlich kurzgeschnittenen Nägel, und manchmal
habe ich die Narben und Kratzer auf dem Handrücken geküßt, und jetzt, als ich daran denke, fühle ich mein Herz als
einen genau bestimmbaren Punkt, in dem sich der Schmerz
zusammengezogen hat . . .) Er trank schnell sein Glas aus. Er

spähte zur Tür, die hin- und herschwang und den graublauen Dunst teilte.

Er stand plötzlich auf, und wir sahen ihm nach, wie er über das Parkett ging, durch die tanzenden Paare. Er ging gerade, die Schultern zurückgedrückt, und ohne jemandem auszuweichen. Die anderen machten ihm Platz, und ich beneidete ihn um seine Sicherheit, die ich für ein glückliches Merkmal von Kraft hielt.

Hans berührte mein Knie. „Muß man immer noch den Bruder fragen, wenn man mit der Schwester tanzen will?"

Ich dachte: Früher hatte er so eine Art, mit dem kleinen Finger meine Schulter zu streicheln, wenn wir aus dem Kino kamen . . . Jetzt fand ich in seiner Berührung die Vorsicht wieder, mit der unser Hausarzt Lichtschalter und Türklinken anfaßt. Hans war mir plötzlich zuwider, auch wegen der Miene vornehmen Mißfallens, mit der er meinem Bruder nachgesehen hatte; auch wegen seiner breiten, etwas hängenden Augenlider, die seinem Gesicht einen Ausdruck von Sattheit gaben. Ich sagte: „Immer noch." Ich lachte. „Die Faust im Nacken . . ." Es schien ihm peinlich zu sein, und nun erst recht erinnerte ich ihn an seine Niederlage in dem dunklen, juniwarmen Garten.

Dann kam Uli zurück und setzte sich wieder auf den Barhocker, er sagte obenhin: „Hab mir eingebildet, Jochen wär an der Tür gewesen."

Wir tranken noch einen Gin, er duftete nach Kiefernwald und Wacholderbüschen. Die Barfrau war sehr höflich zu Hans, von einer beflissenen Höflichkeit, die ich unterwürfig fand; Hans schien daran gewöhnt zu sein. „Der Nimbus des Medizinmannes", sagte ich.

Als die Musik wieder begann, verbeugte sich Hans. „Tanzt du mit mir?"

Uli sagte schnell: „Die Dame tanzt nicht. Die Dame ist verlobt." Ich kannte diesen groben Ton noch nicht. Hans rückte an seinem silbergrauen Binder. Ich beugte mich zu ihm hinab und sagte ohne Bedauern: „Tut mir leid, Teuerster, nichts zu machen." Auf einmal entdeckte ich die grauen Spuren einer wochenalten Müdigkeit in seinem Gesicht, ich dachte verwundert: Er ist doch nicht älter als wir. Er blieb neben mir stehen, und nach einer Weile fingen sie an über Autotypen zu fachsimpeln. Ich hörte nicht mehr zu, Autogespräche langweilten mich. Ich habe endlich gelernt, einen Dumper von einem Kipper zu unterscheiden; von Personenwagen weiß ich nur, daß man in ihnen angenehmer reist als mit der Eisenbahn.

Hans sagte, er werde im Sommer den Opel Kapitän eines Kollegen kaufen.

„Sicher, unter Opel tun wir's nicht", sagte Uli. „Immer mit den Vorderbeinen in den Trog. Westwagen, natürlich, und fette Gehälter, Nebenverdienst garantiert. Und auf den Staat spucken, wie?" Seine Stimme klang jetzt feindselig. „Ihr seid die einzige Sorte von Intelligenzlern, die es sich leisten kann, keine Gesinnung zu haben."

„Hör schon auf, Uli", sagte ich. „Du hast heute deinen linksradikalen Tag."

Hans zuckte die Schultern, er legte einen Geldschein auf die Bar und winkte ab, als die Barfrau ihm herausgeben wollte.

Uli rief: „Sieh zu, daß du Land gewinnst, Herr Medizinalrat." Er war nicht mehr nüchtern. Er winkelte die Arme an und zwinkerte rüde, und auch das kannte ich noch nicht, und ich frage mich nun, warum ich nicht schon an diesem Abend gespürt habe, was sich hier vorbereitete. In Wirklichkeit galt seine Wut nicht dem müden jungen Mann, und die Rauflust kam aus der trüben Quelle einer Niedergeschlagenheit, gegen die er sich nicht mehr wehrte und die ihn so beschämend verwandelte.

Hans gab mir die Hand, sie war kühl und trocken. „Schade." Einen Augenblick glich er wieder dem Jungen, der mich unter dem Nußbaum geküßt hatte. „Ich hätte mich sowieso verabschieden müssen", sagte er. „Ich hatte letzte Woche Nachtdienst."

„Laß es dir gut gehen." Ich dachte, ich sollte mich eigentlich für meinen Bruder entschuldigen.

„Gut gehen . . .", wiederholte Hans und versuchte unbekümmert auszusehen. Er nickte zu Uli hinüber; sein Haar wurde schon dünn, und die blonden Strähnen rechts und links vom Scheitel waren sorgfältig nebeneinandergelegt.

Nachher sagte die Barfrau, die uns zugehört hatte: „Vor vierzehn Tagen ist er mit seinem Škoda gegen einen Baum gefahren. Er war am Steuer eingeschlafen. Zwanzig Stunden auf den Beinen . . . Es ist nicht alles Gold, was glänzt, Herr Arendt." Uli schwieg.

Sie fügte noch hinzu: „Er soll ja sehr beliebt sein im Krankenhaus."

„Komm, wir tanzen", sagte Uli. Das Parkett war überfüllt, und wir bewegten uns die ganze Zeit auf einer Stelle. Uli ist einen Kopf größer als ich; er hielt sich gerade beim Tanzen, und manchmal legte er mir tadelnd die Hand auf den Arm und mahnte: „Beweg dich manierlich, Betsy, du bist in Mitteleuropa. Das hier ist kein Ritualtanz."

Wir drehten uns immer noch auf einer Stelle, jemand trat mir auf den Fuß. Ich sah die rostbraunen Pünktchen in Ulis Augen. Und plötzlich — mitten im Gedränge, gestreift von den wirbelnden Rocksäumen der Mädchen, im Ohr den raschen, harten Gitarrenschlag —, plötzlich fiel mir ein, wie Uli gesagt hatte: Vielleicht ist es das letztemal. Er hat gelacht, dachte ich erschrocken.

Ich drückte die Stirn gegen seine Schulter, und für ein paar Sekunden verlor ich den heiteren Raum und die Musik und die Stimmen ringsum, ich hatte nur den Geruch von Ulis Jacke, in dem sich die Gerüche von neuem Tuch, von Kölnisch Wasser und Zigarettenrauch mischten, und ich war allein und elend.

„Was ist denn los?" sagte Uli. „Du bist ja ganz gelb." Er schob mich sanft vor sich her, durch die tanzenden Paare, und half mir auf den Barhocker.

„Es ist nichts, Uli." Ich wagte nicht, ihn zu fragen. Phantasien, dachte ich. Uli hat noch nie unter Vorahnungen gelitten. Das letztemal — du lieber Himmel, das sagt man eben so hin.

Uli reichte mir ein Glas Wasser. „Besser?" fragte er. Auf einmal veränderte sich sein Gesicht. „Mach mir nichts vor, Mädchen, du kriegst ein Baby."

„Quatsch", sagte ich, „woher denn?"

Uli lachte. „Ich sag ja, ihr seid ein komisches Liebespaar. Ein Mann der seiner Liebsten im Mondschein den Mehrwert erklärt . . ." Er sagte zufrieden: „Nein, du kriegst kein Kind."

Später setzten sich ein paar junge Leute zu uns: die spitznäsige Dramaturgin, die einen viel zu kurzen Rock trug und mit meinem Bruder zu flirten versuchte, und ein kleiner, dicker Ingenieur, und noch später, gegen Mitternacht, kam ein Arzt dazu, den wir Jonny nannten; er hatte seine Frau bei sich. Sie war noch nicht zwanzig Jahre alt, ihr Gesicht unter dem hochgetürmten Haar schimmerte weiß und lieblich.

Der Ingenieur war in meine Parallelklasse gegangen, auf seinen Namen konnte ich mich nicht mehr besinnen. Ich wußte nur noch, daß er der Linksaußen in unserer Schulmannschaft gewesen war. Jetzt konnte er bestimmt nicht mehr Fußball spielen; er wirkte behäbig, der Anzug spannte über seinem Bauch, und die Hände waren rosig und fleischig. Er verlor aber diesen Anstrich von Behäbigkeit, wenn er von seinem Betrieb sprach. Er hatte vor einiger Zeit meine Bilder in einer Ausstellung gesehen und fragte, ob ich noch im Kombinat sei; er sagte: „Du bleibst also noch. Vernünftig. Ihr baut das zweite Kraftwerk. Weißt du ein bißchen Bescheid? Ja? Sehr vernünftig." Er setzte mir zu mit schnellen, scharfen, präzisen Fragen, und ich war froh, daß mein Meister mich ein dutzendmal durch das Kraftwerk geschleppt hatte und daß ich nun leidlich Auskunft geben konnte.

Um zwölf wurde die Tanzbar geschlossen. Der Kellner räumte die Tischdecken ab und stülpte die Stühle auf die Tische, die Luft war grau und abgestanden. Um halb eins saßen nur noch wir sechs an der Bar, und der Raum hinter uns lag leer und dunkel und unheimlich groß, die Wände und Ecken und die aufgestapelten Stühle von Schatten verschluckt. Die drei Musiker tranken Bier.

Die Dramaturgin saß neben Uli. Sie hatte die Beine übereinandergeschlagen, und ihre Knie stachen unter dem zu kurzen Rock hervor. Ich beobachtete sie, und ich hatte Lust, ihr zu sagen, daß sie meinen Bruder mit ihren spitzen Knien nicht locken könnte. Uli steckte dem Gitarristen einen Fünfzigmarkschein zu; die Musiker packten ihre Instrumente wieder aus. Uli hatte erst vor ein paar Tagen sein Gehalt bekommen, und er hatte an diesem Abend ziemlich viel Geld ausgegeben. Am Ostersonnabend hatte er einen teuren Photoapparat gekauft. Ich vergaß aber meine Besorgnis, als die Musiker wieder für uns zu spielen begannen.

Die nackten Arme der Mädchen und die Gesichter waren fahl im unsicheren Licht. Wir waren betrunken. Wir hatten nun das ganze Parkett für uns, und wir faßten uns an den Händen und tanzten in einem wilden, schwankenden Kreis, und Stimmenlärm und Gelächter schlugen von den Wänden zurück. Mir war schwindlig. Ich lehnte mich an Ulis Schulter, und als ich die Augen schloß, drehte sich der Raum um mich, und als ich die Augen wieder aufmachte, sah ich Joachim. Ich lief auf ihn zu und küßte ihn. Er hielt mich an den Schultern fest, er war rot und verlegen. „Ich habe dich überall gesucht."

Seine Augen schwammen weg, sein mageres Gesicht kreiste. „Wir haben ein bißchen getrunken", sagte ich.

„Morgen, Schwager", sagte Uli, er sprach schleppend und vorsichtig. Er fuhr mir mit beiden Händen durchs Haar. „Sie hat sich kurzscheren lassen wie eine Nonne. Sieht sie nicht entsetzlich aus?"

„Ja, ganz entsetzlich", sagte Joachim und lächelte mich an. — Er holte mir den Mantel. „Du mußt nicht denken, daß ich mich gern als dein Erziehungsberechtigter fühle, Elisabeth. Komm."

„Jetzt schon . . . Immer, wenn's am meisten Spaß macht."

Er sah mich an.

„Ich komme ja schon", sagte ich.

Die anderen standen um uns herum, sie lachten und redeten auf Joachim ein, ich hörte ihre Stimmen wie das Rauschen dicht fallender Regentropfen. Jonny wollte ihm ein Glas Kognak aufdrängen. „Ich trinke nicht", sagte Joachim, er war sanft wie immer und ein bißchen befremdet, aber ohne säuerliche Mißbilligung, und sie gaben es auf, ihm zuzureden.

Er faßte mich am Ellbogen, und wir gingen hinaus. Die kalte Regenluft legte sich auf mein Gesicht. Die Treppe vor dem Lokal war milchweiß unter den Lampen, und auch der kümmerliche Rasen unterhalb der Treppe war weiß, als sei Schnee gefallen. Die Bäume sahen wie gekalkt aus, und zwischen den Ästen stäubte der Regen, aber das alles, nasse Bäume und fröstelnder Rasen und Regen, hatte nichts Bedrückendes oder Melancholisches.

Joachims Gesicht stand endlich still, und ich fand seine Augen wieder, die manchmal grün sind wie ein Blatt vor der Sonne und manchmal, unter langen Wimpern, von einem Grau, das keinem anderen Grau vergleichbar ist. Ich streichelte seinen Mantelärmel. „Sag mal schnell, daß du mich liebst."

„Ich liebe dich."

„Und sag, daß ich nicht entsetzlich aussehe mit den kurzen Haaren."

Er schwieg und küßte mich auf die Haare an den Schläfen und hinter den Ohren. Ich merkte, daß er es vermied, mich auf den Mund zu küssen, und sagte: „Ich bin dir zuwider, weil ich nach Schnaps rieche. Ich trinke nie wieder, es war das letztemal, wirklich."

Ich erschrak, ich hatte Uli fünf Minuten lang vergessen. „Wir müssen Uli holen. Wir müssen heute auf ihn aufpassen."

„Gut, wir holen Uli", sagte Joachim geduldig. Wir kehrten noch einmal um.

Uli saß auf einem Tisch, er hatte uns den Rücken zugewandt und stritt mit dem Ingenieur. „So einen wie dich", sagte er mit seiner betrunkenen schleppenden Stimme, „haben sie mir auch vor die Nase gesetzt. Wer es nicht im Kopf hat, der muß es hier haben . . ." Er packte den Ingenieur an der Jacke und tippte auf das Parteiabzeichen. „Ich könnte auch soweit sein wie du."

„Nimm die Hände weg", sagte der Ingenieur.

„Ich könnte weiter sein als du", schrie Uli. Er ließ den Jackenaufschlag los und stieß den Ingenieur vor die Brust. „Ich hab mal zu euch kommen wollen, vor 'n paar Jahren. Damals habt ihr mich nicht genommen. Jetzt will *ich* nicht mehr."

„Wir werden nicht drum betteln", sagte der Ingenieur.

„Ulrich!" rief Joachim. Mein Bruder drehte sich um und sah uns. Das Weiße in seinen Augen war gelblich getrübt; er hatte das Hemd am Hals aufgerissen, und sein Schlips hing schief. Joachim stand nur da und wartete, und Uli stieß sich vom Tisch ab, er sagte zwischen den Zähnen: „Karrierist. Dickes Schwein . . . Damals habt ihr mich nicht genommen. Das wird euch noch leid tun . . ."

Ach, und ich begriff nichts, ich begriff noch nichts, ich fand es belustigend, meinen korrekten Bruder im aufgerissenen Hemd und mit schief über der Brust baumelndem Schlips zu sehen, seine mahlenden Zähne und das verzerrte Gesicht: dies war, so glaubte ich, das alberne Melodrama eines Angetrunkenen, der eine Nichtigkeit tragisch aufputzt.

Ich hatte jedes Wort so zuverlässig gehört, daß ich es heute aus dem Gedächtnis wiederholen kann. Wie ist es nur möglich, daß ich für ihre Bedeutung taub war? Wie konnte ich diese Erbitterung, die der Alkohol in meinem Bruder hochgeschwemmt hatte, für belächelnswertes Theater halten? Ich hatte ihm in jedem Punkt vertraut, ich war eitel überzeugt gewesen, daß ich alle oder fast alle seine Gedanken und Absichten kannte — und in Wahrheit wußte ich damals, vorgestern, nichts mehr von ihm.

Wir brachten ihn endlich aus dem Lokal heraus, er ging zwischen uns, ein wenig unsicher und mit finsterer Miene, er sprach unterwegs kein Wort. Ein paar Schritte vor unserer Gartentür blieb er stehen und drückte mich heftig an sich. „Gute Nacht, Betsy." Dann gab er Joachim die Hand und sagte in schroffem Ton: „Ich geh schon rein. Sie hat ja selbst einen Schlüssel." Er schloß die Tür auf und blickte sich dabei um. Er lachte und rief: „Erzähl ihr was vom letzten Plenum, Genosse Schwager", und ging, immer noch lachend, über den knirschenden Kies zur Treppe und ins Haus.

3

Es war jetzt ein Viertel vor neun Uhr. Ich zündete mir die dritte oder vierte Zigarette an und ging in der Küche umher und dann in den Korridor. Meine Absätze klapperten, und ich zog die Schuhe aus und schlich, die Schuhe in der Hand, noch ein Stück weiter.

Ich hörte sie reden, ich hörte Joachim reden, seine sanfte, gelassene Stimme, und ich fühlte — als sei dies ein körperlicher Vorgang —, wie meine Spannung zerriß. Ich war beinahe glücklich, jedenfalls für einen Augenblick: Wenn sie nur erst sprachen, wenn nur erst Uli bereit war zuzuhören, dann würde jeder Satz ein Schritt zueinander sein. Irgendwo hatten sich ihre Wege gegabelt, an einem Punkt, den ich nicht mit Sicherheit zu bestimmen wußte, der sich vielleicht überhaupt nicht genau markieren ließ; der Raum zwischen ihren Wegen war aber noch nicht undurchmeßbar weit geworden. Ich stand auf Strümpfen im Korridor, ich dachte, hoffte: Man kann noch winken, man kann noch rufen . . .

Die Morgensonne war weitergerückt, und der Himmel stand flach und blaßblau über den Bäumen der Promenade und den ineinandergeschachtelten Häuschen und Ställen und den engen Höfen des ländlich anmutenden Stadtviertels, das ich vom Küchenfenster überblicken konnte. Auf den Zweigen und Blattspitzen des Nußbaums funkelten Tropfen im schrägen Sonneneinfall; gegen Morgen war ein starker Regen gefallen. Der Zaun, bis in den letzten Span vollgesogen mit Nässe, erschien schwarzbraun, wie geteert.

Dicht am Zaun, neben der Gartentür, hielt Joachims Dienstwagen, ein grüner Wartburg, und wenn ich mich vorbeugte, konnte ich die rechte Schulter und den rechten Arm des Fahrers erkennen und eine Buchseite. Ich kenne den Fahrer nur flüchtig, weil Joachim seinen Wagen niemals für Privatfahrten benutzt; das gehört zu seinen Prinzipien, die ich bewundere, obgleich ich sie nicht angenehm und bequem finde. Joachim hat eine Menge solcher Prinzipien, die andere nicht angenehm finden. Er ist ein unbequemer Mensch.

Joachim hätte längst im Walzwerk sein müssen. Er ist Werkleiter, mit seinen achtundzwanzig Jahren vielleicht der jüngste Werkleiter in der Republik. (Der Neue bei uns im Kombinat ist aber auch erst dreißig, und obgleich ich selbst keine besonders tüchtige Person bin, erfüllt es mich immer wieder mit Stolz, zu sehen, wie die tüchtigen jungen Männer und Mädchen meiner Generation in der Wirtschaft und in der Kunst nach vorn drängen und ihre Stellungen zu behaupten wissen.)

Es war mir peinlich — ungeachtet der Sorge um meinen Bruder —, daß wir den Fahrer warten lassen mußten und daß Joachim zu spät ins Werk kommen würde. Ich dachte dann aber, Joachim werde schon selbst wissen, wieviel Zeit er sich nehmen durfte. Ich glaube, er tut immer das Richtige zur richtigen Zeit. Er hat Geduld, er wird hierbleiben, bei Uli, und also wird er zugleich bei mir sein . . . Sein Hierbleiben machte mich nicht froher, aber ein bißchen ruhiger. Mein Herz schlug nun wieder gleichmäßig.

In einem Augenblick jedoch, als ich so etwas wie Zuversicht zu empfinden begann, erhob sich die tiefere, gereizte Stimme meines Bruders über die Stimme von Joachim. Ich lief zurück in die Küche.

Uli schrie: „Ihr habt uns mißbraucht. Ihr habt unsere Ideale kaputt gemacht." Er hörte so unvermittelt auf zu schreien, als habe ihm jemand eine Hand auf den Mund gepreßt.

Diese eine Stunde, die dem Walzwerk gehörte, war nur noch ein Stückchen Zeit, der gedrungene kleine Zeiger war einmal über das porzellanene Zifferblatt gekreist, sonst war nichts geschehen. Joachims Worte, dachte ich mutlos, waren Schritte ins Niemandsland gewesen . . .

Ich setzte mich wieder auf das Schuhschränkchen, erschöpft, als sei der Weg von der Tür zur Wand eine lange, beschwerliche Wanderung über sonnenheiße Landstraßen gewesen. Ich war aber nur auf den dunstigen Straßen der Erinnerung zurückgegangen, zwei Jahre zurück bis zu jenem Sonnabend nach Ostern, als der Brief des Ältesten kam. Ich sah die geschäftigen Schriftzüge Konrads mit solcher Deutlichkeit, als hielte ich den Brief in der Hand. Er war im Flüchtlingslager Marienfelde aufgegeben worden.

„. . . das hier ist nicht mit der sogenannten DDR zu vergleichen . . .“ (Damals schrieb er noch *sogenannte DDR;* später hat er andere Bezeichnungen gelernt. Er ist immer ein gelehriger Schüler gewesen, mit der Witterung dafür, was seine Lehrer zu hören wünschten.) „. . . schließe ich mich der Ansicht Nehrus an: Ein gutes Ziel kann man nicht mit schlechten Mitteln erreichen . . die kalte Wut, wenn ich bedenke, wie man die Jugend drüben belügt und ihre Ideale mißbraucht . . .“

Der erste von einem Dutzend Briefen, die mit Briefmarken beklebt und von Poststempeln geschwärzt waren und von unserer Postbotin auf die Treppe gelegt wurden wie irgendwelche gewöhnlichen Briefe von Verwandten und Freunden. Im Sommer stand auf dem Poststempel HAMBURG, der Brief war jedoch wieder in einem Flüchtlingslager geschrieben. Damals war Konrad nicht mehr mein Freund und mein Verwandter nur noch laut Eintragung beim Standesamt oder im Register der Kirche, in der wir getauft worden sind. Wieder einen Sommer später las ich seine Briefe nicht mehr. Das war nach unserer Begegnung in Westberlin.

Ich hätte Uli nicht mehr auszuforschen brauchen: Er hatte mich die ganze Zeit belogen, er hatte mich gestern belogen, als ich ihn fragte, ob er wieder Verbindung mit Konrad habe. Nein, nein, nein. Ich habe nichts von Konrad gehört. Es gibt da einen Freund, auf der Schlieker-Werft, du weißt, den sie relegiert haben. Konrad ist doch auf der Deutschen Werft . . .

Mein Bruder hatte mich belogen — das war nur ein geringes Gewicht mehr zu dem übrigen, aber es war dieses Gewicht, das die Last auf meinem Herzen unerträglich machte. Ich weinte. Ich sah zu, wie sich meine Hände hilflos auf den Knien bewegten und dann stillagen und wie die Tränen auf den grauen Rock fielen und in dunklen Flecken auseinanderflossen, und gleichzeitig war mir, als sähe ich mir selbst zu wie einem fremden Mädchen.

Ich hatte Konrad so gründlich vergessen, daß mir erst in dieser Minute einfiel: Heute vor zwei Jahren ist er weggegangen . . .

Er ist fünf Jahre älter als ich, und ich wußte von ihm soviel oder sowenig wie andere Leute, seine Lehrer, seine Klassenkameraden, seine Freundinnen. Er war ein dunkelhäutiger junger Mann mit einem Äthiopiergesicht, das seinen HJ-Führern ein Ärgernis gewesen sein muß, und mit aufgeworfenen Lippen. Er war gewandt und klug, ein begabter Mathematiker, und von einer gravitätischen Höflichkeit, die später nur noch notdürftig seine kalte Rücksichtslosigkeit verdeckte. Er war immer der Beste in seiner Klasse. Er ist das, was ich einen Ellbogen-Mann nennen würde.

Manchmal, lachend, sagte er: „Nehmen ist seliger denn Geben." Ich beneidete ihn oft um sein liebenswürdiges Talent, mit Menschen umzugehen. Zu mir liebenswürdig zu sein, hielt er freilich nicht für nötig. Er nahm mich nie zum Klassenfest oder nur ins Kino mit; ich war damals ein eckiges Mädchen mit Zöpfen und rauhen Knien, und er genierte sich mit mir. (Uli nahm mich immer mit, er ging Hand in Hand mit mir über die Straße, und zu seinen Freunden sagte er: „Für ein Mädchen ist sie große Klasse.")

Konrad studierte Schiffsbau in R. und wurde Diplomingenieur. Er heiratete eine Philologiestudentin, eines der schönsten Mädchen an der Universität, Charlotte hatte die lange, ein wenig gebogene Nase mancher Blondinen von der Küste, und ihr Haar schimmerte in dem kupfernen Goldblond wie das Haar von Tizians „La Bella". Sie war so grazil, daß ich mir in ihrer Gegenwart wie ein plumpes junges Tier vorkam. Ich habe sie oft gezeichnet. Mein Vater und Uli machten ihr den Hof. Wir standen am Fenster und starrten ihr nach, wenn sie neben Konrad über die Straße schritt, auf ihren nadeldünnen Absätzen und in einem Rock, der wie eine zweite Haut ihre Hüften umspannte, und dann seufzten wir und blickten uns an und zwinkerten.

Charlotte aber schritt auf ihren nadeldünnen Absätzen über unsere Bewunderung hinweg und durch *dieses enge, ärmliche Leben in eurer Republik* und über die Sektorengrenze nach Westberlin, zu Leiser und zu Horn am Kudamm, und eines Tages schritt sie durch das Tor zum Auffanglager Marienfelde, und Konrad war bei ihr.

Sie hatten in R. ein möbliertes Zimmerchen bewohnt. Sie bestellten einen Wagen; der Verkäufer zuckte die Schultern: zwei Jahre Wartezeit. Sie verlangten eine Wohnung; der Mann im Amt zuckte die Schultern: vier Jahre Wartezeit. Wir bauen, aber wir kommen nicht nach. So viele junge Ehen. R. ist eine im Krieg zerstörte Stadt.

Als wir uns Ostern zu Hause trafen, beklagten sie sich: zwei Jahre; vier Jahre. Wo bleibt denn nun der großartig verkündete, glanzvolle Wirtschaftsaufstieg eurer DDR? Drüben bekommt man schon für fünfzehnhundert einen gebrauchten Volkswagen.

Mein Vater erklärte ihnen weitschweifig unsere Schwierigkeiten auf dem Automarkt, er sagte: „Kauft euch doch erstmal ein Motorrad, Kinder. Motorräder könnt ihr haben, so viele ihr wollt."

Charlotte hob die geschwärzten, schräg zur Schläfe hochgezogenen Augenbrauen, sie schwieg.

Ich sagte: „Aber auf die Wohnung habt ihr doch ein Recht."

Konrad zuckte die Schultern. „Soll ich bei einem Beamten um mein Recht betteln?"

„Ich würde mich nicht abweisen lassen", sagte Uli. „Beschwert euch doch!"

Wir redeten ihnen zu: „Geht zum Parteisekretär auf der Neptunwerft, geht, wenn das nicht hilft, zur Bezirksleitung, erzählt den Genossen, daß eure Bude nicht geheizt werden kann, daß ihr einen Arbeitsraum braucht, daß Charlotte noch studiert. Sie werden euch helfen."

Ich sagte: „Ich bin nicht in der Partei. Ich habe oft Streit mit den Genossen in unserer Schule. Manche sind unduldsam, manche sind überheblich. Aber wenn ich in der Tinte säße, würde ich doch zu ihnen gehen."

Konrad lachte.

„Du bist jetzt verärgert, Junge", sagte mein Vater. Er lag auf der Couch, unter einer wollenen Decke, geplagt von Kreuzschmerzen. Auf seiner Stirn glänzten kleine Schweißtropfen. „Ich spreche mit der Parteileitung im Werk", fuhr er fort. „Wir werden schon einen Weg finden, Junge."

Konrad erwiderte: „Ich werde vor denen nicht kriechen."

Meine Mutter sagte die ganze Zeit kein Wort. Sie saß unter einem düsteren Porträt von Rembrandt, das Gesicht überschattet, als fiele der Schatten im Bild auch über sie; er sog die Farbe ihrer immer noch glatten und weichen Haut auf. Sie stand plötzlich auf und ging in die Küche, und nach einer Weile ging ich ihr nach, ich sagte: „Aber es ist doch noch zu früh für das Abendessen."

Sie schnitt Brot. „Geh ruhig wieder rein, Kind", sagte sie. An ihrer Stimme hörte ich, daß sie geweint hatte.

Am Dienstagmorgen nahmen Konrad und Charlotte wie gewöhnlich den Fünf-Uhr-Zug nach R. Sie hatten nicht mehr Gepäck als sonst. Ich schlief und erwachte erst, als Konrad vor meinem Bett stand; er sah mich unverwandt an. „Schlaf doch weiter, Lies", sagte er. Durch die offenstehende Tür fiel ein Lichtschein ins Zimmer. Am Türpfosten lehnte Charlotte in einem weißen Mantel. Ich war noch so schlaftrunken, daß ich alles wahrnahm wie durch ein weiches, engmaschiges Netz, das die Bilder und Laute verwischte.

Konrad setzte sich auf mein Bett, und im Halbdunkel sah

ich sein Äthiopiergesicht auf mich zukommen. „Alles Gute, Lies", sagte er und küßte mich auf den Mund.

Durch die Verbindungstür zum Wohnzimmer spazierte Uli herein, nur mit einer Pyjamahose bekleidet; sein nackter, brauner Oberkörper glänzte. Er sang schallend: „Ein Wunder, ein Wunder ist geschehn . . ." Konrad stand schnell von der Bettkante auf. „Jim, du kleine Dreckschleuder", sang Uli, er hatte über Ostern den „Elmer Gantry" gelesen. Wenn er seine Anfälle von Clownerie bekam, trieb er die Familie zur Verzweiflung; stundenlang sang er Buchzitate und alberne Sätze auf seine eigenen Melodien. Er boxte Konrad in die Schulter. „Bis nächsten Montag, mein Alter. Du darfst mich mal wieder zum Essen einladen."

Konrad sagte nichts. Charlotte winkte mir von der Tür zu; auf ihrem bernsteinfarbenen Haar sammelte sich das Licht. Draußen wirtschaftete mein Vater herum, er stolperte über einen Koffer und fluchte lachend. Es war beinahe wie immer, wenn wir uns nach den Ferien verabschiedeten: Geschrei und Unordnung und vergnügter Lärm. Vater rief: „Los, Kinder, der Zug wartet nicht. Macht kein Theater, ihr seht euch doch im Juli wieder." Wir hörten, wie er die Treppe hinunterpolterte und die Haustür aufschloß.

Im Türrahmen drehte sich Konrad noch einmal um, ich konnte seine Züge aber nicht genau erkennen. Ich fiel auf das Kopfkissen zurück und schloß zufrieden die Augen. Im Nebenzimmer brüllte Uli ein mexikanisches Lied, um dessentwillen er sich den Film „Aufenthalt vor Vera Cruz" dreimal angesehen hatte. Ich lag still, die Hände über der Brust verschränkt, und horchte schläfrig auf einen leisen, raschen Wortwechsel im Korridor, zwischen meiner Mutter und Konrad.

Jemand klinkte die Korridortür auf. Und plötzlich hörte ich eine unbekannte, zerbrechende Stimme sagen: „Auf Wiedersehen, auf Wiedersehen", und es dauerte eine Weile, bis ich begriff, daß die Stimme meiner Mutter gehörte. Die Tür klappte, und eilige Schritte liefen die Treppe hinab, Charlottes Absätze tickten. Im Korridor war kein Laut, keine Bewegung, und dabei wußte ich, daß meine Mutter dort stand, und ich fühlte durch die Bettdecke meinen Herzschlag.

Ende Juli wurde Konrad mit seiner Frau nach Hamburg ausgeflogen. Im Flüchtlingslager Finkenwerder, Neßpriel, mußten sie ein Barackenzimmer mit zwei fremden Familien teilen; sie trennten den einen Raum durch Wolldecken in drei Räumchen. Einmal schickten sie eine Fotographie: Konrad, untadelig gekleidet, und neben ihm Charlotte mit silbergrauem, kunstvoll toupiertem Haar — sie saßen vor einer weißgetünchten Wand, rechts stand ein Feldbett, links eine Art Kasernenspind, auf dem sich Koffer und allerlei Kochgeräte türmten.

„Der Wahnsinn zu Pferde", sagte Uli halb amüsiert, halb wütend. Mein Vater zerriß das Bild. Er ist ein Mann, für den sich manche Erscheinungen unseres Lebens in Konten und Planziffern ausdrücken; er hatte auch die Republikflucht seines Sohnes in Ziffern umgesetzt. Er rechnete auf die Mark genau aus, wie viele Tausende Konrads Ausbildung gekostet hatte, und setzte dagegen den Wert der Arbeit, die er als Diplomingenieur auf der Neptunwerft geleistet hatte. „Er ist ein Lump", sagte Vater, „unter anderem deshalb", und er zeigte uns die Differenz in seiner Rechnung, diese klaffende Lücke zwischen Nehmen und Geben.

Zwischen den Zeilen der Hamburger Briefe konnten wir lesen, daß es den beiden zuerst schlecht ging; die Freunde, die meinem Bruder auf der Deutschen Werft vorgearbeitet hatten, erwiesen sich als unzuverlässig. Charlotte reiste als Abonnentenwerberin für eine Frauenzeitschrift, und der Verlag empfahl ihr, vor den Haustüren ihr Werbesprüchlein mit der Formel: „Ich bin Flüchtling aus der Ostzone..." zu beginnen. Sie ertrug zwei Wochen lang die drittklassigen Hotels und Müdigkeit und schmerzende Füße; die in den zwei Wochen zusammengedrängten Demütigungen vor mißtrauisch halbgeöffneten Türen konnte sie keinen Tag länger ertragen. Sie hausten wieder zusammen in ihrem Zimmer mit Wänden aus Wolldecken, hinter denen sich geräuschvoll und peinlich genau wahrnehmbar das Familienleben Fremder abspielte, die sie — Akademiker aus bürgerlichem Hause — als kleine Leute, gewöhnliches Volk, betrachteten. Sie konnten aber über all die Monate ihre hochmütige Zurückhaltung nicht wahren, es gab keine Stille, keine Minute des Alleinseins: Die anderen rochen, was sie abends auf ihrem Kocher brieten, und hörten, worüber sie sprachen, und waren die unsichtbaren, immer gegenwärtigen Zeugen ihrer ängstlich gehemmten Zärtlichkeiten.

Sie beschwerten sich beim Lagerleiter. Er erwiderte, sie hätten doch damit rechnen müssen, daß der Weg in die Bundesrepublik (er sagte: der Weg in die Freiheit) sie Opfer kosten würde. Sie wurden reizbar und zänkisch, sie stritten durch die wollenen Wände mit *diesem Pack* nebenan und stritten miteinander über Nichtigkeiten, die sie sonst mit einer Handbewegung abgetan, mit einem Kuß ausgelöscht hätten. Einmal, in einem Anfall von Wut und Verzweiflung, schlug Konrad nach seiner Frau. Das Barackenleben fraß ihre Liebe auf. Sie hätten sich scheiden lassen, wäre ihnen die Trennung nicht gleichbedeutend mit Niederlage und Kapitulation erschienen.

Mein Bruder Ellbogen-Mann kapitulierte nicht. Eine Niederlage hätte nicht in sein Konzept gepaßt, sie hätte gegen sein Credo verstoßen, das lautet: Ich glaube daran, daß dem Tüchtigen die Welt offensteht. Ich glaube daran, daß jeder Mensch die gleiche Chance hat hochzukommen. Ich glaube daran, daß ich, Konrad Arendt, mir meinen Platz an der Sonne erobern werde.

Heute hat er seinen bequem eingerichteten Platz an der Sonne, eine hochbezahlte Stellung und das Heim eines erfolgreichen Mannes. Den Volkswagen für fünfzehnhundert hat er längst abgestoßen; er fährt jetzt einen Borgward. Er könnte den Helden für eine Lesebuchgeschichte über Ostzonenflüchtlinge abgeben. Manchmal aber scheint mir, als dunkele hinter den kleinen, eiligen Schriftzügen der Schatten der Baracke mit ihren nackten Wänden, mit Wäschedunst und gellendem Streit . . . Ich weiß nicht, ob Charlotte das Bild der abweisend geschlossenen Haustüren und staubigen Fußmatten verloren hat und das wütende, verzweifelte Gesicht Konrads, als er nach ihr schlug. Sie hat ihr Studium nicht wiederaufgenommen. Sie leben zusammen, ihre Ehe ist nicht kalt und nicht heiß. Letzten Herbst waren sie in Spanien.

Im vergangenen Jahr bat uns Konrad, ihn in Westberlin zu treffen; er wollte mit dem Flugzeug von Hamburg herüberkommen. Das war im Juni oder Juli — ich erinnere mich nicht genau —, der Himmel war weiß vor Hitze, schon am frühen Vormittag, als wir in Berlin aus dem Zug stiegen. Ich begleitete meine Mutter; sie war aufgeregt, ihre Hände zitterten, als sie dem kontrollierenden Volkspolizisten ihren Ausweis zeigte.

Am Bahnhof Zoo war um diese Zeit noch nicht viel los. Vor ein paar Jahren hatte ich oft, von D. kommend, den Umweg über Westberlin gemacht, um einen ehemaligen Schulfreund zu sehen, der an der *Freien Universität* studierte. Er ließ sich Gregory nennen. Wir gingen ins Kino am Steinplatz oder in die Filmbühne Wien, und hinterher bummelten wir über den Kurfürstendamm, an den strahlenden Vitrinen vorbei und an Schaufenstern, wo auf grauem Samt ein einziges Kleid lag, ohne Preisschild, daneben eine Handtasche, ein paar blühende Zweige, und an den duftenden Buden der Straßenhändler kaufte Gregory gebrannte Mandeln, die heiß und sehr süß waren.

An den Sommerabenden, wenn die Luft unbewegt zwischen den Häuserwänden stand, tranken wir Ananassaft und Grapefruit, wir saßen vor einem Restaurant, unter gestreiften Markisen; die roten und gelben Stühlchen glichen den graziösen Drahtgebilden, die man auf Bildern von Pariser Boulevard-Cafés sieht. Das lautlose Feuerwerk der Reklamen sprühte von den Dächern und überschüttete Gesichter und Autokühler und den Asphalt mit seinen blauen und grünen und goldfarbenen Tinten, und auf den Wänden zuckten

Flammenzeichen auf und erloschen, und ganz oben, im rötlichen Himmel, hingen fremd und betäubt ein paar Sterne.

Nachts brachte mich Gregory an die S-Bahn. Er gab mir immer zwei oder drei ro-ro-ro-Bändchen mit, Apfelsinen, einen französischen Lippenstift. Er küßte mir die Hand, er blieb dann reglos auf dem Bahnsteig stehen, nicht groß, mit schmalen, hängenden Schultern, und ich sah durch die Tür sein Windhundprofil und den Schatten der dichten, langen Wimpern auf seiner Wange. Er winkte nie, er stand nur da und blickte dem Zug nach und hob nicht einmal die Hand. Es war wie in einem sentimentalen Roman, und wir dachten, es würde so weitergehen ... Ich liebte diese Abende, die aus meiner Welt herausfielen, und ihre gleißenden Farben, die Lichtreflexe im schwarzen Strombett des Asphalts, die Rififi-Melodie, die man zu jener Zeit an allen Straßenecken hören konnte, und Gregorys dünne Hände auf dem Tischtuch — obgleich dies alles auf eine schwer bestimmbare Weise unwirklich schien, so als säße ich auf einer Bühne, zwischen den Kulissen einer exotischen Landschaft, und weder Gregory noch seine Straße hatten etwas mit meinem Leben zu tun.

Wir versuchten, nicht über Politik zu sprechen. Ich gestehe, daß ich meine Ansichten verschwieg, und Gregory war zu klug, um mir den Kurfürstendamm als ein getreues Modell seiner Welt zu präsentieren. Er blickte peinlich berührt zur Seite, wenn er Kommilitonen an der Straßenecke die wüsten Schlagzeilen einer Zeitung ausschreien hörte. Gregorys Bruder gehörte zum Aufsichtsrat einer Berliner Bank.

Wir konnten aber nicht immer Hand in Hand als Statisten auf jener angenehm ausgestatteten Bühne herumsitzen. Vielleicht hatten wir schon die ganze Zeit auf das Stichwort gewartet ... Eines Tages fragte mich Gregory, ob ich hierbleiben würde, bei ihm; er setzte gleich hinzu: „Du kannst weiterstudieren, wo immer du willst."

Ich sagte schnell und bedenkenlos: „Nein", und ich empfand im selben Moment, wie sich mein Leben in einer steilen Kurve von Gregory und unseren Abenden weghob.

Er sagte: „Ich will mit dir nicht über die Kategorie Freiheit streiten." Er sprach wie immer: leise, akzentuiert und ein wenig schleppend; er verabscheute Gefühlsausbrüche. „Ich bezweifle aber, daß dir auf die Dauer das geistige Klima in der ... drüben bekommt. Elisabeth ..." Er hob sein Gesicht ins Helle. Ich dachte verwundert, als sähe ich es heute zum erstenmal: Seine Augenbrauen sind über der Nasenwurzel zusammengewachsen. „Du wirst die besten Lehrer bei uns finden", fuhr er fort. „Niemand wird dich in ein Schema pressen, du kannst dich und nur dich ausdrücken, du kannst dir deine Auftraggeber selbst aussuchen ..."

„Ich habe mir meine Auftraggeber schon ausgesucht", sagte ich.

Gregory schob seine Hand über den Tisch. „Ich spreche immerzu von deinem Beruf, damit ich nicht von ... etwas anderem sprechen muß."

„Ich weiß doch", sagte ich traurig. „Trotzdem."

Er sah mich an, seine Schultern fielen nach vorn. „Wir hätten uns schon eher darüber verständigen sollen", sagte er. An diesem Abend stieg er mit in die S-Bahn, wir standen dicht aneinandergedrückt, und vor den Fenstern lief die nächtliche Stadt vorbei.

In der Friedrichstraße gab es damals nur ein paar schüchterne Lichtreklamen. Wir hörten unsere Schritte auf dem Pflaster, die Straße war leer und still. „Tiefste Provinz", sagte Gregory. Auf der Weidendammer Brücke blieben wir stehen. Das Wasser war dunkel, manchmal huschte ein perlmutterfarbener Schimmer über die flachen Wellenkämme. An der Ufermauer scheuerte ein Kahn, und wir stützten die Arme auf das eiserne Brückengeländer und hörten, wie die Wellen mit schmatzendem Laut gegen die Planken des Kahns klatschten.

„Weißt du noch, wie wir uns in der Schule gezankt haben?" sagte Gregory. Er lachte leise. „Du warst mir widerwärtig. Du hast mich mit einer Leidenschaft agitiert ... irgendwie bewundernswert. Übrigens habe ich deine politischen Ansichten immer respektiert."

„So?" sagte ich. Mein Zug nach D. fuhr in vierzig Minuten. Gregory zündete eine „Astor" an und steckte sie mir zwischen die Lippen. Als er das Streichholz anriß, sah ich sein von dem Flämmchen bläulich überzucktes Profil, und ich erinnerte mich, daß ich ihn in der Schule „die müde Rasse" genannt hatte.

„Ich respektiere sie heute noch", sagte Gregory, „obgleich ich heute weniger denn je geneigt bin, sie zu teilen oder nur zu verstehen."

„Hast du eigentlich die ganze Zeit gewußt, daß du nach dem Abi zu deinem Bruder rübergehst?"

„Nein. Aber du weißt, wie sie mich beim Abitur fertiggemacht haben. Ich bin in sechs Fächern drangekommen. Ich war nicht in der FDJ."

Ich versuchte zu lachen. „Ich muß wohl doch eine miserable Agitatorin gewesen sein."

„Aber ich bin nicht durchgefallen. Trotzdem verzichtete ich auf das Studium in einem Staat, wo blaue Hemden und Arbeiterväter über die Prüfungsnote entscheiden." Er drehte mir langsam den Kopf zu und sagte mit seiner schleppenden Stimme: „Und dabei hatte ich eben erst beim Abi-Ball deine wunderschönen Augen entdeckt."

Ich sagte: „Sie haben dich ungerecht behandelt, das ist wahr. Ich schäme mich heute noch für meine Lehrer." Ich dachte: In einer halben Stunde fährt mein Zug. Wir reden und reden, ohne uns das zu sagen, worauf es einzig jetzt ankommt. (Und ist es denn wahr, daß sie dem Jungen, der sich Gregory nennen ließ, unrecht getan haben?) Ich fügte hinzu, vielleicht um mich selbst zu prüfen: „Du hattest aber auch vorher keine Sympathien für den Blauhemden-Staat, nicht wahr?"

„Trotzdem, Teuerste, hätte ich euch ein paar solide Brücken gebaut."

Ich wußte keine Antwort, ich schwieg, wir standen noch eine Weile stumm nebeneinander, auf das Geländer gestützt, und blickten auf das dunkle, sanft bewegte Wasser hinab, und dann gingen wir zum Bahnhof. Gregory küßte mir zum Abschied die Hand, als habe sich nichts verändert. Diesmal aber blieb ich auf dem Bahnhof zurück, und als die Wagentür zurollte, sah ich, wie Gregory die Hand hob und winkte... Plötzlich begannen sein Gesicht und die Lampen und die Schienen zu zittern und schwankend ineinanderzufließen, und ich lief wie blind die Treppe hinab und auf den anderen Bahnsteig.

Die Bahnhofshalle duftete wie der Kolonialwarenladen, in dem wir früher eingekauft hatten, nach Kaffee und Kakao und Südfrüchten und nach Gewürzen mit fremden, kostbaren Namen. Ich führte meine Mutter sanft am Ellbogen. Ich hatte jetzt Angst, gerührt zu sein, wenn ich Konrad sähe. Ich wollte aber nicht gerührt sein, und ich sagte mir, daß die ganze Legende von Geschwisterliebe und Stimme des Blutes mystischer Unsinn sei und daß ich einen Überläufer nicht in die Arme schließen werde, nur weil er zufällig mein Bruder ist.

Dann sah ich ihn: einen stattlichen, fremden Herrn, der den Kopf wandte und das Äthiopiergesicht Konrads trug. Er umarmte meine Mutter. Er gab mir die Hand und hielt meine Finger fest, er sagte: „Du siehst blendend aus, Kleines."

Ich hatte meinen Bruder anderthalb Jahre nicht gesehen, und wir waren doch sechs Jahre lang jeden Morgen zusammen den Weg zur Schule gegangen und hatten an einem Tisch gegessen und uns jeden Abend „gute Nacht" gewünscht. Wir standen eine Weile unschlüssig herum und blickten uns an; von seinem befangen lächelnden Gesicht konnte ich ablesen, wie befangen ich selbst lächelte. Ich sagte in ruppigem Ton: „Was machst du? Wie geht es den Verräterkomplexen?"

„Danke. Die Masern habe ich ja auch überstanden", sagte Konrad und lachte.

Ich hatte ein Gefühl, als stünde ich auf einem Bahnsteig und blickte dem Zug nach, den ich durch meine eigene Schuld versäumt hatte.

Zuerst war mir Konrads Gesicht unverändert erschienen, eine nahe, hundertmal durchstreifte Landschaft. Und nun entdeckte ich — bestürzt und traurig, wie man die schwärzlichen Spuren eines Brandes in dem vertrauten Wald entdeckt — die scharfen, neuen Linien um Augen und Mund.

„Und jetzt lädst du uns zu Kempinski ein, nicht wahr?" fragte ich.

„Getroffen", sagte Konrad. Als er ein paar Schritte vorausging, um uns eine Tür zu öffnen, stieß meine Mutter mich an und flüsterte: „Und vergiß nicht, was du mir versprochen hast."

„Ich hab gar nichts versprochen", sagte ich mürrisch. In der Tat hatte ich mir alle Bitten, ja nicht mit Konrad zu streiten, nur geduldig angehört, ohne mich zu verpflichten. Ich trottete einen halben Schritt hinter den beiden her und hielt den Mund; meine Mutter war so glücklich ... Dann saßen wir wirklich bei Kempinski, wir übten uns in Familieneintracht, und eine ganze Weile sah es so aus, als würde alles gut gehen. Es gab tausend Nachrichten auszutauschen über Verwandte und Bekannte, und ich langweilte mich wie bei einer Geburtstagsfeier in der Familie.

Konrad erzählte von Hamburg und der Werft und von der schönen Charlotte und ihren zwanzig Paar Pariser Schuhen, die sie — hierbei warf er einen nachsichtigen Blick auf meine flachen Sandalen — in einem Geschäft kaufte, wo die Schuhe um vierzig bis fünfzig Mark teurer waren als in den anderen Läden. Sie ging aber immer in dieses Geschäft, weil es einen Empfangschef gab, der sie wie eine Fürstin empfing, und weil Nadja Tiller ihre Schuhe dort kaufte ... Ich fand es komisch, bis ich merkte, daß der Empfangschef und Nadja Tiller wahrhaftig eine Bedeutung für Charlotte und sogar für Konrad hatten. Da fiel mir wieder ein, wie ich das erstemal mit Gregory hier gesessen und die Leute angestarrt hatte und wie ich in einer herzbeklemmenden Spannung darauf gelauscht hatte, in welcher Sprache sie redeten. Sie sprachen Deutsch, und ich hörte die deutschen Vokabeln und kam mir dennoch vor wie eine unerkannte Reisende in einem fremden Land. Ich dachte: Als ich voriges Jahr in Prag war, fühlte ich mich wie zu Hause, und wo immer ich ging, die tschechischen Laute im Ohr, war ich keinen Augenblick lang Ausländerin.

Konrad erzählte, er baue jetzt einen Tanker, zusammen mit einem Ingenieur, der ebenfalls im Osten studiert habe. Sein Gesicht veränderte sich, wenn er von seiner Arbeit sprach. „Wir geben uns nicht mit langwierigen Berechnungen ab — wir konstruieren nach Erfahrungswerten, die man im Lauf der Jahre gewonnen hat. Die von der Neptunwerft würden weinen, wenn sie sehen könnten, wie wir über den Daumen peilen." Er redete jetzt nur zu mir. „Aber was willst du? Anders ist es nicht möglich, in dem wahnsinnigen Tempo und zu so niedrigen Preisen die Schiffe rauszuwerfen. Wir ersticken nicht im Organisationskram, unter anderem, weil wir keinen Mangel an Material kennen. Drüben", sagte er in einem Ton, als müßte er sich gegen jemanden verteidigen, „drüben mußte ich mich um jede lächerliche Schraube kümmern, und jede lächerliche Schraube konnte zum unlösbaren Problem werden ..."

Ich nickte; ich kannte das aus meiner Brigade: Wenn einer unserer Schweißer auch nur ein Kettenglied schweißen wollte — das ist ein Arbeitsgang, der keine Viertelstunde dauert —, lief er nach einem Dutzend Zetteln und zwei Dutzend Unterschriften. Wenn er schlechte Laune hatte, schimpfte mein Brigadier, er müsse zwei Angestellte miternähren. „Mein Brigadier sagt ..."

„*Dein* Brigadier?" fragte Konrad und zog die Brauen hoch.

„Lukas", sagte ich, „er heißt wirklich Lukas und weiß von den Malern der italienischen Schule mehr als ich."

„Ich habe dir nicht geschrieben, daß sie im Kombinat ist", sagte meine Mutter und lächelte ihm um Entschuldigung bittend zu. „Ich dachte, du würdest es doch nicht verstehen, Junge."

„So, sie arbeitet und hat einen Brigadier, der Lukas heißt",

sagte Konrad. „Ich habe nicht erwartet, daß du diese abge-
schmackte Kampagne mitmachen würdest."

„Was für 'ne Kampagne?"

„Die eure Künstlerverbände nach dem vierten Plenum ent-
fesselt haben. Ich lese manchmal eure Zeitungen", fügte er
hinzu.

„Ach, red doch keinen Quatsch", sagte ich friedlich.

Konrad nahm meine Hände und drehte sie hin und her; er
betrachtete sie mit einem Ausdruck von Mitleid. Ich mußte lachen, ich sagte: „Am ersten Tag waren sie scheußlich zuge-
richtet. Aber ich arbeite nur einmal in der Woche, und niemand erwartet, daß ich wirklich Schlosserarbeit mache. Ich
bin doch da, um zu malen." Damals habe ich ganz großfressig
zu Gregory gesagt: Ich habe mir meine Auftraggeber schon
ausgesucht ... Ich kannte aber weder Lukas noch meinen dikken Meister und die anderen. Das mit den Auftraggebern war
— damals — nichts als Anmaßung und rosaroter Schwindel.
„Wir hatten schon eine Ausstellung zusammen, meine Brigade und ich", sagte ich.

Konrad schickte ein geduldiges Lächeln zu meiner Mutter
hinüber. Sie lächelte nicht zurück, sie sagte: „Zuerst war ich
auch in Sorge um das Mädchen. Aber jetzt bin ich ganz froh,
daß sie in ihrem Kombinat ist, unter netten, soliden Leuten —
nach all den Verrückten auf ihrer Schule." (Nein, sie hat sich
bis heute nicht mit *diesen Künstlern* befreunden können;
meine Studiengenossen, die ich zuweilen mit nach Hause
brachte, beobachtete sie mißtrauisch und erstaunt, und in der
Tat gaben wir ihr keine Gelegenheit, uns als die hart Arbeitenden kennenzulernen, die wir in unseren Ateliers waren.
Für sie und die anderen zu Haus, blieb der bemüht exzentri-
sche Habitus übrig, die groben Pullover und fransiger Napo-
leonhaarschnitt und die saloppe Art, die Zigarettenasche im
Zimmer zu verstreuen und laut und wild zu debattieren, und
die ruhige Gesittung der Leute, die nicht zu uns gehörten, mit
einem Schulterzucken als *bürgerlich* abzutun. Ach, und wie
schrumpfte unser ganzer Aufwand in sich zusammen, wie lä-

cherlich erschien er uns, als wir ihn das erstemal unter Joachims Augen zu entfalten versuchten ...)

„Wir hatten zusammen eine Ausstellung", wiederholte ich eigensinnig.

„Ja?" sagte Konrad höflich. Er beugte sich über den Tisch, um meiner Mutter Mokka einzugießen; seine Hand, klein und braun wie die Hand Ulis, hob sich scharf von dem Silber des Kännchens ab. Er mißfiel mir jetzt sehr: Seine Manier, im Sessel zu lehnen, mißfiel mir, seine Nachsicht und die Dezenz seiner Gesten und sogar die Art, wie er das Mokkaeinschenken zelebrierte ... Immerhin schien er mir zuzuhören, und ich spürte, während ich ihm erzählte, noch einmal etwas von der feierlichen Aufregung wie an jenem Maitag, auf dem Weg durch das aufgerissene, von Gräben zerschnittene Baugelände.

Seit einem halben Jahr hauste ich in einer der flachen, nach Teer und Sonnenhitze riechenden Baracken im Wohnlager. Wenn ich malte, saßen immer drei oder vier Gäste auf dem eisernen Feldbett und sahen zu, Rohrleger und Maschinisten und Zimmerleute in ihrer schwarzsamtenen Tracht. Sie redeten nicht viel, sie saßen einfach da und blickten auf meine Hände, ernsthaft, gesammelt und mit der Miene von Leuten, die die Arbeit anderer respektieren. Zuerst hatten sie mich gestört und fahrig gemacht, dann gewöhnte ich mich, und schließlich wartete ich auf sie.

Abends kam Lukas, der im benachbarten Lager wohnte; er brachte ein paar Brigadeleute mit, und wir schwatzten und tranken Pfefferminztee und manchmal den billigen, scharfriechenden Bergmannsschnaps. Das Fenster stand offen, und mit der lauwarmen Abendluft wehte der Atem des Waldes herein, mit seinem Duft von Pilzen und feuchtem Moos, und wir hörten das tiefe, dunkle Summen der vom Wind bewegten Kiefern und Ziehharmonikagedudel und, an den Zahltagen, Gelächter und betrunkenen Gesang von der Bierschwemme her.

Ich leitete einen Zirkel malender Arbeiter, den ein rühriger Gewerkschaftsmann mir aufgehalst hatte. Es gab einige

Leute, die nichts mitbrachten außer ihrer Lust und Liebe zum Malen, und zwei oder drei Talente, für die ich ehrgeizige Pläne hegte, und ein paar viel zu geschickte Dilettanten, die weinerlich-violette Heidelandschaften und idyllische Fischerkaten kopierten und unter ihren Kumpels vertrieben; sie forderten für ihre Ölschinken Preise, zu denen man ein halbes Dutzend vortrefflicher Reproduktionen erwerben konnte. Ich hatte Kämpfe mit ihnen, nach denen ich heulend zu Lukas lief und sagte, er soll seine verdammte Kulturrevolution gefälligst allein durchführen.

Eines Tages beschloß meine Brigade (ich sagte „beschloß" und sah, wie Konrads Mundwinkel sich krümmten), eine Ausstellung in einem großen Raum der Zentralküche zu veranstalten. Ich war entsetzt, als ich bemerkte, welche Dimensionen die ganze Sache annahm, und am liebsten wäre ich stillschweigend abgereist. Lukas organisierte . . . Lukas setzte die Brigade in Trab, Lukas wählte die Bilder aus und lud die Gäste ein und zwang mich, drei noch unfertige Graphiken zu vollenden, und das kostete mich vier Nachtschichten bei dem nackten, weißen Licht der Barackenlampe.

An jenem Maimorgen wartete ich vorm Hallentor auf Lukas und meinen Meister. Die Sheddächer standen stahlgrau und streng vor dem milchfarbenen Himmel. Aus der Halle schlug mir Kühle entgegen und der schon vertraute Geruch, gemischt aus den Gerüchen von Benzin und Caramba und Maschinenöl. Drüben, nahe dem anderen Tor, zuckten die Schweißfeuer, blauviolett und goldrot, und ich konnte die kauernden Gestalten der Schweißer sehen, die Schutzhaube vor dem Gesicht und die kraftvoll gespannte Linie von Nakken und Rücken. Dann kamen Lukas und der Meister, und wir gingen zusammen durch den knöcheltiefen Sand zur Zentralküche hinüber.

Von der Brikettfabrik trieben träge, bräunliche Wolken herüber, und die Luft schmeckte nach Rauch und dumpfig nach Beton. Von dem Punkt, wo wir die Gleise der Werkbahn überquerten, hatten wir den Blick auf die Brückenbögen, deren nüchtern flachen und dennoch kühnen Schwung ich liebe, als hätte ich selbst sie entworfen und gebaut. Wir hörten das Tacken der Brikettpressen und, ein paar Sekunden lang, das durchdringende Brandungsgeräusch, mit dem das Kraftwerk Dampf abließ. („Mit der Zeit", sagte ich zu Konrad, „erscheint dir das Werk wie etwas Lebendiges, ein großes und starkes Geschöpf, und du hörst seine Atemzüge und seinen Herzschlag.")

Ich glaube, ich zitterte vor Aufregung. Links neben mir ging Lukas. „Lampenfieber?" fragte er. „Schlimm", sagte ich. Er faßte meine Hand. Ich dachte auf einmal: Wovor habe ich denn Angst? Ich spürte den Druck seiner harten, langfingrigen Hand wie eine unausgesprochene freundliche Ermutigung, den ganzen Weg über und noch im Vorraum zum Speisesaal. Dann wurden wir getrennt.

„Die ganze Kombinatsprominenz war da", erzählte ich Konrad, „und Brigadeleute und Ingenieure und natürlich die vom Zirkel. Ihre Arbeiten — oder, wenn du so willst: ihre Versuche — waren ja auch ausgestellt."

„Na und?" fragte Konrad gelangweilt. „Wann kommt der Knüller?"

„Gar nicht", sagte ich. „Wir haben unsere Show abgezogen — und fertig."

„Du hast Lukas vergessen", mahnte meine Mutter, die ein bißchen verliebt in Lukas ist, obwohl sie ihn nie gesehen hat.

„Lukas ist kein Knüller, jedenfalls nicht in dem Sinn."

„Er trug einen schwarzen Anzug", sagte meine Mutter.

Meine Brigadekollegen waren feiertäglich angezogen und sauber rasiert, und dabei war es eigentlich ein Werktag wie jeder andere. Sie saßen in der ersten Reihe, dicht vor dem Rednerpult, das sie mit rotem Fahnentuch verkleidet und in ein weißes Geschäum von Azaleen gepflanzt hatten. Zu beiden Seiten des Pults standen kümmerliche Lorbeerbäumchen, die sich altmodisch und ein bißchen lächerlich ausnahmen, und aus irgendeinem Grund war ich gerührt, diese staubigen Re-

228

quisiten zu sehen, die unsere stichelhaarigen Lehrjungs her-
beigeschleppt hatten. Die Brigade hatte mir einen Platz frei
gehalten. Zwischen ihnen zu sitzen, in der ernsthaften, unruhigen, feierlichen Reihe, war genauso gut, als spürte man den
ermutigenden Händedruck von Lukas.

Und dann ging Lukas ans Rednerpult. Ich sah jetzt, als er
seinen Mantel ausgezogen hatte, daß er den schwarzen
Abendanzug trug, den er sonst nur für Theaterbesuche aus
dem Schrank holte, und eine schwarze Fliege auf dem gestärkten Oberhemd. Er bewegte sich im Abendanzug mit derselben Sicherheit wie in seiner schmierfleckigen Kombination.
Ich blickte unverwandt auf sein Gesicht. Lukas ist vierzig
Jahre alt. Sein Haar ist weiß, von diesem eisigen, stumpfen
Weiß, wie ich es einmal bei einem Schornsteinbauer gesehen
habe, der aus zwanzig Meter Höhe abstürzte. Wenige Tage
vor Kriegsende ist Lukas' junge Frau vor seinen Augen von
einer Granate zerrissen worden.

Lukas sprach. Er sprach mit Neigung und Kennerschaft,
und ich bewunderte ihn wie am ersten Abend, als wir über da
Vinci geredet hatten. Lukas ist Schlosser, er hat einige Jahre
als Häuer bei der Wismut und später auf fünf oder sechs
Großbaustellen gearbeitet, ehe ihn seine Neugier und Unrast
ins Kombinat verschlugen.

„Verstehst du, was ich meine?" sagte ich zu Konrad. „Er
trug seinen Abendanzug und hielt eine Festrede . . . Dagegen
verblaßte alles, was danach kam: Wir defilierten an den Bildern vorbei, und es gab eine Menge netter Worte und Lob-
sprüche und großes Händeschütteln, aber . . ." Ich beugte
mich über den Tisch und berührte den Arm meines Bruders.
„Konrad! Was ist denn, Konrad?"

„Er ist Schlosser, dein Lukas", sagte Konrad mit einer sonderbaren Stimme.

„Ja. Einer, der fast jeden Sonntag die sechzig Kilometer
nach Dreden rüberfährt und den Nachmittag in der Gemälde-
galerie sitzt."

„Eine hübsche Story", sagte Konrad. „Aber du bist schon immer eine schwärmerische kleine Phantastin gewesen; das entschuldigt manches."

„Den Lukas hab ich mir nicht ausgedacht."

„Daß du deinen abtrünnigen Bruder agitieren würdest", fuhr er fort, „war zu erwarten. Ich habe aber nicht erwartet, daß du es so plump tun könntest."

„Ich will dich nicht agitieren, wirklich."

„Ihr merkt das schon gar nicht mehr", sagte Konrad. „Aber ich merke es, in jedem Brief, in jeder Zeile, die du mir schreibst . . ."

Auf einmal war ich froh, weil nun endlich das alte Gesicht meines Bruders hervorschimmerte, als sei etwas zersprungen in seiner darübergestülpten Miene von nachsichtiger Überlegenheit. Ich redete mir zu, ich dürfte jetzt nicht mit ihm streiten, schon wegen meiner Mutter nicht, die ein halbes Versprechen hatte.

Meine Mutter sagte leise: „Du hast ein schlechtes Gewissen, Junge. Deshalb." Sie ist klein; wenn sie ihn ansah, mußte sie den Kopf zurückneigen. Konrads dunkelhäutiges Gesicht hatte sich ein wenig verfärbt, wie ausgeblichener Stoff. Sie hatte es ohne Vorwurf gesagt und in dem Ton wie früher, wenn sie uns beim Lügen erwischte oder in der Speisekammer überraschte — und bei ihr war es niemals dieses triumphierende Erwischen wie bei manchen Erwachsenen.

Aber mein Bruder gab nicht auf. Er wandte sich wieder an mich, er sagte: „Wenn das wahr wäre, was du mir da erzählst, dann würde es bedeuten, daß die . . . *Kulturrevolution* in der Zone schon gesiegt hat. Und das willst du mir doch nicht weismachen, Lies, nicht wahr, das denn doch nicht?"

„Ich weiß nicht, ob es das bedeutet." Ich hörte meine Stimme rauh vor Erregung, ich dachte: Vielleicht hat er das infame Wort nicht absichtlich gebraucht. Ich sagte: „Es heißt nicht Zone. Es heißt DDR. Ich red ja auch nicht von der Westzone. Soviel Achtung kann ich für unseren Staat schon verlangen."

„Staat . . .", sagte Konrad. „Ein paar Quadratkilometer ärmliches Land; eine Regierung, die von den Sowjets ausgehalten wird..."

Wir sahen uns über den Tisch hinweg an, mit einem Blick, der die gutwillig geheuchelte Familieneintracht zerschnitt. „Du hast doch bei uns gelebt", rief ich, „du mußt es doch besser wissen..." Ich hatte plötzlich ein Gefühl, als ob etwas heiß und rot in meiner Brust und in die Kehle hochstieg. Ich drückte die Fingernägel in die Handflächen, das ernüchterte mich, ich kannte das von Prüfungen und Abschieden, und nach einer Weile sagte ich: „Du hast schnell umgelernt... Ich will nicht mit dir streiten, ich könnte es nicht mal, ich bin nicht geschult. Du könntest mich mit Argumenten totreden, gegen dich bin ich nie aufgekommen, du warst immer ein glänzender Diskutierer — schon früher, du erinnerst dich doch? Ich hätte dir nichts entgegenzusetzen als die guten Erfahrungen mit Leuten, die du verachtest, und mehr Gefühl als Wissen und vielleicht ein paar Tränen, wenn ich nicht mehr weiter wüßte... Aber es lohnt nicht einmal, deinetwegen zu weinen... Überhaupt", sagte ich zornig, „sind mir deine politischen Ansichten scheißegal, und dein Gewissen ist mir egal. Deine Sache... Aber wenigstens dieses eine erwarte ich von dir: daß du den Staat nicht beschimpfst, der dein Studium bezahlt hat."

Das Äthiopiergesicht schoß auf mich zu, mit roten Flecken auf den Backenknochen, zwischen den aufgeworfenen Lippen sah ich die Zähne. Ich kniff die Augen ein, mir war bang, ich hatte ihn getroffen, dieses einzige empfindliche Fleckchen auf der hornenen Haut des Tüchtigen, Ratenzahlenden, Rechnerischen; hier war er noch verwundbar. Wir saßen noch an einem Tisch, Schwester und Bruder: Wir haßten uns schon. Meine Mutter, mit blassem, unglücklichem Gesicht, rührte sich nicht und sagte nichts, sie war unsere Grenze und unsere letzte Gemeinsamkeit.

Konrad starrte mich mit einem Ausdruck von Wut und Ekel an, er sagte: „Das ist immer euer letztes Argument: das Geld, das ihr in uns investiert habt... Wenn alle eure Sophismen nicht mehr verfangen, operiert ihr mit den *Arbeitergroschen*. Aber ihr braucht uns ja, ihr braucht uns ... Die Wirtschaft da drüben wäre längst zusammengekracht, wenn man es sich nicht was kosten ließe, die Intelligenz am Futternapf zu halten. Ihr habt alle eure Preise ... Auch du, Elisabeth, auch du hast deinen Preis: einen Einzelvertrag und die Garantie, daß man dir deine optimistischen Bilderchen abnehmen wird, um sie in eine Kantine zu hängen oder in das Büro eures Parteisekretärs."

Obgleich es schon sinnlos geworden war, ihm zu antworten, sagte ich: „Du haßt uns, weil du dich als Schuldner fühlst." Ich hatte ein verzweifeltes Verlangen, ihn zu verletzen und mich zu rächen: für den Kuß am letzten Morgen, für die zerbrechende Stimme meiner Mutter, für jenes infame Wort und dafür, daß er mein Bruder war ... „Du hast nicht einmal die Genugtuung, dich als *Emigrant* aufspielen zu dürfen ... Du haßt die Republik so blind und dumm, wie man einen Gläubiger haßt. Du wirst es ihr nie verzeihen, daß du ihr deine Ausbildung und deinen Beruf verdankst. Das ist es. Deinen Beruf", fügte ich hinzu, „mit dem du Westmark verdienst."

Meine Mutter umklammerte mein Handgelenk, sie flüsterte: „Kind, Kind, ich bitte dich ..." Und mit der Grimasse eines versöhnenden Lächelns, das einem das Herz umdrehen konnte: „Ihr seid doch Geschwister ..."

„Ich warte dann auf dich, Mutti, an der Friedrichstraße." Ich schob den Sessel zurück. Konrads Hände lagen auf dem Tischtuch, ich dachte: seine Hände ... auf dem weißen Tischtuch ... Die alte Ballade, in der ein Vater zwischen sich und seinem Sohn das Tischtuch zerschneidet ... Ich stand auf. Es war vorbei, nicht nur für heute und morgen. Die unselige Grenze zerschnitt das weiße, damasten glänzende Tischtuch — der unsichtbare Schlagbaum, der mitten durch unsere Familie ging. Es war wie in der Nacht auf dem Bahnsteig, mit Gregory, und war tausendmal schlimmer als mit Gregory. Konrads Stimme im Ohr: „Was haben die bloß aus dir gemacht ..." Ich ging vorbei an Augen, bunten Stoffen, sonnengebräuntem Fleisch, Gefunkel von Glas und Messing, eine Tür schwang auf, ich stand überschüttet von Sonne, Pflaster unter meinen Füßen, über mir der Himmel, weiß und dürr vor Hitze.

Nein, sie waren mir nicht nachgelaufen, sie hatten mir nicht nachgerufen; bei Kempinski schreit man nicht, läuft man niemandem nach.

Hier war eine Straße, und ich ging die Straße entlang, Augen auf dem Pflaster. Ich hörte die Autos, die schwarze, cremegelbe, verchromte Schnur von Autos, Bremsenschrei und den zwitschernden Laut der Reifen. Ich sah die Füße, die mir entgegenkamen: Füße in Pantoletten, in Sandalen mit einem blinkenden Knopf zwischen den Zehen und einmal, schön und befremdlich, ein Paar nackte Füße mit lilafarbenen Nägeln. Ich dachte, sie sehen aus, als ob die Frau Tehura heißen müßte, und ich versuchte sie mir auszumalen: ihre Hüften wie die Hüften der Venus von Modigliani, ihr Gesicht wie von Gauguin gemalt. Dann vergaß ich sie. Ich wußte nicht, wie ich in unseren Sektor rüberkommen sollte.

Wie lange war ich nicht mehr hier gewesen? Ich habe kein Ortsgedächtnis, und ich verließ mich immer auf Gregory, er hatte mich am Arm geführt, mir die Fahrkarte gegeben: Hier mußt du langgehen. In diesen Zug mußt du einsteigen. Und all die Jahre in den ungeteilten Städten der Republik ... Ich war ganz hilflos, ich besaß keine Westgroschen für die S-Bahn und wagte nicht zu fragen, ob man für Ostgeld mit der U-Bahn fahren dürfte, ich dachte: Lieber Himmel, ich kenne nicht einmal die einfachsten Spielregeln dieser Stadt, und ich werde nie begreifen, daß die Zehntausende anderer sich daran gewöhnt haben, flink umzurechnen von West in Ost und in gelbrote Wagen zu steigen, die sie in fünf Minuten von einer Welt in die andere tragen.

So lief ich also auf gut Glück, und natürlich verirrte ich mich, aber es war mir gleichgültig; ich ging in einem atembeklemmenden Mantel aus Hitze und Staub, über Plätze und durch Straßen, deren Namen ich nicht kannte, und vorbei an

Fassaden mit bunten Balkons und an Lampen, die ihre langen, stählernen Hälse über den Damm reckten, und an den grauen Großstadtbäumen mit ihren Blättern ohne Duft, die mich immer an die Kulissenbäume in einem altmodischen Photoatelier erinnern. Ich glaube, ich habe den ganzen Weg über geweint.

Ich bin kein Analytiker (meine Brüder lachten oft über meinen Mangel an Logik und Gedankenschärfe), und ich wäre jetzt weniger denn je imstande gewesen, dieses letzte Gespräch mit Konrad sachlich zu zergliedern. Ich hatte während der halben Stunde meines Irrgangs nichts anderes zu tun, als mit der Vorstellung fertig zu werden, daß ich meinen Bruder verloren hatte (und verloren hieß hier: endgültig und unwiederbringlich), einen Bruder, der zwei oder drei Kilometer von mir entfernt lebendig und wohlbehalten an einem weißgedeckten Tisch saß, der morgen nach Hamburg zurückfliegen würde, Tanker bauen, für einen Mercedes sparen, mit seiner schönen Frau schlafen, ins Kino gehen, weiterleben würde . . .

Plötzlich stand ich vor dem Schild, das die Sektorengrenze anzeigte. Einfach so ein Schild, einfach so eine gepflasterte Straße; man konnte von einem Sektor in den anderen spazieren, und die Leute taten es, ihre Gesichter waren nicht traurig und nicht zornig, und sicherlich schlug ihr Herz nicht schneller. Ich blieb stehen, mir schwindelte. In diesem Augenblick begriff ich, was das hieß: *das gespaltene Deutschland.* Ich hatte es so oft gelesen, in Leitartikeln und Aufsätzen und manchmal, selten, in Geschichten; ich hatte selbst zuweilen, auf der Hochschule und im Kombinat, von der „deutschen Tragik" geschrieben oder gesprochen, und es war mir ganz glatt über die Lippen gegangen. Jetzt wußte ich es.

Drüben stand ein Volkspolizist, er schwitzte, er hatte die Ärmel seiner Uniformbluse hochgestreift; unter den Achseln zerflossen dunkle Flecken. Ich kann nicht behaupten, daß ich bis dahin eine innige Zuneigung zur Polizei gehabt hätte; ich mochte es nicht, wenn man meinen Ausweis überprüfte, und im Zug machte ich Szenen, wenn mein Gepäck kontrolliert werden sollte. Heute aber, als ich an dem Sektorenschild vorüberging, hätte ich mich widerspruchslos anhalten und kontrollieren lassen: Dieser fremde, schwitzende junge Volkspolizist gehörte dazu, und er war mir befreundeter als mein Bruder Konrad.

Er hielt mich nicht an; mein Basttäschchen sah harmlos aus. Sein Dienstgesicht veränderte sich ein bißchen; vielleicht habe ich ihm zugelächelt. Er hatte am linken Mundwinkel einen Leberfleck, wie ein brauner kleiner Käfer.

Dann war ich auf der anderen Seite und war zu Haus.

4

Ach, ich wünschte, ich könnte einem Menschen etwas von der Erschütterung mitteilen, die ich an jenem Sommertag angesichts der Sektorengrenze empfand. Joachim habe ich davon zu erzählen versucht (das war im vorigen Herbst, zu der Zeit, als ich merkte, daß es einiges gab, worüber ich mit diesem nüchternen, langweiligen, prinzipientreuen Menschen besser sprechen konnte als selbst mit Uli), es war aber nur Andeutung gewesen, verschwommenes Gestammel.

Neun Uhr . . .

Ich ging in die Speisekammer; auf dem unteren Brett, zwischen Essig- und Ölflaschen, mußte noch eine halbe Flasche Wermut stehen, ich dachte, ein Schluck würde mir jetzt guttun. Ich fühlte mich zerschlagen, mein Kopf schmerzte. Wie bei einer Filmüberblendung hatte sich Konrads Bild verwischt und Ulis Züge angenommen . . . Ich hatte in den wenigen Minuten alles vorweg erlebt, was ich irgendwann mit Uli erleben würde, wenn Joachim heute versagte.

Ich trank ein Glas Wermut und nach einer Weile noch eins, mit schlechtem Gewissen, weil ich wußte, daß ich mir auf billige Art Mut machen wollte. Wenn mir gestern jemand gesagt hätte, daß ich einmal Mut brauchen würde, um ins Zimmer zu meinem Bruder Uli gehen zu können ...

Gestern früh, als ich aufwachte, sah ich die häßliche, backsteinerne Giebelwand des Hauses, in dem Joachim wohnt, purpurrot von Morgensonne. Im Garten sang die Grasmücke; am Sonnabend entdeckten wir ihr struppiges kleines Nest in einem Stachelbeerstrauch. In der Dachrinne lärmten die Spatzen. Vor dem Bett hockte Uli auf den Fersen; er war gelblichblaß und gutgelaunt, er sagte: „Guten Morgen, Madame Gusseli-Gussela."

„Guten Morgen, Prinz von Arkadien", sagte ich. „Du siehst hübsch vergammelt aus."

„Dich hab ich auch schon frischer gesehen. Wie lange hast du dich noch rumgetrieben?"

„Weiß nicht. Halbe Stunde", sagte ich abweisend. Ich war nicht mehr mit Joachim gegangen — übrigens nicht aus Furcht vor seinen spaherischen Nachbarn, oder weil ich mich vor seinem Vater geschämt hätte. Joachims Vater war vom ersten Tag an unser Verbündeter und verschwiegener Freund; er ist imstande, noch abends um zehn, wenn wir in die unordentliche, kleine Wohnung kommen, zu einer dringenden Beratung aufzubrechen. Als Schülerin war ich verliebt in den bescheidenen, tapferen, unveränderlich heiteren Mann, der Sommer wie Winter in seiner schäbigen Windjacke herumlief (sie stammt noch aus seiner Partisanenzeit; er hat in Griechenland gekämpft, nachdem er aus dem Strafbataillon geflohen war); seinen Sohn fand ich sterbenslangweilig.

Früher habe ich Uli meine Abenteuer gebeichtet, und wir haben zusammen über die Männer gelacht. Joachim ist kein Abenteuer. Wir sind kein komisches Liebespaar. Ich habe erfahren, wie sich das strenge Gesicht verwandeln kann, wie seine Augen tief und dunkel werden, welche Zärtlichkeiten seine Hände austeilen können.

„Stehen Sie auf, Madame Gusseli-Gussela", sagte Uli; er stülpte mir plötzlich die Steppdecke über den Kopf und kitzelte mich an den Fußsohlen, und ich fiel lachend und schreiend aus dem Bett. „Gehen wir uns eins mixen, ehe die lieben Altchen wach werden", sagte er.

Wir gingen im Schlafanzug und barfuß in die Küche, Uli plärrte: „Als ich noch Prinz war in Arkadien . . ." Hinter der Tür zum Schlafzimmer hörten wie die Eltern sprechen; ich bin sicher, sie sprachen über uns und unsere nächtlichen Ausschweifungen. Wir räumten unter Vaters Alkoholvorräten auf. Uli zog seine Jacke aus und mixte, und ich sah ihm zu und sah seine Schultern und die glatte, unbehaarte Brust und das Muskelspiel unter der gebräunten Haut, und obgleich ich muskulöse Männer eher abstoßend finde, betrachtete ich meinen Bruder mit einer Art Rührung und mit dem Stolz, den ich beim Anblick von etwas Vollkommenem empfinde, sei es in der Natur oder in der Kunst.

Wir tranken Prärieaustern; sie waren so scharf gepfeffert, daß mir die Tränen in die Augen traten. Eine Weile hockten wir auf dem Küchentisch und schwatzten. Einmal legte mir Uli die Hand auf die Hüfte, er sagte: „Ich könnte deine Taille mit zwei Händen umfassen." Ich wurde rot. Er fügte hinzu, ohne zu lächeln: „Wenn Jochen dich sitzenläßt, bringe ich ihn um."

„Joachim? Nie", sagte ich.

Wir stellten uns dann vor der Schlafzimmertür auf und quäkten mit Kinderstimmen: „Guten Morgen, liebe Eltern, wie habt ihr geruht?"

„Kommt rein, ihr kleinen Affen", rief meine Mutter.

Ihr Haar lag dicht und schwarz auf dem Kissen. Es war kalt im Zimmer, die beiden Fenster standen weit offen, und man konnte hinaussehen auf den Garten, auf das Dickicht der Kirschbäume, über und über besteckt mit weißen Knospen, und den kurzen, gedrungenen Schornstein der Zimmerstrecke, wo wir früher Trapper und Indianer gespielt haben (was für altmodische Spiele! Die Kinder, die ich heute auf der Straße beobachte, steuern Düsenjäger und Weltraumraketen, und jeder Knirps weiß von Überschallgeschwindigkeiten mehr als ich).

Links neben dem Schornstein stand über streifig-orangefarbenen Wolken die Sonne, sie war noch kalt und rund und tiefrot, und ich konnte hineinsehen, ohne die Augen zusammenzukneifen. Die Straße war leer und still. Irgendwo klappte ein Fensterladen. Mein Vater sagte: „Aha, die Herren Kinder . . . Schon zu Haus . . .“

„Randalieren Sie nicht“, sagte Uli. „Liegen Sie bequem, Mann!“

Das war gestern, am Morgen des Ostermontag . . .

Ich öffnete die Zimmertür in einem Gefühl, das ich als Kind hatte, wenn ich die fünf oder sechs Meter tief in die Kiesgrube springen sollte: Ich fürchtete mich, die anderen standen neben mir oder schon unten in der gelbflimmernden Grube, sie warteten und riefen, und ich sprang schnell und mit der Entschlossenheit, die in Wahrheit nur Flucht vor der eigenen Furcht ist.

Jetzt lehnte Uli am Fenster, er zerrte an seinen Fingern; ich hörte den abscheulichen Laut, mit dem die Fingergelenke knackten. „Prinz“, sagte ich erstickt. „Uli . . .“ Er blickte nicht einmal hoch.

Neben Joachim, auf einem Tischchen, stand ein Aschenbecher voller Zigarettenstummel. Joachim raucht sonst nicht. Seine rechte Hand lag auf der Sessellehne, und selbst in diesem Augenblick konnte ich sie nicht ansehen ohne den süßen, dunklen Schauer.

Wie weiß ich noch unseren ersten Abend: Ich war aus D. gekommen, ich war allein zu Haus und lag auf der Couch, müde von der Reise, und dann kam Joachim — unter einem seiner umständlich ausgeklügelten Vorwände, an die längst niemand mehr glaubte, außer ihm selbst.

Joachim ist mit Konrad in eine Klasse gegangen, wir sind Nachbarn, wir besuchten uns zuweilen, sonst war nichts. Wir stritten oft. Es machte mir Spaß, ihm eine unsinnige Behauptung, irgendeinen verdrehten Satz hinzuwerfen wie einen Köder und zuzuhören, mit welchem Ernst, welcher Gründlichkeit er diesen Satz prüfte und zerlegte und seine Gegenbeweise zusammentrug.

Ich lachte und sagte: „Das habe ich längst gewußt." Manchmal stand er dann auf und ging weg, und am liebsten hätte ich ihn zurückgeholt — und ich konnte es doch nicht lassen, mich über ihn lustig zu machen, sobald er wiederkam.

An jenem Abend war ich sogar zu müde, ihn zu ärgern. Joachim erzählte vom Walzwerk, und ich dachte, er könnte sich auch einmal ein anderes Thema einfallen lassen als immer wieder die neue Taktstraße ... Ich lag mit geschlossenen Augen und horchte nur auf seine Stimme. Ich weiß nicht, ob er geglaubt hat, ich sei eingeschlafen. Auf einmal spürte ich seine Finger auf meinem Gesicht. Er fuhr nur mit den Fingerspitzen meinen Augenbrauen nach, den Lippen, den Nasenflügeln, und ich bewegte mich nicht und sagte nichts, betäubt und zitternd unter einer Sturzsee von Empfindungen, und nach einer sehr langen Zeit richtete sich Joachim auf und sagte: „Dein Gesicht ... was für ein Abenteuer."

Als er fortging, küßten wir uns nicht einmal — mit solcher Sicherheit wußten wir, daß dies nur der erste von tausend Abenden war und daß wir Jahre und Jahre vor uns hatten, mit all ihren Stationen der Zärtlichkeit ...

Ich rief: „Um Gottes willen, Uli, hör auf, halt deine Hände still!" Er sah mich nicht, hörte mich nicht, ich war irgendein toter Gegenstand, weniger als ein Gegenstand.

Ich winkte Joachim, und er stand auf. Uli sagte: „Ah, das Gericht zieht sich zur Beratung zurück."

Joachim, mit seiner unverändert ruhigen Stimme, erwiderte: „Nur ein paar Zeilen für Felix ... Felix ist mein Fahrer. Er wartet unten."

„Mein Fahrer, mein Walzwerk, meine Arbeiter", höhnte Uli.

Draußen, im Korridor, sagte Joachim: „Das mit Felix war nur ein Vorwand."

„Was ist? Joachim, ich bitte dich ..."

„Er ist störrisch wie ein Maulesel", murmelte Joachim. „Der ganze Mann ist eine Verwirrung. Ich suche immer noch den

Faden, mit dem ich beginnen kann, das verfitzte Knäuel von Ansichten aufzuspulen. Er taumelt zwischen Feindschaft und verstiegenem Idealismus . . . Wußtest du, daß er sich zur algerischen Befreiungsarmee melden wollte?"

„Ja. Er wollte etwas *tun*, mit dem Gewehr in der Hand . . . In Algerien gibt es keine Seminargruppen und keine Kaderleiter."

„Und du, Elisabeth, du hast ihm gestern tüchtig zugesetzt, wie?"

Ich wich seinen Augen aus. Ich wickelte vor Verlegenheit seinen Schlips um die Hand, schließlich sagte ich mürrisch: „Ich bin eben kein Diplomat."

„Wahrhaftig nicht", sagte Joachim. Er lächelte, und ich drückte den Kopf an seine Brust und rief: „Ich halt das nicht mehr aus, Joachim. Ich lauf weg . . . Ich halt das nicht aus, hier zu stehen und zu warten . . . Versprich mir . . ."

„Das weißt du doch. Nicht nur, weil er dein Bruder ist."

Auf der Treppe kehrte ich noch einmal um. „Umarme mich. Ganz fest." Ich bedeckte seinen Hals und seine Schultern mit Küssen. „Mein Liebster, mein Grauäugiger . . . mein wunderliches Nachbarskind . . ."

Als die Haustür hinter mir zufiel, atmete ich auf. Dort oben in der Wohnung war mir zumute gewesen, als stünde ich vor einem Krankenzimmer und lauerte auf das Urteil des Arztes. Ich lief über die morastige Straße; in den Räderspuren blinkte Regenwasser. Durch Zaunlatten drängten sich blühende Mandelbaumzweige. Ich hatte noch den Geschmack von Joachims Lippen, den Geruch seiner Haut . . . Plötzlich, ohne Vorbereitung, traf mich ein Gedanke wie ein frostiger Windstoß: Haben wir das denn nötig, diesen Ulrich Arendt zu bitten, zu umwerben, ihm ins Gewissen zu reden? Was er in fünfzehn Jahren nicht gelernt hat, das wird er auch an diesem einen Vormittag nicht mehr lernen.

Ich stieß den Gedanken zurück. Ich war jetzt in der Kastanienallee: Hier war ich gestern mit Uli gegangen, in einem sanften, schleierigen Regen. Ich wußte auch noch den Baum, unter dem wir stehengeblieben waren, über uns ein spärliches Dach von gefältelten Blättchen und klebrigen braunen Knospen, die wie ein Schwarm Maikäfer in den Zweigen hockten.

Die Füße glitschten im Gras vom vergangenen Jahr. Uli schlug den Mantelkragen hoch, er blickte geradeaus, er sagte: „Ich kann zu niemandem sonst davon sprechen. Du bist der einzige Mensch, zu dem ich Vertrauen hab, Betsy ... Mittwoch früh reise ich ab."

Ich erschrak. Wir waren den ganzen Tag vergnügt gewesen, vielleicht vergnügter als sonst. Ich fühlte etwas auf mich zukommen, eine rasche, dunkle Drohung, wie an einem Sommertag, wenn plötzlich ein Schatten über die Sonne läuft, über den Himmel, über ein helles Kornfeld.

„Es läßt sich nicht mehr ändern." Seine Hand fiel herab, mit einer Bewegung, die uns voneinander abtrennte, er sagte: „Ich gehe in den Westen, ich gehe nach Hamburg. Übermorgen."

5

Ich ging den Weg zurück. Dort war unser Haus, weiß und würfelförmig, mit dem Balkon, über dem die Zweige verwilderter Kirschbäume wippen. Am Plankenzaun vor dem Mietshaus lehnte ein klappriges Fahrrad. Auf dem Hof kam mir Joachims Vater entgegengelaufen, in seiner Partisanenjacke und Lederhosen, und mir war gleich leichter ums Herz, als ich sein lachendes braunes, zerknittertes Gesicht sah. „Ich weiß schon, Sie haben's eilig", sagte ich. „Wann haben Sie es mal nicht eilig?"

„Ich muß zur MTS raus, ein paar Schlampereien knipsen." Auf seiner Brust baumelte ein Fotoapparat. Steinbrink ist Redakteur von zwei oder drei Dorfzeitungen; er fährt auch im härtesten Winter die zehn oder zwanzig Kilometer mit seinem Fahrrad.

„Ich kann jetzt nicht nach Haus", sagte ich.

„Der Schlüssel liegt unter der Matte." Er trabte schon durchs Hoftor; dieser Mann kann nicht langsam gehen, nicht gemächlich reden, nicht müde oder bekümmert sein, er ist vierzehn Stunden am Tag unterwegs, unverdrossen und gutgelaunt, und die Kinder in der Nachbarstraße, denen er einen Sandkasten und eine Wippe gebaut hat, nennen ihn Onkel Erwin und rufen ihn zum Schiedsrichter bei ihren Raufereien an.

Hinter der winzigen verwahrlosten Küche ist Steinbrinks Zimmer mit dem Fenster zum Hof, durch das man einen traurigen Fliederbusch sieht und die Müllgrube und die Türen zu den Holzställen. In dem Zimmer gibt es wenigstens zweitausend Bücher, in Regalen und auf dem Kleiderschrank und am Boden gestapelt.

Steinbrink hat vier Jahre eine Dorfschule besucht; dann war er Ziegeleiarbeiter. Im März dreiunddreißig wurde er in einem Gestapokeller zusammengeschlagen, er war seit 1928 in der KPD. Er hat eine weiße Narbe am Mund. Einmal erzählte er: „Sie haben mir den Mundwinkel aufgerissen. Das war beim ersten Verhör. Dann gab es jede Nacht ein Verhör. Nachher mußte ich das Blut vom Fußboden aufwaschen." Er fügte schnell hinzu: „Prügel sind nicht das Schlimmste. Einen haben sie gezwungen, auf allen vieren zu laufen und zu bellen, er mußte auch aus einem Hundenapf fressen. Er hat sich später das Leben genommen."

Steinbrink arbeitete in einer Fabrik, bis seine Fünfergruppe aufflog. In seiner Moabiter Zelle war ein Professor, bei dem lernte er Latein, und er schrieb die fremden Sätze auf Zeitungsränder und deklinierte puella, das Mädchen, und hortus, der Garten, auf grauem Tütenpapier. Im dritten Kriegsjahr sah er durch vergitterte Waggonfenster junge Mädchen wieder, totgeglaubt zwischen den nackten Mauern, und die blühenden Gärten, die ihm in den langen klirrenden Zuchthausgängen verdorrt waren. Er gehörte jetzt zum Strafbataillon, begnadigt zum Tode: Sie räumten Minenfelder.

Er flüchtete. Er kämpfte in einer griechischen Partisaneneinheit, deren Anführer, Christos Zachanides, den Deutschen in die Hände fiel und zu Tode gefoltert wurde. Sie fingen zwei der SS-Leute, die dem langsamen Sterben des Zachanides zugesehen hatten. Jetzt sah Steinbrink zu, wie sie von den Partisanen gehängt wurden. Er hatte so lange nicht mehr Deutsch gesprochen, nicht mehr Deutsch gehört; er hörte nun nach Monaten die ersten deutschen Laute, als die Verurteilten um Gnade winselten.

Zuletzt war er bei einer Partisanenabteilung in Jugoslawien. Die olivgrüne Windjacke hat ihm ein jugoslawischer Genosse geschenkt.

Neunzehnhundertfünfundvierzig kehrte Steinbrink nach Deutschland zurück. Er war zuerst Bürgermeister und dann Werkleiter in der Maschinenfabrik, die zu jener Zeit noch Kochtöpfe aus Stahlhelmen produzierte, und dann hatte er ein Dutzend anderer Aufgaben, und all die Jahre hauste er mit Joachim in der miserablen Zweizimmerwohnung; er hätte auch in einem Stall geschlafen.

Er hatte sich seine Moabiter Liebe zum Latein bewahrt; er nahm Unterricht bei dem pensionierten Direktor des Knabengymnasiums, der wegen seiner Hitlerwitze von den Nazis in unsere Kleinstadt strafversetzt worden war. Heute liest Steinbrink die Annalen des Cornelius Tacitus im Original und Marc Aurel und den umständlichen Sallust, mit dessen „Catilina" unsere kümmerliche Schülerneigung für römische Autoren gemordet wurde.

Meine gescheiten Freunde aber zuckten die Schultern, sie sagen: „Der Mann ist doch bis heute Partisan geblieben. Natürlich haben diese Leute ihre Meriten, aber im Grunde sind sie Anarchisten ..."

Joachims Zimmer ist größer und hat zwei Fenster: eins zur Straße, unserer lieben, schmutzigen, von Raupenketten aufgerissenen Straße, durch die im Spätsommer die kornbeladenen Leiterwagen schaukeln, und ihre ächzenden Räder und die Hufe der schweren blondmähnigen Pferde wirbeln den

augustheißen Staub auf; das andere Fenster ist in der Giebelwand, und ich kann Joachim winken.

Früher streckte einer dem anderen die Zunge raus, sobald
er ihn hinter der Scheibe erspähte. Es gab auch einmal eine
primitive Telefonleitung, die Konrad und Joachim gebaut
hatten. Der Oktobersturm verknäulte den Draht und riß ihn
ab, und er wurde nicht wieder gespannt; sie hatten neue
Freunde gefunden und neue Spiele entdeckt.

Als ich noch klein war, sechsjährig und kugelrund, spielten
wir einen Sommer lang Zirkus, und wir waren Löwen und Ti-
ger, Araberschimmel und Parterreakrobaten, und jeden Tag
durfte ein anderer der Zirkusdirektor sein, der in der Manege
stand und seine Bestien mit einer Haselstrauchpeitsche ermunterte.

Die letzte Vorstellung war an jenem Nachmittag, als ich
dem steifbeinig trabenden Pony Joachim einen allzu heftigen Peitschenhieb versetzte. Er heulte auf und gab mir eine
Ohrfeige. Ich war niemals von meinen Eltern oder den Brü-
dern geohrfeigt worden. Ich verwandelte mich in eine fau-
chende und kratzende Katze, vor der Joachim davonlief, und
ich rannte ihm nach, über den Hof und die enge Treppe hinauf, und auf der vierten Stufe stolperte ich und schlug mit
dem Kinn auf die scharfe Messingleiste. Meine Spielschürze
war gleich naß von Blut.

Manchmal bleibt Joachim auf der vierten Stufe stehen, und
er küßt die halbmondförmige Narbe an meinem Kinn und
sagt: „Arme Liebste ... Ich habe lauter geplärrt als du. Und
ich war vor dir weggelaufen ... Verstehst du das?"

Ich ging eine Weile in Joachims Zimmer umher. Ich blickte
in den Kleiderschrank, in dem seine Anzüge pedantisch aus-
gerichtet hängen und daneben, über einer kleinen Stange, die
Krawatten. Auf dem Schreibtisch steht mein Bild, ein altes
Foto, auf dem ich noch Zöpfe trage.

Als ich in der Schublade kramte, in der sonst immer Scho-
kolade für mich liegt oder eine Tüte mit den zähen, süßen
Gummitieren, die ich so gern esse, fand ich Briefe von mir,

säuberlich gebündelt und mit einem Bändchen umwickelt, und obenauf lag ein Seidenpapier mit meinem Lippenabdruck, eines dieser Blättchen, über dem man nach dem Schminken die Lippen zusammenpreßt. Diese Entdeckung bewegte mich mehr, als es die zärtlichsten Liebesbriefe vermocht hätten. Ich warf mich über sein Bett und umarmte das Kopfkissen und bedeckte das Leinen mit Küssen, dort, wo sein Kopf geruht hatte, und sein Gesicht, das schlafende Gesicht in einer sonntagsstillen Morgendämmerung, war mir so gegenwärtig, daß ich nur die Hand auszustrecken brauchte, um seine mageren Wangen zu berühren, die Stirn, die sehr breiten, muschelförmigen Lider, deren Haut so weich und zart ist, daß ich sie mit den Kelchblättern einer Blume, vielleicht einer gelben Rose, zu vergleichen wage.

Ich weiß nicht, wie lange ich auf seinem Bett gelegen habe, das noch zerwühlt war wie am Morgen, als ich in sein Zimmer stürzte, um Joachim zu holen. Ich hatte jetzt alles vergessen, ich hatte auch meinen Lieblingsbruder vergessen ... Als ich das erstemal in diesem Zimmer gewesen war, hatte ich gleich das alte Foto auf dem Schreibtisch gesehen. Der Teppich war wie ein schwarzes Wasser, wir saßen voneinander entfernt, jeder in seinem eigenen, spröde gezirkelten Kreis. Es fiel uns plötzlich schwer, das vertraute, vertrauliche Du der Nachbarskinder zu gebrauchen.

Wir waren verlegen, wir blickten uns an, blickten zu Boden. Ich rauchte übermäßig viele Zigaretten, und endlich war ich, aus Befangenheit und noch ungezielter Eifersucht, geschmacklos genug, ihn zu fragen, wie viele Mädchen er gehabt habe.

Er antwortete, ohne zu zögern: „Es waren zwei, ich habe sie während meines Studiums kennengelernt. Die eine ist eine tüchtige Ingenieurin geworden. Wir waren zwei Jahre zusammen."

„So genau wollte ich es gar nicht wissen", sagte ich grob. Ich haßte sie schon.

„Sie war blond", sagte Joachim.

„Ich finde blonde Mädchen entsetzlich fad, in der Art wie Buttersemmeln... Warum bist du nicht bei ihr geblieben?"

„Ich weiß nicht, Elisabeth. Es ging zu Ende, wie eine erste Liebe eben zu Ende geht... Vielleicht hatten wir einen Streit, wir sahen uns seltener, dann kamen die Prüfungen, das Examen... Ich habe nicht einmal die Erinnerung an einen Schmerz." Er sah mich an. „Und du?"

„Oh, ich war mindestens zweihundertmal verliebt", sagte ich lachend, „jede Woche in einen anderen, und hundertmal in Frauen, und manchmal in ein Bild, und einmal sogar in einen Schauspieler..."

„Gérard Philipe", sagte Joachim.

Ich dachte: Das andere hat er nicht geglaubt. In der Tat hatte ich aber, bevor Joachim aufhörte, nur ein Nachbar zu sein, eine ganze Reihe Liebesgeschichten, die mich ziemlich glücklich oder doch heiter stimmten; die kluge Vorsicht, mit der Uli seine Genehmigung erteilte, und meine eigene Skepsis bewahrten mich vor Enttäuschungen. Fast alle meine Freunde waren Maler, junge Leute, denen ich in nichts nachstand, und das Bewußtsein, soviel oder sogar mehr zu leisten als sie, gestattete mir Unabhängigkeit.

Joachim sagte: „Voriges Jahr, an einem Sonntag im März, sah ich euch vom Fenster zu. Uli saß schon auf seinem Motorrad. An der Art, wie du dich beim Aufsteigen auf seine Schulter stütztest, merkte ich, wie sehr du ihn liebst. Ich wünschte... Du hast dann zu meinem Fenster heraufgesehen und gelacht..."

„Ich wußte nicht, daß du dort warst."

„Nein. Ich wollte auch nur sagen, daß ich dich lachen sah... Du trugst einen weißen Pullover und eine Halskette mit grünen Kugeln."

„Wie genau du dich erinnerst", sagte ich.

„Dein Haar war strähnig und sehr lang. Ich merkte auf einmal, daß du ein schönes Mädchen geworden warst... Mir war, als sei ich die ganzen Jahre hindurch auf diesen Tag zugegangen." Er sah mich nicht an. „Ihr seid dann weggefahren, du hast dich an Ulis Schultern festgehalten."

Joachim stand auf, er mußte um den Schreibtisch herumgehen, und ich schob den Sessel weg und ging langsam rückwärts, die drei Schritte bis zum Fenster, drei Schritte, die mich, wunderliche Umkehrung, zu ihm hinführten. „Das war alles", sagte Joachim.

„Geh weg", rief ich, erstarrte vor Furcht, vergaß, daß ich dreiundzwanzig war und keineswegs unerfahren, hoffte noch Augenblicke auf eine Wendung, die uns den Reiz des Unerkanntseins erhalten könnte, bedauerte schon den Verlust meiner fragwürdigen Freiheit und einer Unabhängigkeit, die ich gleichzeitig als Egoismus durchschaute, und begann doch, als er „Elisabeth" sagte, meinen Namen zu lieben, weil ich ihn aus seinem Mund hörte ... „Elisabeth", sagte er, „ich habe deinen Namen hundertmal laut vor mich hin gesprochen ..."

Ich dachte: Joachim, dachte oder sagte: „Dein Haar wird schon grau, Joachim", als ich auf seinen gebeugten Kopf blickte und auf das sandfarbene, mit grauen Strähnen untermischte Haar, und er küßte meine Brust und, kniend, die Hüften durch den dünnen Stoff.

Am nächsten Morgen mußte ich abreisen.

Es war noch sehr früh, die Sonne rückte apfelsinenrot über den Horizont, und die Schatten der Bäume und Zäune waren lang und kalt. Der Junimorgen hatte die köstliche Klarheit und Frische von hellroten Kirschen, die ein Nachtregen blankgewaschen hat. Die noch nachtverwandte Stille kannte nur Vogellaute, und keine Rauchfahne, kein bleigrauer Hitzestreifen trübte die Bläue des Himmels.

Meine Mutter begleitete mich durch den Garten. Auf der anderen Straßenseite klappte die Hoftür. Ich bückte mich über meinen Koffer. „Joachim bringt mich zur Bahn", sagte ich und sah noch, unter gesenkten Lidern, ihr trauriges Lächeln. Joachim pfiff. Meine Mutter sagte rasch: „Ich wünschte, es wär dir einmal ernst." Sie zupfte ordnend an meinem Sommermantel. „Ich hätte den Kopf festnähen sollen, du vergißt es ja doch ... Dem Jochen kannst du aber nicht auf der Nase rumtanzen, Kind."

„Ich möchte ihm nicht mal auf der Nase rumtanzen", sagte ich erstaunt. Joachim klinkte die Gartenpforte auf. Wir gingen steif und schüchtern aufeinander zu.

„Passen Sie auf Lies auf, Jochen", sagte meine Mutter. Sie errötete wie ein junges Mädchen und fügte schnell hinzu: „Sie soll ihre Fahrkarten nicht in irgendeine Manteltasche stopfen, es wäre nicht das erstemal, daß sie ihre Karte verliert. Sie ist wirklich zu schlampig."

Ich streichelte ihr Gesicht, früher hatte ich den Kranz von Fältchen um ihre Augen nicht bemerkt. „Auf Wiedersehen, Frau Pfirsichwange."

Joachim trug meinen Koffer, er fragte höflich, ob ich gut geschlafen habe, und ich sagte danke, ja, ich hätte gut geschlafen, und höflich und vorsichtig zerredeten wir die paar Minuten, bis wir auf der Promenade waren, über deren Kieswege ungezählte Liebespaare gebummelt sind und unter deren Bäumen soviel geflüstert und geküßt worden ist wie in keiner anderen Straße der Stadt: die spröden Knabenküsse der Oberschüler und die hitzigen Küsse der jungen Männer, die ihre Mädchen in einer Tanzpause aus dem lauten, billigen, mit Papiergirlanden geschmückten Saal der Tanzdiele führen.

Es war sehr kühl unter den alten Ahornbäumen. Die Sonne überschüttete den Weg mit Lichtflecken in starken, fast bronzenen Goldtönen. Joachim ließ den Koffer fallen. „Glücklich?"

„Wahnsinnig." Ich warf mich in seine Arme. „Liebst du mich noch?"

„Unheilbar. Für immer und immer."

Einmal radelte ein Arbeiter vorbei, die Reifen knirschten im Kies. Er kam von der Nachtschicht, ich erblickte, über Joachims Schulter hinweg, sein müdes und, im flüchtigen Hinwenden zu uns, vergnügt aufgehelltes Gesicht.

Ich blinzelte gegen die Sonne, die durch das Fenster strömte. Ich richtete mich endlich auf und räumte die Kissen und Laken in den Bettkasten der Schlafcouch, und dabei betrachtete ich das Bild auf der gelbgetünchten Wand mit demselben Unbehagen wie immer, wenn ich irgendwo, im Werk oder in einer Ausstellung, einem meiner Bilder begegne. Ich glaube, kein Kritiker kann so unbarmherzig urteilen wie ein Künstler vor seiner eigenen Arbeit, von der ihn Monate und Jahre voll neuer Arbeiten abtrennen.

Früher habe ich diesen Halbakt geliebt; heute finde ich nur noch den schwächlichen Abklatsch von Renoir, die verzweifelte Ähnlichkeit mit seinem „Akt in der Sonne", und der Kontrast zwischen den lyrischen lilafarbenen Schatten auf den Brüsten des Mädchens und ihren schmalen skeptischen Augen erfüllte mich mit Widerwillen und mit Scham über mein Unvermögen: Ich besaß noch keine eigene Handschrift. Ich hatte Joachim ein paarmal gebeten, das Bild abzunehmen; man sollte, sagte ich, ein Bild vernichten, sobald man das nächste, bessere gemalt hat.

„Aber ich habe Freude daran", sagte Joachim. „Ich bin nicht vom Fach, und es ist mir gleichgültig, ob Renoir Pate gestanden hat oder Rubens oder sonstwer. Ich finde es schön und freue mich, und du magst einem vertrockneten alten Techniker das Laienurteil verzeihen."

An der anderen Wand hängt eine Kohlezeichnung: eine Ansicht des Werkes, das Joachim leitet; vor zwei Jahren war es noch ein kleines altes Walzwerk am Stadtrand, zwischen Kiefernwald und Bahngleisen. Ich muß blind gewesen sein, damals, als ich dort draußen saß und zeichnete, an den Zaun des Bahnwärterhäuschens gelehnt, dessen Garten von knallbunten Bauernblumen überschäumte. Erst im Kombinat habe ich die strenge Schönheit der Industrielandschaft entdeckt.

Wenn man von den Bildern und einer blaßroten Fuchsie im Fenster absieht, wirkt Joachims Zimmer so nüchtern und kühl und überschaubar wie er selbst. Aber er ist nicht kühl und schon gar nicht überschaubar ... Ich würde sagen, er ist ein lauterer Mensch. Ich denke über das Wort Lauterkeit nach, das aus der Mode gekommen ist, und aus einem nicht erklärbaren Grund weckt es in mir Erinnerung an Bilder von Isaak Lewitan, an eisblau überwölbte Landschaften mit klaren, zwischen Schneeufern befreit strömenden Flüssen und mit lichten Birkenwäldern.

Zu wem hätte ich denn gehen sollen — heute, als ich begriffen hatte, daß ich meinen Bruder verlieren würde?

6

„Ich gehe in den Westen", sagte Uli, „ich gehe nach Hamburg. Übermorgen."

„Übermorgen ist Mittwoch", sagte ich gedankenlos. Auf der Oberfläche des Bewußtseins stand nur die Zeitangabe, eine allzu kurze Frist von zwei Tagen oder eigentlich nur einem Tag und einem Nachmittag, in denen sich hastige Abschiedsbesuche und Kofferpacken zusammendrängen würden. „Du bist ja verrückt", sagte ich.

„Ich habe einen Job auf der Schlieker-Werft", sagte Uli, „das ist so gut wie sicher. Max ist schon drüben."

„Was für'n Max?"

„Du erinnerst dich doch an Max, ich hatte mal ein Bild mit, du fandest, er sieht aus, als ob er Jazzmöhre spielt."

„Ich kenne keinen, der Jazzmöhre spielt", sagte ich.

„Max . . . erinnere dich doch. Sie haben ihn geext, kurz vor dem Diplom."

In seinen schwarzen Haaren glänzten Regentröpfchen, er hielt den Kopf ein wenig schräg und kniff das rechte Auge ein, eine Bewegung, die mich rührte, sie erinnerte an den unglücklichen Zwischenfall bei der Reißbrettarbeit, vor Jahren, als ein Kommilitone ihm während einer Rauferei mit der Feder eine Augenverletzung zufügte. Uli trug monatelang eine schwarze Augenklappe, die seinem Gesicht einen Zug ins frei beuterisch Verwegene gab. Nachdem ihm die Binde endlich abgenommen worden war, deckte er noch oft, beim Zeichnen und Bücherlesen, eine Hand über das rechte Auge; später kniff er nur noch die Lider zusammen. Er hat auf dem Oberlid eine Narbe, ein winziges weißes Dreieck, zurückbehalten und eine geringe Sehschwäche, die ihn zuweilen unsicher macht, weil sie seine Eitelkeit verletzt.

Er starrte zu den Vorstadtgärtchen hinüber, in denen es nichts zu sehen gab als Haufen von feuchtem Reisig und rostigem Maschendraht, die schwarzen, leeren, frisch umgegrabenen Beete und das bißchen Grün und Bunt entlang der Gartenwege. „Warum haben sie deinen Max rausgefeuert?" fragte ich.

„Weiß ich . . . Voriges Jahr, im Februar, beim Karneval . . ., er hat rumgemobt, mit ein paar anderen . . ."

Ich dachte an unsere Karnevalsfeste: die dreisten Bilder, betrunkener Lärm, schwarze Netzstrümpfe, halbnackte Brüste, die dämmrige Bar, Geknutsch in den Ecken, der Klarinettenmann wälzte sich am Boden . . . „Was glaubst du, wie wir uns geschafft haben. Dafür wird keiner geext, daß er Rosenmontag randaliert."

„Nicht bloß das", sagte Uli zwischen den Zähnen, er wurde von Sekunde zu Sekunde mürrischer. „Irgendwas Politisches. Irgend 'ne Gruppe, sie wollten eine Demonstration machen . . . Er ist dann rechtzeitig abgehauen. Zum Teufel, nein, ich weiß nichts Genaues."

„Aber er war doch dein Freund?"

„So wild nun auch wieder nicht. Ich war nicht eingeweiht."

„Aber jetzt besorgt er dir einen Job auf der Schlieker-Werft."

„Betsy, ich flehe dich an, töte mir nicht den Nerv mit deinen ewigen ‚Aber'." Er sagte hinter seinem hochgeschlagenen Mantelkragen: „Ich habe ihm Pakete geschickt, seine Wäsche, seine Anzüge. Einmal habe ich einen Koffer voll Bücher nach Westberlin gebracht; Max war noch im Lager." Er drehte mir endlich den Kopf zu. „Darum werde ich dich auch bitten müssen, Betsy. Eine schlimme Schlepperei für ein Mädchen, aber ich brauch einen Haufen Bücher und Aufzeichnungen. Ich hab schon alles zusammengepackt. Es sind auch Bilder dabei, und Briefe . . . allerlei Andenken . . .“

Für Uli war der Kofferschmuggel ein Freundesdienst — ein gewagtes Unternehmen zwar, aber nicht mehr als Freundesdienst, den einem der Anstand gebot. Ich antwortete nicht, bestürzt, wie selbstverständlich Uli auf meine Hilfe rechnete.

Er sagte mit brüchiger Stimme: „Ich weiß keinen anderen, dem ich das anvertrauen möchte.“

„Du bist ja verrückt, Junge“, sagte ich wieder, und ich glaubte ihm noch immer nicht.

Ich dachte: Er hat geplant. Er kümmert sich um das Gepäck, ehe er die Schiffe hinter sich verbrennt. Das ist doch nicht wahr, so weit kann sich doch mein Bruder nicht von mir entfernt haben, bin ich nicht seine Verbündete.

Ein gepackter Koffer im Korridor, eine graue, rötlich durchschossene Stunde zwischen Nacht und Tag, ein Gesicht, das sich in meinen Schlaf schiebt, auf mich zukommt, auf Wiedersehen. Ich faßte Uli am Mantelärmel. „Konrad“, sagte ich, „lüg nicht, das ist Konrad, ihr schreibt euch, er holt dich rüber.“ Ich hörte seine Stimme: Was haben die bloß aus dir gemacht. Jetzt holt er seinen Bruder, damit *die* ihn nicht auch verderben sollten, es war noch nicht zu spät, die Schwester hatte man schon aufgeben müssen. Ich spürte Konrads dumpfe Rachsucht gegen das unvergessene Land, dem er einen Menschen wegzunehmen versuchte (einen jungen Mann, dessen Wert sich in Geldwert umrechnen ließ: ein paar zehntausend Mark), nur einen von tausend Diplomingenieuren, aber der eine wird andere nach sich ziehen, er hat Freunde, er wird Briefe schreiben, man kennt das.

„Nein“, widersprach Uli, „nein, nein. Konrad ist doch auf der Deutschen Werft. Wir haben keine Verbindung.“

Wir gingen langsam durch die Kastanienallee, im zähen schleierigen Regen. Ich glaube, ich begann jetzt erst zu begreifen, was Uli gesagt hatte: In den Westen, nach Hamburg, übermorgen. Zuerst war ich ganz ratlos. Es kränkte mich auch, daß Uli nie zuvor etwas angedeutet, daß ich nichts geahnt hatte, und ich dachte fast mit Abneigung an Joachim: der fremde Mann, er hatte von mir Besitz ergriffen, er hatte meinen Bruder verdrängt.

„Ich lasse dich nicht weg", sagte ich plötzlich mit einer Entschlossenheit, über die der entschlossene Bruder lachte, und lachend fragte er: „Du wirst mich doch wohl nicht anzeigen?"

„Darum hast du soviel Geld ausgegeben. Darum hast du den teuren Fotoapparat gekauft..."

„Anfangskapital, Betsy. Optikschmuggel, tut mir leid, aber auf ein staatsgefährdendes Verbrechen mehr oder weniger kommt es nun auch nicht mehr an."

„Darum hast du dich betrunken..."

Er blieb stehen, packte mich an den Schultern und drehte mich zu sich herum; ich sah sehr nahe sein regenfeuchtes Gesicht, das dem Konrads nun ähnlich wurde mit dem vorgeschobenen Kinn und dem harten Mund. „Weil ich groggy bin, weil ich die Schnauze voll hab... Ich kann nicht hierbleiben, ich ersticke hier... Ich fühle mich wie ein Gefangener hinter einem Gitter von Dummheit und Bürokratie, ich habe keinen Spaß mehr an der Arbeit und keinen Spaß an alldem, was wir als Studenten angestellt haben, das ganze Leben ist mir zuwider. Ich muß weg, hörst du, sofort, ehe ich hier was anrichte..."

„Was denn anrichten?" flüsterte ich, betäubt unter den gestammelten, von zurückgedrängter Empfindung halbgebrochenen Worten.

„Jedenfalls werde ich keine Werkhalle anzünden." Er lachte schief. „Vielleicht haue ich dem Genossen Kaderleiter eins in die Fresse oder meinem Herrn Vorgesetzten, der armen Null. That's all. Ich bin von jeher mit wenigem zufrieden gewesen. Ich mache keine Schweinereien, ich habe auch bei Max nicht mitgemacht..."

Er unterbrach sich, nach einer Weile sagte er finster: „Es ist wahr, Max hat eine Gruppe aufziehen wollen. Ich hätte ihn nicht verpfiffen, das denk nicht. Mir war aber doch ein Stein vom Herzen gefallen, als sie aufflogen, ehe sie noch angefangen hatten zu arbeiten. Rattenarbeit . . ."

Ich dachte: Er spricht davon in diesem Man-tut-das-nicht-Ton wie von einer schmutzigen Affäre, die gegen seinen Ehrenkodex verstößt. „Ich hab lange nicht so einen Haufen Blödsinn von dir gehört", sagte ich. „Hast du eigentlich so etwas wie einen Standpunkt?"

„Nein. Darum gehe ich."

Er versperrte sich. Was ging in diesem Kopf vor, hinter dieser braunen, von den dünnen Linien künftiger Falten überkritzelten Stirn? Er ist älter als ich, er ist klüger als ich, wie sollte ich ihn korrigieren?

Ich sagte: „Aber man kann sich nicht sein Leben lang·aus allem raushalten."

„Ich will mich nicht engagieren, verflucht noch mal, ich will Schiffe bauen." — „Früher warst du anders . . ." (Die Aula, ein schwankendes buntes Beet von Gesichtern, den bewegten, den mißtrauischen, den feindselig gespannten Gesichtern, und hinter dem Rednerpult mein Bruder, das blaue Hemd am Hals offen, die Hände und die heftigen Augen vor dem Rot und Blau an der Saalwand; wenn er sprach, trampelten die Schulkameraden Beifall, oft, unwillkürlich, auch die Gegner, und der altersschwarze, geölte Fußboden der Aula zitterte, und ich saß in der ersten Reihe, klatschte und trampelte wie die anderen, ich war unbändig stolz auf meinen Bruder. In solchen Augenblicken erschien er mir wie eine Fackel.) „Früher hast du dich engagiert. Wir waren beide im Gruppenrat, weißt du noch? Und du warst drei Jahre lang unser Erster Sekretär. Jeden Tag sind wir für den Jugendverband unterwegs gewesen, und beinah jeden Abend, und du hast dich halbtot gearbeitet . . ."

„Mit dem Erfolg, daß sie uns *die von der Stalinschule* nannten", ergänzte Uli mißmutig.

Ich lachte. „Du selbst, mein Lieber, hattest eine Disziplin

von soldatischer Strenge eingeführt. Wir waren auch unduldsam, das ist wahr, und von Takt hatten wir keine Ahnung . . . Mit unseren christlichen jungen Männern haben wir uns geprügelt, weil sie sich nicht zu Feuerbach und wir uns nicht zur Kirche bekehren wollten."

„Die wackeren Gottesstreiter", sagte Uli und mußte nun auch lachen. „Einer — er war aus deiner Klasse, ihr nanntet ihn den schönen Dinter — hat mir den kleinen Finger gebrochen . . ." Er bewegte den linken kleinen Finger, der sich von den anderen Fingern nicht unterschied. Seine Augen heiterten sich auf; Erinnerung zeichnete ihren farbigen Schatten in sein Gesicht. „Vielleicht waren wir kleine Revoluzzer, Betsy, aber wir hatten Talente, die den Berufsjugendlichen von heute fehlen. Wir konnten improvisieren, und wir brauchten keinen riesigen *Apparat.*"

„Zum Teufel, nein, wir waren keine Apparatschiks", sagte ich; ich dachte, wir könnten uns also doch noch verständigen.

„Und wir waren gerecht", sagte Uli, und ich glaubte noch einmal einen Nachklang seiner Stimme von damals zu hören, eine Spur von dem wunderbaren Pathos, mit dem wir, siebzehn Jahre alt, gesprochen hatten, ohne uns davor zu fürchten, daß irgendein cleverer Junge darüber lachen, irgendein Bürger Gregory die Nase rümpfen könnte. Warum, dachte ich, scheuen sich die jungen Leute meiner Generation vor großen Worten und dem Ausdruck großer Gefühle? Waren wir damals, in den ersten Jahren nach dem Krieg und nach der Gründung der Republik, nicht mit mehr Ernst und Leidenschaft bei der Sache? Wir hatten Augen zu sehen, wie die neue Ordnung feierlich und rot heraufstieg, und die zornigen jungen Männer waren noch nicht erfunden und nicht die saloppen Anbeter ihres mißverstandenen saloppen Idols, die mit einer Tut-mir-leid-Fisch-Bewegung unsere schöne Glut zertreten hätten.

„Aber spätestens nach dem Abitur kann man sich sein Empfinden für Rechtlichkeit nicht mehr leisten", sagte Uli; das Licht war schon wieder erloschen.

Seine Funktion, mehr noch sein Gerechtigkeitssinn, der an kohlhaasischen Starrsinn grenzte, hatten Uli zum Anwalt der anderen Schüler werden lassen.

„Damals hast du dich noch für andere gestritten", sagte ich, „und du hast dich nicht rausgehalten."

„Wir waren lächerlich jung und lächerlich begeistert und lächerlich unwissend. Wir haben ja alles geglaubt, was sie uns in der Schule und in den Zirkeln erzählten."

„Woran glaubst du heute?"

„Ich glaube an gar nichts. Ich bin Mathematiker; Ich weiß. Ich weiß, daß eins plus eins gleich zwei ist . . ."

„Ich verstehe dich nicht mehr", rief ich, und zum erstenmal an diesem Nachmittag fühlte ich eine trübe Verzweiflung wie vor einer unübersteigbaren Mauer, vor einem siebenfach verriegelten Tor.

„Mach nicht so ein schreckliches Gesicht, kleine Schwester", sagte Uli mit einer vor Zärtlichkeit und Ungeduld bebenden Stimme. „Ich bin doch nicht aus der Welt. Ich reise nicht an den Südpol und nicht in die Urwälder am Amazonas. Ich gehe . . . von Deutschland nach Deutschland."

Seine Hand glitt von meiner Schulter, sanft wie ein müdes braunes Blatt. „. . . nach Deutschland", wiederholte er, erstaunt, als sei ihm das eben erst eingefallen: Er vertauschte ja nur Landschaft mit Landschaft, vertauschte für sich Ostsee mit Nordsee, Rostock mit Hamburg, nichts sonst, und er nahm *Deutschland* als Rechtfertigung.

Er konnte aber nicht verhindern, daß er den vor langer, langer Zeit geliebten Namen mit einem schmerzlichen Beiklang von Mißtrauen aussprach: Für uns schloß Deutschland noch immer *Fahne hoch* und *Wacht am Rhein* und *über alles* ein. Wir sind gebrannte Kinder. Wir kennen auch nur das Land zwischen Elbe und Oder, und die grünen rebenbewachsenen Hänge am Rhein, das Dickicht von Masten und Schornsteinen im Hamburger Hafen und der Dom zu Bamberg sind für uns nur Grüße auf einer Ansichtskarte oder die überblätterten Seiten in einem der alten Bücher aus Vaters

Kunstverlag; die im Bücherschrank den Krieg überdauert haben.

„Du hast die letzten zwanzig Jahre in einer Höhle verschlafen, Herr Rip van Winkle", sagte ich. „Inzwischen sind zwei deutsche Staaten gegründet worden."

„In der Tat", sagte Uli. „Und dieser hier ist ein Friedensstaat und der einzig rechtmäßige und — geschenkt, Betsy! Das kenne ich noch aus den Gewi-Stunden."

Er nahm meinen Arm. „Komm. Wir wollen uns nicht am vorletzten Tag noch streiten."

Er fiel in einen Schlenderschritt, der zu einem Junihimmel und warmen Abenden in einer belebten Straße gehörte. Ich glaube, er versuchte eine Zuversicht vorzutäuschen, die er nicht mehr empfand. Er sagte noch: „Das Palaver ist zu Ende, nicht wahr?", und er lachte, und dabei krümmten sich seine schwarzen Brauen vor Zorn, als ich sagte: „Das Palaver fängt erst an."

7

Wir waren vier oder fünf Jahre alt, als wir in Vaters Arbeitszimmer Hänsel und Gretel spielten; unsere kindliche Phantasie hatte es nicht schwer, den Schreibtisch und die Bücherschränke in Felsen und finstere Wälder zu verwandeln, und der dicke Teppich schluckte unsere Schritte wie moosiger Waldboden.

Wir waren schrecklich einsam. Die Vögel hatten die ausgestreuten Brotkrumen aufgepickt, wir fanden den Weg nicht mehr, und die Nacht fiel in den wilden Wald ein ...

Hier erreichte unser Spiel eine Intensität, durch die es mir unvergeßlich geblieben ist: Noch heute ziehe ich unwillkürlich die Schultern zusammen, überfröstelt von dem Gefühl schutzloser Verlassenheit. Gretel bettete, wie es das Märchen vorschrieb, ihren Kopf in Hänsels Schoß, der Wind umheulte die verstoßenen Kinder — und unfehlbar an dieser Station unserer Irrwanderung brachen wir beiden in Tränen aus ... Es waren aber immer unsere Eltern in der Nähe, die uns aufhoben und in eine tröstliche Wirklichkeit zurückführten, an einen Abendbrottisch und in unsere weißen Betten.

An wie vielen Sonntagmorgen sind wir im Hungersommer nach dem Krieg über die Landstraßen gewandert? Das nächste Dorf war sieben Kilometer entfernt. Der Tau funkelte im Gras, und die morgenfrischen Kräuter verströmten ihren bitteren Duft, und wir liefen mit nackten, zerkratzten Füßen im feuchten, von Radspuren gefurchten Sand. Die Stoppeläcker waren wie kahlgefressen, als sei ein Heuschreckenschwarm über sie hergefallen.

Die Heuschrecken aus der Stadt waren auch über das Dorf hergefallen, und es gab nichts mehr zu holen, jedenfalls nicht für die biederen Narren, die nur ihre veralteten Zahlungsmittel vorzuweisen hatten.

Wir aber wanderten mit verzweifelter Hartnäckigkeit jeden Sonntagmorgen von neuem zu diesem Dorf hinaus. Uli umklammerte mit seiner verschwitzten kleinen Faust die Geldscheine, die niemand haben wollte, und ich trug das leere Milchkännchen. Wir gingen durch das Dorf, das totenstill unter einem blauen, schon erhitzten Sonntagshimmel schlief, wir klopften an die verriegelten Tore und standen, angstvoll aneinandergedrückt, in Höfen, wo ein Hund mit wütendem Gebell an seiner Kette tanzte. Ich erinnere mich mit Sicherheit, daß wir niemals einen Tropfen Milch bekamen.

Auf dem Rückweg war die Landstraße um siebenmal sieben Kilometer länger, die Sonne ein riesiger Tropfen geschmolzenen Bleis. Wir schleppten die Füße durch den Staub, niedergedrückt von der allsonntäglichen Demütigung. Wenn wir aber zu Haus anlangten, halbtot vor Hunger und Scham, fing uns Mutter in ihren sonnverbrannten, von Grannen zerstochenen Armen auf ...

Als wir gestern heimkamen, ganz durchnäßt vom Regen, stand Vater auf dem Balkon und spähte nach uns aus. Er packte uns im Genick wie unartige junge Katzen und schleppte uns ins Wohnzimmer. „Alle Jubeljahre einmal seid ihr zu Haus", klagte meine Mutter, „und dann lauft ihr die ganze Zeit Gott weiß wo herum."

Sie hatten den Kaffeetisch gedeckt. Wir sahen ihr zu, wie sie den Kaffee eingoß, und zerkrümelten Kuchen. Mein Vater sagte: „Ihr habt euch doch gezankt, Kinder . . ."

Uli trat mir heftig gegen das Schienbein. Ich sagte: „Zerreiß mir ruhig die Strümpfe, du Esel."

„Pardon. Ich schick dir Nahtlose."

„Scheiß auf deine Nahtlosen", sagte ich.

„Elisabeth!" rief meine Mutter. „Ich weiß gar nicht, woher du diese Manieren hast." Sie gab mir einen sanften Klaps auf den Hinterkopf, ihre Augen lachten.

Das Radio übertrug irgendeine dumme Veronika-der-Lenz-ist-da-Musik; sie störte aber nicht, weil niemand zuhörte. Auf dem gelben Damasttuch stand das Rosenthaler Service, es gab Königskuchen und Kirschtorte, und der quicke kleine Herr Planungsleiter lehnte im Sessel, unruhig und ein bißchen abwesend, weil es ihn zu seinen Planziffern zog, und Mutter stopfte uns mit Kuchen voll, als seien wir noch die ewig hungrigen Halbwüchsigen.

Ich konnte vorausberechnen, wann mein Vater aufspringen und, uns einen liebevollen und zerstreuten Blick zuwerfend, murmeln würde: „'tschuldigung, ich habe noch zu arbeiten."

Dann wird sich auch Mutter erheben, mit dem leichten Seufzer alternder Frauen, die nun füllig werden, und sie wird ihr Strickzeug oder ein Buch holen; sie liebt Raabe und Fontane und Gottfried Keller, und ich habe den Verdacht, daß sie die ganze Literatur der letzten dreißig Jahre frivol findet.

Früher brachten mich diese Sonntagnachmittage fast um den Verstand. Heute erscheinen sie mir wie friedvolle, beschauliche Inselchen: Ich hause seit anderthalb Jahren in einer Baracke. Auch mein Atelier ist in einer Baracke eingerichtet, in einem sehr großen Raum mit drei Fenstern nach Norden, durch die ich wiederum Baracken und Baracken sehe. Dort riecht es immer nach Zigaretten, Farbe und Terpentin und nach dem fetten Rauch, der über dem Kombinat hängt, und jedermann zertritt seine Kippen, wo es ihm beliebt. Es gibt für die Gäste ein paar Stühle und vier schwelgerische Sessel, die Lukas in Büros requidiert hat, und einen elektrischen Kocher, und jeder weiß, daß die Teebüchse in dem Kistchen mit den Tuben Neapelgelb und Karmin, die Zuckerdose zwischen Deckweiß und Marineblau zu finden ist. Das Atelier wird nur zur Nacht verschlossen, und so treffe ich meist, vom Essen oder aus der Kaffeeküche kommend, ein paar Gäste an, die Tee trinken und über die Porträts ihrer Kollegen streiten ... Ich freue mich, daß sie zu mir kommen. Ich bin stolz auf meinen Beruf. Manchmal aber bin ich ganz kaputt, und ich frage mich, warum sich alle verpflichtet fühlen, in meiner Gegenwart nur und nur über Kunst zu sprechen (und ich würde doch viel lieber ihre Geschichten hören: woher sie kommen, was sie für sich planen, wen sie lieben und wovon sie träumen).

Wenn aus offenen Fenstern im Lager Radiomusik brüllt, wenn winters die Kälte durch die Ritzen in den Holzwänden kriecht, und wenn Regen die Lagerstraße in einen knöcheltiefen Schlammpfuhl verwandelt, dann wünsche ich die ganze fragwürdige Romantik unseres provisorischen Lebens zum Teufel. Und dennoch: Sobald ich mich ein paar Tage im Schoße der Familie aufgewärmt habe, überfällt mich Heimweh nach diesem Land, dem noch der Ruch von Abenteuer und Kühnheit anhaftet, und nach dem Anblick der Abraumbagger im weiß und gelben, vom Wind launisch gehügelten Gebirge von Sand, unter dem das Flöz liegt, und nach den Raupenfahrern auf ihren friedlichen Panzern, die, Schilde gesenkt, kraftvoll und geduldig Unmassen von Erde bewegen ...

Mein Vater stand auf, wie ich es erwartet hatte, nahm stirnrunzelnd wahr, welch musikalisches Spülicht ins Zimmer rieselte, und drückte auf die Radiotaste.

„Such mal lieber Jazz", sagte Uli.

„Ihr mit eurer schrecklichen Tanzmusik", sagte meine Mutter.

Uli sah mich an, wir zuckten die Schultern, eine Sekunde waren wir uns einig in unserer herablassenden Geduld gegenüber den alten Leuten, für die der Bazin Street Blues und irgendeine Mary Lou oder Tina Marie nur zwei Sorten Radau sind und die trotz unserer langmütigen Vorträge ein Tanzorchester nicht von einer Jazz Group unterscheiden können.

„Sie lernen es nicht mehr", sagte ich bekümmert.

Mein Vater kapitulierte und holte für uns aus einer fernen Ecke Europas einen Piano-Boogie und eine rauhe, traurige Mister-Pinetop-Stimme, die einem das Herz umdrehen konnte.

Ich winkte meinem Bruder mit den Augen, und er folgte mir mürrisch ins Nebenzimmer. Er ging gleich ans Fenster, andeutend, daß wir uns nichts mehr zu sagen hätten, und blickte in den Garten hinab, dessen wilde Rosenbüsche das perlgraue Abendlicht umfloß; im Pflaumenbaum zankte gellend eine Amsel.

Ich stellte mich neben Uli. Er drehte mir den Kopf zu. „Na, was ist?" fragte er in herausforderndem Ton. Ich vergaß ihn, als ich seine Augen betrachtete: die dichten Wimpern, die einen schwarzen Halbmond auf die Wange zeichneten, wenn er das Lid senkte, und die Iris, ihre kostbaren, auf keiner Leinwand wiederholbaren Farben, lichtbraun mit Pünktchen von rötlichem Braun, und Farbe, Geweb und Wasser beseelt von Empfindung. „Betsy!" sagte Uli ungeduldig. „Was ist? Was starrst du mich an!"

„Weil es mir vorkommt, als habe ich eben erst das Menschenauge entdeckt", sagte ich erstaunt. „Manchmal frage ich mich, wann das Alter der Entdeckungen aufhört."

„Für euch nie, du närrische kleine Pinseldame", sagte mein Bruder. „Vielleicht für keinen Menschen — falls er nicht ganz stumpf und blöd ist. Morgen wirst du den *Mund* entdecken und nächstes Jahr den *Schatten* oder eine gewisse Verteilung von Licht und Schatten, die wenigstens fünfhundert Jahre vor dir schon ein anderer entdeckt hat."

Nein, er lachte mich nicht aus, wie die anderen mich ausgelacht hatten, wenn ich einen weißen Fleck auf der Landkarte meines Bewußtseins fand, eroberte und mit Bildern bevölkerte. Es waren Sensationen. Meine Freunde lachten: Dummkopf, das hat man schon vor hundert Jahren gewußt. Mein Bruder aber verstand, warum es Sensationen waren und daß in jenen Momenten die längst in meinem Kopf existierenden, durch Bücher, Vorlesungen und Beobachtungen aufgenommenen Kenntnisse wirklich mein *Besitz* wurden.

In einer Aufwallung umarmte ich ihn und flüsterte: „Ach, Prinz, ich kann dich doch nicht weglassen . . ."

Er hielt mich an seine Brust gepreßt, ich atmete den geliebten Duft, unvergeßlicher Augenblick, in dem die Rast im finsteren Märchenwald, die Wanderung Hand in Hand auf der glühenden Landstraße sich erneuerten . . . Uli stieß mich zurück. „Quäl mich nicht, Betsy, um Gottes willen, quäl mich nicht, mach es mir nicht noch schwerer.

Ich kann dir nichts erklären", sagte er nach einer Weile. „Unter anderem deshalb, weil unsere Ansichten über den Begriff der Freiheit zu weit auseinandergehen."

„Ich will Gründe wissen, Tatsachen, nichts weiter", sagte ich.

Ich hatte plötzlich den verrückten Einfall, unseren Parteisekretär anzurufen und ihn zu fragen, was ich tun solle.

Bergemann ist noch jung, ein kurzer, gedrungener, brünetter Mann mit einem Gesicht, von dem ich immer denke, daß die flache Mütze der Interbrigaden zu ihm gehörte, vielleicht weil es mich an ein Foto von Kisch in Spanien erinnert. Er lacht laut und spricht sehr laut mit einer Rednerstimme, in der gewisse weiche Schwingungen fehlen, die ihm einen vertraulichen Ton gestatten, und zuerst habe ich mich gewundert, warum jedermann mit seinen Sorgen zu ihm läuft. Bergemann ist geduldig; er hört zu und schwatzt nicht über Dinge, von denen er nicht soviel versteht wie sein Gesprächspartner; er hat das gescheite, ursprüngliche Urteil seiner Klasse, und er gibt Ratschläge, aber er belehrt nicht.

Wenn mir jemand vor drei Jahren gesagt hätte, ich würde jemals mit einem Privatanliegen zur Partei gehen, so hätte ich ihn ausgelacht; ich hätte auch jede Einmischung schroff zurückgewiesen. Jetzt glaubte ich, daß die Geschichte meines Bruders nicht allein ihn und mich anginge, und ich dachte an Bergemann und versuchte ihn mir vorzustellen, seine laute Herzlichkeit und die Art, wie er mir beide Hände schüttelte und wie er im Atelier herumstiefelte, klein und korpulent und mit seinen funkelnden schwarzen Äuglein... Aber Bergemann war weit, und ich kann mit einem Menschen nicht sprechen, wenn ich sein Gesicht und seine Hände nicht sehe. Ich verwarf meinen Einfall.

Uli beugte sich über die honigfarbene Kirschholzkommode, auf der ein altes Foto von uns drei Geschwistern steht. Er kniff das rechte Auge ein. „Wie winzig du warst", sagte er.

„Und wie schrecklich dick du warst", sagte ich, „ein Fettklößchen, ein Plumpsack..."

Er summte zwischen den Zähnen ein eintöniges Kinderliedchen, zu dem wir auf der Straße gespielt hatten: „Dreht euch nicht um, der Plumpsack geht um, er geht um den Kreis, daß niemand es weiß. Dreht euch nicht um..." Er zeichnete mit einem Finger die Maserung in dem schimmernden goldenen Holz nach; sein Gesicht war leer wie bei vielen Leuten, wenn sie sehr gesammelt nachdenken, und unvermittelt drehte er mir den Kopf zu mit einer Bewegung, in der sich Müdigkeit und Auflehnung mischten, und sagte den letzten Satz seines lautlosen Gesprächs mit mir oder mit sich selbst: „Und am meisten hasse ich euch dafür, daß ich mit schlechtem Gewissen weggehe. Das habt ihr geschafft. Irgendwie kriegt ihr alle soweit, oder fast alle."

„Mit deinem Gewissen wirst du fertig werden", sagte ich kalt und sagte es nicht zu diesem Jungen, den ich liebte, sondern zu dem fremdgewordenen Mann mit seinen Zügen, der in einer Straße Westberlins oder am Bahnhof Zoo auf mich warten wird. „Konrad ist ja auch damit fertiggeworden."

„Konrad", sagte Uli verächtlich. „Ich hoffe, du willst mich nicht ernsthaft mit Konrad vergleichen. Wenn es je einen Bundesbürger gegeben hat, dann ist es Konrad." Ich starrte ihn ungläubig an. Mein Bruder fuhr fort: „Ich gebe eure Leute auf, aber nicht unsere Sache. Ich habe nie daran gezweifelt — auch in meinen finstersten Augenblicken nicht —, daß die Welt der Zukunft eine kommunistische Welt sein wird. Kein Mensch, der die Gesetze der Geschichte begriffen hat, kann daran zweifeln. Das ist mein Programm, Betsy, das stößt mir keiner um."

„Mann", sagte ich überwältigt, „und mit diesem Programm marschierst du über die Grenze und zu deinem kapitalistischen Brötchengeber . . ."

„Genau", sagte Uli. „Ehe ich mich hier zerreiben lasse", fügte er hinzu, weniger laut, weniger selbstsicher. „Ich würde mich drüben immer dafür einsetzen, daß die großen Betriebe Volkseigentum werden."

„Auch deine Werft?"

„Auch meine Werft." Er stutzte. Er lächelte unsicher. Ich sagte schnell: „Wieso denn *deine* Werft? Deine kommunistische Terminologie wirst du dir auch abgewöhnen müssen."

Er schwieg. Ich dachte: Manchmal ist eine Reise schon auf dem Bahnhof zu Ende, wegen eines vergessenen Koffers. Manchmal scheitern Unternehmen an einem Wort. Wie oft wird Uli über ein Wort stolpern? Ich sagte: „Willst du das deinem Chef erzählen oder deinem Direktor oder wer immer sonst den Finger auf dem Knöpfchen hat? Volkseigen ist nicht einfach ein Wort, volkseigen — das ist eine Sprengladung."

„Drüben hält dir keiner den Mund zu."

„Sie haben die KPD verboten."

„Vielleicht", sagte Uli gelassen, „vielleicht werde ich mich gerade deshalb der KPD anschließen."

„Vielleicht wirst du dafür in den Knast spazieren."

„Besser, als wenn man von seinen eigenen Leuten in den Knast geschickt wird", sagte Uli.

Ich sagte höhnisch: „Sicher, der Sozialismus ist eine schöne Sache, solange man ihn nicht im eigenen Land hat."

„Solange man für ihn kämpfen kann, solange er nicht von Schwachköpfen zerquatscht wird", schrie Uli.

„Selber Schwachkopf", schrie ich.

Wir standen uns gegenüber. Ulis Augen funkelten, er warf seine Wut jetzt auf mich, und ich verlor den Kopf und begann aus vollem Hals zu schimpfen. „Nach drüben gehen und den Märtyrer spielen, was? Deine Sorte kenn ich. Ihr sitzt im Schmollwinkel und beweint eure verlorene Freiheit, und wenn wir Fehler machen, reibt ihr euch die Hände: Nur los, laßt sie doch machen, sie rennen sich fest, und wenn die Karre im Dreck steckt, dann ist unsere Zeit da, dann holen wir sie raus ..."

„Ich habe mir nie die Hände gerieben", brüllte Uli.

„Aber du hast dir auch nicht die Freiheit genommen, den Mund aufzumachen. Denken ist die erste Bürgerpflicht, mitreden ist die zweite."

„Mitreden. Ich werd mir den Mund verbrennen ... Gleich heißt es Fehlerdiskussion, gleich liegst du schief. Taktik, Kindchen, von Taktik hast du auch noch nichts gehört."

„Taktik ist kein Synonym für Unaufrichtigkeit."

„Vielleicht kannst du es dir leisten, aufrichtig zu sein – in deinem Kombinat, in der Taiga. Ihr Künstler habt ohnehin Narrenfreiheit."

Meine Mutter stand in der Tür, die Handflächen gegen uns gekehrt, sie rief:

„Kinder, muß euch die ganze Straße hören? Immer Politik, immer eure Politik, es ist jedesmal dasselbe, wenn ihr zu Haus seid. Ihr überschreit sogar euren Jazz." Sie gebrauchte das Wort in der englischen Aussprache und mit vorsichtigem Mißfallen.

Wir lachten. –

Im vierten Studienjahr war mein Bruder, als einer der klügsten und fleißigsten Studenten, Hilfsassistent bei einem Professor, dessen Name hier nichts zur Sache tut. Nach allem, was ich über ihn hörte, war er das, was man eine Kapazität nennt, und er konnte es sich leisten, seinen Studenten mitzuteilen, daß es in Deutschland nur zwei wirkliche Fachleute für den Schiffsbau gäbe, und hinzuzufügen: „Der andere lehrt in Hamburg." Dieser Professor verließ unter abenteuerlichen Umständen die Republik; warum, das erfuhr Uli sowenig wie irgendein anderer Assistent.

Mein Bruder machte ein Jahr später sein Diplom; er hatte die Note „Sehr gut", und er glaubte auf eine Stellung rechnen zu dürfen, die seinem Wissen und seinen Fähigkeiten entsprach. Er bewarb sich bei einer kleinen Werft, irgendwo an der Elbe, im Sperrgebiet. Er wurde abgelehnt. Er begriff nicht, warum. Er sprach mit dem Kaderleiter der Werft und erfuhr, es gäbe da einen dunklen Punkt in seiner Vergangenheit, es gäbe da eine Beurteilung, geschrieben von der Parteigruppe seines Semesters ... „Sie haben mir meine Unzuverlässigkeit bescheinigt", sagte Uli. „Mein dunkler Punkt ist der Professor."

„Ich sehe nicht, was deine Kaderakte mit dem Professor zu tun hat."

„Ich war sein Assi." Seine Stimme hatte einen Klang distanzierter Nüchternheit, der mich desto mehr beunruhigte. Er hatte abgeschlossen, er war mit dieser Sache fertig. „Der Mann ist weggegangen. Wir sind hiergeblieben. Trotzdem sind wir verdächtig."

Ich fragte: „Glaubst du, euer Professor hätte einen Genossen als Hilfsbremser genommen?"

Uli zuckte die Schultern. „Weiß ich? Ich habe mit dem Mann kein privates Wort gesprochen."

Es war etwas in seinen Augen, die mich fremd und mißtrauisch prüften, und an seinem verkniffenen Mund, was mich an Konrad erinnerte, und ich dachte, er würde schon jetzt, zwei Stunden später, mir nicht mehr sagen, ich sei der einzige

Mensch, zu dem er Vertrauen habe. Es war ihm schon lästig geworden, daß er mir vertraute. Jedes Wort, das er noch auf seinen Fall verschwenden sollte, war ihm lästig, und er sagte mit beleidigender Trägheit:

„Geh doch weg mit deinen schlauen, faulen Argumenten. Er hat wirklich keinen Genossen genommen, absichtlich oder nicht absichtlich, das ist mir uninteressant, meine Teure. Der ganze Herr Professor ist mir uninteressant. Er hat nicht mit mir gesprochen, er hat mich nicht beeinflußt. Und nun will ich meine Ruhe haben."

Ich dachte: Wie kann denn einer seine Ruhe haben wollen in dieser unruhigen Welt? Ich sagte: „Du bist doch scharf drauf zu kämpfen. Jetzt tu's doch, wenigstens für dich selbst. Wenn du jetzt ausweichst, gibst du den anderen recht. Du *bist* unzuverlässig."

Ich merkte auf einmal, daß mich seine Geschichte nicht berührte, und ich dachte darüber nach, warum sie mich nicht berührte. Er war abgelehnt worden. Vier oder fünf Genossen hatten, jung und eifrig, ihr Urteil gefällt, wegen der Assistentenzeit bei einem republikflüchtigen Professor, wegen ein paar versäumter Gewi-Stunden, vielleicht wegen einer Diskussion, bei der der Student Arendt ihre Meinung nicht geteilt hatte. Ich kannte aus meiner Studienzeit solche eifrigen jungen Leute, die noch nicht wußten, daß Skepsis nicht Feindschaft, Geduld nicht Mangel an Festigkeit bedeutet. Sie waren nicht taktvoll, aber ich sah heute, wenn ich mich an unsere Schulzeit erinnerte, daß wir nicht weniger taktlos gewesen waren — auch Uli, gerade Uli.

Trotzdem fand ich es unklug, wenn nicht ungerecht, einen begabten jungen Ingenieur durch ein voreiliges Urteil und Argwohn zu kränken. Wir wollen nicht Vertrauensseligkeit. Wir fordern Vertrauen. Die Männer und Mädchen meiner Generation haben neue Maschinen konstruiert und Wälder gerodet und Kraftwerke gebaut, sie haben Sumpfland entwässert und an den Grenzen auf Posten gestanden, und sie haben Bilder gemalt und Bücher geschrieben. Wir haben ein Recht auf Vertrauen. Wir haben ein Recht, Fragen zu stellen, wenn uns eine Ursache dunkel, ein Satz anfechtbar, eine Autorität zweifelhaft erscheint.

Ich entdeckte nun auch, warum ich dieses Gefühl von Kälte hatte, während mein Bruder erzählte. Ich verabscheue Resignation. Uli hatte aufgegeben, statt sich zu prüfen, die Berechtigung jener jungen Leute zu prüfen und sich zur Wehr zu setzen. Ich hätte mich gewehrt. Warum verteidigte sich mein Bruder nicht, wenn er, gutwilliger Arbeiter, sich zurückgestoßen fühlte? War er feige, war er es müde geworden?

Es war nun dunkel im Zimmer, durch den Türspalt schimmerte ein Streifen Lampenhelle. Im Rahmen des Fensters stand, durch das weißlackierte Kreuz zerschnitten, das Bild von unserer Straße, ein tiefblaues und schwarzes Nachtstück, Gärten und Häuser und Himmel ineinanderschwimmend, und auf den Schattenwänden blühten die Lichter auf wie große gelbe Dotterblumen. Über Haus und Baum, auf dem Dach der Schuhfabrik glühte der rote Stern.

„Kein Mond", sagte ich. „Ein Mond müßte dasein, ein verrückter, orangeroter, kreiselnder Mond, wie ihn van Gogh gemalt hat."

Uli blieb stehen, als habe ihn eine Hand an der Schulter gepackt und festgehalten, er sagte dumpf: „Das schlimmste ist, Betsy, daß ich seitdem alles grau in grau sehe. Ich sehe nur noch Fehler, nur noch borniert Dummheit... Und manchmal spüre ich, wie ungerecht und unduldsam ich selbst bin... Manchmal frage ich mich, ob nicht ich borniert und dumm bin..." Er lachte auf, ich sah seine Zähne zwischen den geöffneten Lippen und den Perlmuttglanz seiner Augen. „Aber das sind Dinge, die man nur im Finstern denkt. Morgen..."

„Uli", sagte ich, atemlos vor Erwartung, „Uli, du wirst nicht weggehen, nicht wahr? Du hätschelst jetzt deinen Ärger, du hast dich mit deiner Enttäuschung angefreundet und sagst du zu ihr." Ich streichelte seinen Arm, und ich hörte, verlegen, den Ton von hölzerner Munterkeit in meiner Stimme. „Du schwimmst im Brackwasser, Schiffsbauer. Mach den Kahn wieder klar."

Mein Bruder aber richtete seine Augen auf einen fernen, verheißungsvollen Punkt irgendwo am Horizont, der Meer oder Abenteuer oder das Unbekannte Land hieß, er sagte: „Drüben könnte ich auf einem großen Kahn anheuern, ich könnte die Welt sehen, nicht bloß das zahme Planschbecken zwischen Rostock und Kap Arkona oder den Hafen von Leningrad. Wenn ich denke, ich werde sterben, ohne die Marquesas gesehen zu haben, die Inseln deines geliebten Gauguin ... oder Feuerland ... Ich weiß nicht warum, aber gerade nach Feuerland muß ich einmal im Leben kommen."

„Unsere Fischfänger kommen bis Neufundland", sagte ich. „Du kannst auch nach China fahren oder zu den Pyramiden ..."

„Sicher — wenn sie mir meine Zuverlässigkeit bescheinigen", sagte Uli böse.

Es war hoffnungslos. Ich hatte ihm ungewollt das Stichwort gegeben, und nun kreisten seine Gedanken wieder beharrlich um dasselbe Thema wie die stumpfen, glotzenden Karussellpferdchen um ihre Drehorgel.

„Jeden Tag Nadelstiche", sagte er, „das ist schlimmer als ein Dolchstoß. Mit der Ablehnung fing es an. Dann kam die Enttäuschung über die Arbeit auf der Neptunwerft. Ich bin eine Art Konstruktionszeichner, nicht mehr. Dazu habe ich also studiert, dazu habe ich mein Diplom ... Ich will selbständig arbeiten, verstehst du, ich will Schiffe entwerfen. Ich verblöde. Und dann mein Herr Vorgesetzter ..." Er stieß den Atem durch die Zähne. „Er war mein Kommilitone. Er hat bloß mit Drei bestanden. Aber er ist Genosse, und nur seinem Parteibuch verdankt er den Job."

„So, nur seinem Parteibuch", sagte ich. Ich wußte, wie Joachims Studienzeit ausgesehen hat: die Funktionen, die Versammlungen, die hundert eiligen Einsätze, mit denen sich die Arendts nicht belasteten, und zermürbende Nachtarbeit, wenn die Arendts längst schliefen oder sonntagabends in der

„Kogge" tranken. „Seit wann mißt du die Fähigkeiten eines
Menschen nur an seiner Prüfungsnote? Ich kenne deinen Ge-
nossen Vorgesetzten nicht, aber ich nehme an, er hat eine ver-
dammte Menge anderer Aufgaben gehabt, während du deiner
Mathematik gelebt hast, sechs oder sieben Jahre nur deiner
Mathematik."

Uli schwieg, und ich bin nicht sicher, ob er aus Trotz
schwieg oder deshalb, weil sein Gerechtigkeitsempfinden ihm
nicht erlaubte zu widersprechen.

Dann rief uns Mutter zum Abendbrot mit dem lächerlichen
bronzenen Kuhglöckchen, das an der Kaminwand hängt und
sich chinesisch gibt.

8

Nachts gegen elf saßen wir in einer Kneipe, die man bei uns in
der Stadt den „Zigeunerwagen" nennt.

Die Wirtin ist eine zerfließende Walküre mit dem rauhen
Bariton einer Frau, die schon zum Frühstück ihr Zahnglas
voll Schnaps trinkt; sie ist aber niemals wirklich betrunken.
Wir gehen gern in ihr Lokal, weil sie die beste Gulaschsuppe
kocht.

Uli trank Bier, für mich hatte er Wodka bestellt; es gab hier
nur deutschen Wodka, der wie Kümmel schmeckt und in der
Kehle brennt. „Schauderhaft", sagte ich.

„Trink doch Bier", sagte Uli.

„Aus Bier mach ich mir schon gar nichts."

Wir saßen auf einem fleckigen roten Plüschsofa unterm
Fenster. Wenn man den Kopf ein bißchen seitwärts wandte,
konnte man durch die Gittermaschen der vom Tabakrauch
gelben Gardine den Marktplatz sehen, mit seinen verwaschenen Bürgerhäusern und bläulich glänzendem Pflaster und
dem goldenen Löwen über der Apothekentür. Vor dem Blu-
menladen an der Ecke, in dessen Schaufenster zwischen den
Blattpflanzen rosige und lachsfarbene Alpenveilchen schim-

merten, hatte sich ein Rudel Lederjacken versammelt. Ihre Motorräder waren überladen mit Chrom und Spiegeln und allerlei geheimnisvollem Gerät.

„Der Halbstarken-Bahnhof", sagte Uli und lachte.

Die Jungen standen gelassen, ein Bein mit leicht gewinkeltem Knie vorgesetzt und eine Hand auf der Hüfte, um ihre Maschinen herum. Sie rauchten. Sie unterhielten sich nicht. Sie standen einfach da herum, und plötzlich schwang sich einer auf sein Motorrad und jagte davon, und im Handumdrehen hatte sich das ganze Rudel in eine Kette knatternder Maschinen aufgelöst, die quer über den Markt und dann die Hauptstraße hinabrasten. In der engen Straße verdreifachte sich der Lärm.

„Sie haben ihre Auspufftöpfe abmontiert", sagte Uli.

„Nicht sehr rücksichtsvoll, wie?"

Uli grinste.

„Ich habe meine Maschine auch frisiert. Mit zwanzig liebt man die Romantik verschlafener Kleinstädte nicht. Ihre einzige Sorte von Abenteuern ...Der Halbstarke stirbt spätestens an seiner Wohnungseinrichtung."

„Ist das der Grund, weshalb du nicht heiratest?"

Er sagte verdrossen: „Auch das. Obgleich ich mich nicht mehr zu den Halbstarken rechnen würde ... Ich habe einfach einen Horror vor Seßhaftigkeit."

„Ich auch", sagte ich, und dann, bestürzt, korrigierte ich mich: „Aber das gibt sich, wenn man jemanden liebt."

Uli sah mich an. „Du bist ja selbst nicht glücklich." Er lächelte zärtlich. „Madame Gusseli-Gussela ..."

Mir blieb das Herz stehen. Ich preßte Ulis Hand an mein Gesicht. „Wir könnten uns zusammentun, Uli, wie wir es uns früher ausgemalt haben ... Du kommst mit ins Kombinat. Du wirst wieder Boden unter den Füßen haben ... Wir werden ein herrliches Junggesellenleben führen ..."

Die Jungen bogen wieder auf den Marktplatz ein, ihre Sturzhelme blinkten weiß und rot unter den Lampen. Sie stiegen ab und standen wieder herum und rauchten, in dieser

Haltung nachlässiger Grazie, die sie einem Kinohelden abgeguckt hatten, und nach einer Weile, ohne daß einer das Stichwort gegeben hätte, begann das Spiel von neuem, und sie fuhren ihr Rennen durch die winklige Stadt.

„Ich werde ihre Spielregeln niemals begreifen", sagte ich.

„Sie haben keinen Anführer", sagte Uli.

„Es muß sich um eine Art Telepathie handeln."

Wir starrten auf den Markt, er war wieder leer und still in dem fahlen Neonlicht. Ich sagte: „Wir sollten ein paar Diamantenfelder im hohen Norden haben, wo Burschen von deiner Sorte diggern können."

„Wir haben sie aber nicht", sagte Uli.

Die Wirtin brachte uns noch ein Bier und einen Wodka.

Wir tranken.

Uli nahm mein Glas und kostete, er schüttelte sich. Ich sagte: „Überleg es dir."

„Dazu ist es zu spät", sagte Uli.

„Warum bringst du es nicht fertig, mit eurer Parteileitung zu sprechen?"

„Ich werde vor denen nicht kriechen", sagte Uli.

Die schroffe Stimme Konrads an jenem letzten Abend, das Gesicht meiner Mutter, die in der Küche stand und weinte, als sie das Brot für uns schnitt... Ich legte die Hand auf Ulis Arm, als wäre dies schon der letzte Augenblick, bevor die Abteiltür zugeschlagen wurde, ich dachte benommen: Aber ich kann ihn nicht mit Gewalt halten, ich kann ihn nicht mit Worten halten... Ich sagte, schon erschöpft von dem sinnlosen Unterfangen, seine tauben Ohren zu erreichen: „Andere haben auch ihre Geschichten gehabt. Andere sind auch nicht weggelaufen."

Er kräuselte spöttisch die Lippen, und mit der gereizten Nachsicht des Erwachsenen, der das Geplapper eines Kindes über sich ergehen läßt, sagte er: „Schon gut, Betsy... Trink deinen Schnaps aus, und dann gehen wir."

Die fette Wirtin saß jetzt bei drei Skatspielern am Tisch, ihre Äuglein glitzerten, und mir schien, als zwinkerte sie mir verschwörerhaft zu; sie hielt uns wohl für ein verzanktes Liebespaar. Ich errötete, als mein Bruder mir den Arm um die Hüfte legte, mit einer schnellen und leichten und, so bildete ich mir ein, allzu geübten Bewegung.

Ich hatte mich immer mit eifersüchtiger Scheu gehütet, mir vorzustellen, wie mein Bruder ein anderes Mädchen küßte und umarmte. Ich haßte die hübschen Fotogesichter, die er mir zuweilen zeigte, und ich suchte unbarmherzig nach einem Makel auf diesen fremden glatten Stirnen und in der Zeichnung dieser Lippen. Ich habe keine von ihnen genehmigt — nur einmal, nur das eine Mädchen, das von Uli wirklich geliebt wurde und vielleicht noch heute geliebt wird. Er spricht nicht mehr von ihr, und ich frage ihn nicht. Sie hatte etwas von der Heiterkeit eines Sonnenflecks auf dem Waldboden, etwas von der Leichtigkeit eines weißen Federchens, obgleich sie rundlich war, mit einem runden lieblichen Gesicht.

Ich dachte plötzlich mit brennendem Neid an das winzige Persönchen, das sich immer ein bißchen gefürchtet hatte vor der Schwester von Uli. Zum erstenmal empfand ich voll Bitterkeit, wie schwach die Beziehung zwischen Bruder und Schwester ist, die mir über Jahre als ein starkes, unzerreißbares Band erschienen war. Ich dachte: Wenn ich wüßte, wo dieses Feder-Mädchen wohnt, wie ich es noch erreichen könnte ... Vielleicht vermochte sie, die unvergessene Liebe, was die Schwester mit dem verzweifelten Aufwand an Bitten und guten Gründen nicht vermag.

Uli legte einen Geldschein auf den Tisch. Ich überschlug, wieviel Zeit uns noch blieb. Ich hatte keine Zeit zu verlieren. Im Rücken, hinter der zitternden Fensterscheibe, hörte ich wieder den Motorenlärm, als die Lederjacken den Marktplatz umkreisten. Ich sagte rasch: „Zuerst, als ich ins Kombinat kam, hatte ich auch eine Menge Widerwärtigkeiten. Ich war einfach groggy. Am liebsten wäre ich geflüchtet."

„Du doch nicht", sagte Uli, „du flüchtest doch nicht." Vielleicht hatte er es freundlich gemeint, als eine Anerkennung, es klang aber geringschätzig, und ich erwartete, er würde mir die Schulter tätscheln wie einer musterhaften Schülerin.

„Nein", sagte ich, „obgleich mir eine Zeitlang die Partei wie ein Haufen von schwarzen Männern vorkam."

Er warf mir aus den Augenwinkeln einen halb belustigten, halb mißtrauischen Blick zu; er schien zu glauben, ich hätte mir mit unschuldiger Schläue eine Geschichte für ihn ausgedacht, so wie er sich früher Geschichten ausdachte, die er der staunenden kleinen Schwester erzählte und die alle mit dem Satz begannen: Ein Mann hat gesagt . . . Jener geheimnisvolle MANN war zugleich Quelle und Wahrheitsbeweis für die komischen und grausigen Begebenheiten, und ich bin nicht sicher, ob Uli nicht schließlich selbst an die Existenz des Mannes ohne Namen und Herkunft zu glauben begann.

„Jedenfalls hast du mir nie davon geschrieben", sagte Uli nach einer Weile.

„Ich hab damals keine rühmliche Rolle gespielt", sagte ich leichthin, zugleich aber, beim bloßen Gedanken an Heiners, durchflutete mich eine Welle von Abscheu. Er trank mein Glas aus, ich hatte einen üblen Geschmack im Mund.

„Zweimal im Leben habe ich Lust verspürt, einen Menschen umzubringen . . . Das erstemal eine Lehrerin; sie hat mich geprügelt, sie war im Unrecht." Die laute, grobknochige Frau, die jahrelang als Schreckgespenst durch meine Träume geistert war, die mir später, in den Englischstunden, in der blutigen Gestalt von Grendels Mutter auferstanden war, treffe ich heute zuweilen in der Stadt: eine gebückte alte Jungfer mit einem bestickten Einkaufsbeutel, die verwirrt und großmütterlich lächelnd den Gruß einer längst vergessenen Schülerin erwidert.

„Und der andere?" fragte Uli.

„Ohm Heiners."

Er lachte. „Die Bulldogge . . . Du hast mir die Karikatur von ihm geschickt. Ein dicker geschwätziger Bursche, denke ich, in der Art eines altgewordenen Schmierendirektors."

„Anders", sagte ich, „gefährlicher." Ich lehnte an Ulis Schulter. Wir hatten unsere Finger ineinander verflochten, aus Zuneigung oder nur aus Müdigkeit; es ging auf Mitternacht.

Ich begegnete dem Maler Ohm Heiners im Verwaltungsgebäude. Es war mein erster Tag im Kombinat. Im Zimmer des Parteisekretärs hatte ich einem Dutzend Leuten die Hand geschüttelt, und wir hatten uns unserer Freundschaft und erfolgreichen Zusammenarbeit versichert, und nachdem sie mich eine halbe Stunde lang darüber belehrt hatten, was *unsere Menschen* von mir erwarteten, war ich vollends eingeschüchtert.

Bergemann sagte gar nichts. Er saß hinter seinem Schreibtisch, klein und schwarz, und beobachtete mich, sein Gesicht war ganz ausdruckslos. Ich habe noch aus meiner Schulzeit eine Abneigung gegen zu große Schreibtische in einem zu großen Raum, den ein roter Läufer quert, ich dachte: Das ist einfach ein psychologischer Trick. Du kommst in natürlicher Größe zur Tür rein, aber dieser verdammte rote Läufer wird hundert Meilen lang, während du auf die schwarzen Amselaugen zugehst, und schließlich stehst du als fingerlanges Männlein vor seinem Schreibtisch ... Es gefiel mir aber, daß der Bergemann mich nicht mit Segenswünschen überschüttete.

Und dann kam der Auftritt von Ohm Heiners. Er sprengte die Tür, er füllte das Zimmer aus mit seiner Stimme, seinem Bauch, seinem dröhnenden Optimismus, und er breitete beide Arme gegen mich aus und verkündete seine Begeisterung über den mutigen Schritt der begabten jungen Kollegin. Ich fürchtete, er würde mich umarmen.

Während unseres ersten Gesprächs, das fünf Minuten dauerte, sagte er dreimal: „Ich als alter Kommunist..." Ich dachte an meinen bescheidenen, heiteren Steinbrink, ich schwieg. Ich fühlte mich erdrückt von seiner schallenden Jovialität und seiner massigen Gestalt, und als ich mit einer unwillkürlich hilfesuchenden Bewegung den Kopf drehte, fiel mein Blick auf einen Mann, der an der Wand lehnte und nicht weniger befangen schien als ich. Er lächelte mir zu, in seinem Mund blitzten Goldzähne, die seinem biederen Gesicht den Ausdruck eines rauflustigen Großstadtjungen gaben.

Nachdem mir Heiners die Hände geschüttelt hatte, ging ich zu dem Mann hinüber. „Er quatscht 'n bißchen viel", sagte der Mann, der Jäckel hieß. Er war nicht größer als ich, mit mächtigen Schultern und einem umfänglichen Brustkasten.

Jäckel war Schmied gewesen, bevor er, wenige Tage vor meinem Antrittsbesuch, Mitglied der Industrie-Kreisleitung wurde. Er arbeitete schweigsam und gewissenhaft, er wußte nichts von Diplomatie. Jäckel führte mich über die Baustelle, und er beantwortete geduldig und mit Sachkenntnis meine einfältigen Fragen. Über Heiners erfuhr ich nur, er sei seit 1928 in der KPD (aber das hatte mir Heiners schon selbst mitgeteilt), und er habe einen Vertrag mit dem Kombinat. Als ich Jäckel arglos nach den Bildern von Heiners fragte, hob er verlegen die Schultern, er murmelte: „Von Bildern versteh ich ja nichts."

„Falls du Ausreden suchst", sagte ich spöttisch, „zieh dich einfach darauf zurück, daß du Schmied bist."

„Ach, doch nicht deshalb", sagte er und wurde rot. Er ging eine Weile stumm neben mir her, auf einmal sagte er erleichtert: „Weißt du, ich bring dich zu Lukas. Mein Brigadier, ein richtiger Kunstwissenschaftler ... Und die Jungs sind in Ordnung, mit denen hast du keine Scherereien."

Er musterte mich von der Seite, mit seinem schüchternen, verschmitzten Goldzahnlächeln, und ich sagte: „Ich bin kräftiger, als ich ausehe."

„Ich meinte nicht deine Muskeln", sagte Jäckel. „Lukas wird beide Hände über dich breiten."

So kam ich am ersten Tag zu Lukas und seiner Brigade, und ich hatte in der Tat keine Schwierigkeiten, die ich nicht, durch Joachims Ratschläge gewitzt, vorausgesehen und als die Stolperschritte eines Anfängers einberechnet hätte. Ich glaube, während der ersten Wochen war ich beinahe unbeschwert glücklich, und ich arbeitete mit der Unbefangenheit und Leidenschaft des Neulings.

Manchmal, auf einer Sitzung, sah ich Bergemann, wir waren uns so fremd wie am ersten Tag. Vielleicht kränkte ihn meine Unlust, auf einem Stuhl zu sitzen und Reden anzuhören, und wenn ich von meiner bekritzelten Zigarettenschachtel aufsah, begegnete ich seinem unwilligen Blick, dem Blick eines strengen Lehrers, dessen Schülerin dem Unterricht nicht folgt.

Ohm Heiners saß gewöhnlich neben mir, aber nach der Sitzung vergaß er mich, er lief geschäftig dem Bergemann nach, und sie stiegen in den Wagen des Parteisekretärs und fuhren ab, und nur in solchen Augenblicken, wenn ich unter der Tür stand und dem Wagen nachsah, fühlte ich mich ausgeschlossen: Sie waren, der Künstler und der Parteiarbeiter, Genossen und einander befreundet, sie sagten sich du, und gewiß gab es zwischen ihnen — so glaubte ich damals — diese erfolgreiche Zusammenarbeit, deren mich die händeschüttelnden Leute versichert hatten. Sie hatten mich aber noch nie in meinem Atelier besucht, und ich dachte, ich habe es nicht nötig, sie darum zu bitten.

Ich lief oft bis Sonnenuntergang über die Baustelle, und was mir zuerst als ein chaotisch zerklüftetes Gewirr von Schienensträngen und Betonmauern, Gräben und Schornsteinen erschienen war, das begann sich nun auch für meine Augen planvoll zu ordnen. Ich arbeitete überstürzt und unsystematisch, bald angezogen von der Wölbung der Brückenbögen und dem nüchternen Schwung der Kühltürme auf ihren verstrebten Pfeilern, bald verlockt von den reifen Farben unter einem blauen Septemberhimmel; ich malte Aquarelle, in denen ich die Buntheit dieser von Menschen erbauten Landschaft festzuhalten versuchte, und skizzierte die Schweißer in unserer Halle, und die Zimmerleute mit ihren Samtwesten über der nackten sonnengebräunten Brust, und die Mädchen, die an der Werkstraße warteten und schwatzten, die Haare zerwühlt, die Röcke gebauscht von dem scharfen Wind.

Ohm Heiners traf ich jeden Morgen in der Kaffeestube. Das war ein kleiner rauchblauer Raum in einer Baracke, wo es für vierzig Pfennig eine Tasse Kaffee gab. Hier frühstückten auch die Arbeiterinnen aus der Werkstatt, und sie brachten den Geruch von Dieselöl und Schmierfetten mit, der ihren Händen und den plumpen blauen Kombinationen anhaftete. Allmählich wurde ich ganz vertraut mit Ohm Heiners, ich gewöhnte mich auch an seine Lautheit.

Eines Tages hing im Speisesaal ein Bild von Heiners, das in grauen und bräunlichen Tönen gehaltene Porträt eines Aktivisten, der, ungefüge Fäuste auf den Knien geballt, aus engen Augen von der Wand herabstierte.

Ich war mit der Brigade zum Essen gegangen, wir standen vor dem Bild, manche lachten, manche schimpften. Ich sagte: „Lieber Himmel, er sieht ja aus wie der Mandrill."

„Dafür kriegt er mindestens fünfhundert", sagte ein Schlosser in respektvollem Ton; der Respekt galt aber nur der Summe, nicht dem Gemälde. Ich wußte von Heiners, daß er kein Porträt unter zweieinhalbtausend verkaufte.

Lukas schwieg. Als wir uns an den Tisch setzten, zog er seinen Stuhl herum, so daß er dem Bild den Rücken zukehrte, er sagte verdrossen: „Mir schmeckt das Essen nicht, wenn mir der Mandrill zusieht."

Nachher hockten wir draußen auf den Treppenstufen und rauchten. Mein dicker Meister döste mit geschlossenen Augen, und ich hatte Muße, seine Hände zu betrachten, lange geschickte Hände mit den spitz zulaufenden Fingern des Tüftlers, der Zeichenstift und Zirkel mit derselben Fertigkeit handhabt wie Vorschlaghammer und Stemmeisen.

Lukas drehte mir den grauhaarigen Kopf zu, er sagte: „Es ist beleidigend."

Ich sagte: „Wirklich, die schwielige Pranke ist als Symbol hoffnungslos veraltet."

„Du lachst", erwiderte er vorwurfsvoll. „Es ist nicht lächerlich. Wer, zum Teufel, sitzt eigentlich in der Ankaufskommission?"

„Ich weiß nicht", sagte ich.

„Du solltest es aber wissen. Wozu bist du hier? Wozu bist du Malerin? Das ist auch deine Sache." Er hatte noch nie so schroff mit mir gesprochen, er haßte Gleichgültigkeit.

Es war mir in der Tat gleichgültig, wer in der Kommission saß und über den Ankauf der Bilder beriet, und ich wollte meine Ruhe haben und mich nicht mit allen möglichen Leuten herumstreiten, ich sagte: „Ich bin noch ein Greenhorn hier. Ich würde eine Menge Ärger haben."

Der Meister hob träge die Lider, er sagte: „Damit wir uns recht verstehen, Elisabeth: Das ist unser erster Auftrag für dich." Er sprach mit der gemütlichen Stimme wie immer, ich sah aber ein Aufglänzen in seinen granitgrauen Augen, das mich beunruhigte; ich wußte schon, daß dieser behäbige Mann durchsetzte, was immer er durchzusetzen beabsichtigte.

Am nächsten Morgen, in der Kaffeestube, fragte mich Ohm Heiners, wie mir sein Bild gefalle, und er fragte in einem Ton, der mir verriet, was er zu hören wünschte.

Ich zögerte, ich fürchtete ihn zu verletzen. Ich empfand für ihn die Achtung, mit der Jüngere einem alten Genossen begegnen, ich dachte: Aber er ist dreißig Jahre älter als ich, er ist empfindlich. Ich brauchte jetzt nur zu nicken, er würde sich zufriedengeben, ich hätte meine Ruhe.

Endlich sagte ich, und ich verwünschte meine Feigheit, mit der ich mich hinter den anderen verkroch: „Meine Brigade war nicht begeistert."

Heiners lachte gutmütig, er sagte: „Nichts gegen deine Brigade. Sie mögen als Schlosser ganz tüchtig sein, aber auf ihre Kunstkritik sollte man sich denn doch nicht berufen. Leute, die im Schlafzimmer ihren Elfenreigen haben und in der guten Stube das Alpenglühen, Öl auf echt Leinen . . ."

Er legte den Kopf zurück, und sein Kinn wölbte sich vor, und das kühle weiße Morgenlicht überströmte sein Gesicht, das noch einen Abglanz des gutmütigen Lachens festhielt, wie ein aufgeräumtes Zimmer, in dem ein bunter Ball liegengeblieben ist.

Auf einmal merkte ich, daß gerade dieses Lachen mich befremdete und gegen ihn aufbrachte, ich dachte: Ihr Urteil hat nicht mehr Gewicht als ein Windstoß. Er hat sich so weit von ihnen entfernt, daß er sie nicht einmal verachtet. Ich sagte: „Lukas liebt Botticelli und Raffael, und bei meinem Meister hängen vier Modiglianis überm Bett."

„So, über seinem Bett", sagte Heiners.

Ich dachte, er müßte zwei Gesichter übereinander tragen, und ich versuchte hinter der neuen, von Selbstzufriedenheit geprägten Miene des an Lob gewöhnten Mannes eine Spur von dem Gesicht seiner Jugend zu finden, eine Erinnerung an den Maler, der Ende der zwanziger Jahre seine anklägerischen Bilder geschaffen hatte: den Arbeitslosen, die Streiker vor ihrem Werktor, den erschlagenen Soldaten . . . „Dein Bild ist schlecht, Heiners", sagte ich.

Sein Gesicht veränderte sich, als habe es sich mit einer trüben Eisschicht überzogen, und ich begriff, daß ich jetzt noch, in dieser Minute, über Frieden oder Unruhe der nächsten Zeit entscheiden konnte, und mir war übel vor Aufregung, als ich, stotternd und beschämt über mein Stottern, sagte: „Du hast einen hirnlosen Produktioner gemalt . . . Ich kenne den Mann. Er hat nichts mit deinem finsteren Roboter zu tun . . ."

Heiners rührte in seiner Kaffeetasse, er schwieg, und durch sein Schweigen ermutigt fuhr ich fort: „Ich kenne manche deiner Bilder von 1930. Ich kenne manche von 1960. Du hast den Leuten nur andere Kleider gegeben. Weißt du, daß dein Modell studiert? Der Mann wird in zwei Jahren Bergbauingenieur sein. Weißt du, daß achtzig Prozent der Leute auf unserer Baustelle einen Lehrgang besuchen oder Fernstudium machen?"

„Ich kenne die Statistik besser als du", sagte Heiners kalt.

„Du kennst die Statistik besser als die Menschen", sagte ich und erschrak über meine Dreistigkeit. Von seinen Zügen war nichts abzulesen, und ich dachte: Er verdient es nicht, daß ich ihn kränke. Er spürt selbst, daß er nicht das Gesicht von Zeitgenossen darstellt, er ist unglücklich, es kann nicht anders sein ... Wie aber, wenn er nicht unglücklich und unzufrieden wäre?

„Ich bin Proletarierjunge", sagte Heiners dumpf, „ich bin ein alter Kommunist, ich muß mich nicht von einem bürgerlichen Grünschnabel über meine Klasse belehren lassen."

Ich beugte mich über den Tisch und berührte zaghaft seine Hand. „Wir wollen uns nicht zanken, Heiners", bat ich. „Meine Gedanken sind ja noch ganz unfertig ... Vielleicht stimmen meine Vorstellungen nicht mit der Wirklichkeit überein ..." Du bist also schon auf dem Rückzug, sagte ich zu mir, und ich versuchte mir den Blick der granitgrauen Augen vorzustellen und hoffte, Lukas und der Meister würden nicht von diesem Geschwätz in der Kaffeestube erfahren.

Heiners sagte wieder in dem dumpfen, anklagenden Ton wie vorhin: „Ich bin der erste Künstler, der an die Basis gegangen ist."

„Du hast deine Wohnung gewechselt, nicht mehr", unterbrach ich ihn, bebend vor Ungeduld. „Du hast die letzten Jahrzehnte einfach nicht zur Kenntnis genommen ... Deine Klasse ist dir über den Kopf gewachsen ... Was weißt du schon von der Basis, wenn du sie vom Auto des Parteisekretärs aus besichtigst?"

Um seinen Mund zeichnete sich eine dünne weiße Linie ab. Er fragte so laut, daß die Frauen am Nachbartisch es hören mußten: „Soll das ein Angriff auf die Partei sein? Paßt dir der Parteisekretär nicht? Paßt dir sein Auto nicht?"

Die Frauen starrten zu uns rüber, die eine, hager und geschmeidig und mit gekräuseltem Haar von brandigem Blond, kannte ich: eine alte Artistin, die bei den Lokbauern arbeitete, in unserem Hallenschiff; während der Pausen lief sie, ihr Zirkuslächeln im geschwärzten Gesicht, auf Händen über den Betonboden. Die beiden anderen waren jünger, mit neugierigen Augen. Nur aus Trotz sprach ich jetzt so laut wie Heiners. „Wenn er zu der Sorte von Sekretären gehört, die um die Schornsteine spazierenfahren, dann paßt er mir wirklich nicht." Die Artistin lachte, und ich fügte hinzu: „Aber ich kenne euren Bergemann zuwenig."

„Er legt auch keinen Wert darauf, solche untergekrochenen Bourgeois kennenzulernen", sagte Heiners.

Ich spürte einen Druck auf der Kehle. „Hör endlich auf, mir meine Herkunft vorzuwerfen. Ich habe mir meinen Vater nicht ausgesucht." Ich verstummte, als mir einfiel, daß ich mich schon verteidigte und auch vor den drei Frauen verteidigte, die uns unverwandt ansahen, und daß ich mich wie eine Beschuldigte fühlte und die Schuld auf meinen Vater abzuwälzen versuchte, und ich sagte: „Und wenn ... Mein Vater ist in Ordnung."

„Er war Nazijournalist", sagte Heiners, und die alte Artistin hörte auf zu lächeln. Ihr Mann war Pole. Er ist in Auschwitz umgebracht worden.

„Du lügst", schrie ich, „du lügst, er war kein Nazi."

Heiners stützte beide Hände auf den Tisch und stemmte den Oberkörper hoch, und ich sah seinen großen grauen Kopf auf mich zukommen, den Mund und die borstigen Augenbrauen, über denen Schweißtröpfchen glänzten. „Ich hatte Malverbot unter den Nazis ..."

„Ja doch, Heiners, ich weiß ja", sagte ich gequält, und ich fühlte, wie mir Nacken und Rücken feucht wurden. Unterm Tisch preßte ich die Handflächen zusammen. „Aber das macht dich doch nicht tabu für jede Kritik."

Er fiel auf seinen Stuhl zurück und griff sich mit beiden Händen an die Brust. „Ich ertrage das nicht ...", keuchte er. „Ich bin ein kranker Mann ..."

Die Artistin stand auf und beugte sich über Heiners und fragte, ob sie ihm Hoffmannstropfen holen solle, und ich hockte daneben, klein und demütig vor Mitleid, und wünschte, ich könnte mit einem Anschein von Sicherheit aufstehen und rausgehen, und dann hörte ich, wie eine Frau am Nebentisch sagte:

„Die Rotznase, aufgedonnert rumlaufen und 'nem alten Mann frech kommen..."

Ich hatte nie darüber nachgedacht, ob es diese Frauen mit ihren blauen Schlosserhosen und den streng gebundenen Kopftüchern verdrießen könnte, wenn ich weiße Blusen anzog und mir die Lippen bemalte, aber jetzt beugte ich den Kopf tief über den Tisch, damit sie meinen geschminkten Mund nicht mehr sahen, und ich dachte, ich sollte ihnen, gleichsam als eine Legitimation, meine Hände zeigen, deren Innenflächen mit Schrunden und weißlich aufgequollenen Blasen bedeckt waren. Ich stand endlich auf und ging mit steifen Schritten durch die Kaffeestube und zur Tür. Ich fühlte die Blicke der anderen wie Glutpünktchen auf meinem Nakken, und ich schämte mich, weil ich so dünn war und zu enge Hosen trug.

Draußen packte mich der scharfe Wind, und ich trottete durch den sonnenwarmen, in Wolken stiebenden Sand zu meinem Atelier hinüber.

Am frühen Nachmittag zwängte Jäckel seine Schultern durch die Tür. Ich pinselte mißmutig an einem Porträt von Lukas; meine zerschundenen Finger schmerzten. Jäckel blickte mir über die Schulter und knurrte wohlwollend oder gedankenlos vor sich hin, dann lief er zwischen den Bildern herum und schnupperte an meinen Farbtuben; er benahm sich wie ein Mann, der eine schlechte Nachricht zu überbringen hat.

„Pack schon aus", brummte ich, „ehe du an Herzdrücken stirbst."

Jäckel zeigte seine Goldzähne. „Vielleicht — benimmst du dich 'n bißchen auffällig, hm?"

„Und wie, meinst du, sollte ich mich benehmen?" fragte ich gereizt. „Ich kann ja in Sack und Asche rumlaufen. Ich kann ja mein schärfstes Rotwelsch reden. Welche Platte soll ich auflegen, um mich anzubiedern?"

„Du hast Krach geschlagen, in der Kaffeestube."

„Euer Nachrichtendienst funktioniert fabelhaft", sagte ich.

Jäckel murmelte: „In der Kreisleitung ist es schon rum. Ich dachte, ich sollte es dir lieber sagen."

„Danke. Noch was?"

Er blickte zu Boden und bewegte voll Unbehagen die Schultern; seine muskulösen Unterarme waren bronzebraun unter den aufgekrempelten weißen Hemdsärmeln. Er sagte mit einer vor Verlegenheit spröden Stimme: „Ist das wahr, daß dein Vater Nazijournalist gewesen ist?"

„Halleluja", sagte ich. Als er schwieg, drehte ich mich zu ihm rum, und ich konnte von seinem Gesicht ablesen, wie ernst ich die ganze Sache zu nehmen hatte. Ich sagte: „Würde das etwas an unseren Beziehungen ändern?"

„Mein Vater ist gefallen", sagte Jäckel. „Ich bin noch mit sechzehn eingezogen worden. Daß ich mitgemacht hab, daß ich nicht in die Luft geschossen hab, daran sind auch die faschistischen Schmierer schuld."

„Er war weder Nazi noch Journalist", sagte ich heftig. „Er war Kunstkritiker, und er hat ein paar schöne Bücher herausgegeben, in einem Verlag, der von Goebbels liquidiert wurde, und für die Baukunst des Barock hatte er mehr übrig als für Politik, und alles, was es über diese Art von Neutralität zu sagen gibt, das haben wir ihm nach dem Krieg gesagt."

„In Ordnung", sagte Jäckel, mit einem Anflug seines verschmitzten schüchternen Lächelns. „Ich wollte es von dir selbst hören, Elisabeth."

Ich setzte Teewasser auf, und Jäckel spülte die Gläser unterm Wasserhahn, und dann tranken wir Tee, und ich dachte, die Geschichte sei zu Ende.

Sie fing erst an.

Zwei Tage hatte ich die Kaffeestube gemieden. Am dritten Tag spazierte Ohm Heiners ins Atelier, unbekümmert und von dröhnender Munterkeit, als sei nichts geschehen, und ich dachte, ich hätte keinen Grund, ihn zu erinnern. Um die Wahrheit zu sagen: Mir fiel ein Stein vom Herzen, und ich war überschwenglich bereit, Frieden zu schließen und, falls Heiners das erwartete, Asche auf mein Haupt zu streuen.

Er ging in seiner Mentorenmiene herum und besah sich die Landschaften, die ich an meine Barackenwände gepinnt hatte. Er sagte: „Na, da hat wohl der gute Vincent Pate gestanden."

„Warum nicht?" sagte ich.

Endlich blieb er vor der Staffelei stehen, und nun war ich doch ein bißchen aufgeregt. Ich hatte Lukas bei der Arbeit darzustellen versucht, auf ein Knie gestützt, das Gesicht hinter der Schutzhaube dem Beschauer halb zugewandt. Ich hatte den Hintergrund nicht mit Requisiten belastet. Die Lichtquelle des Bildes, links und in seinem unteren Winkel, war das Schweißfeuer, ein goldroter Kern, aus dem eine Flut von strahlendem Blau und Gelb strömte und sich, in immer zarteren Wellenringen, violett an der kräftigen Diagonale von Nacken und Rücken des Knienden brach.

Ich stand hinter Heiners und wartete, und nach ein paar Minuten sagte ich zaghaft: „Das ist Lukas, du solltest ihn eigentlich kennen."

Er fragte, ohne sich umzudrehen: „Du hast dein Herz für ihn entdeckt, wie?"

„Klar", sagte ich, „Lukas ist fabelhaft."

Er trat einen Schritt zurück und sah mich mit einem Lächeln an, das mich mit Unbehagen erfüllte. Ich vergaß es aber sofort. Ich war, heute, in diesem Augenblick, glücklich über das Bild: ein vorsichtiges Glück, das nicht lange anhielt; ich wußte aus Erfahrung, daß die Euphorie eines Arbeitsnachmittags schon am nächsten Morgen in trübe Unzufriedenheit umschlagen würde.

Wir saßen dann noch eine halbe Stunde zusammen und tranken zwei oder drei Wodka und spielten Koexistenz, und plötzlich sagte Heiners: „Verrückte Farben. Nicht realistisch. Da kann ein Arbeiter doch bloß lachen, wenn er deinen Lichtbogen sieht."

Ich sagte verständnislos: „Aber darum geht es doch nicht,

ob der Lichtbogen beim E-Schweißen kälter und blasser ist. Übrigens ist er wirklich kälter."

„Aber du *empfindest* ihn so, nicht wahr?" sagte Heiners mit der Miene eines Untersuchungsrichters, der einen Verdächtigen endlich überführt hat. „Eine gebräuchliche Ausrede der Formalisten . . . Das endet dann bei Kandinski und Dufy, das endet in einer wirklichkeitsfremden Kunst . . ."

„Wart mal", sagte ich hitzig, „schmeiß hier nicht mit den Abstrakten rum. Ich fürchte, deine Sorte von Realismus könnte ich auch mit einem guten Farbfilm runterknipsen. Mein Auge ist aber keine Kameralinse, und ich bin kein Fotoapparat, ich bin ein Mensch mit Empfindungen und mit einem bestimmten Verhältnis zu dem Menschen, den ich male, und dieser Mensch, als Lukas zum Beispiel, hat seine Empfindungen und seine eigene Beziehung zum Leben, zu seiner Arbeit, zu sich und zu anderen, und das alles sollte in einem Porträt sein, viele Schichten statt einer glatten Fläche." Ich schöpfte wieder Atem und lachte. „Na, lassen wir das, ich bin schon immer schwach in Theorie gewesen."

„Aber die Farben", beharrte Heiners, „dieses Feuerwerk da . . ."

„Herrgott, ich red doch die ganze Zeit davon." Ich sprach jetzt langsam und laut wie zu einem Schwerhörigen. „Angenommen, ich male drei Menschen bei der Arbeit. Der Vorgang ist objektiv derselbe. Trotzdem kann bei dem einen die Arbeit als drückende Last erscheinen, bei dem anderen als zähnefletschender Heroismus und bei dem dritten — nun, der dritte ist eben Lukas. Er liebt sie, er findet sie *schön*, und das versuche ich darzustellen."

„Nun komm mal wieder runter von deinem hohen Roß", sagte Heiners kalt.

„'tschuldige", murmelte ich bestürzt, „ich wollte keine Rezepte verteilen."

Als er dann weggegangen war, hockte ich im Sessel und zerbrach mir den Kopf darüber, was ich wohl wieder falsch gemacht und womit ich Olim Heiners verärgert hatte. Draußen erlosch der Spätnachmittag, und der vertraute hundertstimmige Lärm der Baustelle war verstummt. Die Umrisse der kärglichen Möbel verwischten sich, und ich redete mir zu, daß ich jetzt aufstehen und Licht machen müßte, wenn ich nicht der weinerlichen Melancholie erliegen wollte, die ich auf mich zukriechen fühlte.

Eine Zeitlang grüßten mich noch die helleren Blätter auf den Wänden, wie Freunde, die mit weißen Taschentüchern winken, bis sie auf einem grauen Bahnsteig zurückbleiben. Es war nun dunkel im Atelier; nur von den Farben des Staffeleibildes ging ein sanfter Schimmer aus, als hätten sie etwas vom Tageslicht in sich gesammelt und festgehalten.

Ich wußte, wie abhängig ich vom Wohlwollen oder Mißfallen anderer Leute war, und ich überließ mich dem Gefühl von Mutlosigkeit, das mich beim Gedanken an Ohm Heiners ergriff. Einmal hörte ich Lokomotivpfiffe und die langgezogenen Rufe der Rangierer, dann war es wieder still. Zum erstenmal, solange ich hier lebte, empfand ich brennendes Heimweh und Sehnsucht nach Menschen, die mich liebten, und ich wünschte, Uli wäre hier und ich könnte mich mit ihm über Heiners lustig machen.

Endlich fiel mir ein, daß ich Joachim im Werk anrufen könnte, und ich schloß das Atelier ab und lief zur Poststelle hinüber. Hinter der Schranke saß müde ein junges Mädchen. Das Telefon stand in einem Wandschrank auf dem Korridor, und das Mädchen konnte jedes Wort hören. Ich wartete eine Stunde auf das Gespräch und rauchte ein Dutzend Zigaretten, und als das Telefon schrillte, rief ich in unbekümmertem Ton: „Hallo, Joachim! Wie geht es dir?"

„Elisabeth ..." Seine Stimme war weit weg und verzerrt, und sie klang aufgeregt; Joachim kennt meine Abneigung gegen Telefone. „Elisabeth, was ist passiert?"

„Nichts. Alles okay." Ich fragte scheinheilig: „Wie geht es deiner neuen Taktstraße?"

„Du rufst doch nicht wegen der Taktstraße an", sagte die fremde, geliebte Stimme, und eine Sekunde lang sah ich ihn, wie er vor seinem mit Papieren bedeckten Schreibtisch saß, die Augen umschattet von Müdigkeit, die Stirn gezeichnet von den Sorgen um ein veraltetes Walzwerk... Ich sagte: „Joachim, ich wollte dich nur fragen ..."

„Was wolltest du fragen?"

„Du weißt schon ... Du brauchst nur ja oder nein zu sagen."

„Ja", sagte er, „natürlich. Immer."

Die Sitzung fand an einem regnerischen Oktobertag statt. Als ich meine Examensarbeit vorstellte, kann ich nicht aufgeregter gewesen sein.

Wenige Tage zuvor hatte ich im Zimmer des Bibliothekars ein Bild entdeckt, das zwischen Schrank und Wand lehnte, das Porträt einer lachenden Kranführerin mit einer roten Nelke am Kopftuch; auf dem pompösen Rahmen lag eine graue Staubschicht. „Auf dem Speicher stehen noch mehr", sagte der Bibliothekar und seufzte. „Niemand kann von mir erwarten, daß ich den Kitsch aufhänge."

„Aber ihr habt sie angekauft."

„Für ein Sündengeld", sagte er.

Ich konnte mir ausmalen, was die Leute in der Halle sagen würden, wenn sie von den Speicherbildern erführen. Der Bibliothekar zuckte die Schultern. „Was kann ich dagegen machen? Bei dieser Protektionswirtschaft ..."

Er unterbrach sich und warf mir einen scheuen Blick zu, er sprach auf einmal mit gedämpfter Stimme. „Verstehen Sie, ich will nichts gesagt haben. Ich werde mich mit Herrn Heiners nicht aufbieten."

Ich sah ihn neugierig an. Er war ein liebenswürdiger Mann, Mitte der Vierzig vielleicht, mit gemessenen Bewegungen, und ich war gern bei ihm, auch deshalb, weil ihm und seinem Zimmer ein Duft anhaftete, der aus meiner Kindheit herüberzuwehen schien, der unverwechselbare, köstliche Geruch von Büchern. Seinen scheuen Kaninchenblick kannte ich noch nicht.

Das Sitzungszimmer war überheizt, und ich begann zu

schwitzen. Ich saß am unteren Tischende, dem Bergemann gegenüber; er hatte mir nicht die Hand gegeben. Die Stühle rechts und links neben mir blieben frei.

Es war heiß, und der Regen trommelte gegen die Scheiben, und ich hockte schläfrig am Tisch. Dann wurde ich unruhig, ich dachte, es läßt sich nun nicht länger rauszögern, und hob die Hand. „Kollegin Arendt?" sagte Bergemann.

Ich stand auf, mit einem Gefühl wie früher in der Mathematikstunde, wenn ich an die Wandtafel gerufen wurde und eine Aufgabe vorrechnen sollte, von der ich mit Sicherheit wußte, daß ich sie nicht lösen konnte, und die Klasse kicherte. Hier kicherte niemand, aber in der Art, wie sie mir den Kopf zuwandten, glaubte ich eine abfällige Belustigung zu spüren, und der Hals wurde mir trocken. Ich hatte mich auf eine kleine Rede in wohlgesetzten Worten vorbereitet, jetzt vergaß ich sie und sagte unsicher: „Ich bin mit der Ankaufskommission nicht einverstanden . . ."

Heiners sagte, mit einem zufriedenen Seitenblick auf Bergemann: „Du bist überhaupt mit vielen Dingen nicht einverstanden, nicht wahr? Zum Beispiel mit dem Auto des Parteisekretärs." Und Bergemann, mit seiner ausdruckslosen Miene, ergänzte: „. . . mit dem ich um die Schornsteine spazierenfahre."

Ich zog unwillkürlich die Schultern zusammen unter der Welle von Kälte, die mir entgegenschlug, ich dachte: So macht man das also, so einfach kann man das machen, mit einem vertraulichen Wink, mit ein paar Sätzen hinter einer verschlossenen Tür . . . „Du redest von einem Auto", sagte ich, „ich red von einer Kommission, in der nur Funktionäre sitzen. Warum haben die Arbeiter kein Recht, über den Ankauf mitzuentscheiden? Im Kulturhaus verstauben die Bilder, vom Mandrill will ich gar nicht erst sprechen . . ." Ich stockte. Jäckel grinste.

Bergemann sagte trocken: „Reden Sie doch weiter. Es ist uns bekannt, daß Sie den Namen in Umlauf gesetzt haben."

„Tut mir leid", sagte ich. „Der Mandrill war mir so rausgerutscht."

„Wir sind es nicht gewöhnt", sagte ein Gewerkschaftsmann, „daß einer seinem Kollegen in den Rücken fällt."

„Das ist noch die Frage, wer wem in den Rücken gefallen ist", sagte ich, und in das Stimmengewirr hinein, das sich gegen mich erhob, rief Bergemann mit seiner Rednerstimme: „Zur Sache!" Er schlug mit der flachen Hand auf den Tisch, und es wurde sofort still, und ich sagte: „Die Bilder kosten das Kombinat Tausende. Das ist einfach eine Schweinerei ... Ihr könnt sicher sein, daß die Leute, die täglich zur Sparsamkeit ermahnt werden, kein Verständnis dafür haben, wenn ihr Geld zum Fenster rausgeschmissen wird."

Heiners stand auf, sein Gesicht war fahl. „Ich werde mir das nicht eine Minute länger anhören. Worum geht es hier, Genossen?" Er hob die Arme. „Es geht darum, daß gewisse junge Kollegen ihrer politischen Aufgabe ausweichen und sich in Formspielereien verlieren. Es geht darum, daß diese jungen Kollegen mit abstrakten ästhetischen Maßstäben jonglieren und, ich muß das hier offen aussprechen, daß ihnen meine Thematik nicht behagt."

Ich rief: „Glaubst du, ich bin hergekommen, um die letzten drei Kiefern zu malen?"

„Setz dich, Genosse Heiners", sagte Bergemann nüchtern, und Heiners ließ seine anklägerisch ausgebreiteten Arme sinken. Bergemann richtete seine glänzenden Amselaugen auf mich, er fragte: „Wen schlagen Sie vor?"

„Den Hoffmann aus unserem Zirkel. Ein begabter Junge, er ist Lokführer bei der Werkbahn. Und Lukas, natürlich Lukas."

„Er hält im Kulturhaus Vorträge über Malerei", sagte Jäckel eifrig.

„Lukas natürlich", sagte Heiners und lachte. Er lehnte sich auf seinem Stuhl zurück, die Daumen in den Ärmelausschnitt der Weste gehakt, und überblickte den Tisch mit dem Ausdruck eines Mannes, der eine ungerechte Kränkung mit

Würde hinnimmt. Seine Augen verengten sich, vielleicht vor Schreck, vielleicht vor Erbitterung, als Bergemann sagte: „Ich denke, wir können dem Vorschlag der Kollegin Arendt zustimmen. Es ist wahr, wir haben uns zuwenig um die Kommission gekümmert."

Ich atmete auf, meine Besorgnis war überflüssig gewesen, und ich fragte mich nun, ob ich von Bergemann wirklich etwas anderes als eine korrekte und von privaten Ressentiments ungetrübte Entscheidung erwartet hatte. Mir war aber seine tönende Rednerstimme zuwider, und seine kühle, genaue Art, und das stubenblasse Gesicht, das nichts spiegelte, wie eine Maske aus Haut und Muskeln, geformt, um Gedanken und Empfindungen zu verbergen.

Ich war zu schnell mit Worten, zu lebhaft in Gefühlen, als daß Bergemann nicht wie der verläßliche Teil eines Apparates auf mich gewirkt hätte. Ich dachte: Er funktioniert. Er ist sogar gerecht. Ich kann mir aber nicht vorstellen, daß er ißt und schläft wie andere, daß er jemals eine Frau umarmen und mit Kindern spielen, daß dieser Mund lachen oder fluchen kann.

Nachher gingen Bergemann und Heiners wieder zusammen aus dem Zimmer. Der Wagen stand noch vor der Tür, als ich rauskam. Von dem gläsernen Vordach troff das Regenwasser, und die Tropfen zerplatzten auf der Treppenstufe.

Ich begegnete den Augen von Heiners hinter der regennassen Scheibe und schlug, überfröstelt, den Mantelkragen hoch.

Am nächsten Tag berichtete ich Lukas und dem Meister.

„Das ist alles ziemlich scheußlich", sagte ich bedrückt. „Er ist ein alter Mann, sicher hat er den guten Willen . . ."

„Wir bezahlen ihm nicht den guten Willen", sagte Lukas streng. „Wir melden unsere Ansprüche an, und wir werden uns nicht mit Kunstersatz und sozialistischen Elfenreigen begnügen. Auch bei dir nicht", fügte er hinzu, „auch nicht, wenn du deine traurigsten Rehaugen machst."

Ich riß die Augen auf und versuchte lustig auszusehen.

„Kindskopf", sagte der Meister. Er spazierte in seiner Bude

herum, mit dem leichten, graziösen Zehenschritt sehr korpulenter Leute. „Angst vor der eigenen Courage, wie?" Er blieb vor mir stehen und streichelte sein Doppelkinn. „Ich kenne meinen liebwerten Genossen Ohm. Der Mann hat 'ne kitzlige Stelle unterm Jackett, links, wo die Brieftasche sitzt."

„Er will nachholen", sagte ich. „In der Nazizeit ist es ihm miserabel gegangen, er hatte Malverbot."

Der Dicke klopfte auf seinen Bauch und lachte. „Nichts gegen Nachholen, Herzchen. Unsereiner hat auch seine drei Jahre Zet abgerissen." Er drehte den Kopf zum Fenster. „Genosse Ohm hat in einem Fischerdorf an der Ostsee überwintert. Er hat den Anschluß verpaßt. Seine Schuld? Vielleicht. Es waren zwölf Jahre, Mädchen... Der Mann hat seinen Knacks weg, er weiß es bloß noch nicht. Mitleid? Nein."

„Ich wußte nicht, daß du im Zuchthaus warst."

„Ich laufe nicht für meine Vergangenheit Reklame." Er blinzelte zu Lukas hinüber und grinste. „Was für 'ne komplizierte Generation: mal zu frech, mal zu ehrfürchtig. Hör zu, du junger Heuhüpfer", sagte er zu mir, „kann sein, er wird gegen dich schießen. Macht nichts. Zeig, daß du Rückgrat hast. Wir haben uns verstanden, ja?"

„Verstanden, Rückgrat zeigen", sagte ich.

Der Oktober schlich grau und trüb dahin, und grau und trüb war auch meine Stimmung, obgleich es keinen Grund dafür gab, jedenfalls keinen, der Namen und Gesicht gehabt hätte. Ich stand am Fenster, wenn der Regen die Rauchwolken auf die Dächer niederdrückte, und die Baracken erschienen mir häßlicher als zuvor, und schwermütig das Schwarzgrün der Kiefern, einsamer Fremdlinge in einem stählernen Wald von Hebezeugen.

Ich rief jetzt oft Joachim an, um ein paar Minuten lang seine Stimme zu hören und das zärtliche „Ja, natürlich, immer".

Ich glaube, es fing damit an, daß die Leute höflich wurden, von der eiligen, verlegenen Höflichkeit, mit der man sich an jemandem vorbeidrückt. Wenn ich in die Bücherei kam, stahl sich der Bibliothekar davon. Einmal ging ich ihm nach.

Er stand zwischen zwei Bücherregalen und glich einem Kaninchen in der Falle. „Was ist los?" fragte ich. „Warum rennen Sie vor mir weg?"

Er fuhr umständlich ordnend mit dem Handrücken über eine Bücherreihe, er sagte: „Liebes Kind, Sie haben sich bös in die Nesseln gesetzt."

„Aber Sie selbst nannten seine Bilder kitschig."

„Ich will damit nichts zu tun haben . . . Sie sind neu hier, was wissen Sie schon . . ." Er schenkte mir über den Brillenrand hinweg einen milden Trösterblick und sagte: „Nehmen Sie sich's nicht zu Herzen. Geklatscht wird über jeden mal."

„Was für 'n Klatsch?"

„Ich weiß nichts Genaues. Übrigens", sagte er steif, „gebe ich nichts auf Redereien."

„Ich sehe es", sagte ich und drehte ihm den Rücken zu.

Ich wurde nervös und überempfindlich. Ein Lachen hinter meinem Rücken trieb mir das Blut ins Gesicht, und ich konnte es nicht ertragen, wenn zwei Leute am Nebentisch die Köpfe zusammensteckten und flüsterten. Flüstern und Lachen, so glaubte ich, galten mir, und alle anderen wußten, was ich nicht einmal ahnte und mir nicht zusammenreimen konnte. Ich verfiel auf phantastische Ideen, und immer häufiger überraschte ich mich dabei, wie ich, den Pinsel mit eintrocknender Farbe in der Hand, müßig vor der Staffelei stand und wirren, fruchtlosen Gedanken nachhing.

Eines Abends besuchte mich einer jener geschickten Dilettanten vom Zirkel, ein öliger Mann aus dem Magazin, der nach Haarpomade roch. Ich saß über seine Blätter gebeugt, hilflos und überdrüssig, denn er hatte zum hundertsten Mal mit geschwinder Fingerfertigkeit irgendwelche kolorierten Postkarten nachgezeichnet, und ich mußte ihm zum hundertsten Mal sagen, was ich über diese Methode der Selbststerilisierung dachte, und plötzlich hüllte mich eine Wolke von Veilchen- oder Fliederduft ein, und der Mann legte mir die

Hand auf den Nacken. Ich fuhr herum und fauchte: „Sind Sie besoffen?"

Der Mann sagte nichts, er sah mich nur an mit einem genüßlich abwärtsgleitenden Blick und leckte sich über die Lippen.

„Raus!" schrie ich. „Und nehmen Sie diesen Mist mit."

Die Hand auf meinem Nacken war schlimmer gewesen als Gelächter und verlegene Höflichkeit. Ein Gerücht, dachte ich, was für ein Gerücht? Es schien jenem Geist aus der Flasche zu gleichen, dessen Bild ich in unserem alten Märchenbuch gesehen hatte: ein nebliges Gespenst, das wuchs und sich ausbreitete und Blumen und Bäume erdrückte, wenn einer die Flasche entkorkte.

Dem Bergemann stolperte ich beinahe in die Arme, als ich im Dunkeln über die Baustelle lief, auf dem Weg zur Post und zu Joachims Telefonstimme. Er zuckte zusammen wie ich; er träumt, dachte ich in einer Aufwallung von Sympathie, der Herr Parteisekretär träumt ... Sein Gesicht schimmerte ein paar Handbreit von mir, er sagte: „So spät noch unterwegs?"

„Ich geh den Jochen anrufen." Ich dachte gar nicht daran, daß er Joachim nicht kannte. Er ging eine Weile neben mir her, kurz und stämmig, er pendelte nicht mit den Armen wie die meisten Menschen, und ich deutete das als ein Zeichen von Verschlossenheit. Der Weg zur Brücke stieg steil an, und von hier oben sah man die schwarze Waldmauer im Osten, und die Gleiskreuze und Betonstraßen, bekränzt mit Lichterketten, und die Schornsteine vor dem Himmel, mit ihren Warnlampen wie rote Sterne. Bergemann lehnte sich an das Brückengeländer, er sagte: „Schön, nicht wahr?"

„Ja, schön", sagte ich.

„Ich bin von Anfang an dabei ... Ich kam aus der Großstadt und landete in der Wildnis." Er lachte leise.

„Wir haben wie die Höhlenmenschen gelebt ... und jetzt, sehen Sie, haben wir die erste Baustufe geschafft, und ich könnte einen Roman schreiben über die Menschen, die ich hier kennengelernt habe."

„Bloß mich wollen Sie nicht kennenlernen", sagte ich bitter.

Er drehte sich mit einer lebhaften Bewegung zu mir um und sagte: „Warum machen Sie uns immerzu Schwierigkeiten?" Der Wind hatte sein pedantisch gescheiteltes Haar zerwühlt, und er sah jetzt sehr jung aus.

„Ich mach doch keine Schwierigkeiten", sagte ich aufgeregt. „Warum kommt niemand von euch in mein Atelier? Warum seht ihr euch nicht meine Arbeit an?"

„Wir sind für zwölftausend Menschen verantwortlich. Wir haben erwartet, daß Sie von sich aus den Weg zu uns finden würden."

Ich kaute auf der Unterlippe. Ich dachte, wenn ich jetzt etwas sagen, wenn ich nur ja sagen würde, dann könnte ich wieder freier atmen, wir könnten unsere Fremdheit wegreden, aber ein Unterton in seiner weicheren Stimme gemahnte mich an den Sekretär mit seinen scharfen genauen Amselaugen, mit dem roten Läufer, mit dem zu großen Schreibtisch. Ich schwieg.

„Sie intrigieren gegen einen alten Genossen", sagte Bergemann.

Ich hatte den Augenblick verschenkt, es war meine Schuld, und ich sagte müde: „Wozu soll ich beteuern, daß es nicht wahr ist? Für Sie bin ich ja nicht glaubwürdig, ich trage kein Parteiabzeichen."

Ich ging weg, über die Brücke und die Straße entlang, aber nicht zur Post und zu Joachims Stimme, als wären mir die beiden, Bergemann und der lange, magere, grauäugige Joachim, zu einer Person verschmolzen, als hätte ich, als ich den einen verletzte, auch den anderen getroffen.

In diesen Tagen entdeckte ich, daß es schlecht bestellt war um meine stolze Selbständigkeit: Ich war nicht so unabhängig wie ich mir eingebildet hatte, und mein Mißtrauen kehrte sich nun gegen mich selbst. Heute freilich, zwei Jahre danach, kann ich über den aufgeblasenen Geist aus der Flasche lachen; damals lastete er wie ein Alp auf mir, und weil ich die Teilnahme anderer, die mein verwandeltes Wesen bemerkten, mit Grobheit zurückwies, war ich schließlich auf dem Weg, mich in eine selbstverschuldete Einsamkeit zu verlieren.

Ich erinnere mich, daß ich sogar die Tür verriegelte, als einmal, am Mittag, der Pobeda des Parteisekretärs auf der Werkstraße stoppte. Ich sah Bergemann auf die Baracke zustapfen, im Regen, durch den zähen, feuchten Sand. Seine Schritte polterten auf dem Bretterboden im Korridor, ich dachte: Komm du nur, klopf du nur, jetzt werde ich dir wirklich Schwierigkeiten machen.

Er klopfte. Ich sah mit boshaftem Vergnügen, wie die Klinke sich bewegte. Vielleicht wollte er mir Vorwürfe machen, vielleicht wollte er an mein Bewußtsein appellieren: Kommen Sie zu uns, sprechen Sie sich aus (wie ich diese *Aussprachen* verabscheute!), intrigieren Sie nicht gegen unseren guten alten Genossen, üben Sie Selbstkritik, und die Partei wird Sie auf den rechten Weg bringen . . .

Meine Stimmung schlug um, als ich ihn den Weg zurückgehen sah, den Kopf gebeugt unter dem schräg strichelnden Regen.

Vor dem unbekannten jungen Mann, der an einem Tag Ende Oktober klopfte, konnte ich die Tür nicht mehr verriegeln.

Er war sehr groß, mit einem Gesicht wie *der nette Junge von nebenan*. Ich starrte auf seinen Ausweis. Ich gestehe, daß ich, kaum hatte ich das Wort Staatssicherheit gelesen, in meinem Gedächtnis fieberhaft nach dem Schatten eines Vergehens zu suchen begann; wahrscheinlich ist das die natürliche Reaktion auch des unbescholtenen deutschen Kleinbürgers, in dessen Unterbewußtsein noch von Großväterzeiten her etwas vom preußischen Respekt vor Polizei und Uniformen schlummert.

Der junge Mann blickte sich neugierig, aber nicht mit einer dienstlichen Neugier, in meinem Atelier um. Ich versuchte zu lachen. „Was ist? Was habe ich ausgefressen?"

Er sagte: „Denken Sie nach."

„Gut, ich habe politische Witze kolportiert, ‚Anfrage an Radio Jerewan'." Er lächelte, er schien sie auch zu kennen. „Sie kommen jetzt in Mode", sagte ich. „Manche sind frech, manche bloß albern, strafwürdig ist keiner."

Er ging herum mit einer Miene, als sei er nur gekommen, um sich Bilder anzusehen. Er drehte das große Bild um, das ich an die Wand gelehnt hatte, und fragte verspätet: „Darf ich?" Er nickte dem gemalten Lukas zu wie einem guten alten Bekannten, und mir war gleich ein bißchen leichter zumute, als müßte ein Mann, der mit Lukas befreundet war, auch mir freundlich gesinnt sein. „Das ist er", sagte er, „genauso ist er, er sieht ihm nicht bloß ähnlich ... Ich habe bei ihm gelernt."

Er bot mir eine Zigarette an, und als er mir das brennende Streichholz reichte, sah ich, wie meine Hand zitterte, und er sah es auch. Ich sagte ärgerlich: „Das mit der Zigarette ist ein alter Trick ... Übrigens hat es nichts zu bedeuten, ich bin bloß überarbeitet."

Er überhörte es, er fragte: „Sie leiten den Zirkel malender Arbeiter?"

„Ja, leider."

„Warum leider?"

„Weil es einen Haufen Leute gibt, die sich einbilden, Kunst ist eine Feierabendbeschäftigung, die man mit der linken Hand erledigt. Weil es welche gibt", sagte ich mit steigender Wut, während ich wieder die dreiste Hand auf meinem Nakken und den Fliederduft zu spüren glaubte, „die ihre bunten Schinken an ihre Kollegen verscherbeln. Weil es diese treuherzigen, eifrigen, himmelblauen Faulpelze gibt, die mit *Herzblut* malen. Herzblut, mein Gott, und in Wahrheit kostet die Kunst ganz gewöhnlichen Schweiß."

„Ich habe mir gleich gedacht, daß so 'n Zirkel ein totgeborenes Kind ist", sagte der nette Junge.

„Wieso denn totgeboren? Denken Sie, wir haben keine ernsthaft arbeitenden Leute? Es gibt sogar ein paar echte Talente, die ohne Zirkel vielleicht verschüttetgegangen wären, die ihre Zeichnungen in der Schublade versteckt hätten. Und den Hoffmann von der Werkbahn können wir nächstes Jahr auf die Akademie schicken."

Sein Gesicht glänzte von einem lautlosen Lachen. „Sie amüsieren sich", sagte ich. „Warum interessiert sich die Stasi für meinen Zirkel?"

„Die Stasi . . .", sagte er und blickte versonnen zur Decke hoch. „Wissen Sie, manche Leute nennen uns auch die Schwarze Hand."

Ich hatte die ganze Zeit den Argwohn, daß er sich über mich lustig machte. Er war nicht älter als ich, und sein Deutsch war nicht tadellos, trotzdem fühlte ich mich ihm unterlegen, nicht nur wegen seines Ausweises. Er drückte seine Zigarette aus und sagte: „Zur Sache. Wir haben einen . . . Hinweis bekommen. Sie sollen in Ihrem Zirkel eine bürgerliche Plattform gebildet haben . . ." Ich hatte sofort das Bild einer in der Kurve kreischenden Straßenbahn, auf deren Plattform unsere bärtigen Kunststudenten herumlärmten. „Eine bürgerliche Gruppe", setzte er hinzu.

„Warum nicht gleich eine staatsfeindliche Gruppe?" Zuerst war ich nicht erschrocken oder empört, ich sagte: „Ich hoffe, Sie glauben diesen Quatsch nicht."

„Glauben", sagte er abfällig. „Wir müssen wissen. Und wenn wir das wüßten, würde ich nicht so gemütlich bei Ihnen sitzen."

Gemütlich, dachte ich, das war die ungemütlichste Viertelstunde, die ich je mit einem jungen Mann hatte. Ich stand auf, ich merkte jetzt erst, daß ich ein widerwärtig flaues Gefühl im Magen hatte, und sagte sehr von oben herab: „Dann verstehe ich nicht, warum Sie überhaupt hier sitzen."

„Wir lieben solche . . .", er suchte wieder nach dem Wort, „solche Hinweise nicht. Nicht von dieser Art."

Ich wartete, daß er weggehen würde.

An der Tür sagte er, als sei es ihm eben erst eingefallen: „Wir sollten eine Aussprache machen."

Ich preßte die Hände auf die Ohren. Als die Tür zugefallen war, als ich allein in meinem Atelier stand, überströmten mich

Schreck und Zorn wie die neunte Welle, die endlich auf den leeren Strand flutet. Sie haben einen Hinweis. Heiners, dachte ich. Das Schwein.

Zwei Tage später hastete Jäckel an mir vorüber, den Hals verrenkt, er wollte mich nicht sehen, hastete, sein Nacken brannte. Ich lief ihm nach. „Jäckel", rief ich, „warte doch, Jäkkel." Er sträubte sich, ich sagte atemlos: „Du kommst sofort mit, blöder Kerl, du rückst mir nicht mehr aus." Er drehte die Mütze in den Händen, sein Blick schwamm weg, als ich seine Augen suchte, er ließ sich aber mitzerren.

„Setz dich!" sagte ich. Er blieb stehen und scheuerte seine Schmiedschultern am Türpfosten, und ich redete auf ihn ein, dringlich und doch schon bang: es ist ja alles in Ordnung, der MfS-Mann ist hier gewesen, es wird eine Aussprache geben, na gut, aber ich habe nichts zu fürchten. „An deine Gruppe habe ich nie geglaubt", sagte er leise. „Ich habe dich verteidigt in der Kreisleitung, aber du weißt ja, ich bin kein großer Redner", schloß er mit einem matten Lächeln.

„Ihr habt es gewußt", schrie ich, „ihr habt davon gewußt und mir nichts gesagt!" Ich starrte ihn feindselig an: er gehörte zu *denen.* „Ihr steckt alle unter einer Decke", sagte ich. „Der Rat der Götter verhandelt hinter verschlossenen Türen."

„Elisabeth", sagte er bittend, „ich spreche hier über . . . interne Dinge . . . Ich bin neu in der Kreisleitung, ich hab einen schweren Stand. In der Schmiede hatte ich Boden unter den Füßen, ich hab gelernt, mit Metallen zu arbeiten. Mit Menschen und Akten zu arbeiten, das muß ich erst lernen. Ich hätt mich kümmern solln . . ."

Ich sagte: „Red, ehe ich dich rausschmeiße."

„Du hast dir alles verscherzt mit deinen Männergeschichten." (Joachim, dachte ich, lieber, lieber Joachim.) „In der Kreisleitung . . . Heiners ist zu jedem gegangen. Er sagte . . ."

„Was?" Ich hatte auf meinem Rücken ein Gefühl, als glitte ein Eisstückchen an der Wirbelsäule runter.

Jäckel schlug die Augen nieder. „Er war auch bei mir. ‚Von

Genosse zu Genosse', sagte er . . ." Er würgte an einem Satz. Er murmelte: „Muß ich das wiederholen? Wörtlich?"

„Wörtlich", sagte ich.

„Er nahm mich beiseite, er sagte: ‚Eine intellektuelle Nutte. Jeden Abend mit einem anderen ins Bett. Sie ist . . .'" Jäckel sah mich an, er sprach jetzt mit Festigkeit. „Das andere wiederhole ich nicht. Solche Ausdrücke bin ich nicht gewöhnt."

„Jäckel, du Dummkopf, du bist rot geworden", sagte ich in spöttischem Ton, ich hätte ihn umarmen mögen.

„Weil er dein Kollege ist", sagte er, „weil er mein Genosse ist."

„Du weißt von Joachim", sagte ich, „und du hörst dem Heiners zu, statt ihm in die Fresse zu hauen."

Jäckel blickte verdutzt auf seine zerknüllte Mütze. „‚Von Genosse zu Genosse', hat er gesagt . . ."

Jetzt kannst du einpacken, dachte ich und meinte es wörtlich. Du bist erledigt. Er hat das primitivste Mittel gewählt, um dich zu erledigen, das primitivste und wirksamste Mittel, du kannst zusehen, daß du verschwindest . . . Jäckel kam auf mich zu, seine Goldzähne blinkten, für einen Augenblick hatte er wieder das Gesicht eines rauflustigen Großstadtjungen. Er sagte hoffnungsvoll: „Ich könnte ihm ja nachträglich eins in die Fresse hauen."

„Laß man sein", sagte ich, „es wäre wunderschön, aber laß es lieber sein." Ich erfuhr dann noch ein paar schmutzige Details meiner Beziehungen zu Lukas und zu meinem dicken Meister, aber das berührte mich nicht mehr. Ich glaube, ich war die ganze Zeit gleichmütig, solange Jäckel bei mir blieb, und auch später noch, in meinem Barackenzimmer, vor dem aufgeklappten Koffer. Ich hatte keine Pläne, und auf Jäckels schüchtern vorgetragenen Rat, ich solle mich an Bergemann wenden, erwiderte ich mit einer Schärfe, die mein armer Freund nicht verdiente: „Ich werde vor denen nicht kriechen."

Ich wollte fort, vielleicht zurück in die kleine Stadt und zu Joachim (aber wie sollte ich vor seinen Augen bestehen, gescheitert und feig geflohen?), vielleicht zu Uli, der mir jetzt wieder zu dem *großen Bruder* wurde, zum Beschützer, gelassen und stark, gegen freche Nachbarjungs und gefährliche schwarze Hunde und gegen Angstträume, und ein bißchen erheiterte mich die Vorstellung von dem, was er mit Heiners tun würde, wär er bei mir.

Als ich den Koffer schloß, war es schon spät, eine mondlose Nacht, die ihre feuchtkalten Atemzüge durch das Fenster stieß. Ich sah mich im Zimmer um: ein schmales, hartes Bett, ein Spind, auf dem sich Bücher und Mappen türmten, ein Tisch, zwei Stühle – und ich sagte mir, daß es in diesem Zimmer nichts gäbe, woran man sein Herz hängen könnte, so wenig wie an das spröde Gras und die traurigen Kiefern vorm Fenster, und ich war entschlossen, kein Heimweh zu bekommen, wenn ich dieser Baracke und dem Lager und dem Werk den Rücken gekehrt hatte.

Ich zog meinen Kapuzenmantel an und ging vor die Tür und dann ein Stück die Lagerstraße entlang. Das also ist mein Abschied, dachte ich. Morgen früh wird wohl der erste Reif liegen. Ich ging zuerst ganz langsam, mir blieb noch eine Menge Zeit, ich hätte doch nicht schlafen können. Ich versicherte mir, daß es sentimental und lächerlich sei, auf diese Weise Abschied zu nehmen, allein und frierend in einer feuchten Nacht ohne Mond, und ich genoß meine Sentimentalität, hinter der sich in Wahrheit schon vorweggenommenes Heimweh versteckte, ein dünner Faden, der mich mit dem Werk verknüpfte und der sich jetzt aufspulte und mich mitzog, über die sandigen Wege und durch den Wald bis zur Werkstraße: hier war die Brücke, hier das eisengraue Geländer, an dem ich mit Bergemann gelehnt hatte, hier, zu meinen Füßen, vor meinen Augen hingebreitet, die hundertmal durchforschte, hundertmal in Zeichnungen nachgestaltete Industrielandschaft.

Heute nacht aber stand der massige Schatten von Ohm Heiners neben mir am Geländer und verdunkelte das geliebte Bild . . . Du bist erledigt, wiederholte ich mir, du wirst morgen früh abreisen, er hat gesiegt. So einfach ist das für einen Mann mit dem Parteibuch, einen mißliebigen Kritiker aus dem Weg zu räumen . . . Und zugleich, dachte ich voll Bitterkeit und Enttäuschung, hat mich die Partei aus dem Weg geräumt. Mag man mich billiger Vereinfachung beschuldigen: An diesem Abend, dem letzten, wie ich glaubte, stand mir der Genosse Heiners für seine Partei, und stellvertretend für sie sprach und handelte er, und durch ihn also vertrieb mich seine Partei aus meinem neuen Kontinent, den ich eben erst betreten hatte.

Ich stand lange regungslos auf der Brücke, ich hatte nicht mehr die Kraft oder nur den Wunsch, mich zur Wehr zu setzen, ich dachte: Was bedauerst du? Blick nicht zurück! Das hier ist ein Produktionsbetrieb wie jeder andere, ödes flaches Land, auf dem ein paar tausend Arbeiter herumwimmeln und Schornsteine und Hallen und Sheddächer bauen, Zweckbauten aus Glas und totem, kaltem Beton, nichts, was zu lieben und zu verteidigen sich lohnte.

Meine Hände waren ganz erstarrt auf dem eisigen Geländer. Ich drehte mich um und steckte die Hände in die Taschen und schlenderte weiter, ich war jetzt ruhig und sogar gleichgültig. Ich weiß nicht, wie lange ich auf der Baustelle herumlief. Einmal hielt mich ein Betriebsschutzmann an, sein Gesicht unter dem Schirm der geknifften Mütze blieb im Dunkeln. Er sagte: „Ach, unsere Malerin."

Ich fühlte einen Stich in der Brust. „Bißchen Bewegung machen", log ich mit fröhlicher Stimme. „Den ganzen Tag hockt man im Atelier rum."

„Ihr habt's auch nicht leicht", sagte der Mann mitfühlend. „Ich denke mir, die Künstler haben nie einen Achtstundentag."

„Die ganze Nacht auf dem Gelände rummarschieren, das ist auch kein Spaß", sagte ich.

„Es muß ja sein", sagte er, „man muß ja die Augen offenhalten. Ich war der achte Mann, der eingestellt wurde", fügte er stolz hinzu, „da war hier noch alles Wald und Heide."

„Zigarette?" fragte ich. Wir rauchten.

Ich dachte: Einer, der nett zu mir ist. Einer, dem sie die scheußlichen Geschichten noch nicht erzählt haben. Er rief mir nach: „Passen Sie auf da vorn. Gradezu ist 'ne Grube, die ist nicht abgesichert."

„Danke", rief ich zurück und dachte: Du weißt nicht, achter Mann, wie viele Gruben es hier gibt, die nicht abgesichert sind, in die du reinstolperst, weil dich keiner gewarnt, weil dich keiner festgehalten hat.

Ich setzte mich auf die Stufe vor der Ateliertür und schabte mit einem Stöckchen den klumpigen Schmutz von den Schuhen. Scheinwerferlicht schwenkte um die Ecke und stürzte über den Weg, und der klapprige grüne Jeep des Dispatchers raste vorüber, unter den Reifen spritzte Sand. Ich dachte, als wären die Sorgen des Kombinats immer noch meine Sorgen: Sie haben eine Havarie in der Brikettfabrik, vielleicht ist ein Trockner ausgefallen, der Trockendienst ist der neuralgische Punkt in der Brikettfabrik. Der Dicke hat diese Woche Bereitschaft, sie werden ihn aus dem Bett trommeln, er wird sich wieder die Nacht um die Ohren schlagen.

Ich brach den Zweig in kleine Stücke und warf sie über den welligen Sand, spielerisch und gezielt, wie man im Sommer die flachen Kieselsteine über einen sanft gekräuselten See wirft. Irgend etwas hatte sich schon verwandelt, ich war so ruhig wie vorhin, aber in einer anderen Art ruhig, und ich schmeckte wieder den Rauch und den schwachen Dunst von Kohlenstaub, gute Gerüche für den, der dazugehört, und der Pressenfahrer fiel mir ein, der ins Schichttagebuch geschrieben hatte: „Schwarz ist unsere Lieblingsfarbe", und ich überlegte, warum ich noch nicht die Stunde Zeit gefunden hatte, mir eine Bergmannsuniform anmessen zu lassen, aber gleich morgen würde ich es tun, und Jäckel hatte mir gesagt, ich sei künstlerische Intelligenz und im Ingenieursrang, und ich würde goldene Schnüre bekommen, und im nächsten Jahr würde ich mit den anderen marschieren, hinter den in der Sonne blitzenden Trompeten und Schalmeien der Bergmannskapelle, die ihre uralten Lieder spielt: Glück auf, der Steiger kommt. Warum hatte mir das früher nichts bedeutet?

Ich hockte auf der Stufe und horchte auf die Nachtlaute des Werks, und es war nicht mehr nur eine vernünftig geordnete Anhäufung von toter Materie: Es erschien mir wieder als ein starkes, lebendiges Geschöpf, dessen Atem im Schlaf gemessener ging und dessen Herz im dumpfen, regelmäßigen Tacken der Brikettpressen pochte, und ich begriff, erschüttert, wie verflochten ich mit ihm war.

Ich ging zu Bergemann.

Ich fand das Haus in der Bereitschaftssiedlung. Bergemann war nachlässig angezogen und ein bißchen zerzaust, vielleicht war er über einem Buch eingeschlafen, Mitternacht war schon vorbei.

Sein vom Schlaf noch friedlich gelöstes Gesicht spannte sich, als er mich erkannte. Ich trat gleich in die Haustür und sagte: „Das habt ihr euch schlau ausgedacht. Aber ich will nicht weg, und ich geh nicht weg, und fertig."

Er musterte mich argwöhnisch, er schien zu glauben, ich sei verrückt oder betrunken, und wahrscheinlich sah ich so aus. „Das ist wohl nicht die richtige Zeit für Besuche", sagte er steif.

„Die Partei muß immer Zeit haben für die schwarzen Schafe", sagte ich. Wir starrten uns schweigend an, und dann erlosch das Treppenlicht, und ich sah Bergemann, wie er langsam zu dem Pobeda zurückging unterm Regen, und ich fügte leiser hinzu: „Was verlangen Sie? Nun bin ich doch gekommen."

Er deutete stumm mit dem Kopf, und ich ging hinter ihm die Treppe rauf. Sein Zimmer war unordentlich. Ich sah alle die Bücher, die ich hier erwartet hatte, Lenin und Mehring und dicke Wälzer über Politökonomie, und eine Menge Bücher, die ich nicht erwartet hatte, auch Thomas Mann, den „Zauberberg", und Lessing und „Anna Karenina" ... Er räumte einen ganzen Turmbau von Zeitschriften aus dem Sessel.

An der Wand, mir gegenüber, hing das naive Selbstbildnis des Zöllners Rousseau, mit dem buntbeflaggten Schiff und den sorgsam gepinselten Bäumen im Hintergrund und einem Ballon, der aus den Wolken schwebte wie aus einem reinen Kinderland.

„Sprechen Sie", sagte Bergemann mit seiner Sitzungsstimme, und ich dachte, er kann nicht mal in seinem eigenen Zimmer, ohne Präsidiumstisch und Volksmassen, sein Funktionärsorgan dämpfen. Ich saß unbehaglich auf der Sesselkante und bereute schon meinen Entschluß, und am liebsten hätte ich geheult wie ein kleines Mädchen, dem der Ball in einen fremden Garten geflogen ist. Nach einer Weile sagte ich mürrisch: „Zu wem hätte ich denn gehen sollen? Ich kann nicht einfach weg von eurem verdammten Kombinat."

„Nach diesen — Vorfällen sehe ich hier keine Perspektive für Sie", sagte Bergemann trocken.

„Weil ich Ihrem Protegé unbequem bin, so steht die Frage", sagte ich und äffte seinen Tonfall nach. „Übrigens war es blöd, gerade zu Ihnen zu kommen, ich könnte ebensogut chinesisch zu Ihnen reden. Ich bin parteilos, ich bin bloß ein Mensch zweiter Klasse für euch . . . Wenn sich ein paar Genossen unterhalten und man kommt dazu, dann sind sie still oder reden schnell von was anderem. Immer Geheimnisse, immer gepolsterte Türen . . ."

Bergemann hatte die Hände im Rücken verschränkt, so daß sich sein Bauch unter dem Gürtel vorwölbte, und er wiegte sich auf den Fersen und hörte mir zu, und nun ärgerte ich mich auch über seine Geduld, die ich für Überheblichkeit nahm. Er sagte: „Wenn der Fall anders läge, wenn wir oft zu Ihnen gekommen wären, würden Sie sich beschweren, daß die Partei Sie am Gängelband führt."

Ich wich, überrumpelt, seinem Blick aus. „Möglich", gab ich zu, „aber Sie haben es nicht versucht." Ich stockte. Und jener Regentag, als sein Wagen an der Werkstraße gehalten hatte? „Sie legen ja keinen Wert darauf, solche untergekrochenen Bourgeois kennenzulernen."

Er kam langsam auf mich zu, sein zerknülltes Hemd war aus der Gürtelhose gerutscht, und ich versuchte es komisch zu finden. „Wer hat Ihnen diesen Unsinn erzählt?"

„Wer schon", sagte ich und deutete mit dem Daumen über die Schulter. Irgend etwas in seinem Gesicht veränderte sich, er sagte: „Aber Genosse Heiners hatte unseren Auftrag . . ." Er verstummte, und nach einer Weile fing er wieder an, und auch seine Stimme klang anders: „Er sollte sich um Sie kümmern."

„Er hat sich gekümmert. Er hat sich sogar um mein Bett gekümmert, und er hat mich fürsorglich der Staatssicherheit empfohlen. Und alles wegen Lukas . . ." Ich hob die Augen zu dem bärtigen Antlitz des Zöllners, und ich fühlte mich plötzlich wunderbar ermutigt durch den Anblick des Bildes. „Kommen Sie mit", sagte ich, „sehen Sie sich Lukas an."

„Es ist bald eins", sagte Bergemann.

„Macht nichts, meine Baracke ist elektrifiziert."

Er zauderte, fünf Sekunden zu lange. Ich zog meine Kapuze über den Kopf und stand auf. „Einverstanden", sagte Bergemann und nahm sein Jackett vom Haken.

Wir liefen rasch und schweigend über die Baustelle. Ich schloß die Tür auf und tastete nach dem Lichtschalter, und ich war so aufgeregt, daß ich strauchelte und gegen Bergemanns Schulter stieß. Ich hörte seinen Atem und dachte entsetzt, er könnte einen Trick wittern, und er sei nur mitgekommen, um mich zu prüfen. „Das Licht ist ungünstig", sagte ich tonlos.

Er ging gleich auf die Staffelei und auf Lukas zu. Ich blieb unter der Tür stehen, unfähig, mich zu rühren oder ein Wort zu sagen, und starrte auf seinen weißen Nacken, der sich über den Hemdkragen schob, und in meinem Kopf wiederholte ich abergläubisch und hartnäckig den einen für Bergemann bestimmten Satz: Du mußt es gut finden, alles hängt davon ab, du mußt es gut finden, du mußt . . .

Mir schien, ich hatte schon stundenlang unter der Tür gestanden, als Bergemann sich umdrehte. „Das ist doch ein gutes Bild", sagte er mit so viel Entschiedenheit, als habe er es gegen einen Saal voller Kritiker zu verteidigen. „Das ist ein schönes Bild, Kollegin Arendt. So sehen die Kunstwerke aus, die unsere Menschen von euch erwarten." Ach, du mit deinen gestanzten Redensarten, dachte ich vergnügt, und, als er meine Hand ergriff und sie mit beiden Händen schüttelte: Jetzt fehlt nur noch die feierliche Tribünenumarmung. Dabei klammerte ich mich an seine kleine, fleischige Hand, in Wirklichkeit heilfroh. Bergemann sagte: „Ich verstehe nicht genug von der Malerei, ich kann nur sagen: das ist nützlich, das ist schön, das gefällt mir . . . Ich denke mir aber, es kommt in der Kunst darauf an, das Wesen der Dinge darzustellen. Das Wesen der Dinge", wiederholte er und hob den Zeigefinger. Er wiegte sich auf den Fersen, die Hände hinterm Rücken verschränkt, und blickte mich streng an.

„Na, dann sind wir uns ja einig", sagte ich.

„Wir müssen uns korrigieren", murmelte Bergemann, während er mit seinen kurzen, energischen Schritten herumstapfte. „Ein ernster Fehler . . . Wir haben ihm vertraut, wir haben seine Berichte nicht kontrolliert . . ." Er blieb vor mir stehen.

„Wir werden die Angelegenheit morgen im Büro klären", sagte er mit einem Ausdruck von Härte, der mich bestürzte, und ich dachte, ich möchte morgen nicht in der Haut von Heiners stecken. „Ich rufe Sie gegen Mittag an. Einverstanden?"

„Gut", sagte ich.

Er blickte auf die Uhr. „Ein angebrochener Vormittag . . . Zeigen Sie mir Ihre Arbeiten." Wir wanderten also im Atelier herum, und — um der Wahrheit willen muß ich auch das erzählen — in irgendeiner Ecke entdeckte er eine halbvolle Wodkaflasche, und er hob sie gegen das Licht und besah sich kennerisch das Etikett mit den kyrillischen Buchstaben und einem vergoldeten Wolkenkratzer. Ich nickte. „Stimmt, saufen tu ich auch."

„Unglaublich", sagte Bergemann. Er zwinkerte mir zu. „Was meinen Sie, haben wir uns nicht einen verdient?"

„Und was sagt Ihr Bewußtsein dazu?"

„Es ist sowjetischer", erwiderte er schlau und lachte. Er warf beim Lachen den Kopf in den Nacken, und seine schwarzen Äuglein glitzerten ... Ich muß aber dem Bericht von diesem Abend hinzufügen, daß man Händedruck und Trinkspruch nicht für das muntere Ende der Affäre nehmen darf; unser Gespräch hatte erst begonnen, und in der Folge gab es neue Mißverständnisse, mal Streit, mal Übereinstimmung. Mit diesem Bergemann kann man nicht in Frieden leben.

Gegen Mittag führte Jäckel mich in das Zimmer des Parteisekretärs, und ich betrachtete den roten Läufer und die Schreibtischfestung. Hinter der gepolsterten Tür zum Sitzungsraum war Stille. Jäckel sagte: „Er tobt."

Ich zuckte die Schultern und tippte mir auf die Ohren. „Er brüllt nicht", sagte Jäckel, „das macht einen so nervös, daß er nie brüllt." Er zog den rechten Mundwinkel zurück und ließ einen Goldzahn blinken. „Zuerst ist der Heiners ganz unverschämt gewesen, dann hat er alles abgestritten, aber es waren ja Zeugen genug da ... Wie er endlich merkte, daß es den Genossen ernst ist, da hat er sofort alles zugegeben, da hat er sich die Asche kübelweise aufs Haupt gestreut ..."

„Jäckel, Jäckel", sagte ich, „du erzählst schon wieder interne Dinge."

Wir warteten. Das Herz schlug mir im Halse, als endlich mit zeremoniöser Lautlosigkeit die lederbezogene Tür zurückglitt und für einen Moment, wie auf einer Bühne, der gewichtige runde Tisch sichtbar wurde, um den die Mitglieder des Büros saßen, in einer Erstarrung, die bedrohlich wirkte, und mir schien, sie übertrieben die Bedeutung des eben verhandelten Falles. Ich merkte noch, daß die Tischplatte leer war und kein Zigarettenrauch in der Luft (offenbar gab es einen Beschluß, der das Rauchen während der Sitzungen untersagte), und dann schloß sich die Tür hinter Bergemann und Heiners.

Jäckel hielt dem Sekretär seine Zigarettenschachtel hin, aber Bergemann schüttelte verweisend den Kopf, er war blaß, und seine Augen hatten die stumpfe Schwärze von Kohle. Zuerst erschien mir seine Miene so ausdruckslos wie am ersten Tag in diesem Zimmer, aber mein Blick war schärfer geworden, vielleicht aus einer vorsichtigen Zuneigung, und ich fand seine Züge von zurückgedrängter Erschütterung gespannt und dachte, es müßte etwas Verhängnisvolles geschehen sein.

Bergemann sagte, ohne Heiners anzusehen: „Du wirst dich jetzt bei Fräulein Arendt entschuldigen."

Heiners stand auf dem roten Läufer, er schwankte ein wenig und wirkte zusammengeschrumpft, aber er besaß noch die Kraft, mir einen Haßblick zuzuwerfen, vor dem ich die Augen senkte. Die unerbittliche Stimme des Parteisekretärs trieb ihn vorwärts, mir entgegen; seine aschfarbenen Wangen bebten, als er die Fingerspitzen in meine Hand legte und sagte: „Ich entschuldige mich."

Ich starrte auf seine kurzfingrige Altmännerhand mit den blaßbraunen Flecken und rötlichen Härchen auf dem Handrücken, und im selben Augenblick vergaß ich alle Stunden der Bitternis und Trübsal und seine Verleumdungen im Gossenjargon, und das Dienstgesicht des Jungen, der einen *Hinweis* hatte; ich sah nur noch den alternden Mann, der verzweifelt, und aus Verzweiflung endlich mit unlauteren Mitteln, gegen den Jüngeren kämpfte, von dem er sich verdrängt fühlte — und obgleich auch dieses Bild nur eine Halbwahrheit spiegelte, schnürte mir das Mitleid die Kehle zusammen, und ich wünschte, ich wäre weniger unduldsam, weniger hochfahrend gegen ihn gewesen. „Schon gut, Heiners", sagte ich.

Er ging aus dem Zimmer, ohne zu grüßen, vielleicht ohne etwas anderes zu sehen als die rettende Tür. Ich sagte zu Bergemann: „Das hättest du ihm ersparen können."

Bergemann aber hörte mich nicht. Er ließ sich erschöpft in

den Sessel fallen, und da kauerte er, klein und sonderbar knochenlos, das Kinn auf der Brust, hinter seinem pedantisch aufgeräumten Schreibtisch, und endlich richtete er seine Augen auf uns und fragte: „Begreift ihr das?" Seine Stimme war mir fremd, leise und dumpf wie aus einem Schacht, er hatte auch die steife Anredeformel vergessen. Er sagte: „Er hat sein Parteibuch auf den Tisch geworfen ... Ein Kommunist ... wirft sein Parteibuch auf den Tisch."

Heiners sah ich nicht wieder.

Er hat ein Landhaus in der Mark gekauft, mit einem hohen silberbronzierten Gitterzaun und einem Schäferhund, der hinter den Stäben entlangstreicht und den privaten Garten Eden bewacht.

9

Uli löste seine Finger aus meiner Hand, er sagte: „Aber ich habe keinen Bergemann ... Still, kleine Schwester! So einen Bergemann gibt es überall, auch auf deiner Werft, du mußt ihn nur suchen ... Wie ich dich kenne, wie ich eure schlichten Argumente kenne ..."

„Nicht deshalb habe ich dir davon erzählt", sagte ich, enttäuscht von dieser Wirkung meiner Geschichte, die mir selbst den Bergemann so lebhaft zurückgerufen hatte, daß ich mich nicht gewundert hätte, käme er jetzt mit seinen kurzen energischen Schritten in die Kneipe gestapft, das Haar peinlich genau gescheitelt, schlau zwinkernd, wenn er den schönen Jungen neben mir sah.

Die Wirtin zog die karierten Tischdecken ab. „Klage nicht, meine Schwester", sagte Uli, „so ist das Leben ... Man kann nicht alles ändern, was man zu ändern wünscht." Und er zog sein Taschentuch und wischte mir über die Nase, und dann schüttelte er das Tuch sorgfältig aus, breitete es über seine Knie und faltete es umständlich und mit den Bewegungen eines Spitzweg-Greises zu einem winzigen Viereck; früher hatte er mich mit seiner Manier, ein Taschentuch zu benutzen, immer zum Lachen bringen können.

Auf der Straße sagte er wie beiläufig: „Egal, machen wir einen Umweg." Wir gingen Arm in Arm über den Markt und den Breiten Weg hinauf, eine sanft hügelan steigende Straße; ganz oben steht die Kirche Unserer Lieben Frauen mit einem hohen und einem niedrigen, vom Blitzschlag dreimal zerschmetterten Turm, und ihr benachbart das Rathaus, und vor dem Rathaus die kleine Statue des Trommlers: Sie erinnert an einen Mann, der, wie die Sage geht, beim Zechgelage wettete, er werde trommelnd den unterirdischen Gang abschreiten, der einst zwei verschollene Klöster verband – ein Mönchskloster und ein Nonnenkloster, wie der Chronist bekümmert anmerken muß. Der Mann kam aber nie wieder, und der Eingang zum Stollen wurde vermauert, und der überschauderte Gast findet nur noch eine verputzte Kellerwand.

Die Altstadt kann man malerisch nennen, solange man nicht in ihr wohnen muß; sie ist so romantisch (obgleich von biederer Romantik) wie manche Gassen in Neapel, von denen kunstkennerische Leute sagen, daß sie *das Malerauge reizen.*

Über den Hügel schlängeln sich die engen Straßen mit ihren schiefen, von drei Jahrhunderten gebückten Fachwerkhäusern. Unsere Schritte hallten von den Mauern wider. Die Lampen schwankten an Ketten über der Straße, und die Kettenglieder ächzten, und auf den Wänden schwankten die Schatten und warfen zaubrische Gestalten in einen bald finsteren, bald vom trüben Licht überzuckten Winkel . . . Und wie, dachte ich, wenn ich die Galoschen des Glücks trüge . . . und um jene Ecke taumelte der trunkene Schwarm von Zechern in vermoderten Trachten, voran der bleiche trommelnde Mann . . .

„Hörst du nichts?" flüsterte ich und drückte den Arm meines Bruders fester an die Brust, glücklich, daß er noch bei mir war, daß er jetzt bei mir war.

„Vielleicht ein Besoffener", sagte Uli. Er schlurfte unachtsam über das rundköpfige Pflaster, die Stirn gesenkt, als ob er die Steine zählte, und ich dachte, wenn er sich schon verabschieden wollte, so sollte er auch sehen, wovon er Abschied nahm. Ich lenkte ihn in die Gasse, die an der Stadtmauer endet. Wir blieben am Hexenturm stehen, einem niedrigen runden Turm mit spitzem Dach und einer schweren Holztür in Mannshöhe; die Mauer war hier nur brusthoch, und an ihrem Fuß fiel das Land steil ab, und allerlei Bäume und Sträucher kletterten den Abhang herauf, und man konnte weit hinsehen über die spielzeugkleinen Häuser der Unterstadt und ihre Lichtpünktchen, über die Nachtfelder und bis zum schwarzen Saum des Waldes, der irgendwo mit dem Himmel zusammenstieß.

Mein Bruder stützte die Ellbogen auf die rauhen Feldsteine der Mauerbrüstung, er atmete tief, er fing auf einmal an zu lachen und sagte: „Durchtrieben bist du ... Du führst mich auf die Zinne wie Luzifer den Herrn: Siehe, dies alles könnte dein sein ... Zum Glück haben wir keinen Mond, um die hausbackenen Schönheiten zu genießen und uns rühren zu lassen."

„Rennen wir noch mal die Katzentreppe runter", sagte ich.

Die sechsundneunzig Stufen sind flach und vom Regen ausgewaschen. Im Winter haben wir hier gerodelt; es war ein herrlicher, kühner Spaß, mit dem Schlitten die vereisten Stufen runterzusausen, ein gefährlicher Spaß, denn die Kunst bestand darin, den Schlitten zu stoppen, bevor man auf die Fahrbahn schoß und vielleicht unter die Hufe eines Pferdegespanns. Ein Stück der Treppe stiegen wir langsam hinab, dann begannen wir zu hüpfen, drei Stufen auf dem linken, drei Stufen auf dem rechten Bein, und dann faßten wir uns bei den Händen und sprangen mit geschlossenen Füßen wie beim Himmel-und-Hölle-Spiel, und unten auf der Straße fing mein Bruder mich in seinen Armen auf.

Wir gingen über eine Brücke. Das Flüßchen, das sich durch die Stadt windet, ist im Sommer seicht und verströmt fauligen Geruch. Jetzt, im April, rauschte es eilig zwischen den Ufermauern und quirlte schaumweiß um die bemoosten Steine, und auf den grünen glitschigen Steinen funkelten Spritzer von

Lampenlicht. Auf dem jenseitigen Ufer erhob sich ein ziegelrotes, sehr langes Fabrikgebäude mit dem rubinfarbenen Stern auf dem Dach, und ich deutete hinüber und sagte: „Weißt du, was das ist?"

„Natürlich", sagte mein Bruder ungehalten, „die Schuhfabrik, VEB, es steht ja groß genug drangeschrieben."

„Was empfindest du?"

„Nichts", sagte Uli.

„Es war Großvaters Fabrik. Er ist enteignet worden. Wir wären seine Erben."

„Na und?" sagte Uli. „Mir macht es nichts aus."

„Mir auch nicht", sagte ich und blickte meinen enterbten Bruder an. „Erkennst du das Fenster im ersten Stock, ganz rechts? Dahinter war Großvaters Kontor. Vor dem Fenster sind Gitter. Warum hat er sich eingegittert in seinem eigenen Haus?"

„Kann sein, der Geldschrank stand im Zimmer", sagte mein Bruder.

Wir blickten eine Weile schweigend hinauf zu dem dunklen Fenster mit den geschmiedeten, von stählernen Ranken umwundenen Gitterstäben; früher waren die Blätter an den Ranken vergoldet gewesen, aber jetzt war das Gold abgeblättert und vom Regen weggespült. Dort also hatte mein Großvater gesessen, ein schwerer weißhaariger Mann mit geröteter Nase und von violetten Äderchen durchzogenen Wangen; er war ein trinkfester Herr und liebte fette, scharf gewürzte Speisen, und jeden Mittag Schlag zwölf spazierte er gravitätisch durch die Stadt und zum besten Hotel, und manchmal standen wir auf Zehenspitzen hinter den Fenstern zum Klubzimmer und sahen ehrfürchtig dem Großen Mann zu, der allein am Tisch saß, den Hals in einen hohen, brettsteif gestärkten Kragen, eine Art Vatermörder, gezwängt, und seine Mahlzeit zelebrierte.

Er pflegte seine Kontorstunden streng einzuhalten, obgleich jedermann wußte, daß er während der Geschäftszeit zum hundertstenmal den Cervantes in spanisch, den Balzac in französisch, den Cicero in Latein las. Er hatte einen tüchtigen Prokuristen. In seinem Schreibtisch hütete er, teuerstes Andenken, eine Karte mit dem Bild des letzten Kaisers (gegeben zu Doorn), auf der Seine Majestät ihm für die übermittelten Neujahrsgrüße dankte.

Die Großmutter lebt in meiner Erinnerung als eine quicke, winzige, hochmütige Dame im grauen Seidenkleid; um den Hals trug sie ein mit Perlen besticktes Band oder eine goldene Kette, an der ein Ührchen hing. Sie war in der Schweiz erzogen worden und sprach mit dem Großvater französisch, und wenn sie aufgeregt war, verfiel sie in ihren Kölner Dialekt, und sie hatte dann auch den derben Witz ihrer Heimat.

Zu Weihnachten durften wir das Prunkzimmer betreten. Es duftete nach Äpfeln, die in einer Schale aus Rubinglas aufgehäuft waren, und auf dem Glasschrank stand eine barocke Stutzuhr (hatte ich nicht jetzt wieder, am Ufer des Flüßchens, ihren zitternden melodischen Klang im Ohr?), und wenn sie die Stunde schlug, schien es, als erbebten die porzellanenen Schäferinnen und ihre mit Bändern geschmückten Gespielen im Schrank, und die japanischen Täßchen klingelten dünn. Es gab einen Spieltisch und eine Unzahl von roten Samtfauteuils und düsteren mythischen Gemälden, die vom Urgroßvater stammten; er hatte sie von seinem Vater geerbt. Alles in diesem Haus war vom Vater auf den Sohn überkommen; unverrückbar durch Jahrhunderte, ruhte es schwer, solid, alt und kostbar, gemacht, um von Ewigkeit zu Ewigkeit zu dauern.

Im Mai 1945 aber war die Ewigkeit zu Ende, und über die einst stillen Treppen polterten die Stiefel verschwitzter Rotarmisten. Der Kommandant bezog das Haus und ließ ein paar Möbel mit dem Lastwagen in die kleine Wohnung fahren, die man den Großeltern zugewiesen hatte. Den Großvater berührte weder die Umwälzung in seinem eigenen Leben noch die gewaltige Umwälzung in dem geschlagenen Land: Er hatte eben, gefangen von der weichen Sprache seiner Enteigner, das Russische zu lernen begonnen; er wollte nun auch Puschkin im Original lesen.

Die Großmutter, die jetzt sehr oft ihr schnelles, derbes Kölnisch sprach, holte mit Billigung des Kommandanten nach und nach die Porzellansammlung aus dem alten Haus; über den vierzigjährigen kalmückischen Oberst äußerte sie, er sei ein wohlerzogener junger Mann.

Wenn wir den Großvater besuchen kamen, um ein Säckchen Weizenkörner oder einen Streifen grauweißen Speck zu bringen, fanden wir ihn immer an seinem Sekretär sitzend; er kaute getrocknete Birnenschnitze und malte die kyrillischen Buchstaben und schrieb in fünf Sprachen Briefe an seine verschollenen, vielleicht begrabenen Freunde in Tel Aviv und Den Haag und Philadelphia. In dem kleinen Zimmer war die Zeit stehengeblieben ...

Die Großmutter starb im Winter an Lungenentzündung, und zwei Wochen später sahen wir auch den Großvater zum letztenmal, mit einem strengen, gelben, spitznäsigen Gesicht. Er hatte die Letzte Ölung empfangen, und am Fußende des Bettes stand der junge Priester in seiner schwarzen Soutane und betete, und es roch nach Weihrauch und Wachs und Tod und ganz schwach nach den trockenen, süßen Birnenschnitzen, und obgleich ich ein Kind war, fühlte ich, daß dieser Mann für die Welt gestorben war. Jahrzehnte bevor sein Leib starb.

„In der Schule lernten wir, daß er ein Kapitalist war, ein Ausbeuter", sagte ich. „Zuerst konnte ich es nicht begreifen. Der höfliche, gebildete, weltfremde Mann ... Im Geschichtsunterricht, wenn ich an ihn dachte, sah ich nur Bücher und Bücher, den weißen Stehkragen, die alte Uhr, eine Schale aus Rubinglas ..."

„Du warst nicht in seiner Fabrik", sagte Uli, „du hast nur sein privates Idyll gekannt. Aber du hattest schon immer zuviel Gefühl, Betsy, darum hast du den Ausbeuter nicht als eine unpersönliche ökonomische Kategorie verstanden." Er ereiferte sich. „Und seine Kultur, und alle seine schönen Neigungen, und die Muße, nur seinen Neigungen zu leben, die haben ihm die Zuschneider und Stepper bezahlt."

„Ich sage ja nur, was ich vor fünfzehn Jahren darüber dachte. Als dann in sein Haus ein Kindergarten einzog, fand ich es schon in Ordnung, daß sich die Arbeiter ihr Eigentum zurückgeholt hatten."

Wir schlenderten am Ufer entlang, und wir ließen das fremde, ziegelrote, von dem Stern gekrönte Gemäuer hinter uns. Nur der Zufall hatte unsere Schritte gelenkt, in den Dunstkreis einer Vergangenheit, der wir seit anderthalb Jahrzehnten entwachsen waren und die uns im Innern nicht mehr berührte. Ein Gespräch, dachte ich, wie die tausend anderen früher, als wir uns noch eins waren, nicht einmal ein Streit, wer streitet heute noch wegen einer dem Volk zurückgegebenen Fabrik; aber es beunruhigt mich, wir sind nicht zufällig an dieses Ufer getreten, und die *Familie*, die wir versunken und vergessen glaubten, schickt ihren Ruf über das Wasser. Wer sind wir? Wo stehen wir?

„Glaubst du an Traditionen?" fragte ich.

Mein Bruder, den Finger an der Stirn, sagte: „Darum schleppst du mich hierher ... Wie albern! Das ist nicht der Grund, ich habe meinen Beruf, ich würde die Bude nicht geschenkt nehmen. Wir sind nicht die Generation, die einem Besitz nachtrauert." Er nahm wieder meinen Arm. „Frierst du? Ich gebe dir mein Jackett."

Ich sagte: „Laß mich nachdenken ... Jetzt kommt Philosophie."

Er hob abwehrend die Hände. „Du bist fürchterlich, wenn du philosophierst."

„Hör zu", sagte ich. „Irgendwann müssen wir unser Verhältnis zur Partei klären."

„Wir?" fragte er, und seine schwarzen Brauen zuckten. „Das ist meine Sorge nicht mehr, und du, Betsy, du lebst ja in Harmonie mit ihr."

„Das dachte ich auch ..." Wie sollte ich ihm erklären, daß diese Harmonie etwas Äußerliches blieb, solange mich der ferne blasse Schatten des Großvaters streifte und aller derer, die vor ihm waren, Bürger wie er, Besitzende wie er „Wir sind immer noch unserer Klasse verhaftet", sagte ich. „Was wir gelernt haben und was unser Kopf begriffen hat, das ist bloß die Oberfläche, die Haut ... Aber innen, im Herzen, wenn du es so nennen willst, in einem letzten Gehirnwinkel, denken und fühlen wir noch als Bürgerliche."

„Das ist einfach Mystik, Kleines", sagte Uli.

„Du weißt nicht alles von einem Haus, wenn du nicht auch in den Keller hinabgestiegen bist. Ich steige nicht gern die schlechtbeleuchteten Treppen hinab, aber jetzt bin ich im Keller, und ich sehe das alte Gerümpel."

„Die *kapitalistischen Überbleibsel*", sagte Uli und lachte. „Kein Grund, dir Vorwürfe zu machen."

„Aber ich mache mir Vorwürfe. Es ist Betrug an denen, die auf uns zählen."

„Jeder Arbeiter, der die Norm verbiegt, ist ein Betrüger, und jeder Abteilungsleiter, der einen anderen verdrängt, um hochzukommen, und jeder Künstler, der einen Auftrag annimmt, nur um Geld zu verdienen. Du bist in zahlreicher Gesellschaft, Betsy. Was wolltest du mir eigentlich beweisen?"

„Daß diese verdammte Fabrik doch dein Grund ist", sagte ich und, gegen sein zorniges Kopfschütteln: „Erkennen wir die führende Rolle der Partei an? Ja. Weil der Verstand uns sagt, daß sie ein historisches Recht hat. Würden wir uns der Partei anschließen? Nein, heute und morgen nicht. Weil wir nicht die Kraft zur Parteidisziplin haben, weil es bequemer ist, unbehelligt ein Bild zu malen oder ein Schiff zu entwerfen, statt in jedem Augenblick unseres Lebens bereit zu sein, wenn die Partei uns etwas aufträgt, auch, was uns nicht angenehm ist."

Mein Bruder sagte: „Als ich Student im ersten Semester war ..., ich hatte den Antrag gestellt, damals war ich bereit."

„Nein", sagte ich, „nein, du belügst dich, du hattest es nicht zu Ende gedacht. Sonst hättest du gewartet, du hättest dich nicht beleidigt zurückgezogen, gib es zu."

Uli schwieg, nach einer Weile sagte er leichthin: „Übrigens ist es jetzt gleichgültig." Er zog nun doch sein Jackett aus und hängte es mir über die Schultern, die Seide war noch warm

317

von seinem Körper, und ich schlüpfte in die Ärmel, die mir weit über die Fingerspitzen hingen. „Deine Beweise", mahnte Uli.

„Gut", sagte ich. „Wir sind für unseren Staat. Wenn es sein muß, würden wir ihn sogar verteidigen – obgleich ich weiß Gott lieber eine Palette in der Hand halte als ein Gewehr ... Das ist die eine Seite. Die andere Seite kennst du so gut wie ich: unsere Witze über Dinge, die Bergemann oder dem Joachim bitterernst sind; unser Augurenlächeln der Gebildeten, wenn wir einen Funktionär in schlechtem Deutsch eine gute Ansicht vortragen hören; die hämische Betonung, mit der wir sagen: *Die* haben einen Fehler gemacht, und der uneingestandene Stolz auf die gute Kinderstube ... Wir gehen ja ins Theater, wir haben ja unsere Klassiker gelesen, wir kennen ja die Sinfonien von Beethoven ... Und du kennst auch unsere Manier, fremd und vornehm am Straßenrand zu stehen und *diesem Jahrmarkt* zuzusehen ..."

„Genug, Betsy", sagte Uli und drückte meinen Arm, „du gehst zu eifrig mit dir ins Gericht."

„Nicht genug", sagte ich und hatte schon vergessen, warum ich zu später Stunde mit ihm durch das schlafende Städtchen lief; irgendwann am Nachmittag hatte ich begonnen, mich mit meinem abtrünnigen Bruder auseinanderzusetzen, und nun wurde ich selbst ergriffen und in den Kreis gestoßen, und wider alle augenfällige Vernunft wünschte ich selbst Rat oder wenigstens Gehör bei Uli zu finden. „Nach Stalins Tod", fuhr ich fort, „nach dem XX. Parteitag waren wir ganz wirr und verzweifelt, wir sagten: Uns ist eine Welt zusammengebrochen ... Dem Steinbrink ist nichts zusammengebrochen. Verstehst du das?"

„Diese alten Genossen haben eine religiöse Sicherheit", sagte mein Bruder. „Deinen Steinbrink hat es auch nicht erschüttert, als sie ihn neunundvierzig geschaßt haben, weil er als Partisan in Jugoslawien gekämpft hat." Er trommelte sich gegen die Stirn, er sagte wild: „Wahnsinn, Betsy, Wahnsinn, ein Partisan, er hat sich halbtot schlagen lassen, er wird seine

Funktionen los, er bekommt eine Parteirüge, red, was du willst, ich kann es nicht begreifen, und ich sehe nicht, was die Fabrik damit zu tun hat, wenn ich Irrsinn nicht in Vernunft, Ungerechtigkeit nicht in Gerechtigkeit umlügen kann."

„Der Steinbrink hat es aber eingeordnet, und ohne Lügen", sagte ich und, erstaunt über eine neue Entdeckung: „Wie genau sich das Bild zusammenfügt . . . Du erregst dich über das Unrecht, das man einem anderen getan hat, und benutzt es als Vorwand für deine Flucht . . . Und die Fabrik, mein Lieber, ist nur ein Symbol. Bei deinem Nachbarn ist es vielleicht der Gemüseladen oder die Pensionsberechtigung oder einfach der saubere Angestelltenkragen."

Wir gingen auf der Promenade, unter den Ahornbäumen, deren Zweige sich feucht und nackt verflochten; hier hatte Joachim den Koffer fallen lassen und mich geküßt; im Bronzelicht der frühen Sonne.

Uli sagte: „Schön, ich habe nicht gelernt, alles *einzuordnen*. Für mich ist das nur eine Spielart von Fatalismus . . . Wo gehobelt wird, fallen Späne. Aber ich will nicht der Span sein, den der Hobler unter seinem Fuß zertritt."

Wir konnten unser Haus sehen, im Badezimmer brannte Licht. „Herrje, sie sind noch wach", sagte Uli. Im Gehen streifte ich die Maulbeerbüsche der Gartenhecke, und die rauhen Blätter berührten mein Gesicht. Wir standen noch eine Zeitlang unschlüssig vor der Gartenpforte und warteten darauf, daß das Licht im Badezimmer erlosch. Wir flüsterten, und es war wie früher, wenn wir zu spät vom Schülerball kamen und tuschelnd über eine Entschuldigung berieten, bevor Uli mit geübter Lautlosigkeit den Schlüssel herumdrehte und wir, die Schuhe in der Hand, die Treppe hinaufschlichen.

Uli hatte den Kopf zum erleuchteten Fenster erhoben, er flüsterte: „Dieser komische Vogel, dein Bergemann . . ."

Er verstummte.

„Ja?" flüsterte ich. Der Lichtschein löste sein Gesicht aus dem Dunkel, und ich blickte ihn mit brennenden Augen an.

„Und du glaubst, der Bergemann würde einen gefallenen

Bürger an seine Brust ziehen?" Er verbesserte sich gleich, in spöttischem Ton: „Überflüssige Frage! In einer Parteileitung ist mehr Freude über einen reuigen Sünder denn über zehn Gerechte."

Jetzt erst wurde mir bewußt, wem seine Frage galt; also hatte sich der Name Bergemann doch in seinem Kopf verhakt. Uli sagte: „Ich hoffe, du hast dem Boß deinen Großvater gebeichtet. Wie nahm er es auf?"

„Gut", sagte ich zerstreut. „Er hielt mir ein Referat über die Tradition des Bürgertums. Später, sagte er, werden die Arbeiter in ihrer Freizeit malen oder Geschichten schreiben, es wird wieder Hausmusik geben ... Später, sagte er, wird jeder ein paar Fremdsprachen beherrschen, aber nicht nur zum Privatvergnügen wie Großvater..." Ich versuchte mich an Bergemanns Worte zu erinnern. „Ich glaube, er meinte, sie werden fremde Sprachen lernen wie Nagulnow aus dem ‚Neuland‘, der nachts Englisch büffelt, *für die Weltrevolution.*"

Uli nickte und sagte: „Jedenfalls scheint er seinen Kopf nicht bloß zum Hutaufsetzen zu haben."

Das Licht im Badezimmer erlosch, und wir warteten noch ein paar Minuten, und dann tappten wir auf Strümpfen ins Haus. Im Korridor winkte mich Uli noch einmal zurück. Er sah mich fest an und sagte, ohne zu lächeln: „Unter dem Keller, Betsy, gibt es noch eine Grube, in die bist du nicht runtergestiegen."

„Was meinst du?"

„Daß auch du ausweichst, wenn du dich auf diese — Schlacken der Vergangenheit berufst. Hier stehe ich, ich kann nicht anders, Genossen, haltet es mir zugute, ich bin noch nicht soweit ... Denk das mal zu Ende, mein kluges Mädchen. Keine Angst vor der Schlangengrube."

Und er zog behutsam die Tür zu, und ich stand allein im Korridor, mit dem schlotternden Jackett über der Schulter, ich dachte betroffen: Er ist mir über, ich rechte mit ihm, ich sollte mit mir selbst rechten.

Irgendwann gegen Morgen fuhr ich aus dem Schlaf auf. Durch die Jalousiespalten sickerte gelbliches Frühlicht. Uli saß auf der Bettkante, er lächelte verlegen, er sagte: „Schlaf doch, Betsy, ich wollte nur meine Jacke holen."

Ich zog ihn an meine Schulter. „Du bist noch angezogen", murmelte ich, „du hast noch nicht geschlafen." Er drückte die Stirn an meinen Hals, und ich spürte die zarte Berührung seiner Wange. „Du mit deiner Mädchenhaut. Weißt du noch, wie kläglich dein Unternehmen Schnurrbart scheiterte? Ein Milchbart ..."

„Den ganzen Tag haben wir geredet und geredet", sagte Uli an meiner Schulter, „und ich bin nicht einmal dazu gekommen, dir mitzuteilen ..."

„Was wolltest du mir mitteilen?"

„Es ist hart, Betsy", sagte er nach einer Weile, „auch deinetwegen. Vielleicht können wir uns Jahre und Jahre nicht mehr sehen." Er streichelte mein Haar. „Geschoren wie eine Nonne. Schrecklich. Wir könnten uns in Westberlin treffen."

„Ja. Bei Kempinski", sagte ich erstickt und irrte schon durch die hitzeweißen Straßen, unter den stumpfen Reptilienköpfen der Bogenlampen. Er riß mich plötzlich ungestüm an den Haaren. „Kein Zopf mehr, keine Mähne ..."

„Du tust mir weh", sagte ich.

„Ich geh jetzt rüber." Er schnupperte an meinen Armen. „Du riechst gut ... Wie macht ihr Mädchen das bloß, daß ihr immer so gut riecht? Ein bißchen nach Zimt und nach Sonne ... und ein ganz klein bißchen nach Milch wie ein Baby ..." –

Ich blieb wach. Ich hörte, wie Uli sich im Bett herumwarf. Zwischen sechs und sieben begann es zu regnen. Der Regen peitschte mit kurzen scharfen Strähnen gegen die klappernde Jalousie, und ich stand auf und schloß das Fenster. Ein paar Minuten vor sieben kamen meine Eltern aus dem Schlafzimmer, sie bewegten sich leise, um uns nicht zu wecken. Im Bad rauschte die Dusche. Während sich Vater rasierte, hörte er die Nachrichten; auf der Glasplatte vor seinem Spiegel steht ein kleines Transistorenradio.

Ich dachte: Er sagte, ich bin der einzige Mensch, zu dem er Vertrauen hat.

Ich hörte die Ansagerstimme, ohne einzelne Worte zu verstehen, und dann eine Frauenstimme von professioneller Munterkeit und ein paar Takte Morgenmusik. Meine Mutter rief: „Laß die Kinder doch schlafen." In der Küche pfiff der Wasserkessel.

Um halb acht schaute meine Mutter ins Zimmer, und ich sah, durch die Wimpern blinzelnd, ihr schwarzes, mit weißen Fäden untermischtes Haar und das fliederfarbene Chiffontuch um den Hals. „Es ist Zeit, Fränzchen", drängte Vater; sie heißt Franziska. Sie verließen auf Zehenspitzen die Wohnung.

Ich dachte: Ist das Liebe, wenn man schweigend und tatenlos duldet? Nennt man das; dem Glück des anderen nicht im Wege stehen?

Im Badezimmer würde die allmorgendliche Überschwemmung sein. Auf dem Küchentisch würde ein Zettel liegen; „Eßt die Kirschtorte auf. Kaffee steht unter der Haube. Bitte Milch und 1 Brot holen. Mutti." Und darunter, in der gestochenen Schrift meines Vaters: „Guten Morgen, ihr Helden! Wann werdet ihr euch endlich entschließen, morgens kalt zu duschen?"

Ich dachte verzagt: Und wenn ich Joachim nur fragte? Ich erzähle einen Fall X, ich brauche keinen Namen zu nennen.

Uli, im Schlafanzug, schleppte sich in die Küche. Ich erschrak, ich wagte ihn nicht anzusehen. Er stürzte sich auf die Kanne. „Kaffee! Ich verdurste!" Ich war so verstört, daß ich den Kaffee verschüttete, und Uli wischte mit einem Handtuch den Tisch ab. Er grinste, er war ganz ahnungslos, und während ich, nur um meine Hände zu beschäftigen, Kuchen schnitt und umständlich auf einem Teller ordnete, sang er gefühlvoll und mit Fistelstimme: „Wohin so früh? Dem Liebsten einen Morgengruß entbieten?"

„Ach, halt die Klappe", fuhr ich ihn an. Über den Rand der Kaffeetasse zwinkerte er mir zu, und ich konnte es nicht länger ertragen, ihn so ahnungslos und lustig zu sehen; ich dachte entsetzt: Was willst du tun? Und wünschte, als ich schon über die Straße lief, über den steinigen Hof und die enge Treppe hinauf, wünschte verzweifelt, Joachim wäre schon fort.

Die Wohnungstür war nicht abgeschlossen. Ich stürzte ins Zimmer, in Joachims Arme, und vergaß den Fall X und alle schlauen Manöver, als hätten sich in dieser Minute die Gedanken und Erfahrungen der letzten vierundzwanzig Stunden zusammengedrängt und zu einem Entschluß verdichtet, der mich selbst überrumpelte, ich rief: „Du mußt zu Uli kommen, sofort, du mußt, er will weg, morgen."

Joachim sagte: „Der Wagen ist schon unterwegs. Wir müssen warten."

„Hast du eine Zigarette?" fragte ich.

„Nur, wenn du schon was gegessen hast."

„Ich habe was gegessen", log ich.

Wir saßen auf seinem Bett. „Ich könnte dich erwürgen", sagte ich. „Du regst dich nie auf, nicht wahr?"

„Früher nanntest du mich das Fischblut", sagte Joachim. Er nahm meine Hand und drehte sie um und küßte die Innenfläche. „Meine sehr aufgeregte Elisabeth hat trotzdem nicht vergessen, sich den Mund zu bemalen."

Ich sagte leise: „Er färbt nicht mehr ab." Ich spürte unter meinen Fingern seine Schulterblätter und auf der Brust den Druck seiner Rippenbögen. „Ich weiß nicht mehr, warum ich dich Fischblut nannte ... Wenn du mich nur anfaßt ..."

Joachim stützte sich auf die Ellenbogen, er sagte: „Warum bist du damit zu mir gekommen?"

„Mein Gott, sollte ich zur Polizei laufen?"

„Wo ist der Unterschied?"

Wo ist der Unterschied, dachte ich betäubt, habe ich meinen Bruder schon ausgeliefert? „Ich kann doch meinen Bruder nicht ausliefern", sagte ich, „ich kann doch nicht einfach zu einem fremden Kommissar gehen ..." Er sah mich unverwandt an. „Joachim, ich bitte dich, fang jetzt keine grundsätzliche Diskussion an, ich will nicht mehr diskutieren, ich will Uli behalten ... Mach nicht so ein Gesicht. Der ewige Schulmeister ..." Ich rief zornig: „Nein, ich wäre nicht zur Polizei gegangen, hörst du, ich hätte ihn nicht angezeigt."

„Uli wird keinen Unterschied zwischen einem fremden Kommissar und dem Genossen Steinbrink sehen", sagte Joachim. „Für ihn sind wir Vertreter derselben Macht ... Wir sind es wirklich", fügte er hinzu.

Ich griff mir an den Kopf. „Zwing mich nicht, jetzt darüber nachzudenken. Ich verlasse mich auf dich, das ist alles, was ich dazu sagen kann ..." Von der Straße her hörten wir das Hupsignal, dreimal kurz, einmal lang, und Joachim zog seine Jacke an und rückte am Schlipsknoten.

Er schwieg. Auf der Treppe, im kränklichen Halblicht, das durch ein staubiges Flurfenster fiel, blieb er stehen, er sagte: „Und was, glaubst du, sollten die hundert anderen Schwestern machen, deren Brüder über die Grenze gehen wollen?"

„Warum quälst du mich, Graukopf?" sagte ich müde. „Vielleicht haben sie auch so einen Joachim." Er strich mir mit einem Finger glättend über die Augenbrauen, er sah niedergeschlagen aus. Ich habe ihn enttäuscht, dachte ich.

„Für euch ist alles glasklar", sagte ich. „Was seid ihr bloß für Menschen?"

„Immer eure halben Entschlüsse", sagte Joachim. Auf jener vierten Stufe aber zögerte er, und er drehte sich um und schloß die Hände um mein Gesicht, er sagte: „Für dich ist es viel, Elisabeth."

Die Sonne wärmte schon, und von der Zimmerstrecke hörte ich das Kreischen der Gattersäge und roch den schwadig ziehenden Duft vom frischem Holz.

Joachim ging zu dem Wagen, und der Fahrer kurbelte das Fenster runter, und sie redeten miteinander. Ich ritzte mit dem Absatz ein Notenmännlein in die von Feuchtigkeit schwarze Erde. „Komm doch", sagte Joachim, er legte die Finger um meinen Arm, über den Ellenbogen, und ich ging schnell und mit gebeugtem Kopf über die Straße, als könnte ich, wenn ich selbst nichts sah, mich auch für Uli unsichtbar machen, der vielleicht hinter dem Fenster stand, der vielleicht nicht mehr ahnungslos war.

Er saß am Tisch; die Füße, nackt in ausgeschlurften Pantoffeln, baumelten über der Sessellehne. Er las und verdeckte mit einer Hand das kranke Auge. Er sah hoch. „Guten Morgen, Uli", sagte Joachim.

Er erwiderte nichts, er blickte uns rasch und genau ins Gesicht, seine Hand fiel herab wie zerschossen. Ein Windstoß wehte welke Kirschblüten durch die offene Balkontür. Uli riß einen Streifen von einer Zeitung ab und legte ihn in sein Buch und klappte es zu, und dann rückte er das Buch zurecht, daß es parallel zur Tischkante lag, hob die nackten Füße von der Lehne und stand auf, und ich nahm seine Bewegungen wahr wie in einem sehr langsam abspulenden Film, und mir war auch die ganze Zeit zumute, als sei dies eine Filmszene, in der ich mitspielte, wie meine Rolle es mir vorschrieb; sie betraf mich aber nicht. „Jetzt hast du mich also verpfiffen", sagte Uli.

Joachim errötete. Seine knochigen Schultern fielen ab; er hält sich schlecht, dachte ich, sein Rücken wird schon ein bißchen krumm, und für einen Augenblick erschien er mir sonderbar hüllenlos und verletzlich. Entsann er sich seines Zögerns auf der vierten Treppenstufe und seines versöhnlich hingesprochenen: *Für dich ist es viel?* Er sagte: „So leicht werden wir es dir nicht machen."

„Wer ist *wir*?" fragte Uli fremd, und ich sah ihn weit entfernt und unwirklich, als sei er aus einem Spiegel getreten, am Ende des meilenlangen tunneldunklen Ganges, den ich manchmal im Traum durchhastete. Ich ging zur Tür, alles drehte sich in mir.

Er sagte: „Das vergesse ich dir nicht." Er stand gerade und ohne Bewegung mitten im Zimmer, er sagte mit einer kalten, trockenen Stimme: „Das werde ich dir nicht verzeihen."

Ich fand die Klinke, und draußen im Korridor hielt ich mich eine Weile an der Klinke fest, während ich auf seine Stimme wartete, auf einen Fluch oder darauf, daß er ...

Worauf wartete ich noch?

Es war zehn Uhr, ich saß in Joachims Zimmer, auf dem steiflehnigen Sessel, Nacken und Rücken überströmt vom breiten, heißen Fluß der Sonne. Ich hatte auch sonst immer ein Zeichen gegeben, eine Blume oder ein Briefchen, irgendeinen Gruß für Joachim, und ich malte auf sein Löschblatt einen Plankenzaun und auf die Zaunlatten ein durchbohrtes Herz und Strichmännchen, wie Kinder sie mit Schulkreide malen, und in krakeligen Buchstaben: E IS VERLIBT IN J.

Ich schloß die Wohnungstür ab und legte den Schlüssel unter die Matte.

Der über viele Jahre gewöhnte schrille Lärm der Gattersäge, die durch weiches grünes Holz knirschte, schmerzte in meinen Ohren. Der Wartburg stand noch auf der Straße, der Fahrer Felix las, den Arm auf das offene Fenster gestützt.

Durch das Tor zur Zimmerstrecke rumpelte eine Langholzfuhre, der rote Lappen flatterte, die borkigen Stämme schwankten im Rhythmus, der die Anmut eines windbewegten Kiefernwaldes wiederholte.

Schon auf der Treppe hörte ich ihre Stimmen, nicht lehrerhaft die eine, nicht haßerfüllt die andere; sie schienen vielmehr von dem strengen Eifer beseelt, mit dem Wissenschaftler ihre verschiedenen Standpunkte zu disputieren. Ich horchte an der Tür. Sie stritten über die Krisentheorie. Es machte mir zuerst nichts aus, daß ich die Sätze mit dem Ohr auffing, ohne ihren Sinn zu erfassen, als blätterte ich in einem von Großvaters spanischen Büchern, in dessen fremden Zeilen ich zuweilen ein Wort fand, das, auf dem Umweg über das Lateinische, auch für mich übersetzbar wurde und, wenn auch flüchtig, den Gedanken eines Satzes erhellte.

Ich bin Malerin, sagte ich mir, ich muß mir nicht den Kopf zerbrechen über Elektronik und die Arbeit von Atomreaktoren und über die Periodizität der Krisen, solange ich nicht das

Geheimnis der Lichtquellen in manchen Bildern von Rembrandt und Correggio entdeckt habe, dieses unirdische Leuchten, das von einer Stirn, von gefalteten Händen ausgeht, ein Wunder, wunderbar geblieben über Jahrhunderte.

Jetzt mißhagte es mir aber doch, daß ich dem Gespräch nicht folgen konnte. Ich schlich in die Küche und ließ Wasser ablaufen und trank, ich dachte, das Glas an den Lippen: Ich muß mehr wissen. Wären wir gestern auf dieses oder ein ähnliches Thema gekommen, er hätte mich glatt aufs Kreuz gelegt, ich hätte nicht einmal Logik von Sophisterei trennen können.

„...das haben wir nicht gelernt, so haben wir das nicht gelernt", rief mein Bruder.

Klar, mein Lieber, dachte ich, das hast du nicht gelernt — vielleicht weil du gerade beschäftigt warst, irgendeinem armen Hund von Gewi-Assistenten ein Bein zu stellen. Ich stand wieder hinter der Tür, den Kopf lauschend vorgebeugt, und drückte unwillkürlich den Daumen in die Handfläche.

Joachim lachte und sagte: „Wer ist nun der starre Denker? Die Krise ist nicht pünktlich am 18. März 1955, morgens zehn Uhr dreißig, ausgebrochen — also stimmt die Theorie nicht."

Nun lachte auch Uli. „Du kennst diese Sorte von Diamant-Priestern. Wenn wir einen Zweifel äußerten, spielte er sich auf, als ob wir an den Grundfesten des Staates rüttelten. Wir übten uns dann in der Kunst, mit offenen Augen zu schlafen." Plötzlich, mit veränderter, von Mißtrauen geschärfter Stimme: „Warum gestattest du mir Fragen? Weil wir verschwägert sind? Weil du den verlorenen Sohn um jeden Preis ins Vaterhaus zurückführen willst?"

„Du gehst unter dein Niveau, Uli", sagte Joachim. „Mir sind die Leute verdächtig, die keine Fragen stellen."

„Und mir", sagte Uli schnell, „mir sind die Leute verdächtig, die auf jede Frage eine Antwort parat haben ... Du, Genosse Schwager, hast schon viermal gesagt: Das weiß ich nicht, darüber muß ich nachdenken, das muß ich bei dem oder jenem nachlesen ... Aber du bist schon immer ein weißer Rabe gewesen ..." Und mit erhobener Stimme, vielleicht um einen Einwand Joachims zu ersticken: „Nein, ich habe es mir nicht leicht gemacht, ich wollte wissen. Man hat mir aber zu oft mit Phrasen geantwortet statt mit Argumenten. Tut mir leid, ich hab ein Sieb im Gehirn, das Phrasen einfach durchfallen läßt."

„Ich weiß", sagte Joachim bedrückt, „wir können aber nicht von jedem Arbeitstag die zwei oder drei Stunden abzwacken für eine Debatte mit unserer Synkopen-Generation."

„Es ist eben ein Irrtum zu glauben, daß eure schlichten Wahrheiten lebendiger werden, wenn ihr sie nur oft genug wiederholt", sagte Uli.

Ich biß mir vor Ungeduld in den Arm, und ich verwünschte Joachim und seine Geduld eines Maultiers, mit der er sich das anhörte. Nach einer Pause hörte ich Joachim sagen: „Ich frage mich, warum ihr, Bruder und Schwester, verschiedene Wege eingeschlagen habt. Ihr seid vor derselben Tür aufgebrochen, ihr habt die gleiche Bildung, die gleichen Möglichkeiten, mit der Umwelt ins reine zu kommen ..."

„Betsy hat Gemüt", sagte Uli mit einer unbeteiligten Freundlichkeit, die mir ins Herz schnitt. „Betsy denkt mit der Seele. Für sie bedeutet Sozialismus *hienieden Brot genug für alle Menschenkinder* und Rosen und Myrten natürlich."

Joachim erwiderte nichts, und auch mein Bruder schwieg. Joachim wanderte im Zimmer herum, ich erkannte am Klang seinen langbeinig stelzenden Schritt. Ich wartete und fuhr gekränkt zusammen, als ich endlich seine Stimme hörte; er fragte: „Du interessierst dich für Kybernetik?"

„Natürlich", sagte Uli. „Ich habe meinen Beruf verfehlt, hol's der Teufel, ich hätte Regeltechnik studieren sollen." Das Buch, fiel mir ein, auf dem Tisch liegt das Buch, in dem Uli las, als wir kamen, und jetzt hat Joachim einen sachkundigen Partner, jetzt wird er vergessen, warum ich ihn geholt habe und daß ich sterbe vor Angst und Erwartung. Ich seufzte, ich kannte diesen Ton, in dem Joachim von Kybernetik sprach, und sein Gesicht, überflackert von einer Begeisterung, die den

328

nüchternen Menschen ausrufen ließ: Was für ein Jahrhundert, was für Gehirne!, und ich kannte seine langatmigen Vorträge, mit denen er gegen meine makabren Visionen von Robotern und verseproduzierenden Automaten kämpfte. Ich trat ins Zimmer.

Sie standen am Tisch, über das Buch geneigt, Schulter an Schulter gelehnt. Der weiße Streifen Zeitungspapier war auf den Teppich geflattert. Joachim wandte sich um, mit einem schuldbewußten Lächeln, und ich sagte herausfordernd: „Ich habe an der Tür gehorcht, na und?"

Das Fünkchen Hinneigung in Ulis Augen erlosch. Joachim sagte: „Wir unterhalten uns ein andermal darüber."

„Wieso denn ein andermal?" fragte mein Bruder. Er sah mich mit seinen kalten Augen an, er sagte starrsinnig und mit einer dunklen Genugtuung, als habe er eben erst das Ende des Fadens wiedergefunden, der ihn noch mit seinem Entschluß verknüpfte: „Die eigene Schwester... Wenn es ein Fremder gewesen wäre... Was ist denn das für ein Staat, in dem die Schwester ihren Bruder anzeigt?"

„Ach, hör auf zu plärren", sagte ich grob. „Am Ende fühlst du dich noch als Märtyrer."

Joachim hob beschwichtigend die Hand, und ich warf den Kopf herum. „Nein", rief ich, „nein, nein", und ich spürte, wie sich in meiner Brust etwas spannte, bis zum Schmerz, und ich sah über Ulis vor langer, langer Zeit geliebten Schultern das Äthiopiergesicht Konrads, und Konrads Gesicht überspült von einer Welle ineinanderfließender Bilder: die kleinen eiligen Schriftzüge, den Schatten der Lagerbaracke dunkelnd unter Neonlicht und Reklameblitz DEIN SEKT SEI DEINHARD, und fremd und betäubt die Sterne über Hilton und Bankhaus und Woolworth, die weinende Jüdin auf der Treppe (*verschickt* in die Öfen von Auschwitz), Konrads Hände auf dem weißen Tuch und das feiste Lachen des Rassengesetz-Kommentators, Hakenkreuze auf einer Synagogenwand (troff die Farbe nicht wie Blut von den Mauersteinen?), die verlorenen Freunde im Tanz um ein verchromtes

Goldenes Kalb, das Profit hieß oder Volksaktie oder Mercedes DEIN GUTER STERN AUF ALLEN STRASSEN, und die Pflastersteine einer atembeklemmend normalen Straße zwischen Sektorenschild und Sektorenschild, und die Gesichter, nicht traurig, nicht zornig, der Wanderer von hüben nach drüben ...

„Nein, ich werde dich nicht um Verzeihung bitten", sagte ich, und zu Joachim: „Wie, du entschuldigst dich bei ihm, weil du nicht Zeit genug hast für ihn und seinesgleichen? Du bist so verflucht anständig, daß du ein schlechtes Gewissen haben wirst, weil man ihn nicht zart genug angefaßt hat."

„Wir werden keinen Fußbreit Land verschenken", sagte Joachim ruhig. „Man muß aber seine Gründe prüfen. Ulrich ist kein Gegner."

„Noch nicht", sagte ich bitter.

„Ich bin es nie gewesen", sagte Uli, und dringlicher: „Du weißt es, Betsy, du besser als jeder andere."

Er wagt es, mich noch als Zeugen anzurufen, dachte ich. „Und morgen?" fragte ich. „Und in zehn Jahren? Und wann werde ich zum erstenmal in einem Brief lesen, du bist zufrieden, daß du den Armeleutegeruch der Ostzone vertauscht hast gegen den *Duft der großen weiten Welt?*"

„Das hat die schöne Charlotte geschrieben ..."

„Und du, erinnere dich, du sagtest damals, irgendwann müßte selbst der Bundesbürger Konrad hinter dem Duft von Virginia und Apfelsinen und Seife de Lux den penetranten Blutgeruch schmecken ... Und wann, du zorniger junger Mann, wirst du mir schreiben: Ich habe dein Foto gesehen, arme kleine Betsy, du bist ja unmöglich angezogen, solche Pullover trägt man nicht mehr ... Und wann wirst du, wie Konrad, vergessen haben, wer dich auf die Universität geschickt, wer dein Studium bezahlt hat?"

„Hört endlich auf, mir mein Stipendium vorzuwerfen. Soll ich kniefällig für jede Vorlesung danken?" Er hatte aber schon zu oft diesen gegen den anderen Vorwurf gesetzt. Er biß sich auf die Lippe. „Ihr braucht uns ja..." sagte er schwunglos.

„Ja", sagte Joachim, „wir brauchen euch." Er hatte die Hände auf dem Fensterknebel gekreuzt und die Stirn auf die Hände gelegt; unter der Jacke zeichneten sich seine eckigen Schulterblätter ab.

„Nein, wir brauchen ihn nicht", sagte ich und begegnete einem schnellen, schwer deutbaren Blick Joachims, sein Auge war jetzt grün wie ein Blatt vor der Sonne. Er rückte die Stirn auf den gekreuzten Händen, er schwieg. „Betsy hat Gemüt", sagte ich, „aber manchmal benutzt Betsy auch ihren Kopf zum Denken... Du hast mir die Relativitätstheorie erklärt, und ich habe dich immer um dein Wissen beneidet. Aber was fängst du mit deiner Intelligenz an? Ja, ich habe gelauscht, und ich habe gehört, wie du Joachim zugesetzt hast, und bei all deiner Gescheitheit merkst du nicht, wie klein du vor ihm bist... Er ist Fachmann wie du, und er baut seine Taktstraßen mit soviel Leidenschaft und Kenntnis, wie du deine Schiffe baust, er aber weiß noch ein bißchen mehr... Du hast nicht einmal begriffen, daß dein Schritt über die Grenze ein Schritt zurück in die Vergangenheit ist, daß du nicht Deutschland mit Deutschland vertauschst. Du gehst aus unserer Welt fort... Aus meiner Welt", fügte ich hinzu, obgleich ich meinen Bruder nur noch durch einen Schleier von diesiger grauer Luft sah, seine Knöchel und die nackten, sehnigen Füße und die Zehen, die sich verkrampften und entspannten, und die weiße Narbe über dem linken Fuß (der Hauklotz stand unter dem Pflaumenbaum, und ich bückte mich bald nach den Scheiten, bald nach den prallen violetten Früchten und sah das Blut über die Späne springen und schrie, als sei das Beil mir ins Fleisch gefahren).

„Ich kann ja nicht mehr weg", sagte Uli mit einer geborstenen Stimme. „Ich muß ja nun hierbleiben, morgen stehe ich in der Fahndungsliste."

„Du kannst gehen", sagte ich mit einem Gefühl, als ob in meinen Innern etwas zerriß, und ich preßte beide Hände auf

331

die Brust. „Schreib mir nicht, versuch nicht, mich zu sehen . . ." Wir blickten uns an, und für eine Sekunde schmolz mir die Welt zusammen in den hellbraunen, rostfarben gefleckten Augen. Seine Wimpern begannen zu flattern. Ich ging zur Tür und drückte die Klinke herunter. „Du brauchst keine Angst zu haben", sagte ich. „Du stehst nicht auf der Fahndungsliste. Du kannst jetzt ruhig gehen."

Er ging durch das Zimmer und an mir vorbei und durch die offene Tür, gerade, die Schultern zurückgedrückt wie an jenem Abend in der Bar, als ich ihn bewunderte für seine Sicherheit, mit der er zwischen den Tanzenden hindurchschritt.

Ich bückte mich nach seinen zerschlurften Pantoffeln, die unter dem Sessel lagen, und blieb, plötzlich kraftlos und ausgeliefert, am Boden kauern, und Joachim kam zu mir, und ich lehnte mein Gesicht an sein Knie, stammelnd: „Mein Liebster, mein Einziger . . . Ich fühl mich wie eine betrogene Frau . . . Ich hatte kein Recht, ich weiß . . . Ich fühl mich, als hätte er mir ein lebendiges Stück Fleisch rausgerissen . . ."

„Sei still, es ist ja gut, beruhige dich, Schwarzfellchen", murmelte Joachim. Er hockte sich neben mir nieder, er stieß die Stirn gegen meine Schulter. „Meine sehr ungeduldige, sehr kleinmütige Elisabeth . . ."

Wir horchten zum Nebenzimmer hin, in dem Uli herumging. Ich fragte: „Liebst du mich jetzt wieder?"

„Was fragst du?"

„Vorhin", sagte ich, „auf der Treppe; wir standen ganz dicht nebeneinander, du sagtest: immer eure halben Entschlüsse, *eure*, und auf einmal waren wir himmelweit getrennt, und du weißt es auch."

„Vergessen", sagte Joachim. Er stand auf. „Ich muß jetzt ins Werk." Er nahm das Buch vom Tisch, schlug eine Seite auf und legte den Zeitungsstreifen hinein. Wir gingen in den Korridor. Die Tür zu Ulis Zimmer stand offen. Uli packte seinen Koffer aus. Er schichtete sorgfältig die Oberhemden in den Schrank und schüttelte seine italienischen Schuhe aus dem Leinenbeutel und stellte sie, Spitzen korrekt nebeneinander, unter das Bett, und wir standen unter der Tür und sahen ihm zu. Endlich drehte er sich zu uns um, und ich griff unwillkürlich nach Joachims Hand.

„Was seid ihr bloß für Menschen", sagte Uli.

„Dein Buch", sagte Joachim. „Das Zeichen steckt in der Seite, die du vorhin aufgeschlagen hattest."

Uli hob die Schultern. Er nahm das Buch und drehte es in den Händen, er sagte: „Ich habe noch drei Tage Urlaub."

Joachim wiederholte: „Wir können ein andermal darüber sprechen", und mit einem entschuldigenden Lächeln fügte er hinzu: „Kybernetik ist nun mal mein Steckenpferd, deine Schwester kann ein Lied davon singen."

Mein Bruder musterte uns stumm und mit einem Ausdruck von Neugier, und nach einer Weile sagte er, fragend und in einem Ton, der mich mit zitternder Hoffnung erfüllte: „Was seid ihr bloß für Menschen?"

(1963)

Inhalt